Insel der Nyx
Die Prophezeiung der Götter

Daniela Ohms

INSEL DER NYX

Die Prophezeiung der Götter

Planet Girl

Für Finnja und Jasmin
Die Delfine, der Pegasus und die Nixen sind für euch.
Aber Vorsicht!
Manche Kreaturen sind nur deshalb schön,
um zu verbergen, wie gefährlich sie sind.

Prolog

Arjana wusste nicht, ob sie träumte oder ob es tatsächlich geschah. Ein seltsamer Sog führte sie aus ihrem Bett, brachte ihre Füße dazu, über den warmen Steinboden zu laufen, in dem die Hitze des Tages noch gespeichert war. Das Licht des Mondes drang von draußen herein, eine laue Brise wehte durch den geöffneten Fensterspalt und trug den Geruch von Salz und Sand mit sich. Das Rauschen des Meeres klang gedämpft im Inneren des kleinen Steinhäuschens, doch als sie die Tür öffnete, schlug die Brandung mit einem stürmischen Peitschen gegen die Felsen vor der Bucht.

Aber nicht das Meer lockte sie in dieser Nacht nach draußen. Ihr Blick wanderte den Hügel hinauf zu den schwarzen Wolken, die sich dort über den Klippen zusammenbrauten. In einem wilden Sturm kreisten sie umeinander, türmten sich immer höher auf und konzentrierten sich nur an diesem einen Punkt, während rundherum die Sterne blinzelten.

Arjanas Beine fingen an zu rennen, warmer Sand stob unter ihren Füßen zur Seite und spitze Steine drückten sich in ihre Sohlen. Doch in dieser Nacht spürte sie keinen Schmerz. Was immer sich dort oben versammelte – es wartete auf sie, war nur gekommen, um mit ihr zusammenzutreffen. Auch sie selbst war nur aus diesem Grund hierher gereist, an den Rand dieses einsamen südkretischen Dorfes, dessen Namen kaum jemand kannte. Sie war kein normaler Mensch, auch wenn sie immer so getan hatte. Und in dieser Nacht, mit den schwarzen Wolken über den Klippen, würde sich der besondere Sinn ihres Lebens endlich erfüllen.

Arjana rannte immer schneller, auf diesen einen Punkt zu, an dem die Wolken umeinanderwirbelten, als wollten sie die Welt in einem Strudel verschlingen. Blitze lösten sich daraus und zuckten über den Klippen. Donner peitschten über das Land und brachen sich an den entfernten Höhenzügen des Ida-Gebirges. Arjana erreichte die Anhöhe und lief zwischen großen Geröllbrocken und niedrigen Büschen über die karge Ebene oberhalb der Klippen. Wie eine riesige Nase ragte der Felssporn in das Meer hinein. Trockenes Gras raschelte unter ihren Füßen und in der Luft knisterte die Elektrizität der Blitze, die immer dichter aufeinanderfolgten.

Es war kein normales Gewitter, kein gewöhnlicher Sturm und die meisten Menschen hätten voller Angst das Weite gesucht. Aber Arjana fühlte, wie sich ein befreiendes Lachen aus ihrer Kehle löste. Dort oben in den schwarzen Wolken lag ihre Herkunft.

Mit dem nächsten Blitz flackerte etwas auf, das sie nie zuvor gesehen hatte: In der Mitte der trockenen Grasebene erhoben sich die Umrisse eines Tempels. Das zuckende Licht zeichnete eine weiße Ruine gegen den schwarzen Hintergrund der Nacht. Hohe Säulen trugen die Reste eines Daches und verbargen eine steinerne Halle in ihrer Mitte. Nur das Tor dieser Halle stand offen und gähnte ihr zu wie ein dunkler Schlund.

Doch vor allem die Säulen des Tempels fesselten ihre Aufmerksamkeit: Jede von ihnen war die Statue eines Gottes oder einer Göttin. Es waren finstere Kreaturen mit dunklen Flügeln, deren Blicke selbstsicher durch die Nacht drangen. Wieder zuckte ein Blitz. Wie auf Kommando färbten sich die Göttersäulen schwarz. Nur das helle Licht spiegelte sich auf dem glänzenden Marmor.

Und dann, für einen winzigen Moment, beruhigte sich das Gewitter. Plötzlich stand Arjana in der Dunkelheit. Der Tempel war verschwunden und vor ihr lag eine weite, karge Ebene. Auch der Donner schwieg und sie hörte nur das Rauschen des Meeres, das unterhalb der Klippen an die Felsen schlug.

Erst mit dem nächsten Blitz flackerte das Bild des Tempels erneut auf. Der Donner dröhnte, lief über die Ebene davon und kam als grollendes Echo von den Bergen zurück.

Ein zweiter Blitz schlug direkt über ihr vom Himmel, blendete sie mit gleißendem Licht und verwandelte sich in einen weißen Adler. Kreischend flog das Tier einen Bogen und kreiste um ihren Kopf.

Arjana blickte zu ihm auf und musste lächeln. Nie zuvor war sie ihrem Vater begegnet. Von ihm stammte also das Gewitter, denn er war der Herr über die Blitze. Es war ein gutes Gefühl, ihn wenigstens heute in der Nähe zu wissen.

Wieder zuckte das Leuchten so dicht über den Himmel, dass die Energie in der Luft vibrierte. Arjana spürte ein Kribbeln in ihrer linken Hand. Sie betrachtete ihren Handrücken, den weißen Blitz darauf, der sich hell gegen ihre sommerbraune Haut abzeichnete. Seit ihrer Geburt trug sie dieses Mal.

Der Adler kreischte erneut, streckte seine Flügel und segelte in einer weiten Spirale über ihrem Kopf.

Arjana bemerkte erst jetzt, dass ihre Schritte langsamer geworden waren. Sie betrachtete die Göttersäulen, die abwechselnd aufflackerten und dann wieder in der Dunkelheit verschwanden. Plötzlich drehte sich einer der Säulengötter und sah ihr entgegen – nur für Sekunden, bevor er von der Nacht verschlungen wurde. Als der nächste Blitz den Himmel erhellte, lehnte ein dunkel gekleideter Mann an der Säule.

Arjana schauderte. Um diesem Fremden zu begegnen, hatte ihr Vater sie also hierher geführt. Sie hob noch einmal den Kopf und sah zu dem Adler auf. Aber er kreischte nur, als wolle er ihr zurufen, dass sie nicht länger zögern sollte.

Mit langsamen Schritten ging sie auf den dunklen Mann zu und blieb direkt vor ihm stehen. Sie konnte sein Gesicht im Schatten der Kapuze kaum erkennen, aber seine Stimme klang sanft, als er sie begrüßte: »Die letzte Erbin des Lichts.« Er streifte seine Kapuze zurück und sah sie an.

Arjanas Blick huschte über sein junges Gesicht, über die schwarzen Locken und die dunklen Augen, die von dichten Wimpern umrahmt wurden. Ihr Herz begann zu rasen, klopfte plötzlich so laut, dass sogar das Grollen des Donners darunter verstummte. Für einen Moment wurde ihr schwindelig. Sie trat einen Schritt zurück und fing sich mit dem Rücken an einer der Säulen.

Der Adler kreiste über dem Tempel, zog seine Spiralen höher und tiefer, während sich sein Geschrei zu ungewöhnlichen Worten formte: »Teig-bleit, Neicht-bleit, eint eich.«

Der Fremde beantwortete das Kreischen mit einem Lächeln. Er strich langsam über den Blitz auf Arjanas Hand und beugte sich so nah zu ihrem Gesicht, dass sein Atem über ihre Wange streifte.

Im nächsten Blitzlicht erkannte Arjana, wie sich drei weitere Gestalten aus den Göttersäulen lösten, wie sie sich zu einem Dreieck formierten und sie beide in ihrer Mitte einschlossen. Es waren Frauen, deren Gesichter unter schwarzen Kapuzen verborgen blieben. Eine von ihnen rieb ihre Finger in einer kreisenden Bewegung aneinander. Arjana erkannte die faltige Hand einer alten Frau – und einen Faden, der sich daraus entspann. Rasend schnell wurde er länger, erreichte den Boden und kroch darauf entlang, geradewegs in ihre Richtung.

Erst jetzt trafen die Lippen des Fremden auf ihre. Während er sie küsste, fühlte sie, wie eine dunkle Energie durch ihren Körper floss.

Die Stimme der alten Frau erhob sich und mischte sich mit dem Grollen des Donners. »Auf dass sich das Blut der verfeindeten Kräfte vereine, um gemeinsam ein neues Leben zu erschaffen.«

Arjana fühlte etwas Dünnes, Langes, das ihre Beine heraufkroch und sich in einer sanften Bewegung um sie und den Fremden herumschlängelte. In dichten Schlingen wand sich der Faden um ihre Körper und band sie immer enger aneinander. Aber Arjana hielt ihre Augen geschlossen. Sie wollte den Kuss fühlen, solange er dauerte, wollte nichts anderes wahrnehmen als das.

Einen Moment später bemerkte sie, dass der Faden aufhörte, sie einzuwickeln. Nur ein leichtes Surren zischte noch durch die langen Fasern.

Arjana öffnete die Augen. Das Garn kroch wieder über den Boden und schlängelte sich an den Beinen der zweiten Frau hinauf. Die schwarze Gestalt ergriff sein Ende und richtete ihr verhülltes Gesicht in Arjanas Richtung. »So soll das väterliche Erbe der Mutter auf die Tochter übergehen, soll sein Licht sich vereinen mit dem Schatten des Vaters.« Der Faden glitt durch ihre Hände hinab, suchte sich zwischen Geröll und trockenen Gräsern seinen Weg zu der dritten Frau, die anfing zu sprechen, sobald das Garn ihre Hände erreichte: »Auf dass ihre Tochter die Schatten der Nacht zu sich ruft, auf dass sie ihre Kreaturen entfesselt … und die zornige Übermacht der Dunkelheit zu Fall bringt.«

Eine heftige Windböe flaute auf. Für eine Sekunde schien es, als würden hundert Blitze gleichzeitig vom Himmel schlagen, unzählige Donner vereinten sich und dröhnten in ihren Ohren. Doch die Stimmen der drei Frauen erhoben sich mühelos gegen das Getöse: »*Ein kleines Kind, erschaffen aus Licht und Dunkelheit, so soll es sein!*«

Die Macht ihrer Worte schien in der Luft zu flirren, ein letzter Blitz zuckte am Himmel. Grelles Licht blendete Arjana, stach mit einem heftigen Kribbeln in ihren Kopf und flutete durch ihren Körper. Ihre Augen schlossen sich unter der Wucht – dennoch fühlte sie keine Schmerzen, während die Energie des Blitzes durch ihre Adern jagte. Für einen Moment umschlossen die Arme des Fremden sie noch enger, das Feuer erfasste seinen Körper zusammen mit ihrem.

In der nächsten Sekunde wehte kalte Luft über ihre Haut, fing sich in ihrem Nachthemd und ließ sie frösteln. Als sie ihre Augen öffnete, stand sie allein auf der weiten Ebene, inmitten des Felssporns, der wie eine Nase in das Meer hineinragte. Die letzten Wolken lösten sich auf, bis der Mond und die Sterne vom klaren Himmel strahlten. Arjanas Blick huschte suchend in die Ferne, glitt über die Klippen hinweg auf das Meer, das sich dahinter erstreckte. Für einen Moment fragte sie sich, ob sie träumte, ob sie schlafgewandelt war und erst jetzt erwachte.

Doch in ihrer Hand kribbelte noch die Energie des Blitzes. Arjana hob sie vor ihr Gesicht und drehte sie im Licht des Mondes. Die weiße gezackte Zeichnung, die sie ihr Leben lang auf ihrer Haut getragen hatte, war verschwunden.

Kapitel Eins

Das gleichmäßige Motorengeräusch des Flugzeuges ließ Eleni immer tiefer in ihren Gedanken versinken. Der Druck auf ihren Ohren war während des ganzen Fluges geblieben und hüllte sie in einen dumpfen Wattebausch. Sie hatte ihren Kopf seitlich an die Kopfstütze gelehnt und blickte durch das kleine Fenster hinunter auf das weite Meer, das im Sonnenlicht glitzerte und sich am Horizont wölbte. Nur vereinzelt glitten die Tragflächen des Flugzeuges zwischen kleinen Wölkchen hindurch und erinnerten Eleni daran, wie hoch und wie schnell sie über der Erde dahinrasten. Sie hatten Athen schon längst überflogen, und die kleinen grün-braun getupften Inseln, die sich unter ihnen aus dem Mittelmeer hoben, gehörten ebenfalls zu Griechenland. Bald waren sie an ihrem Ziel.

Eleni wurde das Gefühl nicht los, dass es ihre Schuld war: der ganze Umzug nach Kreta, dass sie nun schon wieder aus Berlin weggingen, obwohl sie dieses Mal nur zwei Jahre dort gewesen waren. Ihre Mutter war Archäologin, eine erfolgreiche noch dazu, und solange Eleni denken konnte, lebten sie abwechselnd in Berlin und in Griechenland. Ihre Mutter hatte schon auf einigen Ausgrabungsstätten gearbeitet. Wenn möglich wertete sie ihre Projekte danach in Berlin aus. Oft waren sie aber auch in Athen geblieben, weil sie die wertvollsten Funde nicht außer Landes bringen durfte. Ihre Mutter war Halbgriechin und so waren Eleni und ihre Schwester Leándra von Anfang an zweisprachig aufgewachsen. Im Grunde war der Wechsel zwischen den Ländern nie ein Problem gewesen, aber Eleni wusste, dass besonders Leándra darauf gehofft hatte, dieses Mal länger in Berlin zu bleiben. Sie hatte ihre Mutter immer wieder dazu drängen wollen, dass sie in Berlin so etwas wie ihr Basislager errichteten, von dem aus ihre Mutter dann nur für ein paar Monate zu einer Ausgrabung reiste. Die meisten Archäologen machten es so und nahmen ihre Familien nur selten zu einer Ausgrabungskampagne mit. Aber ihre Mutter übernahm fast immer eine leitende Funktion, und da Eleni und Leándra keinen Vater hatten, sondern nur noch eine Oma, wollte sie ihre Töchter auf jeden Fall bei sich haben.

Auch dieses Mal hatte ihre Mutter so getan, als wäre ihr Umzug eine rein berufliche Sache. Aber Eleni wusste, dass sie mit ihrem Projekt in Berlin noch nicht fertig gewesen war. Eigentlich hätte sie noch zahlreiche Ergebnisse ihrer letzten Ausgrabung auswerten müssen und das Buch, das sie darüber schreiben wollte, hatte sie kurzerhand an eine ihrer Kolleginnen abgegeben.

Nein, der wahre Grund, warum sie ihre Zelte in Berlin innerhalb weniger Monate abbrachen und in hektischer Eile nach Kreta zogen, musste Elenis letzte Klassenfahrt sein.

Eleni war immer schon schlafgewandelt, seit sie ein kleines Kind gewesen war. Normalerweise ging ihre große Schwester

Leándra ihr nach, wenn sie durch das Haus irrte. Manchmal auch ihre Mutter oder ihre Oma. Mindestens eine von ihnen passte auf sie auf, um Unfälle zu verhindern.

Aber auf der Klassenfahrt war niemand da gewesen, der von Elenis nächtlichem Treiben wusste. Niemand, der durchschaute, was mit ihr los war, als sie nachts aufstand und die Kinder in ihrem Zimmer wachrüttelte. Und niemand, dem klar gewesen war, dass sie aggressiv wurde, wenn man versuchte, sie zu wecken.

Zuerst hatten ihre Freundinnen es spannend gefunden, als Eleni sie nachts aus den Betten lockte. Sie hatten an ein heimliches Abenteuer geglaubt, während Eleni sie aus dem Zimmer führte. Der Tumult im Flur hatte auch die anderen Kinder geweckt, bis fast die ganze Klasse Eleni nach draußen gefolgt war. Aber im Wald hinter der Jugendherberge war es ihren Mitschülern dann doch seltsam vorgekommen, und als Eleni zu sprechen begann, war die halbe Klasse in Panik geraten.

Eleni hatte lange gebraucht, um herauszufinden, was sie eigentlich in jener Nacht gesagt und getan hatte. Seit dieser Klassenfahrt hatten sich selbst ihre wenigen Freunde von ihr ferngehalten und so sehr sie auch bemüht gewesen war, mit ihnen zu reden – niemand wollte ihr erzählen, was genau passiert war.

Eigentlich wusste sie es erst, seit sie ein Gespräch zwischen ihrer Mutter und ihrer Oma belauscht hatte. Eleni war an dem Abend noch einmal aufgestanden, um sich etwas zu trinken zu holen, als sie ihre Mutter durch die Wohnzimmertür sprechen hörte. Sie erzählte Oma Greta, dass Elenis Lehrerin angerufen hatte – und einen Moment später sprach sie von den Ereignissen auf der Klassenfahrt: Eleni hatte den anderen Kindern schreckliche Prophezeiungen gemacht. Sie hatte wie in Trance gesprochen und grausame Bilder von einem Erdbeben geschildert, bei dem Menschen starben. Danach hatte sie von einem Krieg erzählt, der angeblich demnächst in irgendeinem afrikanischen Land beginnen würde.

Schließlich hatte Eleni angefangen, die Kinder direkt anzusprechen: einem Mädchen hatte sie gesagt, sie sollte im Jahr 2020 nicht nach Malta fliegen, sonst würde ihr etwas Schlimmes passieren. Und ihrem besten Freund Fabio hatte sie geraten, am Mittwoch in vier Wochen nicht zur Schule zu gehen, sondern einfach zu Hause zu bleiben.

Den Kindern war Elenis Auftritt schließlich so gespenstisch vorgekommen, dass sie versucht hatten, sie zu wecken. Daraufhin hatte Eleni sie angeschrien. Sie hatte um sich geschlagen und ihnen mit bedrohlicher Stimme zugerufen, sie müssten unbedingt auf sie hören, weil es niemanden sonst gäbe, der sie warnen würde.

Die Angst der Kinder war immer größer geworden, bis sie in die Jugendherberge zurückgelaufen waren und die Lehrerin geweckt hatten.

Eleni schluckte. Für einen Moment schloss sie die Augen. Das Meer und die Tragflächen des Flugzeuges verschwanden hinter einem warmen Orange. Nur dort, wo eben noch das Wasser geglitzert hatte, flirrten jetzt gelbe Flecken unter ihren Augenlidern. Das Flirren wollte sie einlullen, wollte sie in einen tröstenden Schlaf ziehen …

Hastig riss sie die Augen wieder auf. Sie wollte nicht schlafen. Ihr Schlaf war etwas Sonderbares, etwas, das sie am liebsten vermeiden würde.

Dabei war das, was auf der Klassenfahrt passiert war, noch nicht einmal das Schlimmste: Das Schlimmste war an dem Tag geschehen, an dem die Lehrerin ihre Mutter angerufen hatte, an dem Tag, als Eleni im Flur vor der Wohnzimmertür gestanden und gelauscht hatte. Dieser Tag war ein Mittwoch gewesen, der vierte Mittwoch nach ihrer Klassenfahrt. Nachdem ihre Mutter Oma Greta alles erzählt hatte, was Eleni den Kindern prophezeit hatte, sprach sie plötzlich von Fabio. Er war der eigentliche Grund, warum Elenis Lehrerin angerufen hatte: Fabio war an diesem Tag auf dem Rückweg von der Schule von einem Auto angefahren worden. Er war schwer verletzt worden und es war noch nicht klar, ob er überleben würde.

Eleni war aus dem Flur zurück in ihr Zimmer gelaufen. Den Rest der Nacht hatte sie weinend in ihrem Bett verbracht, und am nächsten Tag in der Schule hatten alle sie angesehen, als wäre sie schuld an der Tragödie. Nur weil sie davon gewusst hatte.

Seit diesem Tag hatte sie endgültig keine Freunde mehr. Selbst nachdem sich herausstellte, dass Fabio wieder gesund werden würde, wollte niemand mehr mit Eleni reden.

In der darauffolgenden Woche blieb sie zu Hause. Irgendwann in dieser Zeit erzählte ihre Mutter zum ersten Mal von dem Tempel. Sie breitete ein großes Luftbild auf dem Küchentisch aus, einen engen Ausschnitt von der Südküste Kretas. Es zeigte einen Felssporn, der in das Meer hineinragte und über dem Wasser in einer steilen Klippe abfiel. In der Mitte des Felssporns konnte man die Umrisse des Tempels erkennen, der dort unter der Erde liegen musste. Es war ein Bild, das offenbar im Frühling entstanden war, denn die Landschaft darauf war grün und die Phrygana-Büsche blühten in üppigen Farben. Doch inmitten des Blütenmeers zeichnete sich ein dunkelgrünes Rechteck ab, auf dem keine einzige Blüte wuchs: die mutmaßlichen Tempelmauern! Über dem Gemäuer konnten die Wurzeln nur flach in die Erde wachsen und die Pflanzen bekamen nicht genug Nahrung, um Blüten zu entwickeln.

Ihre Mutter erzählte, der Tempel sei ein großer Glücksfund. Es gab bereits andere Luftbilder von dem Felssporn, auf dem aber nichts von dem Tempel zu sehen war. Denn anscheinend zeigte er sich wirklich nur im Frühling.

Arjana erklärte, wie schnell sie sich entscheiden musste, bevor jemand anderes die Ausgrabung beantragte – und dass sie deshalb schon bald abreisen mussten. Aber Eleni glaubte ihrer Erklärung nicht so ganz. Sie erinnerte sich noch gut an etwas, das ihre Mutter ein anderes Mal erzählt hatte: Auf den Luftbildern von Griechenland konnte man viele Stellen sehen, an denen sich wahrscheinlich eine Tempelanlage verbarg. Aber viele davon waren noch nicht ausgegraben worden, weil sich erst noch ein archäologisches Institut finden musste, das die Ausgrabung übernahm und finanzierte.

Warum musste ihre Mutter nun also unbedingt zu diesem Zeitpunkt genau diesen Tempel ausgraben? Eleni fiel es schwer, an einen Zufall zu glauben. Und schließlich entdeckte sie sogar einen Beweis für die Lüge ihre Mutter: Auf dem Luftbild stand das Datum, an dem es aufgenommen worden war. Ihre Mutter hatte die meiste Zeit wie zufällig ihre Hand darauf gestützt, aber irgendwann erhaschte Eleni einen Blick: Das Luftbild war bereits mehr als sieben Jahre alt! Also stimmte es nicht, dass der Tempel gerade erst entdeckt worden war.

Doch Eleni sprach mit niemandem über diese Erkenntnis.

»Schläfst du?« Leándra stieß sie von der Seite an und riss sie aus ihren Gedanken.

Eleni drehte sich zu ihrer Schwester. Erst jetzt wurde ihr klar, dass sie sich wahrscheinlich den ganzen Flug über kaum gerührt hatte.

Leándra kaute nervös auf ihrem Kaugummi. In ihrem Buch hatte sie offenbar nur wenige Seiten gelesen und ihre roten Chucks scharrten unter dem Vordersitz hin und her. Obwohl Leándra in ihren sechzehn Lebensjahren schon unzählige Male sicher gestartet und gelandet war, hatte sie Flugangst.

Eleni schüttelte den Kopf. »Nein, ich schlafe nicht. Ich schaue nur aus dem Fenster.«

Leándra sah ihr in die Augen, als wollte sie prüfen, ob ihre kleine Schwester womöglich im Schlaf mit ihr redete.

Eleni stieß sie an die Schulter. »Hey, ich bin wirklich wach! Keine Sorge.«

Leándra lehnte sich in ihrem Sitz zurück. »Dann bin ich ja froh.« Sie blies sich eine Strähne ihrer dunkelblonden Haare aus der Stirn. »Das Letzte, was ich in neuntausend Metern über dem Mittelmeer gebrauchen kann, ist eine schlafwandelnde Schwester, die uns den baldigen Absturz vorhersagt.« Sie grinste Eleni zu, als wollte sie einen Scherz machen.

Aber Eleni zuckte zusammen. Da war es wieder. Selbst ihre Schwester fürchtete sich vor ihrem sonderbaren Schlafverhalten. Seit Jahren war Leándra diejenige, die am meisten von Elenis Geheimnis wusste, ihre engste Vertraute, der sie so vieles erzählte. Dass es selbst ihr unheimlich war, war vielleicht das Schrecklichste von allem.

Eleni holte tief Luft und versuchte fröhlich zu klingen.

»Ach was! Wenn das Flugzeug ins Meer stürzen würde, hätte ich dir das schon in der letzten Nacht erzählt. Wenn ich erst jetzt damit ankäme, wäre dieses Schlafwandeln ja völlig nutzlos!«

Leándras Lachen klang nervös. »Hoffentlich hast du recht.«

Eleni senkte den Blick. Sie konnte nicht länger so tun, als wäre es ein lustiger Scherz. Plötzlich war es schwer, die Tränen zurückzudrängen. »Fabio hätte nur auf mich hören müssen, dann wäre das mit dem Unfall nicht passiert. Und damals, als das mit dem Gasherd war, da hab ich uns doch allen das Leben gerettet.«

Leándra stieß die Luft aus. Sie sagte nichts, aber Eleni wusste, welche Bilder ihrer Schwester durch den Kopf gingen. Eleni war damals fünf Jahre alt gewesen und konnte sich nicht daran erinnern, aber Leándra war ihr in jener Nacht gefolgt. Mitten im Schlaf war Eleni aufgestanden und zielstrebig in die Küche gelaufen. Ein beißender Gasgeruch hatte den Raum erfüllt. Bis dahin hatte niemand bemerkt, dass der alte Gasherd defekt war. Normalerweise hatte sich das Gas immer abgestellt, sobald die kleine Flamme nicht mehr brannte – aber an diesem Abend offenbar nicht. Schweigend hatte Eleni den Gashahn ausgedreht und das Fenster geöffnet. Danach war sie wieder ins Bett gegangen und hatte weitergeschlafen, als wäre nichts gewesen. Aber ihre Familie hatte den Vorfall nie vergessen.

Die Nase des Flugzeuges senkte sich allmählich. Das Anschnallzeichen leuchtete auf, sie legten ihre Gurte an und Leándra stieß mindestens zweimal pro Minute einen tiefen Seufzer aus. Eigentlich war es ein bisschen absurd: Sie durften nur deshalb ohne erwachsene Begleitung mit dem

Flugzeug fliegen, weil Leándra mit ihren sechzehn Jahren alt genug war, um auf ihre kleine Schwester aufzupassen. Aber eigentlich war Leándra diejenige, die viel dringender eine Begleitperson brauchte.

Eleni blickte wieder nach draußen und beobachtete, wie die Erde immer näher rückte. Schließlich schwenkte die Tragfläche neben ihrem Fenster nach unten, bis ihr Blick steil abwärts ins Meer fiel.

Ein Schauer lief über ihren Rücken. Eine unangenehme Ahnung breitete sich in ihrem Bauch aus und drehte sich von einer Seite auf die andere.

»Diese Kurven hasse ich«, flüsterte Leándra neben ihr und Eleni sah, wie sich ihre Finger in die Armlehnen krallten.

Als das Flugzeug seine Kurve beendete, erschien neben ihnen die Insel, fast schon zum Greifen nah. Das trockene Sommergras leuchtete ockerfarben und dazwischen glänzten die Olivenbäume als grün-silbrige Tupfer.

Eleni rückte noch näher ans Fenster. Für einen Moment suchte sie nach dem Felssporn im Meer, sie wollte die rechteckige Formation ausmachen, die auf einen Tempel hindeutete – aber dann wurde ihr klar, dass sie hier an der Nordküste entlangflogen, während ihr Tempel an der Südküste lag. Die Dörfer unter ihnen lebten überwiegend vom Tourismus und die einzigen rechteckigen Formen, die sie erkannte, waren leuchtend blaue Hotelpools.

Die dunkle Ahnung in ihrem Bauch verwandelte sich in ein leises Pochen. Das Gefühl pulsierte immer rhythmischer, immer schneller, während sich das Flugzeug weiter senkte.

»Oh mein Gott, oh Gott, oh Gott, oh Gott …« Leándras Stimme klang panisch.

Eleni griff nach ihrer Hand und hielt sie fest. Gleichzeitig starrte sie auf den Berg, der sich plötzlich direkt neben ihnen erhob. Eine silbrige Straße wand sich darum, so nah, als müssten die Tragflächen jeden Moment über die Dächer der Autos streifen. Das ganze Flugzeug war bereits so tief, als wollte es tatsächlich vor Heraklion ins Meer stürzen.

Für einen Moment hielt Eleni die Luft an. Die dunkle Ahnung tobte in ihrem Bauch. Plötzlich wusste sie, woher die Ahnung kam: Etwas wartete auf dieser Insel, etwas, das zu ihr gehörte.

Für einen Moment fürchtete sie, dass vielleicht auch ihre Gedanken eine übergroße Macht besaßen und sie nur über einen Absturz nachdenken musste, damit er tatsächlich geschah.

Vielleicht hatte sie auch Fabios Unfall erst mit ihrer Prophezeiung heraufbeschworen? Wer konnte das schon wissen? Womöglich hatten die anderen Kinder recht und es war besser, sich von ihr fernzuhalten.

In der nächsten Sekunde setzte das Flugzeug auf, und direkt unter ihnen, wo bis gerade noch das Meer geglitzert hatte, war jetzt die Landebahn.

Ihre Mutter holte sie am Flughafen ab und fuhr sie mit dem Auto in Richtung Süden. Die Fahrt dauerte mehr als eine Stunde. Sie durchquerten die Berge, und Eleni konnte ihren Blick nicht von der Landschaft lösen. Die Straße wand sich um die Berge herum und ihr Blick streifte von oben über riesige weite Täler. Die ganze Insel schien mit silbrig-grünen Olivenbäumen bewachsen zu sein. Sie zogen ein gleichmäßiges Muster durch die Täler, grüne runde Punkte auf gelblichem

Gras. Selbst die Berghänge waren auf diese Weise gemustert, als wollten die Kreter keinen Platz in ihrem fruchtbaren Tal verschwenden. Manchmal fanden sich Weinfelder zwischen den Olivenhainen und an einigen Stellen leuchtete die eisenrote Erde eines frisch gepflügten Ackers. Dann wieder reflektierte die Sonne auf den Dächern von Gewächshäusern und in der Ferne lugten schließlich doch noch die kahlen Gipfel von hohen Bergen hervor.

Eleni konnte sich kaum an den Bildern sattsehen, die wie ein Film an ihr vorbeiliefen. Manchmal schlug ihre Mutter vor, einen kleinen Abstecher zu machen, um ein Kloster oder eine Ausgrabungsstätte anzusehen – aber Leándra entgegnete nur, dass sie endlich ankommen wolle, und Eleni war froh, wenn sie einfach nur stumm diesen Film betrachten konnte. Hin und wieder kamen sie durch kleine Bergdörfer, in denen ihre Mutter das Auto durch enge Gassen lenken musste. Die Häuser sahen sich alle sehr ähnlich: zweistöckige, schmale Gebäude mit flachen Dächern, von denen die weiße Farbe bereits ein wenig abblätterte. Die Fenster waren vor der Sonne mit Fensterläden verschlossen, und oft gab es lange Balkone, die im ersten Stock um die Häuser herumliefen. Meistens drängten sich die Häuser zu mehreren aneinander. Aber überall, wo zwischen ihnen ein wenig Platz war, lagen kleine Gemüsegärten mit gedrungenen Obst- und Olivenbäumen. Oder die Freiflächen waren zu kleinen Tiergehegen eingezäunt, auf denen Ziegen und Esel grasten oder Hühner im trockenen Sand scharrten.

Im Anblick der bunten Bilder gelang es Eleni wenigstens für kurze Zeit, das dunkle Gefühl zu verdrängen, das immer noch durch ihren Bauch rumorte.

Doch als sie immer näher auf die Südküste zukamen und die Berge vor ihnen so aussahen, als müsste dahinter bereits das Meer liegen, ließ sich das dumpfe Drücken nicht länger verleugnen. Hinter den gelben trockenen Berggipfeln wartete ihr Ziel.

»Du bist so still heute.«

Eleni zuckte zusammen. Sie begegnete dem Blick ihrer Mutter im Rückspiegel. Ihre braunen Augen erschienen sanft und Eleni erkannte ein seltsames Glitzern darin. Sie bemerkte es in letzter Zeit immer häufiger, und sie wurde das Gefühl nicht los, dass ihre Mutter ziemlich genau wusste, was in ihr vorging.

»Ja. Sie ist so still wie ein Geist.« Leándra klang noch immer nervös. »Sie hat im Flugzeug auch die ganze Zeit aus dem Fenster gestarrt, und ich dachte schon, sie wäre eingeschlafen.« Leándra drehte sich auf dem Vordersitz um und sah zu Eleni. Ihre Stimme wurde leise: »Wird irgendwas Schlimmes passieren?«

Eleni schauderte. »Ich weiß es nicht«, flüsterte sie.

»Also ja.« Ein Schatten huschte über Leándras Augen.

Eleni zuckte mit den Schultern und wandte ihren Blick aus dem Fenster. Leándra sollte endlich aufhören, sie nach ihren Ahnungen zu fragen. Wenn es irgendeinen Weg gäbe, diese schreckliche Fähigkeit wieder loszuwerden …

Doch es gab keinen Weg.

Plötzlich konnte sie nicht länger aus dem Fenster sehen. Sie musste endlich wissen, ob ihre Vermutungen richtig waren: »Wir ziehen wegen mir um, oder? Weil alle Angst vor mir haben. Damit mich die Kinder nicht jagen wie eine Hexe.« Eleni suchte im Spiegel nach dem Blick ihrer Mutter.

Aber Arjana lenkte das Auto ungerührt in die nächste Kurve. Sie fuhren in Serpentinen einen kleinen Berg hinauf, der so aussah, als wäre hier die Welt zu Ende.

Eleni wurde allmählich wütend. Ihre Mutter wusste etwas, sie hatte Erklärungen, die sie vor ihr geheim hielt, da war sie sich sicher. »Aber glaubst du wirklich, dass sie sich nicht mehr an mich erinnern, wenn dieses Erdbeben stattfindet oder wenn dieser Krieg in Afrika ausbricht oder wenn Svenja im Jahr 2020 auf Malta irgendetwas Schlimmes passiert? Dann werden sie doch noch ganz genau wissen, was ich in dieser Nacht gesagt habe, meinst du nicht?«

Endlich blickte Arjana wieder in den Rückspiegel, wenn auch nur für eine Sekunde. »Ja, sie werden sich bestimmt noch daran erinnern. Aber sie werden dann nicht mehr wissen, wo sie dich finden können.«

Eleni biss sich auf die Unterlippe. Also hatte sie mit allem recht. Ihre Mutter wollte sie in Sicherheit bringen. »Und was, wenn es hier wieder passiert? Wenn ich den griechischen Kindern auch in irgendeiner Nacht etwas Furchtbares prophezeie? Ziehen wir dann wieder um? Was, wenn das schon morgen passiert oder nächste Woche?«

Arjana nahm zwei oder drei Anläufe, ehe sie antwortete: »Unser Haus liegt sehr einsam. Niemand wird mitbekommen, wenn du nachts nach draußen läufst. Also hoffen wir, dass es so schnell nicht wieder passiert. In Ordnung?«

Eleni hielt den Atem an. Sie wusste nicht, ob ihr das reichte. Auf etwas zu hoffen, war in der Regel nicht gerade der beste Plan.

»Wow!« Leándra durchbrach ihre Gedanken. Sie lehnte sich über das Armaturenbrett und starrte nach draußen.

Im selben Moment sah Eleni, was ihre Schwester meinte: Sie hatten die Kuppe des Berges überquert. Unter ihnen am Berghang war das Dorf erschienen. Es mussten etwa hundert weiße Dächer sein, die ihnen im Sonnenlicht entgegenleuchteten. Sie waren in einer wilden Formation an die Berghänge gebaut, offenbar jedes Häuschen dort, wo es zwischen den Felsen Platz gefunden hatte. Schmale Gässchen wanden sich zwischen ihnen hindurch und führten teils in steilen Treppen den Berg hinauf.

Arjana hielt das Auto an und für einen Moment genossen sie die Aussicht: An zwei Seiten ordneten sich die weißen Steinhäuschen um einen hellen Sandstrand. Es war eine gemütliche, kleine Bucht, an der dritten Seite umrahmt von einer felsigen Landzunge, die als Wellenbrecher ins Meer gebaut war. Ein Kai führte daran entlang, an dem bunte Fischerboote im Wasser schaukelten. Doch am schönsten fand Eleni die Tamarisken. Sie liebte die kleinen Bäume, deren Zweige so aussahen wie lange grüne Federn. Sie boten einen angenehmen Schatten, und wenn sie so wie hier am Strand standen, konnte man den ganzen Sommer darunter verbringen. Offenbar fanden das auch die Menschen, die hier wohnten, denn die Tamarisken säumten den gesamten Strand, bildeten an manchen Stellen kleine schattige Gruppen und neigten sich über die Terrasse einer Taverne.

Arjana deutete aus dem Fenster. »Darf ich vorstellen: Agia Vasiliki. Unser neues Zuhause.«

»Gibt es hier auch Leute in unserem Alter?« Leándras Begeisterung schien bereits nachzulassen. »Oder sitzen hier nur alte Fischer bei einem Gläschen Ouzo zusammen.«

Arjana lachte. »Keine Sorge. Es gibt ein paar nette Jugendliche in eurem Alter.« Sie lächelte Leándra zu. »Und die werden sich bestimmt freuen, dass ihr jetzt da seid und ihnen Gesellschaft leistet. Soweit ich das bislang mitbekommen habe, sind auch ein paar hübsche Jungs dabei!«

Leándra warf ihrer Mutter einen bösen Blick zu. Den letzten hübschen Jungen, in den sie sich verliebt hatte, hatten sie in Berlin zurückgelassen. Aber davon wusste ihre Mutter nichts, nur Eleni hatte sie irgendwann von ihrem Schwarm erzählt.

Eleni musste ihre Schwester ablenken, bevor sie länger über dieses Thema nachdachte. »Welches ist denn unser Haus?« Sie zeigte auf die erste Reihe der Häuser. Sie lagen nur knapp oberhalb des Strandes und besaßen Terrassen, von denen man aufs Meer blicken konnte. »Eines von denen würde mir gefallen.«

Arjana schüttelte lachend den Kopf. »Nicht ganz.« Sie deutete mit dem Arm aufwärts, aus dem Dorf hinaus, bis zu einer Hochebene, die sich oberhalb der Häuser anschloss. Eleni betrachtete die Ebene, die in das Meer hineinragte und in steilen Klippen über dem Wasser abfiel. Ganz vorne auf der Landspitze stand ein einzelnes Haus und blickte über den Rand der Klippen auf das Meer hinaus.

»Das da?« Leándra pfiff durch die Zähne und ihr Ärger schien tatsächlich zu verfliegen.

Aber Eleni fühlte sich seltsam. Ein eigenartiger Schwindel zog durch ihren Kopf und die Haut an ihrem Hinterkopf kribbelte. Dort oben auf der Hochebene befand sich das, weshalb sie hier waren: ein Rechteck im Bewuchs der Pflanzen, ein verschütteter Tempel, den ihre Mutter ausgraben wollte. Doch nicht nur das bereitete ihr Unbehagen. Auch das Profil des Berges erschien ihr sonderbar. Nur der Teil, der neben dem Dorf ins Meer hineinragte, war oben zu einer Ebene abgeflacht. Dahinter, zum Landesinneren hin, erhob sich ein steiler Berg. Wenn man es von hier aus betrachtete, ragte der Felssporn ins Wasser wie eine lange Nase und der Berg erhob sich dahinter wie die Stirn eines Menschen. Alles in allem sah es aus wie ein riesiger Menschenkopf, der auf das Meer hinausschaute.

Das Haus, in dem sie von nun an leben würden, war etwas Besonderes. Nicht nur die Wände bestanden aus offenen Bruchsteinen – auch die Möbel waren zum Teil aus Steinen gemauert: die Regale und Schränke, die säulenförmigen Beine unter dem hölzernen Küchentisch, selbst die Badewanne war in Stein eingelassen. Aber am besten waren die gemauerten Felsnischen in den Schlafzimmern, in denen sich die Betten versteckten.

Vor allem das Zimmer, in dem Leándra mit Eleni einzog, sah aus wie eine Höhlenformation. Ihre Mutter hatte jedem von ihnen ein eigenes Zimmer angeboten. Aber Leándra wollte es nicht. Sie hatte immer mit Eleni in einem Zimmer geschlafen und auch hier in ihrem neuen Zuhause wollte sie ihre kleine Schwester auf keinen Fall allein lassen. Jemand musste bei ihr sein, wenn sie schlafwandelte, um sie zu beschützen, und um das aufzuschnappen, wovon sie redete.

Fast den ganzen restlichen Tag verbrachten sie damit, ihre Sachen einzuräumen und ihr Zimmer mit ein paar Bildern an der Wand wohnlich zu machen.

Als sie schließlich ins Bett gingen, fühlte Leándra sich eigentlich schon ganz wohl. Aber das änderte nichts daran, dass sie ihr altes Zuhause vermisste, vor allem die Menschen, die sie in Berlin zurückgelassen hatte.

Stundenlang drehte sie sich in ihrem Felsenbett hin und her und bemühte sich einzuschlafen. Aber ihre Gedanken waren zu aufgewühlt. Noch heute Morgen waren sie in Berlin gewesen, gestern hatte sie die letzten Worte mit Jonas aus der Parallelklasse gewechselt. Er hatte davon gesprochen, dass er seine Eltern überreden wollte, im nächsten Jahr Urlaub auf Kreta zu machen – im *nächsten* Jahr.

Bis dahin würde er sie längst vergessen haben. Leándra kannte das schon. Bei ihrem vorigen Umzug war sie zwar nicht verliebt gewesen, aber auch Freundschaften hielten sich meistens nicht sehr lange, wenn man voneinander getrennt war.

Die halbe Nacht versuchte Leándra sich einzureden, wie gut es war, dass aus der Liebesgeschichte zwischen ihnen bis jetzt kaum etwas geworden war. Aber es nutzte nichts. Sie musste sich immer wieder auf die Lippen beißen, um nicht zu weinen – bis es irgendwann zu spät war und die Tränen dennoch warm und leise über ihr Gesicht liefen.

Leándra wollte nicht weinen! Sie musste endlich an etwas anderes denken! Um sich abzulenken, richtete sie sich halb auf, stützte den Kopf in ihre Hand und sah zu Elenis Schlafhöhle hinüber. Der Atem ihrer Schwester klang so gleichmäßig, als würde sie schlafen. Aber das schwache Licht des Mondes drang nicht in die gemauerte Felsnische vor und es war zu dunkel darin, um etwas zu erkennen.

Eleni hatte heute zum ersten Mal ausgesprochen, was seit ein paar Monaten im Raum stand. Dass sie wegen ihr umzogen, weil ihre sonderbare Gabe so auffällig geworden war und weil die Kinder anfingen, sie zu verfolgen. Leándra hatte es selbst erlebt.

In Berlin waren sie beide auf dasselbe Gymnasium gegangen, und bevor das auf der Klassenfahrt geschehen war, hatte Leándra ihre kleine Schwester fast immer in einer munteren Gruppe von Dreizehnjährigen gesehen.

Doch in den letzten Monaten war Eleni auf dem Schulhof allein gewesen und Leándra hatte so manches Mal beobachtet, wie ihre Freunde ihr auswichen. Irgendwann, als Leándra und Eleni am Frühlingsanfang zusammen in der Eisdiele saßen, war dort gleich eine ganze Horde von Elenis Mitschülerinnen aufgetaucht. Sie alle hatten sich abgewandt, als sie Eleni entdeckten, hatten tuschelnd die Köpfe zusammengesteckt und ihr finstere Blicke zugeworfen.

Leándra hatte Mitleid mit ihrer jüngeren Schwester. Eleni hatte nie jemandem etwas zuleide getan, selbst sie beide stritten sich erstaunlich wenig, wenn man es mit anderen Schwestern verglich.

In der Eisdiele hatte Eleni sich nichts anmerken lassen, aber am Abend hatte Leándra gehört, wie sie leise in ihr Kopfkissen geweint hatte.

Für Eleni war es besser, dass sie hierher gekommen waren. Hier hatten sie die Chance, neu zu beginnen. Außerdem schien Agia Vasiliki ein nettes Fischerdorf zu sein. Sie wohnten jetzt dort, wo andere Urlaub machten, konnten jeden Tag im Meer baden, und wenn es tatsächlich ein paar Jugendliche im Dorf gab, würden sie bestimmt auch Freunde finden.

Irgendwann, nachdem sich Leándras Gedanken beruhigt hatten, schlief sie wohl doch noch ein – zumindest war das ihr erster Gedanke, als sie aus dem Schlaf aufschreckte.

Jemand hockte in ihrer Schlafhöhle!

Leándra zog die Decke enger an sich und blickte in das dunkle Gesicht ihrer Schwester. Elenis Augen waren fast schwarz in der Nacht. Am Tag waren ihre dichten Wimpern und die dunkelbraunen Augen so hübsch, dass Leándra sich manchmal kaum davon losreißen konnte. Aber jetzt lag ein dämonischer Schatten über Elenis Augen. Ihre dunklen Locken standen in einer zerzausten Wolke um ihren Kopf und fielen lang über ihre Schultern. Ihr Blick glitt durch Leándra hindurch und kam erst in weiter Ferne zur Ruhe. Eleni sah aus, als würde sie in eine Welt blicken, die kein normaler Mensch wahrnehmen konnte.

Leándra fröstelte. Ihre Schwester schlief, und das, was hier auf dem Bett saß, war nur ihr Schatten, der dunkle Teil von ihr, der mehr zu wissen schien, als jeder andere Mensch.

»Was ist los?«, flüsterte Leándra. Für einen Moment hoffte sie, dass Eleni nur ein paar sonderbare Sätze von sich geben würde und dann wieder in ihrem Bett verschwand.

Aber ihre kleine Schwester stand mit unbewegter Miene auf und ging zur Tür.

Leándra sprang aus dem Bett, ihr Herzklopfen überschlug sich, während sie mit den Füßen nach ihren Hausschuhen tastete. Aber sie fand nichts und Eleni war bereits am Fuß der Treppe angekommen. Ihre Schritte tapsten unten im Flur auf den Fliesen.

»So ein Mist!« Leándra rannte barfuß aus dem Zimmer, hastete die Treppe hinab. Niemals durfte sie ihre Schwester allein lassen, für keinen Moment. Vor allem nicht, wenn sie hilflos durch die Nacht wandelte. Sie holte Eleni in der Küche ein, kurz vor der Tür, die nach draußen führte.

Eleni ging mit langsamen Schritten, aber so zielstrebig darauf zu, als hätte sie einen Plan für ihre Wanderung.

Leándra dachte an die Klippen, sie waren kaum zwanzig Meter vom Haus entfernt. Es gab kein Geländer, nicht einmal einen kleinen Wall, der einen daran hindern würde, dort hinunterzustürzen.

Leándra wollte ihrer Schwester Warnungen zurufen, wollte sie wecken und wieder in ihr Bett schicken. Aber sie wusste, dass es sinnlos wäre: Eleni wachte nicht auf, und wenn, dann war sie entweder verwirrt oder extrem wütend. Leándra dachte daran, welche Kraft ihre kleine Schwester entwickelte, wenn man versuchte, sie festzuhalten, und sie konnte nur hoffen, dass Elenis Ziel nicht die Klippen waren.

Wie hatte ihre Mutter nur ein Haus kaufen können, das an so einer gefährlichen Stelle lag?

Eleni öffnete die Haustür, trat nach draußen – und fing an zu rennen.

»Halt!« Leándra schrie, stürmte aus der Haustür und fand ihre Schwester mindestens dreißig Meter entfernt. Sie lief nicht zu den Klippen, jedenfalls nicht zu den nächstliegenden. Eleni rannte über die offene Hochebene, in die Richtung, in der die Ausgrabungsstätte des Tempels lag. Rechts von ihr türmte sich der Berg auf, der die Hochebene zum Landesinneren begrenzte, und warf im Licht des Mondes einen tiefen Schatten über Elenis rennende Gestalt.

Leándra setzte ihr nach. Die Angst pulsierte durch ihre Adern. Auch hinter dem Tempel gab es Klippen! Was, wenn Eleni nicht anhielt, wenn sie weiterrannte, bis sie dort hinten in die Tiefe stürzte?

Nie zuvor war Leándra so schnell gelaufen, spitze Steine

stachen in ihre nackten Füße, aber die Panik betäubte den Schmerz und ließ sie immer schneller werden.

Eleni war in der Ferne kaum noch auszumachen. Ihr dunkelblaues Nachthemd tarnte sie in der Schwärze der Nacht, im Schatten des Berges. Nur ihre Arme und Beine schimmerten hell. Sie war schnell, so verflucht schnell! Kein anderer Mensch konnte so rennen wie sie.

»Eleni!« Leándra schrie ihr verzweifelt hinterher.

Warum hatte sie nicht nach ihrer Mutter gerufen? Als sie durch den Flur gelaufen waren – warum hatte sie Arjana nicht mit lauten Schreien geweckt, bevor Eleni nach draußen verschwunden war?

Erst als die schmale Gestalt ihrer Schwester wieder näher rückte, erkannte sie, dass Eleni stehen geblieben war. Langsam aber sicher holte Leándra sie ein, kam schließlich nah genug, um zu sehen, dass Eleni inmitten der Ausgrabungsstätte stand. Bislang war es nur ein kahles Rechteck, auf dem der Boden bereits von Steinen, Büschen und Humus befreit war. Der Bagger, der diese Arbeit geleistet hatte, stand noch am Rand der Fläche und schimmerte im Licht des Mondes.

Leándra sprang über das Absperrband, das ihr den Weg versperrte. Direkt neben Eleni kam sie zum Stehen. Für einen Moment wollte sie ihre Schwester in den Arm nehmen. Aber Elenis Blick ruhte noch immer in der Ferne. Sie stand so reglos da wie eine Statue und blickte auf das Meer hinaus. Nur ihr Nachthemd und die schwarzen Locken flatterten im Wind.

»Wer zum Teufel bist du?«, flüsterte Leándra.

Sie hatten niemals erfahren, wer Elenis Vater war. Was auch immer der dunkle Teil war, der sich in ihrer Halbschwester versteckte – er musste von ihm stammen.

»Du willst wissen, wer ich bin?« Eleni sprach beiläufig, so wie sie es immer tat, wenn sie schlafwandelte. »Ich bin ein Kind der Nacht.«

Leándra schauderte. Ihre Schwester hatte noch nie auf solche Fragen geantwortet. »Heißt das, du weißt, woher du stammst? Wer ist dein Vater?«

Eleni rührte sich nicht, für eine ganze Weile erstarrte sie wieder zu einer Statue, ehe sie doch noch etwas sagte: »Bald wird es beginnen!«

Leándra wurde kalt. Sie verschränkte die Arme und versuchte sich zu wärmen. »Wovon sprichst du? Was wird beginnen?«

Eine Windböe streifte über die Hochebene, wehte um Elenis Körper und wirbelte die Haare vor ihr Gesicht. »Manche Antworten lassen sich nicht aussprechen. Nur wer sie erfährt, wird sie begreifen.«

Leándra starrte ihre Schwester an. Ihr schmaler Mädchenkörper erschien ihr plötzlich größer als sonst. Es fehlte nicht mehr viel, dann wäre Eleni so groß wie sie selbst, und Leándra war sich plötzlich sicher, dass ihre Schwester gestern noch ein paar Zentimeter kleiner gewesen war.

Oder stand sie nur auf einer Erderhebung, die sie größer wirken ließ?

Endlich löste Eleni sich aus ihrer Starre. Sie ging in die Hocke, legte ihre Handflächen auf den Boden und blickte auf das Meer hinaus.

Plötzlich vibrierte etwas unter Leándras Füßen. Es wurde immer stärker, bis ein mächtiges Grollen aus der Ferne des Meeres auf sie zurollte. Es klang wie ein Donner und doch anders, denn es näherte sich nicht durch die Luft … Auf einmal tobte das Meer an den Klippen unter ihnen, die Gischt schäumte auf und Leándra schien es fast, als würden einzelne Tröpfchen von dort unten bis auf ihre Haut spritzen. In der nächsten Sekunde erreichte das Grollen den Felssporn. Es türmte sich zu einem markerschütternden Brüllen auf, als säße ein Monster unter ihnen in der Erde, das jeden Moment hervorbrechen würde. Der Boden bebte und schwankte, Leándra schrie auf. Mit einem gewaltigen Ruck riss das Beben sie von ihren Füßen. Sie fiel auf die Knie, krallte ihre Hände in den trockenen Boden und konnte nicht aufhören zu schreien.

Eleni war diejenige, die das Monster gerufen hatte, ihre Hände, die noch immer auf der Erde lagen!

»Hör auf damit!« Leándra kreischte. »Hör auf! Eleni!«

Tatsächlich hob Eleni ihre Hände – und plötzlich war es still. Nur die Brandung schwappte unten gegen die Klippen, mit jeder Welle ein kleines bisschen leiser als zuvor, bis sich auch das Meer wieder beruhigt hatte.

»Hör auf damit! Hör auf! Eleni!«

Eleni erwachte von dem Geschrei, von einem ohrenbetäubenden Lärm, den sie nicht einordnen konnte. Sie fühlte ein gewaltiges Beben unter ihren Händen, eine dunkle Energie, die aus ihren Handflächen in den Boden strömte. Sie spürte, wie die Energie an etwas zog, so kräftig wie ein riesiger Magnet, der etwas Großes zu sich heranholte.

In der nächsten Sekunde zuckten ihre Hände zurück, lösten sich vom Boden. Ein leiser Schrei entwich ihrer Kehle.

Eleni sprang auf. Wilder Schwindel tobte durch ihren Kopf, riss sie von den Füßen … Jemand fing sie auf.

Es war Leándra! Eleni spürte die Wärme ihrer Schwester

und klammerte sich an sie. Leándra war da, sie war bei ihr, so wie immer. Eleni drückte ihr Gesicht in die glatten weichen Haare, atmete den vertrauten Geruch und fühlte das Streicheln auf ihrem Rücken.

»Schscht! Es ist vorbei!« Leándras Flüstern wollte sie beruhigen. Eleni hörte die Angst darin, aber der Trost ihrer Schwester wirkte. Mit jedem Pulsieren wurde Elenis Herzschlag langsamer. Ein starkes Kribbeln zog über ihren Hinterkopf und sträubte ihre Haare.

Erst jetzt erkannte Eleni, wo sie waren: auf dem Felssporn über dem Meer, genau an der Stelle, an der der Tempel im Boden schlief. »Was hab ich getan? Was hab ich gesagt?«

Leándra atmete tief ein. Sie schien eine Weile zu zögern, während sie zusammen über die Absperrung kletterten und über die Hochebene zurückgingen. Aber schließlich erzählte sie Eleni, was passiert war.

Kapitel Zwei

Am nächsten Morgen schmerzten Elenis Knochen. Sie hatte es schon manchmal bemerkt, wenn sie geschlafwandelt war. Auch nach der Nacht auf der Klassenfahrt hatten ihre Gliedmaßen wehgetan, als hätte sie hohes Fieber. Aber so schlimm wie heute war es noch nie gewesen. Eleni konnte sich kaum bewegen, ohne vor Schmerzen aufzustöhnen. Vor allem ihre Beine und Arme fühlten sich an, als wären sie mit Gewalt in die Länge gezogen worden.

Ihre Mutter brachte ihr Frühstück ans Bett. Sie setzte sich auf Elenis Bettkante, während Leándra gegenüber in ihrer eigenen Felsenhöhle Platz nahm und mitleidig zu ihr herüberschaute.

»Weißt du, was ich glaube?« Arjana sah Eleni nachdenklich an. »Ich glaube, die Schmerzen kommen daher, dass du heute Nacht ein ganzes Stück gewachsen bist. Den Verdacht habe ich schon länger: dass du immer in den Nächten größer wirst, in denen du schlafwandelst.« Ihre Mutter schien einen Moment zu zögern. Elenis Blick fiel auf ihre Hände, die in ihrem Schoß lagen. Wie so oft zeichnete Arjana mit dem Zeigefinger eine Linie auf ihren Handrücken. »Du kannst dich vielleicht nicht daran erinnern«, fuhr sie schließlich fort. »Aber in der Nacht, als du den Gashahn ausgedreht hast, bist du ganze drei Zentimeter gewachsen. Und am Morgen danach hattest du Fieber und hast so dagelegen wie jetzt.« Arjanas Zeigefinger hörte auf, das Muster zu malen. Stattdessen legte sie die Hand an Elenis Stirn. »Ein bisschen heiß erscheinst du mir heute auch.«

Eleni sah zu ihrer Mutter auf, ohne sich zu rühren. Arjana hatte ihre schwarzen glatten Haare zu einem unordentlichen Knäuel zusammengesteckt. Ihre schmalen Beine erschienen lang unter der kurzen Hose und ihre gebräunte Haut glänzte von der frischen Sonnencreme. Eleni musste nicht nachfragen, um zu wissen, was sie für den Rest des Tages tun würde: in glühender Hitze ihre neue Ausgrabungsstätte vorbereiten.

Eleni wäre gerne mit nach draußen gegangen, aber sie glaubte nicht, dass sie ihr Bett heute verlassen konnte – und allein der Gedanke, durch die Hitze zu laufen, ließ sie aufstöhnen. »Was ist mit mir los?«, flüsterte sie ihrer Mutter zu. »Woher kommen diese Zukunftsvisionen?«

Ihre Mutter sah sie eine Weile schweigend an. Gleichzeitig veränderte sich ihre Miene, als würden tausend Gedanken durch ihren Kopf ziehen. »Ach, Eleni«, seufzte sie schließlich. »Ich frage mich doch auch schon lange, warum du so bist, wie du bist. Aber die großen Mächte öffnen nicht einfach so den Mund und geben uns eine Antwort. Was du bist, kannst nur du allein herausfinden.« Sie deutete auf das Frühstückstablett. »Am besten, du isst erst mal was. Das hat dir immer geholfen, wenn du solche Nächte durchlebt hast.«

Eleni spürte ein unangenehmes Knurren in ihrem Magen. So sehr sie sich eine Antwort auf ihre Fragen wünschte, plötzlich wurde ihr Hunger so groß, dass sie die Fragen vergaß. Langsam richtete sie sich auf und zog das Frühstückstablett zu sich heran: drei Spiegeleier mit Brot, eine ordentliche Portion Müsli mit Bananen und eine ganze Kanne Kakao. Arjana musste geahnt haben, dass ihr Hunger heute dem eines Bären glich. Sie würde mit den Spiegeleiern anfangen!

»Ich finde es nicht richtig, dass du ihren Fragen ausweichst«, mischte Leándra sich ein. Ihre Stimme klang gefährlich leise. »Ich hätte auch gerne Antworten: Was war das heute Nacht? Eleni hat ihre Hände auf den Boden gelegt, genau dort, wo du deinen dubiosen Tempel vermutest, und schon bricht ein Erdbeben los. So etwas kann doch kein Zufall sein!«

Eleni schnitt sich ein großes Stück von ihrem Spiegelei ab, steckte es in den Mund und sah erwartungsvoll zu ihrer Mutter.

Aber Arjana schüttelte nur ausweichend den Kopf. »Ich weiß auch nicht, warum das heute Nacht passiert ist.«

Leándra kniff die Augen zusammen. »Und das sollen wir dir glauben? Wie wäre es, wenn du uns mal was über Elenis Vater erzählst?«

Eleni hielt im Kauen inne. Arjana presste die Lippen aufeinander und blickte auf ihre Armbanduhr. »Ich bin Elenis Vater nur sehr, sehr kurz begegnet. Ehrlich, ich weiß so gut wie nichts über ihn. Aber das hab ich euch wirklich schon oft genug erzählt.« Sie klopfte mit den Handflächen auf ihre Oberschenkel und stand auf. »Ich muss wieder zurück zur Ausgrabungsstätte. Die Studenten kommen in ein paar Stunden an und ich habe Vorstellungsgespräche mit möglichen Hilfskräften aus dem Dorf. Hier sind viele Steine im Boden. Wir brauchen ein paar kräftige Männer, die beim Schleppen helfen.« Arjana grinste und Eleni musste zum unzähligsten Mal daran denken, wie jung ihre Mutter aussah. Wenn Fremde ihr Alter schätzen sollten, hielten sie Arjana meistens für Mitte zwanzig – und manche von Elenis Schulfreundinnen hatten sie sogar schon für ihre große Schwester gehalten. Dabei war sie bereits zweiundvierzig Jahre alt.

Als Arjana nach draußen verschwunden war, stand Leándra auf und kam zu Eleni herüber. »Glaubst du ihr, dass sie nichts weiß?« Sie ließ sich neben Eleni aufs Bett fallen.

Die Bewegung stieß einen dumpfen Schmerz durch Elenis Knochen. Sie stöhnte auf und lehnte sich an die gemauerten Steine ihrer Schlafnische.

»O, sorry!« Leándra wurde blass. »Tut mir leid. Dir tut alles weh, hm? Es kam mir letzte Nacht schon komisch vor: Du hast plötzlich riesig ausgesehen.«

Eleni nickte. Sie wollte etwas antworten, aber auf einmal war ihr Hunger noch größer als der Schmerz, wichtiger als alles andere. Hastig schnitt sie ein Stück von dem Spiegelei ab und stopfte es sich in den Mund. Sie kaute schnell, nahm den nächsten Bissen und verschlang die Eier in wenigen Minuten. Doch es reichte noch nicht, ihr Magen schien immer noch gähnend leer zu sein. In Windeseile aß sie das Müsli, trank den Kakao und lehnte sich erst wieder zurück, als kein Krümel und kein Tropfen mehr übrig waren. Endlich ging es ihr ein bisschen besser. Fast konnte sie fühlen, wie die Nährstoffe ihre Knochen auffüllten und die Schmerzen von Minute zu Minute ein wenig nachließen.

Leándra grinste, nahm das Tablett und stellte es auf den Boden. Schließlich krabbelte sie zurück auf das Bett, hockte sich neben Eleni an die Wand der Steinhöhle und zog sie an sich.

Eleni schloss die Augen und lehnte sich an ihre Schwester.

Ein tiefer Seufzer strömte durch Leándras Brust. »Meinst du nicht, Mama könnte mal damit rausrücken, wer dein Vater ist?«

Eleni verzog das Gesicht und äffte den Ton ihrer Mutter nach: »Die Männer in unserer Familie sind eine windige Angelegenheit.« Es war genau der Spruch, den ihre Mutter und sogar ihre Oma fast jedes Mal losließen, wenn sie nach Elenis Vater oder nach ihrem Großvater fragten.

Leándra lachte, aber es klang verzweifelt. »Mein Gott, ja. Ich glaube, da habe ich noch am meisten Glück gehabt. Immerhin weiß ich, dass mein Vater ein deutscher Archäologe mit langweiligen dunkelblonden Haaren ist, der prinzipiell ganz woanders auf der Welt arbeitet. Und wenn er tatsächlich ein bisschen windig ist, dann schafft es der Wind wenigstens, mir ab und zu eine Postkarte herüberzuwehen.« Leándra streichelte über Elenis Haare. »Aber warum zum Henker macht sie aus deinem Vater so ein Geheimnis?«

Ein eisiges Frösteln lief durch Elenis Körper. Sie wünschte sich zum tausendsten Mal, endlich zu erfahren, woher sie stammte. Aber dass Leándra so viel darüber nachdachte, machte es fast noch schlimmer. Manchmal wäre es ihr lieber, wenn nicht einmal ihre Schwester wüsste, wie seltsam sie war. Doch Leándra wusste es, und sie war die Einzige, mit der sie darüber reden konnte. »Ich hab so ein ungutes Gefühl, seitdem wir hier sind.« Eleni flüsterte. »Da ist irgendetwas in mir, das hierher gehört, das … ach, ich weiß auch nicht.« Sie brach ab. Von der magnetischen Kraft, die durch ihre Hände in die Erde geströmt war, konnte sie nicht erzählen. Stattdessen richtete sie sich auf und betrachtete ihre Schwester von der Seite.

Leándra drehte gedankenverloren eine blonde Strähne um ihren Zeigefinger und starrte ins Leere. »Vielleicht sollten wir mal zusammentragen, was wir wissen.« Sie ließ ihre Haarsträhne los und betrachtete Eleni. »Also, fangen wir mit dir an. Deine Haare sind schwarz wie die Nacht und du hast schwarze, große Kuhaugen.«

»Hey!« Eleni ballte ihre Faust, um Leándra zu knuffen. Doch der Schmerz ließ sie zurückzucken. »Kuhaugen!«, rief sie empört. »Sag noch mal, dass ich Kuhaugen habe.«

Leándra lachte. »Das war ein Kompliment. Hast du dir die Augen von Kühen schon mal genau angeschaut? Die sind schwarz und groß und haben wunderschöne dichte Wimpern.«

Jetzt musste auch Eleni lachen. »Okay, also von mir aus: Kuhaugen.«

Leándra fuhr schmunzelnd fort: »Dann wären da noch deine rassige dunkle Haut, die schnell braun wird, wilde Locken, die niemand sonst in der Familie hat. Und ein Gesicht, bei dessen Anblick die Jungs bald reihenweise umfallen werden, wenn sie erst mal gemerkt haben, dass sie sich für Mädchen interessieren.« Leándra verzog den Mund und deutete auf ihre eigenen Haare, deren Farbe irgendwo zwischen blond und hellbraun variierte, je nachdem, wie viel Sonne sie abbekamen. »Also, dein Vater ist definitiv ein anderer als meiner, und wenn du mich fragst, dann ist er Grieche. Und zwar ein ziemlich hübscher.« Leándra grinste.

Eleni richtete sich langsam auf und sah ihre Schwester nachdenklich an. »Aber so richtig weiter bringt uns das nicht, oder?«

Leándra stieß ein Seufzen aus. »Leider nein, kein bisschen.« Sie blickte nachdenklich auf ihre Hände. »Von unserem Großvater wissen wir ja auch, dass er Grieche ist. Und Oma Greta tut trotzdem noch so, als wäre er das Phantom der Oper.« Leándra schnaubte: »Das ist wirklich zum Verrücktwerden! Ich möchte wetten, es gibt Millionen Kinder von windigen Vätern und die kennen trotzdem den Vornamen von ihrem Erzeuger.«

Eleni lehnte sich wieder gegen Leándras Schulter. »Ja, ich weiß. Aber vielleicht hat Mama auch recht und ich kann nur selbst herausfinden, woher ich komme.« Ihr Magen fing wieder an zu knurren. Bei dem Gedanken an überbackenen Toast lief ihr das Wasser im Mund zusammen. »Ich habe schon wieder Hunger. Würdest du mir Toast überbacken? Mit Käse und Tomaten und mindestens fünf Scheiben davon?«

Leándra lachte leise. »Na klar. Ich will ja, dass deine komischen Knochen bald wieder normal sind.«

Elenis Knochen brauchten zum Glück nicht einmal einen Tag, um sich zu erholen. Leándra blieb den ganzen Morgen und Nachmittag bei ihr und besorgte ihr in regelmäßigen Abständen weiteres Essen. Als sie schließlich sogar ihr Lieblingskuchenrezept aus den Umzugskisten heraussuchte, konnte Eleni immerhin schon wieder aufstehen und sah ihrer Schwester zu, während sie ein ganzes Blech voll Kirschkuchen backte. Nachdem Eleni auch davon irrsinnige Mengen verputzt hatte, holte Leándra spaßeshalber einen Zollstock hervor und sie maßen Eleni auf 1,64 Meter.

»Wow.« Leándra pfiff durch die Zähne. »Du bist fünf Zentimeter gewachsen. Kein Wunder, dass dir alles wehtut.«

»Nicht mehr.« Eleni grinste. »Dein Kuchen hat mich gesund gezaubert. Jetzt geht's mir wieder gut.« Tatsächlich waren nicht nur die Schmerzen verschwunden, seit sie den Kuchen gegessen hatte – in ihrem Körper ging etwas Seltsames vor. Eine sonderbare Stärke breitete sich in ihren Muskeln aus, und inzwischen strömte die Energie so heftig durch ihre Adern, dass sie kaum noch wusste, wohin mit ihrer Kraft.

»Na los, komm schon«, rief sie. »Wir ziehen uns Badesachen drunter und machen das Dorf und das Meer unsicher.« Eleni wartete nicht auf Leándras Antwort. Sie lief in ihr Zimmer, zog sich einen Bikini und ein Sommerkleid an und rannte wieder in die Küche.

Leándra wartete bereits an der Tür und klimperte mit dem Schlüssel. »Na los!«

Die Nachmittagssonne stand inzwischen nur noch schräg über der Hochebene. Dennoch reflektierte ihr Licht auf dem hellen Sonnensegel, das weiter hinten über der Ausgrabungsstelle gespannt war. Eleni musste die Augen zusammenkneifen, um zu sehen, dass ihre Mutter dort hinten vor einem Dutzend Leuten stand und ihnen einen Vortrag hielt.

Leándra folgte ihrem Blick. »Gehen wir hin und sehen uns den *Tempel* mal an? Oder sollen wir ins Dorf und zum Baden?«

»Was für eine Frage?« Eleni lief einfach los, den schmalen Fußpfad entlang, der so aussah, als würde er auf schnellstem Weg ins Dorf hinunterführen. Es war ein steiler Weg, aber sie sprang wie eine Ziege zwischen Felsen und Geröll den Hang hinab. Erst als sie die obersten Gassen von Agia Vasiliki erreichte, blieb sie stehen und wartete auf ihre Schwester.

Leándra keuchte, als sie Eleni einholte. »Oh Mann, bist du schnell. Da kommt ja kein normaler Mensch hinterher.«

Eleni lachte. Endlich ging es ihr wieder gut, und im Sonnenlicht zwischen den weißen Häusern war sogar das dunkle Gefühl verschwunden.

Zusammen streiften sie durch die Gassen von Agia Vasiliki. Auch in diesem Dorf gab es winzige Gemüsegärten zwischen den Häusern. Auf jeder noch so kleinen Freifläche grasten Ziegen oder Esel und hin und wieder huschte vor ihnen ein Huhn über die Straße. Die Fensterläden der weißen Steinhäuser öffneten sich, um die Abendluft hereinzulassen und die ersten Leute fanden sich auf den Sträßchen mit ihren Nachbarn zusammen. In den schattigen Ecken spielten kleine Jungen Fußball, auf einer Steinmauer saßen zwei Mädchen und steckten sich gegenseitig Haarspangen in die schwarzen Locken. Und neben einem der Häuser standen ein paar Jugendliche, die ihnen neugierig nachsahen.

»Touristenmädchen«, rief einer von ihnen auf Griechisch. Offenbar war er sich sicher, dass sie ihn nicht verstehen konnten.

Aber Leándra drehte sich zu ihm um und schüttelte den Kopf. »Keine Touristenmädchen!«, rief sie in seiner Sprache zurück. »Nur welche, die gestern erst hierhergezogen sind.«

Der Junge löste sich aus dem Schatten der Hauswand, wo er mit seinen Freunden zusammenstand, und schlenderte langsam auf sie zu. Es war tatsächlich ein recht hübscher Grieche mit wilden braunen Locken.

Eleni musste grinsen, als sie sah, wie Leándra rot wurde.

Der Junge lächelte ihnen selbstbewusst zu. Er war einen halben Kopf größer als Leándra und streckte ihr die Hand entgegen, als er sie erreichte.

»Ich bin Vasili«, stellte er sich vor. »Meine Eltern waren

sehr einfallsreich, als sie mich nach ihrem Heimatdorf und einer ganzen Reihe ihrer Vorfahren benannt haben.« Er machte eine Kopfbewegung in die Runde. »Was treibt euch an den Rand der Welt?«

Leándra räusperte sich. Sie musste ihre Sprache erst noch wiederfinden, nachdem sie erkannt hatte, welch hübscher Fisch ihr an den Haken gegangen war.

Eleni kam ihr zu Hilfe. »Wir wohnen oben über den Klippen. Unsere Mutter ist Archäologin und vermutet auf der Ebene einen Tempel unter der Erde.«

Vasilis Gesicht hellte sich noch weiter auf. »Ach, ihr seid das! Ich wusste gar nicht, dass die Archäologin zwei Töchter hat. Seit Wochen gibt es hier kein anderes Thema.« Er drehte sich zu seinen Freunden um und winkte sie mit einem Kopfnicken heran. »Das sind die Töchter der Archäologin!«

Die anderen Jungen kamen langsam zu ihnen herüber. Mit Vasili waren es vier. Zwei von ihnen waren so groß wie ihr hübscher Anführer. Sie trugen beide den gleichen Igelhaarschnitt, aber damit hörte ihre Ähnlichkeit auch schon auf. Einer von ihnen hatte ein längliches, kantiges Gesicht, das zwar nicht hübsch, dafür aber gutmütig erschien, während der andere ziemlich erwachsen wirkte und sie so prüfend ansah, dass Eleni ein wenig mulmig zumute wurde.

Der vierte Junge war etwas kleiner als Eleni und offenbar der jüngere Bruder von Vasili. Er hatte die gleichen frechen Locken und muntere braune Augen, die wie Murmeln in der Sonne funkelten.

Vasili deutete in die Runde. »Das sind meine Freunde: Kosta und Alexos und mein kleiner Bruder Kimon, auf den wir heute aufpassen sollen.«

»Von wegen.« Kimon boxte Vasili gegen den Arm. »Ich passe auf euch auf, damit ihr nicht wieder mit 'ner Kiste Wein im alten Kloster verschwindet und erst morgen wieder auftaucht.« Er hielt die Hände weit auseinander über den Kopf. »Mit sooo einem Kopf.«

Vasili wischte seinem Bruder in einem angedeuteten Schlag über den Lockenkopf. »Das ist lange her.«

Als Vasili sich wieder Leándra zuwandte, schien es, als würde er unter seiner dunklen Sommerbräune auch ein wenig rot. »Und wie heißt ihr?«

Leándra räusperte sich zum zweiten Mal, aber jetzt fand sie ihre Stimme und ihr Lächeln wieder. »Ich bin Leándra und das ist meine Schwester Eleni.«

Alexos zog die Augenbrauen zusammen und musterte sie nachdenklich. »Ihr seht gar nicht aus wie Schwestern.«

Leándra seufzte und Eleni erkannte den leicht verzweifelten Klang, der sie schon den ganzen Tag begleitete. »Ich weiß. Elenis Vater ist Grieche und meiner ist Deutscher. Unsere Mutter ist Halbgriechin. Aber alle dunklen Farbpigmente hat Eleni geerbt.«

Die Jungen lachten. Vasili legte überschwänglich einen Arm um Leándras Schultern. »Macht doch nichts. Blondinen sind hier was Besonderes. Na los, wir zeigen euch mal das Dorf.« Er zog sie mit sich die Gasse entlang und ließ sie im nächsten Moment auch schon wieder los.

Leándra drehte sich Hilfe suchend zu Eleni um.

Eleni lief ein paar Schritte, um aufzuholen, und legte ihrer Schwester den Arm um die Schultern, genau dorthin, wo eben noch Vasilis Arm gewesen war. Schließlich flüsterte sie in Leándras Ohr: »Wart's ab, ein bisschen Sonne und Salzwasser und schon bist du hier die hübscheste Blondine weit und breit.«

Während sie durch das Dorf liefen, wurden sie von den Jungen umringt, und es dauerte nicht lange, bis sich Kimon an Elenis Seite gesellte. Seine Augen leuchteten bei jeder Gelegenheit in ihre Richtung, während Vasili nach und nach erklärte, wem die Geschäfte gehörten und in welchen Tavernen es das beste Essen gab.

Schließlich glitzerte ihnen das Meer durch die Gassen entgegen. Nur noch ein paar Hundert Meter bergab und sie wären endlich am Strand. Die Energie in Elenis Muskeln kribbelte und wollte sie dorthin treiben.

»Wart ihr heute schon schwimmen?«, rief sie den Jungen zu. Ohne auf eine Antwort zu warten, sprang sie die ersten Schritte vorwärts. »Wir noch nicht. Wer zuerst am Wasser ist!«

Eleni sah gerade noch, wie Kimon mit blitzenden Augen anfing zu rennen, bevor sie ihn auch schon überholt hatte. Ihre Beine schienen schneller zu sein, als je zuvor, es fühlte sich an, als würde sie fliegen, während sie in langen Sätzen durch die Gassen jagte. Kleine Treppen tauchten vor ihr auf, aber Eleni sprang einfach darüber hinweg und landete geschmeidig zwei oder drei Meter tiefer auf den Pflastersteinen. Schließlich übersprang sie auch die letzte und längste Treppe, die geradewegs auf den Strand führte.

Vor ihr lag das Meer. Seichte Wellen rollten an den Strand. Nur noch wenige Meter und das kühle Wasser würde den Schweiß von ihrer Haut waschen. Eleni zog im Laufen das Kleid über ihren Kopf, warf es hinter sich und stürzte sich in die Wellen. Sie schwamm ein Stück und drehte sich zurück zum Ufer. Kimon hatte den Strand als Zweiter erreicht. Während sein Lachen über den Strand hallte, zog er sich das T-Shirt über den Kopf und bedeutete ihr mit wilden Gesten, sie solle auf ihn warten. Er streifte hastig die kurze Hose von seinen Beinen und rannte ihr nach ins Wasser.

In dem Moment erreichten auch die Großen den Strand. Vasili gestikulierte wild und rief so laut, dass es an sämtlichen Hauswänden des Dorfes widerhallte: »Nicht so weit raus! Letzte Nacht war ein Erdbeben. Vielleicht war es nur ein Vorbeben und es geht jeden Moment wieder los!«

Eleni erstarrte für einen Moment im Wasser, dann musste sie lachen. Es war ihr Erdbeben gewesen, ihre Hände hatten es gerufen, sie konnte so viel in diesem Meer schwimmen, wie sie wollte. Plötzlich war das dunkle Gefühl zurück. Aber es war anders, keine Bedrohung mehr, sondern eine starke Kraft, die durch ihren Körper pulsierte. Sie wandte sich wieder zum offenen Meer und schwamm mit kräftigen Zügen gegen die Wellen, immer weiter hinaus, bis sie den Ausgang der Bucht fast erreicht hatte und schon sehen konnte, wie das Meer unruhiger und mächtiger wurde.

»Eleni! Nicht weiter raus!«, rief Kimon ihr nach. Er klang schon weit entfernt und ziemlich ängstlich. »Du darfst nicht weiter! Hinter den Klippen ist eine starke Strömung, die reißt dich ins offene Meer!«

Eleni drehte sich zu ihm um und schwamm für einen kurzen Moment rückwärts. Seine dunklen Haare klebten in einer dicken Matte auf seinem Kopf und das muntere Funkeln seiner Augen war nackter Panik gewichen.

Ein kleines bisschen tat er ihr leid. Für eine Sekunde überlegte sie, ob sie auf ihn hören sollte. Aber die neue Kraft ihrer

Muskeln verlangte die Bewegung. Eine starke Meeresströmung wäre genau der richtige Gegner, um sich daran zu messen. Sie lächelte Kimon zu und winkte ihm. »Dann bleib du besser da! Und mach dir um mich keine Sorgen. Ich schaffe das schon.«

Gleich darauf warf sie sich in die Wellen. Sie blickte nicht mehr zurück und schwamm mit energischen Zügen parallel zu den Klippen, bis sie die Spitze der Felsennase erreichte. Tatsächlich wurde sie von der Strömung erfasst, ein wilder Sog, der sie aufs Meer hinaustragen wollte. Für eine Sekunde glaubte sie, dass sie einen schrecklichen Fehler begangen hatte. Doch dann strömte das dunkle Gefühl so heftig durch ihre Muskeln, dass ihre Schwimmbewegungen mit Leichtigkeit gegen die Strömung ankamen. Sie schwamm um die Klippen herum und der Strand verschwand hinter ihr aus ihrem Sichtfeld. Schließlich gab es nur noch die gewaltige Felswand rechts neben ihr und das offene Meer auf ihrer linken Seite. Weiter hinten sah es so aus, als würde etwas durch die Wellen springen. Für einen Moment fragte Eleni sich, ob es Delfine waren, die sich dort tummelten. Als sie jedoch das nächste Mal in Richtung Sonne blinzelte, waren die Tiere verschwunden.

Stattdessen entdeckte sie etwas anderes: Sie hatte die Felsennase umrundet und auf der anderen Seite der Klippen lag ein weiterer Strand. Ein kleiner Strand, umhüllt von einer tiefen Felsenschlucht. Ein einzelnes Haus stand dort, und dahinter zog sich ein niedriger Tamariskenwald in die Schlucht hinein. Ein paar Ziegen und ein Esel liefen im Schatten der Bäume umher.

Aber was Elenis Blick fesselte, war ein Mädchen mit langen schwarzen Haaren, das aus der Tür des Hauses heraustrat und aufs Meer schaute, als würde sie nach etwas suchen. Die Fremde musste im gleichen Alter sein wie sie.

Ein starkes Kribbeln zog über Elenis Hinterkopf. Für einen Moment schienen sich ihre Blicke zu begegnen. Das Mädchen trat einen Schritt auf sie zu. Auch Eleni wollte durch die Bucht auf sie zuschwimmen, wollte an den Strand gehen und sie begrüßen.

Doch das dunkle Gefühl hielt sie davon ab. Irgendetwas stimmte hier nicht.

Das Mädchen senkte traurig den Kopf, hob eine Wanne mit Wäsche vom Boden und trug sie zu einer Wäscheleine, die zwischen den Tamarisken gespannt war.

Leándras Herzschlag tobte vor Angst. Die Stimmen der Jungen riefen wild durcheinander, Vasili hatte sich längst ins Wasser gestürzt, um seinem Bruder und Eleni hinterherzuschwimmen, aber Eleni war bereits so weit entfernt, dass ihr Kopf kaum noch zwischen den Wellen zu erkennen war. Die Jungen riefen etwas von Strömung und Gefahr und auch der kleine Bruder von Vasili war inzwischen wieder umgekehrt und schwamm zurück zum Strand.

Nur Eleni verschwand hinter den Klippen im offenen Meer, bis keine Spur mehr von ihr blieb. Leándra rief nach ihrer Schwester, eine Hand legte sich tröstend auf ihre Schulter, aber sie wehrte sie ab. Nur aus den Augenwinkeln erkannte sie, wie mehr und mehr Erwachsene an den Strand kamen und Kosta einem der Fischer mit wilden Gesten etwas erklärte. Als der Fischer schließlich sein Motorboot startete und auf das Meer hinausfuhr, geschah etwas Seltsames: Leándras

Körper fiel einfach in den Sand und blieb sitzen, während sie dem Boot nachstarrte, das unendlich langsam fuhr. Die Zeit dehnte sich und schrumpfte gleichzeitig zusammen, bis sie nicht mehr wusste, wie lange sie schon still saß. Nur das Boot bannte ihren Blick. Unablässig fuhr es auf dem Meer hin und her, aber es schien nicht zu finden, was es suchte. Schwarze Sterne tanzten vor Leándras Augen entlang, doch nach einer Weile flüsterte eine leise Stimme in ihrem Kopf: *Eleni weiß, was sie tut. Sie besitzt Fähigkeiten, die du noch lange nicht durchschaust, und wenn ihre Hände ein Erdbeben rufen können, ist ihr Körper vielleicht auch stärker als eine Meeresströmung. Gleich kommt sie wieder zurück und lacht dich aus.*

Für einen kurzen Moment kehrte die normale Zeit zurück, als Vasili an den Strand kam und seinen kleinen Bruder am Arm mit sich führte. Aber Eleni blieb verschwunden und das Boot suchte noch immer vergeblich.

Dann sah Leándra einen dunklen Punkt, der weit hinten, dicht neben den Klippen aus dem Meer auftauchte und sich in schnellem Tempo näherte. Sie konnte nicht glauben, dass es ihre Schwester war, und hoffte es gleichermaßen. Die Zeit dehnte sich wieder unendlich aus, wurde zur Ewigkeit, bis sich Eleni schließlich aus dem Meer erhob. Ihr Lachen perlte durch die Bucht und Leándra nahm aus den Augenwinkeln wahr, wie die Menschen am Strand stehen blieben, um das Wunder zu bestaunen.

»Du glaubst nicht, was ich gefunden habe«, rief Eleni ihr entgegen. Sie fasste ihre Haare mit den Händen zusammen, zog sie über ihre Schulter und wrang das Salzwasser aus ihren nassen Locken.

Die erstaunten Jungen wichen zur Seite, um Eleni durchzulassen. Mit leuchtenden Augen blieb sie stehen und flüsterte Leándra zu: »Auf der anderen Seite der Klippen ist ein kleiner Strand! Wir müssen morgen unbedingt nachschauen, wo der Landweg ist, auf dem wir dorthin kommen können.«

»Du bist auf der anderen Seite der Klippen gewesen?«, erwiderte Leándra verängstigt.

Die Jungen um sie herum raunten. Kimon bekam weite Augen und starrte Eleni bewundernd an.

Vasili lachte, kurz bevor er sich zu Leándra beugte. »Schwimmt deine Schwester für die deutsche oder für die griechische Nationalmannschaft?«

Die Jungen kamen mit ihnen, als sie vom Strand aus durch das Dorf zurückgingen. Vor allem Kimon wich Eleni nicht von der Seite. Seine Augen funkelten wieder in dem munteren Braun und seine Stimme überschlug sich vor Aufregung. »Wie hast du das gemacht? Niemand ist je um die Klippen herumgeschwommen, und wenn es doch mal einer versucht hat, dann war das ein ahnungsloser Tourist oder jemand, der sich selbst überschätzt hat. Jedenfalls sind da schon Leute ertrunken.«

Eleni antwortete ihm mit einem freundlichen Lächeln und versuchte, die Sache herunterzuspielen. »Ich bin einfach geschwommen.«

Die großen Jungen lachten so laut darüber, dass die Fremden in den Gassen ihre Köpfe drehten, um einen Teil ihres Gespräches aufzuschnappen. Eleni erschien es, als würden alle sie anstarren.

Vasili und Kosta fingen an, Gruselgeschichten über die

Strömung hinter den Klippen zu erzählen. Währenddessen warfen die Jungen immer wieder verstohlene Blicke auf Eleni, als wäre sie ein Wunder auf zwei Beinen. Mehr und mehr bildete sich ein schwerer Kloß in ihrem Hals. Nicht einmal einen Tag lang schaffte sie es, unauffällig zu sein. Was war ihr nur eingefallen, vor aller Augen etwas zu tun, was sonst offenbar niemand konnte? Sie musste endlich lernen, sich besser zu beherrschen.

Die Jungen wollten sich die Ausgrabungsstätte ansehen und kraxelten mit ihnen zusammen den steilen Pfad hinauf, der zur Hochebene führte. Doch auf halbem Weg, dort wo die Klippen begannen, blieben sie stehen und warfen Steine ins Meer hinunter.

Leándra huschte an Elenis Seite. »Das hast du ja super hingekriegt«, zischte sie. »Spätestens morgen weiß das ganze Dorf, dass *Supergirl* im Haus auf den Klippen eingezogen ist.« Sie holte tief Luft und starrte Eleni an. Als sie weitersprach, klang ihre Stimme belegt. »Abgesehen davon: Kannst du dir vorstellen, welche Angst ich um dich hatte?«

Eleni senkte den Kopf, während sie ein Stück vorliefen und die Jungen hinter sich ließen. »Es war nicht schwer«, flüsterte sie. »Klar, da war die Strömung, aber ich hatte so viel Kraft. Ich wusste gar nicht so richtig, wohin damit. Da kam mir die Strömung gerade recht, um mich ein bisschen auszutoben.«

»Oh Mann, Eleni.« Leándra legte ihr einen Arm um die Schultern. »Die Jungen finden dich jetzt total cool, vielleicht haben wir ja noch mal Glück gehabt.«

Eleni versuchte zu lächeln, aber es wurde nur ein schiefes Grinsen.

Die Jungen rissen sich vom Steinewerfen los und folgten

ihnen, als sie die Anhöhe erreichten. Während sie von Weitem auf die Ausgrabungsstätte zusteuerten, wurden die Jungen ruhiger und liefen schließlich so brav neben ihnen her, als wäre eine strenge Lehrerin in der Nähe.

Die Studenten und Hilfskräfte, die ihre Mutter rekrutiert hatte, saßen auf Getränkekisten unter einem Sonnensegel und lauschten Arjanas Vortrag. Während die Studenten so aussahen, als würde ihre Chefin ihnen nicht viel Neues erzählen, erschienen die Dorfbewohner wie brave Schüler in einer Grundschule: große, stämmige Männer, die mit angewinkelten Knien in Bodennähe hockten und mit faszinierten Blicken zu ihrer Lieblingslehrerin aufsahen. Eleni musste schmunzeln.

Ihre Mutter lächelte ihnen zu und winkte sie heran. »Setzt euch doch dazu. Wir sind gleich fertig.«

Eleni und Leándra suchten sich Geröllbrocken, auf denen sie sitzen konnten, und die Jungen taten es ihnen gleich.

Arjana hatte große Zeichnungen auf alte Tapetenrollen gemalt, die nun an den Pfosten des Sonnensegels hingen und wichtige Grundlagen der Archäologie darstellten.

»Also, wer fasst noch mal zusammen, was ich gerade erklärt habe?« Arjana blickte zwischen ihren Schülern in die Runde.

Ein paar der Studenten hoben ihre Arme und schließlich schob auch einer der Dorfbewohner zögernd die Hand in die Höhe.

Arjana lächelte ihm zu. »Ja, bitte.«

Es war ein kleiner, aber kräftiger Mann. Eleni schätzte ihn auf Mitte fünfzig und stellte fest, dass seine Nase und sein eckiges, längliches Gesicht auffällige Ähnlichkeit mit Kosta hatten. Waren die Jungen deshalb hier oben so zahm geworden?

»Die Oberflächenschicht wurde größtenteils schon mit dem Bagger abgezogen«, erklärte Kostas Vater. »Als Nächstes graben wir mit Schaufeln und Spaten weiter. Beim Graben müssen wir sehr vorsichtig sein, damit wir keine … wie nennt sich das? Befunde? Oder Funde? Also, damit wir nichts zerstören, was dort in der Erde liegt. Insgesamt heben wir die Erde Schicht für Schicht ab. Das heißt, wir graben immer so tief, bis die Erde anders aussieht als vorher. Wenn eine ganze Schicht ausgehoben wurde, wird die Fläche vermessen. Stimmt das so?«

Arjanas Zeigefinger strich wieder gedankenverloren über ihren Handrücken. Aber ihr Lächeln erschien hellwach und zufrieden. »Genau. Sehr gut. Nach jeder Schicht wird das Höhenprofil sorgfältig gemessen und alles, was wir finden, wird in seiner Lage im Boden fotografiert und abgezeichnet. Aus dem Verlauf der Schichten lässt sich dann hoffentlich später ablesen, wie unser Tempel hier untergegangen ist, wie lange er damals existiert hat und wann er gebaut wurde. Und aus den Dingen, die wir in der Erde finden, wollen wir rekonstruieren, welche Funktionen der Tempel früher hatte und welche Rituale in ihm gepflegt wurden.« Arjana schmunzelte. »Wie ihr euch vorstellen könnt, wird das eine Heidenarbeit und wir sind hier bestimmt noch eine Weile beschäftigt.«

Die Studenten nickten und die Dorfbewohner wechselten erfreute Blicke.

Arjana stützte ihre Hände in die Hüften und sah in die Runde. »Das archäologische Team kommt im Laufe des Abends hier an. Das heißt, sie stoßen dann morgen zu uns. Wir werden heute für den Rest des Tages die Ausgrabungsstätte weiter vorbereiten.«

Eleni hörte nicht länger zu. Ihr Blick schweifte über den Rand des Felssporns hinweg auf die Seite des Meeres, auf der sie heute geschwommen war. Dort, hinter den Klippen, musste der kleine Strand liegen, an dem sie das Mädchen gesehen hatte. Ob es dort tatsächlich einen Zugang zu der Schlucht gab? Irgendwie mussten das Mädchen und ihre Familie schließlich dorthin kommen.

Eleni war für einen Moment versucht, Kimon zu fragen. Er kannte sich sicher gut aus und würde wissen, wie man in die Schlucht gelangte. Aber schließlich biss sie sich auf die Lippen und hielt sich zurück. Sie würde es allein herausfinden – und wenn sie dorthin ging, wäre Leándra die einzige Gesellschaft, auf die sie vertraute.

Kapitel Drei

Der nächste Tag auf der Ausgrabungsstätte begann schon um fünf Uhr morgens. Eleni und Leándra ließen sich etwas mehr Zeit und kamen erst um kurz nach sieben dazu, als das Treiben schon in vollem Gang war. Das Sonnensegel war über die ganze Grabungsfläche gespannt, ein paar der Archäologen vermaßen gerade die Erdoberfläche mit einem Tachymeter, einem Gerät, das auf einem Stativ stand und so aussah wie eine zu groß geratene Fotokamera. Etwas abseits stand ein Materialcontainer, der gestern noch nicht da gewesen war. Ein paar Studenten luden diverse Gerätschaften und Werkzeug von der Ladefläche eines Jeeps und verstauten sie in dem Container. Weiter hinten, kurz vor dem Berg, der zum Landesinneren hin steil aufragte, entdeckte Eleni schließlich den Bagger. Er räumte einen Pfad von Steinen frei, auf dem sie später vermutlich die Erde wegfahren würden.

»Bis nach dahinten?« Leándra pfiff durch die Zähne. »Au weia, das wird Knochenarbeit.«

Eleni lachte. »Was meinst du, wofür Mama so viele Hilfskräfte angeheuert hat. Aber ich wette, einer von denen kann Traktor fahren und die Erde wird im Anhänger dorthin gebracht. Ich glaube nicht, dass wir mit den Schubkarren bis zu dem Berg gurken müssen.«

Leándra grinste. »Hoffentlich.«

Nur eine knappe Stunde später war die Ausgrabungsstätte so vorbereitet, dass sie anfangen konnten. Arjana teilte alle Mitarbeiter in Gruppen ein, jeweils ein Archäologe mit einem Studenten und einem Hilfsarbeiter.

Die oberste Erdschicht war durchsetzt mit Steinen und kleinen Felsen. Aber Elenis sonderbare Kraft war zurückgekehrt und es kam ihr ganz recht, sich an den Geröllbrocken austoben zu können.

Über die Mittagszeit machten sie eine lange Pause, um der größten Hitze zu entgehen. Als sie am Nachmittag schließlich weitermachten, tauchten auch die Jungen wieder bei der Ausgrabungsstätte auf. Sie boten eifrig ihre Hilfe an und Arjana verteilte sie als zusätzliche Helfer auf die Gruppen. Kimon schaffte es, seine Mithilfe so zu regeln, dass er in Elenis Gruppe kam. Zusammen mit Basil, einem griechischen Archäologen, und Dimitrios, Kostas Vater, gruben sie am Rand des Tempels, ungefähr dort, wo bald die Mauern auftauchen müssten. Basil und Dimitrios waren etwa im gleichen Alter und setzten eine angeregte Unterhaltung fort, die schon am Morgen begonnen hatte. Gleichzeitig stellte Kimon tausend Fragen an Eleni und quetschte sie über alles aus, was sie zum Thema Ausgrabungen und Archäologie berichten konnte.

»Das ist cool«, erklärte er immer wieder. »Ich glaube, ich werde auch Archäologe, wenn ich erwachsen bin.«

Eleni grinste ihn an. »Wart's ab. Wenn du erst die ganzen Sommerferien lang in der Gluthitze gebuddelt hast, überlegst du dir das noch mal.«

Kimon zuckte mit den Schultern. »Besser als Schule ist es allemal. Und stell dir vor, wir finden diesen Tempel.« Er strahlte sie aus seinen Leuchtaugen an. »Dann wird Agia Vasiliki berühmt, dann kommen die Touristen hierher und Mama hat endlich genug Gäste in ihrer Pension.«

Arjana tauchte neben ihnen auf und trat zu Basil. »Die Mauern liegen erstaunlich tief unter der Erde, findest du nicht auch?«

Der große Grieche richtete sich auf und kratzte sich am Kopf. »Kann man wohl sagen. Ich hätte damit gerechnet, dass die Mauern direkt unter dem Humus auftauchen. So deutlich, wie man es an dem Bewuchs gesehen hat, wäre das logisch gewesen.«

Er räusperte sich. »Also, wenn du mich fragst … Wenn es auf den Luftbildern nicht eindeutig zu sehen gewesen wäre – ich würde sagen, hier ist nichts, kein Tempel, keine Mauern, nur Erde und Geröll.«

Ein entsetzter Ausdruck blitzte in Arjanas Augen auf. »Sag das bitte nicht noch lauter, sonst streichen sie mir die Finanzierung, bevor wir etwas gefunden haben.«

Auf Basils Gesicht bildeten sich gutmütige Lachfältchen. »Keine Sorge. Bevor wir aufgeben, graben wir noch eine Weile für dich.«

Kurz nachdem ihre Mutter gegangen war, stieß Eleni mit ihrer Schaufel auf einen Geröllbrocken, der riesig war. Sie hielt inne und winkte Basil heran. »Ist das ein normaler Stein?«

Basil kam zu ihr, grub vorsichtig um den Brocken herum und nickte schließlich. »Ja, ein ganz normaler verfluchter Felsbrocken, den wir jetzt irgendwie auf die Karre befördern müssen.«

Basil und Dimitrios machten sich gemeinsam ans Werk, den Felsen aus der Erde zu hebeln, und schließlich kam der kleine Bagger, um das Ding auf die Karre zu laden.

Eleni starrte in das Loch hinunter, das der Brocken in der Erde hinterlassen hatte und plötzlich zog das Loch sie an. Sie sprang hinein und ging in die Knie. Ihre Hände legten sich auf den Boden und für einen Moment fürchtete sie, dass sie wieder ein Erdbeben auslösen würde. Eine seltsame Energie kribbelte durch ihre Finger, strömte in die Erde, als wollte sie Kontakt mit den verborgenen Mauern aufnehmen. Der Tempel war dort unten. Eleni fühlte es.

Die Haare an ihrem Hinterkopf stellten sich auf, kalter Schweiß strömte über ihren Rücken. Sie wollte weitergraben, wollte die Erde mit den Händen zur Seite schaufeln, um endlich zu dem Tempel zu gelangen.

»Eleni? Alles in Ordnung?« Leándra stand plötzlich vor ihr. Sie fasste Eleni an den Schultern und zerrte sie hoch.

Eleni atmete tief ein.

»Mama?« Leándra winkte ihrer Mutter zu. »Eleni braucht eine Pause!«

Arjana hob ihren Kopf und schien mit einem einzigen Blick zu verstehen, was los war. Aber auch Kimon hatte offenbar mehr mitbekommen, als er sollte. Er musterte Eleni und runzelte die Stirn.

»Okay! Eine halbe Stunde Pause für alle!«, rief Arjana über die Ebene. Die Leute richteten sich auf, legten ihre Spaten und Schaufeln beiseite und griffen nach ihren Wasserflaschen.

Plötzlich spritzte Wasser über Elenis Kopf. »Ey!« Sie wirbelte herum, zusammen mit Leándra, die ebenfalls nass wurde. Kimon stand neben dem Erdloch, schüttelte lachend seine Wasserflasche und zielte zu ihnen herunter.

»Na warte!« Eleni sprang aus dem Loch. Sie rannte zur Wasserkiste, holte sich ebenfalls eine Flasche und jagte Kimon hinterher. Sie tobten und lachten. Immer wieder schüttelten sie die Flaschen, bis die Kohlensäure verbraucht war und nichts mehr heraussprudelte. Schließlich tranken sie das restliche Wasser und ließen sich erschöpft auf den Boden fallen.

»Warum gehen wir nicht schwimmen?« Kimon sah Eleni an. »Ich kenne einen hübschen Strand auf der anderen Seite der Klippen. Wir müssen nur dort hinten durch die Schlucht.« Er deutete mit dem Arm in die Richtung.

Elenis Herz fing an zu toben. Er sprach von dem Strand, den sie gestern gesehen hatte! Dort hinten musste die Schlucht sein, in der das Mädchen lebte.

Eleni wollte dort hin, lieber jetzt als später, lieber gestern als heute. Aber nicht mit Kimon, und noch weniger mit den anderen Jungen, die ihnen sicher folgen würden.

Sie richtete sich auf, und wischte sich den Staub von den Handflächen.

»Na? Was ist?« Kimon setzte sich neben sie.

Eleni lachte und boxte ihm gegen den Arm. »Was glaubst du, wie lang eine halbe Stunde Pause ist? Die reicht nicht zum Klettern, Wandern und Schwimmen. Ich dachte, du willst Archäologe werden. Da muss man pünktlich sein.«

Kimon grinste verlegen. »Schade, dann eben nicht.« Eleni lächelte zurück. Plötzlich war sie ihm dankbar für seine Wasserattacke. Er hatte sie aus dem Loch herausgelockt, weg von der seltsamen Anziehungskraft und dem dunklen Tempel.

Um keinen Preis durfte sie dorthin zurückkehren, jedenfalls nicht, solange so viele Menschen hier waren.

Wenigstens schien Leándra schon mit ihrer Mutter darüber zu reden. Die beiden standen zusammen und sahen hin und wieder zu ihr herüber. Nachdem die Pause vorbei war, kam Arjana zu ihnen und teilte Eleni für eine andere Aufgabe ein.

Als Arjana den Feierabend einläutete und die Archäologen und Hilfskräfte nach Hause gingen, war es nicht ganz einfach, auch die Jungen wieder loszuwerden. Kimon wollte noch immer schwimmen gehen und die anderen stimmten begeistert zu. Auch Leándra hatte nichts dagegen, und als die Jungen von dem einsamen Strand erzählten, war sie Feuer und Flamme. Eleni überlegte hin und her, ob sie nicht einfach mitgehen sollte. Aber sie hatte ein ungutes Gefühl. Der Strand war etwas Besonderes, das Mädchen dort war etwas Besonderes – und wenn sie zum ersten Mal dort hinging, wollte sie nicht, dass die Jungs dabei waren.

In einem günstigen Moment nahm sie Leándra zur Seite und erklärte ihr, weshalb sie nicht mit den anderen zu dem Strand gehen wollte.

Ihre Schwester nickte schließlich. »So was Blödes.« Sie wandte sich mit einem Lächeln an Vasili. »Wir haben was Wichtiges vergessen. Unsere Oma kommt heute Abend auf dem Flughafen in Iraklion an. Wir fahren bald los, um sie abzuholen.«

»Schade.« Vasili hob die Schultern und kurz darauf zogen die Jungen enttäuscht in Richtung Dorf davon. Eleni atmete erleichtert auf.

Oma Greta würde tatsächlich am Abend aus Deutschland

kommen, aber im Grunde war es in Ordnung, wenn nur Arjana zum Flughafen fuhr.

»Lass uns allein zu dem Strand gehen«, flüsterte Eleni.

Leándra sah sie verwirrt an. »Ich dachte, du willst nicht dort hin?«

»Doch, schon. Ziemlich dringend sogar, aber ohne die Jungs.«

Unbehagen erschien auf Leándras Gesicht, doch schließlich nickte sie. Sobald sie ihrer Mutter klargemacht hatten, dass sie nicht mit zum Flughafen kommen würden, liefen sie auf die andere Seite der Hochebene.

Von der Ausgrabungsstätte aus war es tatsächlich nicht mehr weit. Sie fanden die Schlucht ziemlich schnell. Von oben konnten sie hinabsehen in ein tiefes Tal zwischen gelben Felswänden, auf ein ausgetrocknetes Bachbett, das sich in der Mitte der Schlucht entlangschlängelte – und nicht zuletzt auf die buschigen Bäume, die dort unten einen silbrig-grünen Wald bildeten. Viele davon mussten Tamarisken sein, aber das Laub sah so unterschiedlich aus, als wären auch andere Arten darunter. Welche es waren, konnte Eleni nicht ausmachen. Doch eines war eindeutig: In all dem Gewirr aus verschiedenen Baumarten schimmerten in regelmäßigen Abständen die runden Köpfe von Olivenbäumen hervor und ließen erahnen, dass es früher einmal ein Olivenhain gewesen war.

Nur das Haus und der Strand waren von hier aus nicht zu sehen und genauso wenig ein Zugang, der zum Grund der Schlucht führte. Sie liefen eine ganze Weile an der Schlucht entlang. Kurz bevor sie den Berg erreichten, entdeckten sie Reifenspuren und einen Platz, an dem anscheinend normalerweise ein Auto parkte. Genau dort, am Fuß des Berges, fanden sie eine Treppe, die zwischen den Felsen in die Schlucht hinabführte.

Während sie sich an den Abstieg machten, hatten sie einen atemberaubenden Blick. Die Schlucht verlief von hier aus nicht nur bis zum Meer, sondern zerteilte auch den hohen Berg mit einem tiefen Krater und führte weit ins Innere der Insel. Genau neben dem Berg gab es auch in der Schlucht eine gigantische Steinstufe. Oberhalb der Stufe waren die Steine glatt geschmirgelt und bildeten eine breite Rinne. Eleni erkannte sofort, dass es ein trockener Wasserfall sein musste, der im Herbst, Winter und Frühling einiges an Wasser führte. Dann stürzte der Bach an dieser Stelle in die Tiefe, ehe er durch den unteren Teil der Schlucht floss und schließlich ins Meer mündete.

Die Treppe, die sie hinuntergingen, führte auf den Wasserfall zu und dann entdeckten sie auf der Plattform neben dem Wasserfall ein sandfarbenes altes Gemäuer. Es sah verlassen aus und war vermutlich eine Klosterruine.

Hatte Kimon nicht von einem alten Kloster gesprochen? Offensichtlich war dies der Ort, an dem sich die Jugendlichen manchmal trafen.

Eleni und Leándra kletterten daran vorbei, neben dem trockenen Wasserfall in den tiefsten Teil der Schlucht. Als sie den Boden des Tals erreichten, standen sie in einem struppigen, gedrungenen Wald. Obwohl er aus uralten Bäumen bestand, war keiner von ihnen größer als ein Apfelbaum. Eleni erkannte Kreta-Ahornbäume mit buschigen Kronen, knorrige Steineichen mit stacheligen Blättern und die breiten, verwachsenen Stämme von jahrhundertealten Johannisbrotbäumen. Die Bäume standen wild durcheinander und manche von ihnen wuchsen so krumm, als wären sie vor einem halben Jahrhundert umgestürzt und im Liegen wieder angewachsen. Dort, wo der Wasserfall im Winter hinabrauschte, hatte die Wucht des Wassers einen kleinen Teich in den Boden des Tals gespült, in dem trotz der Sommerhitze noch etwas Wasser schimmerte. Ein schmaler Pfad führte sie daran vorbei und Eleni entdeckte eine Familie von Schildkröten, die in dem Tümpel umherschwammen und auf den Felsen am Ufer in der Sonne dösten. Die Zikaden zirpten hier unten so laut wie ein riesiger Schwarm von Vögeln, und Eleni hatte plötzlich das Gefühl, dass sie noch nie einen idyllischeren Ort gesehen hatte. Ob das Mädchen tatsächlich in diesem Tal wohnte? Vielleicht machte ihre Familie hier nur Urlaub, Abenteuerurlaub an einem wildromantischen Strand. Plötzlich kam Eleni ein schrecklicher Gedanke: Was, wenn sie nicht mehr da war? Wenn sie heute Morgen abgereist war und inzwischen andere Touristen dort wohnten?

Mit einem Schlag hatte Eleni es eilig. Sie sprang so schnell über den schmalen Trampelpfad, dass ihre Schwester hinter ihr zurückblieb. Der Weg führte zwischen den Bäumen am Bach entlang. Immer wieder ragten große Felsen ins Tal und der Pfad kreuzte den Bach, um ihnen auszuweichen. Eleni lief über kleine Brücken, sprang über Steine hinweg und duckte sich unter den kleinwüchsigen Bäumen, die ihren Weg wie ein Tunnel umrahmten. Nach und nach rückten die Bäume um sie herum weiter auseinander und der Boden unter ihren Füßen wurde sandiger. Ein paar Ziegen dösten im Schatten und liefen meckernd davon, als Eleni an ihnen vorbeirannte. Einen Moment später erreichte sie den Strand, den sie vom Meer aus gesehen hatte. Die Schlucht führte noch ein kleines

Stück ins Meer hinein, links von ihr erhoben sich die Klippen, die zu der Felsnase hinaufführten, und rechts wurde der Höhenzug zum Meer hin niedriger und lief schließlich in einzelnen Felsen aus, die am Ende der kleinen Bucht aus dem Wasser ragten.

»Wow!« Leándra holte sie ein und blieb neben ihr stehen. »Jetzt weiß ich, warum du unbedingt hierher wolltest.«

Eleni sah zu dem Haus am Rand der Bucht, es war aus gelbem Sandstein und tarnte sich in der Farbe der Felswand, die hinter ihm aufragte. Auch dieses Haus musste schon uralt sein. Es stand etwas schief, als wäre es im Sand versunken – aber vielleicht hatte auch nur der Meereswind den Sand um sein Fundament herumgewirbelt und an die Hauswand herangetrieben.

»Wohnt dort jemand?« Leándra flüsterte nur und Eleni konnte nachvollziehen, warum ihre Schwester auf einmal leise wurde. Dieser Strand erschien so klein und privat, dass sie sich wie Eindringlinge vorkamen.

Eleni dachte an den leeren Parkplatz oberhalb der Schlucht und betrachtete die Wäsche, die noch auf der Leine hing. Plötzlich wusste sie, dass das Mädchen wiederkommen würde. »Ich glaube, sie sind nicht zu Hause. Lass uns schwimmen gehen.«

Leándra zögerte noch, aber Eleni zog sich hastig aus, warf ihre kurze Hose und das T-Shirt in den Schatten eines Tamariskenbaumes und lief im Bikini durch den heißen Sand. »Na komm schon!« Sie drehte sich zu ihrer Schwester um und sprang auf der Stelle, um dem glühenden Sand zu entgehen.

Leándra lachte und fing endlich an, sich auszuziehen.

Eleni rannte voran, sprintete in die Wellen und genoss das

kalte Gefühl, das den Brand an ihren Füßen löschte. Kurz darauf war Leándra neben ihr. Zusammen schwammen sie durch die ruhige Bucht, bis zu den Felsen, die rund und glatt geschliffen aus dem Wasser ragten. Eleni zog sich darauf und reichte ihrer Schwester die Hand. Nebeneinander legten sie sich in die Abendsonne. Die Wellen schlugen rhythmisch gegen die Felsen, das Wasser spritzte in einer dünnen Gischt über sie hinweg und manche Wellen waren hoch genug, um ihre Körper immer wieder abzukühlen.

»Hier lässt es sich aushalten.« Leándra verschränkte die Arme hinter dem Kopf. »Meinst du, wir können uns morgen von der Ausgrabungsstätte freinehmen und den ganzen Tag hier liegen?«

Eleni lachte. »Vielleicht. Aber bestimmt nicht, ohne dass die Jungen uns suchen und hier finden. Dann ist es aus mit der Ruhe. Die müssen bestimmt den ganzen Tag um die besten Felsenplätze rangeln.«

Leándra blinzelte verträumt. »Och. Mit Vasili würde ich gerne mal rangeln. Und dein Kimon wird sich bestimmt für dich in den Kampf stürzen, damit du den besten Platz bekommst.«

»Mein Kimon!« Eleni schnaubte. »Den hab ich dann den ganzen Tag neben mir liegen. Das sehe ich jetzt schon!«

Leándra drehte den Kopf in Elenis Richtung. »Findest du ihn etwa nicht süß?«

Eleni verzog das Gesicht. Sie wollte nicht über Kimon reden, vor allem nicht darüber, dass er womöglich etwas bemerkt hatte. Er hatte gesehen, wie sie die Hände auf den Boden gelegt hatte … Sie wollte hier unauffällig bleiben, aber mit einem Verehrer, der ihr nicht von der Seite wich, war das schwierig. »Süß ist er schon, aber auch ganz schön aufdringlich. Und jetzt Schluss mit dem Thema!«

Leándra schloss die Augen und Eleni legte sich neben sie. Die Sonne blendete sie, bis sie den Arm über ihr Gesicht schob. Sie lauschte auf das Rauschen der Wellen, auf das regelmäßige Auf und Ab und das leise Plätschern, mit dem das Wasser von den Felsen herabtropfte, sobald sich die Wellen zurückzogen. Plötzlich schien es ihr, als läge noch ein Klang darin, ein leises, sehr schnelles Knacksen, unterbrochen von einem merkwürdigen Schnattern. Das Geräusch kam ihr vertraut vor und sie fragte sich, wo sie es schon einmal gehört hatte. Aber ihr fiel nicht ein, was es gewesen sein könnte. Schließlich spürte sie ein seltsames Kribbeln an ihrem Gaumen. Mit jedem Atemzug wurde es stärker, bis sie es wegräuspern wollte.

Doch als sie den Mund öffnete, entstand ein anderes Geräusch, ein sehr schnelles Klicken, das sich gut anfühlte. Wenn sie die Form ihres Mundes veränderte, konnte sie es variieren, bis eine seltsame Melodie daraus entstand.

Leándra schreckte auf. »Eleni? Kommt das von dir?« Sie starrte ihre Schwester an. »Machst du solche Geräusche?«

Eleni lachte. »Ja. Das ist cool, oder?« Sie öffnete wieder den Mund und ließ das sonderbare Knacksen durch ihre Kehle flattern. Mit jedem Versuch wurden die Laute vielfältiger, bis es sich so selbstverständlich anfühlte, als hätte sie schon ihr Leben lang solche Geräusche von sich gegeben.

»Das ist echt gespenstisch!« Leándras Gesicht wurde bleich. »Du klingst wie ein … wie ein Außerirdischer …«

Eleni verzog den Mund zu einem Grinsen, aber sie konnte nicht aufhören.

»Hör auf!«, schrie Leándra sie an. »Hör sofort auf!«

Eleni schloss den Mund, aber die Laute wollten sich in ihrer Kehle fortsetzen, wollten weitersingen, weiterrufen … Es war ein Kribbeln in ihrem Hals, unbändig wie ein wildes Tier.

Eleni schauderte. Sie blickte in die erschrockenen Augen ihrer Schwester und ahnte plötzlich, wie unheimlich sie ihr war.

Eine Bewegung am Strand lenkte ihre Aufmerksamkeit ab. Dort kam jemand aus dem Wald, ein schwarzhaariger Mann, der einen großen Rucksack auf seinem Rücken trug und zwei schwere Einkaufstüten in den Händen hielt. Er lief durch den Sand auf das Haus zu. Kurz darauf folgte ihm noch jemand aus dem Wald.

Es war das Mädchen! Eleni atmete auf, als sie ihre schmale Statur wiedererkannte. Auch das Mädchen sah mit den langen schwarzen Haaren unverkennbar griechisch aus. Nur ihre Haut schimmerte so hell, als hätte sie lange keine Sonne mehr gesehen.

Am liebsten wollte Eleni dem Mädchen zurufen, ihr wenigstens winken. Aber irgendeine Ahnung brachte sie dazu, sich flach auf den Bauch zu legen. Nur ihren Kopf hob sie hoch, um die Fremde zu beobachten.

Auch das Mädchen hatte einen Rucksack auf und trug eine Packung Toilettenpapier unter ihrem Arm. Sie begrüßte die beiden Ziegen, die ihr aufmerksam entgegenliefen. Kurz darauf kam der Esel zwischen den Tamarisken angetrabt und gesellte sich an ihre Seite. Das Mädchen lachte. Das Geräusch hallte zwischen den Felswänden hin und her, flatterte durch die Luft, bis es sich in Elenis Ohren setzte, wo es sich in ein warmes Gefühl verwandelte, das durch ihren Körper rieselte.

Das Mädchen blieb mitten in der Bewegung stehen, hob ihren Kopf und schaute aufs Meer. Ihr Blick streifte Eleni und für einen Moment sahen sie einander an. Der Mund des Mädchens öffnete sich, als wollte sie etwas sagen, aber es kam kein Ton heraus.

»Philine?«, rief ihr Vater aus dem Haus. »Wo bist du?«

»Ich bin hier!«, rief sie rief zurück, aber ihr Blick blieb bei Eleni.

»Ist alles in Ordnung?« Ihr Vater klang besorgt.

Philine lachte verspielt. »Ja, na klar! Mir war nur so, als hätte ich gerade zwei Meerjungfrauen gesehen.« Ihre Stimme klang zart, so verletzlich, dass man sie beschützen wollte.

Ein tiefes Lachen ertönte aus dem Haus, kurz darauf erschien ihr Vater in der Tür. »Zwei Meerjungfrauen? Bist du sicher? Oder waren es fleischfressende Nixen? Oder singende Sirenen, die dein Schiff zu den Felsen locken wollen, damit es daran zerschellt?«

Philine warf ihrem Vater ein strahlendes Lächeln zu. »Welche Sorte von Meerjungfrauen muss ich noch herausfinden.« Wieder hörte sich ihre Stimme so lieb an, dass Eleni sie auf der Stelle umarmen wollte. Das Mädchen sah noch einmal zu ihr herüber, ein flüchtiges Lächeln huschte über ihr Gesicht, dann folgte sie ihrem Vater ins Haus.

»Die sieht nett aus!« Leándras Bemerkung ließ Eleni zusammenzucken. »Du solltest sie mal ansprechen. Sie ist bestimmt in deinem Alter. Vielleicht könnt ihr Freundinnen werden.«

Ein starkes Kribbeln zog über Elenis Hinterkopf, breitete sich in ihrem ganzen Körper aus und wurde so unangenehm, dass sie heftig den Kopf schüttelte. »Nein, wir können keine Freundinnen werden. Ich würde sie in Gefahr bringen.«

Leándra lachte auf. »Du würdest was?«

Eleni starrte ihre Schwester an. Was hatte sie gerade gesagt? Dass sie das Mädchen in Gefahr bringen würde? Sie warf einen hastigen Blick auf die Hütte. Philine sollte noch einmal herauskommen, Eleni wollte erneut ihrem Blick begegnen, damit die gruselige Ahnung vielleicht verschwand.

Aber das Mädchen kam nicht heraus, und die Vorahnung blieb. Wenn sie nicht wollte, dass Philine etwas Schlimmes geschah, durfte sie ihr nicht zu nahekommen.

»Weißt du was, Eleni?« Leándras Stimme klang belegt. »Heute bist du mir echt zu unheimlich.« Sie stand auf, warf einen Blick in das klare, tiefe Wasser und sprang hinein.

Während Leándra zum Strand zurückschwamm, fühlte Eleni sich so allein wie nie zuvor.

Was auch immer der dunkle Teil war, der in ihr lauerte, es musste ein finsterer Fluch sein.

Kapitel Vier

Erst als Oma Greta Eleni in den Arm nahm, ging es ihr wieder besser. Der Geruch des Wildblumenparfüms, der wie immer an den bunten Kleidern ihrer Oma haftete, beruhigte sie und auch die schillernden Farben, in die sich ihre Oma hüllte, wirkten so fröhlich, dass Eleni tatsächlich ein Lächeln über ihre Lippen brachte.

»Schön, wieder bei euch zu sein.« Oma Gretas Augen leuchteten wie zwei blaue Edelsteine. Sie hatte bunte Bänder und bunte Perlen in ihre langen grauen Haare geflochten. Um ihren Hals trug sie mindestens sechs verschiedene Ketten aus Lederbändern mit Holzschnitzereien und glitzernden Silberamuletten und an ihren Armen klimperten noch einmal genauso viele Armreifen. Oma Greta war trotz ihrer 65 Jahre nach wie vor ein Hippie. Sie sagte immer, dass man sich selbst treu bleiben musste, wenn man seine Lebenseinstellung erst einmal gefunden hatte, und offenbar war sie einer der wenigen Menschen, die sich seit fast 50 Jahren treu blieben.

Manche Leute fanden es lächerlich, dass eine alte Frau mit langen bunten Kleidern und wildem Hippieschmuck durch die Gegend lief, andere bezeichneten sie als *schrullig* und *spe-*

ziell. Aber Eleni und Leándra liebten ihre Oma, die zu jedem Menschen herzlich und freundlich war und alle Sorgen verstehen konnte, von denen man ihr erzählte.

Als Oma Greta ins Haus kam, schüttelte sie den Kopf und lachte. »Ihr habt mit dem Einziehen wohl gewartet, bis ich komme.« Sie sah sich im Wohnzimmer um, in dem sich noch immer die unausgepackten Umzugskisten stapelten. Die Spedition musste sie schon in der Zeit geliefert haben, in der ihre Mutter allein hier gewesen war und seitdem hatte Arjana offenbar nur das herausgeholt, was sie dringend brauchte.

Bei allen Umzügen, an die Eleni sich erinnern konnte, hatten sie Möbel und Kleinkram immer in ihrer Berliner Wohnung gelassen. Aber jetzt hatte Oma Greta die Wohnung verkauft und alle Sachen, die sie nicht mitnehmen konnten, auf den Flohmarkt und zu Antiquitätenhändlern gebracht. Wenn sie irgendwann nach Deutschland zurückgingen, würden sie nicht mehr in ihrer alten Wohnung wohnen. Wahrscheinlich würden sie in eine andere Stadt ziehen oder zumindest in einen anderen Bezirk, damit Eleni nicht wieder mit denselben Kindern zusammentraf.

Oma Gretas Bemerkung über die Umzugskisten brachte das ganze Desaster zurück in Elenis Gedanken und sie fühlte sich wieder hundeelend.

»Was ist denn mit dir los?« Oma Greta sah es ihr sofort an. »Gefällt es dir hier nicht?«

Eleni seufzte. »Doch. Es ist schön hier, die Leute sind nett, das Dorf ist toll und im Meer kann man super schwimmen. Es ist nur der Grund, warum wir weggezogen sind. Und seitdem wir hier sind, passieren mir so seltsame Dinge. Selbst Leándra sagt, ich wäre unheimlich.« Sie warf einen Blick zur

Wohnzimmertür und hoffte, dass Leándra nicht gerade zurückkehrte. Ihre große Schwester wollte ihrer Mutter dabei helfen, Oma Gretas Koffer in ihr Zimmer zu bringen.

Ihre Oma betrachtete sie mit einem langen, nachdenklichen Blick. Eleni rechnete jeden Moment mit ihrer Antwort, damit, dass ihre Großmutter etwas wusste, und endlich einen wichtigen Hinweis darauf gab, was mit ihr los war. Aber ehe Oma Greta etwas sagen konnte, kam Arjana zurück ins Wohnzimmer.

Sie hatte sich bereits umgezogen und ihre staubigen Arbeitsklamotten gegen ein türkisfarbenes Sommerkleid eingetauscht, das ihre gebräunte Haut noch dunkler erscheinen ließ. Sie erklärte, dass sie für acht Uhr einen Tisch in der Taverne am Strand reserviert hatte und dass das ganze Team dort sein würde.

Eleni musste sich beeilen, um das Salzwasser aus ihren Haaren zu waschen, und zog sich schließlich ihr orangefarbenes Lieblingskleid über. Im Grunde hatte sie nichts gegen ein Abendessen in der Taverne, vielleicht würde das Team sie ein wenig ablenken. Auf der letzten Ausgrabung waren sie nach kurzer Zeit wie eine große Archäologenfamilie gewesen und ein paar der Leute kannte sie noch von damals. Basil konnte lustige Geschichten erzählen, wenn er erst ein paar Ouzo getrunken hatte und Marie und Pascal, ein deutsches Archäologenpaar, waren erst so spät am Nachmittag hier angekommen, dass Eleni sie noch gar nicht gesehen hatte.

Es würde nett sein, mit ihnen den Abend zu verbringen. Dennoch wurde das dunkle Gefühl in Elenis Bauch übermächtig, als sie zusammen aus dem Haus gingen.

Die Taverne, in die Arjana sie führte, war diejenige, die Alexos' Eltern gehörte. Sie lag direkt am Strand, und als sie ankamen, war der größte Teil des Teams schon dort und saß an einem langen Tisch im Schatten der Tamariskenbäume. Eine hübsche Frau mit kurzen braunen Haaren sprang auf und zog Leándra und Eleni nacheinander in ihre Arme. »Mein Gott, Kinder, seid ihr's wirklich? Ihr seid ja riesig geworden!«

Leándra grinste Marie zu, die plötzlich einen halben Kopf kleiner war als sie. War sie immer schon so schmal und zart gewesen? Vor drei Jahren war Leándra das nicht aufgefallen. »Und du bist klein geworden, Marie.«

Marie lachte. »Aber noch so frech wie damals, immerhin!«

Auch die anderen begrüßten sich stürmisch. Es waren einige neue Leute dabei, die erst im Lauf des Tages angekommen waren, und bald schwirrten die Worte in mindestens fünf Sprachen über den Tisch und teilten sich in viele kleine Gespräche. Erst nach und nach pendelten sich alle auf Englisch ein, da es die einzige Sprache war, die alle verstanden.

Leándra entdeckte schließlich Alexos, der seinen Eltern beim Bedienen half. Er warf ihr einen seiner nachdenklichen Blicke zu und sie versuchte, ihm zuzulächeln. Aber schließlich wandte sie sich ab und blinzelte in die untergehende Sonne, die seitlich über den Klippen hing. Alexos sollte nicht denken, dass sie ihn beobachtete.

Auch Oma Greta hatte sich träumerisch zurückgelehnt und hielt ihr Gesicht in den Sonnenuntergang. »Ach, Kinder«, seufzte sie. »Das erinnert mich an Mátala. Es ist schon merkwürdig, nach so langer Zeit wieder hier zu sein, so nah an diesem Ort ...« Sie sprach nicht weiter, aber Leándra wusste, was sie meinte. Ihre Oma hatte Ende der 60er Jahre als Hippie am Strand von Mátala gelebt, gar nicht weit entfernt, ebenfalls an der Südküste von Kreta.

»Erzähl uns von damals!« Eleni lag mit dem Oberkörper halb auf dem Tisch, sie stützte ihren Kopf in die Hand, während sich ihre langen schwarzen Locken wie eine Schleppe über dem blau-weiß karierten Tischtuch ausbreiteten.

»Ja, bitte, erzähl uns was.« Auch Marie lehnte sich neugierig zu ihnen herüber.

»Wir waren frei und arm … und glücklich.« Oma Greta seufzte erneut. In der Abendsonne konnte Leándra sich plötzlich vorstellen, wie sie als junge Frau ausgesehen hatte: mit blonden langen Haaren, bunten Haarbändern und ebenso bunten Kleidern. »Am Strand von Mátala gibt es eine Felswand aus weichem Stein. Am Ende der Steinzeit haben die Menschen Höhlen in diese Felswand gehauen, um darin zu wohnen. Später haben die Römer die Höhlen als Grabkammern benutzt. Aber als ich jung war, habe ich gehört, dass Hippies in den Höhlen von Mátala eingezogen sind und dass es in dem kleinen Fischerdorf nichts gibt, außer einem gemütlichen Strand und dem weiten Meer, hinter dem abends die Sonne untergeht.«

Alexos brachte ihre Getränke. Er verteilte sie mit einem höflichen Spruch vor ihnen auf dem Tisch und Leándra sah aus dem Augenwinkel, wie sein Blick über ihr Gesicht streifte.

Oma Greta erzählte weiter, ohne sich beirren zu lassen: »Also bin ich nach Mátala gekommen, um selbst ein Hippie zu werden. Am Tag sind wir geschwommen und haben versucht, uns Fische zu fangen, und in den Nächten saßen wir am Lagerfeuer. Wir haben zusammen gesungen, Gitarre gespielt und getrommelt. Die Melodien hingen über der Bucht, und wenn ich nachts in der Steinnische meiner Höhle lag, haben sie mich in den Schlaf gesungen.« Ein glückliches Lächeln legte sich auf das Gesicht ihrer Oma.

»Grieta?« Plötzlich stand ein fremder Mann neben ihrem Tisch. Allein an der Art, wie er den Namen ihrer Oma aussprach, ließ sich erkennen, dass er Amerikaner war: »Grieta? From Germany?«

Leándra sah zu dem Fremden auf. Er war groß, seine grauen Locken standen in einer wilden Mähne um seinen Kopf und er strahlte ihre Oma mit einem herzlichen Lächeln an.

»Tom?« Greta sprang von ihrem Platz auf. »Tom from Chicago? What are you still doing here?« Sekunden später fielen sich die beiden in die Arme.

Oma Greta lud Tom ein, sich zu ihnen zu setzen. Das restliche Team rückte etwas näher zusammen und Tom zog sich noch einen Stuhl zwischen Gretas und Leándras Platz. Greta und Tom wechselten nach und nach von Englisch zu Griechisch und es stellte sich heraus, dass Tom damals zur selben Zeit wie Oma Greta in Mátala gelebt hatte. Nur dass er auf Kreta geblieben war, nachdem die Zeit von Mátala vorbei war. Inzwischen besaß er eine kleine Olivenplantage ein paar Kilometer entfernt zwischen den Bergen.

Tom blieb bei ihnen in der Runde sitzen und aß mit ihnen zusammen, während die Männer, mit denen er in die Taverne gekommen war, offensichtlich auch ohne ihn zurechtkamen.

Leándra hörte genau zu, was Oma Greta und er sich erzählten, und auch Eleni sah so aus, als würde sie auf irgendeine geheime Information warten. Nur ihre Mutter saß am anderen Tischende und unterhielt sich mit einem Teil ihres Teams über archäologische Themen. Gut so.

»Warum warst du nicht auf dem Ehemaligentreffen in Mátala?«, fragte Tom irgendwann und ließ seine Gabel sinken. »Es war ein großes Festival mit Musik und viele von uns alten Hasen waren da.«

Oma Greta schüttelte den Kopf. »Ich habe zu spät davon erfahren.«

Tom trank einen Schluck Wein und stellte das Glas wieder auf den Tisch. »Es war schön, die alten Gesichter wiederzusehen.« Für einen Moment schmunzelte er selig vor sich hin. Dann lachte er auf. »Weißt du was? Wir haben auch über dich gesprochen, über deine Geheimnistuerei, als du plötzlich schwanger warst und niemandem sagen wolltest, von wem das Kind ist.«

Leándra horchte auf. Sie konnte sehen, wie Oma Greta sich anspannte. Auch Eleni hob den Blick von ihrem Teller und spitzte die Ohren.

Tom schien es nicht zu bemerken und erzählte mit leuchtenden Augen weiter. »Und dann hast du irgendwann diese Geschichte von dem schönen Griechen erzählt, der in einer Gewitternacht plötzlich in deiner Höhle erschienen ist. Ein vollkommen Fremder, den du nur in dieser einen Nacht gesehen und dich sofort in ihn verliebt hast.« Tom schüttelte lachend den Kopf. »Wir sind uns ja bis heute sicher, dass du die Story nur erfunden hast, damit wir endlich aufhören, dich nach dem Vater zu fragen.«

Leándra wechselte einen unauffälligen Blick mit Eleni. Vielleicht erfuhren sie jetzt etwas über ihren Großvater.

Tom schnitt ein Stück von seinem Fleisch ab, ließ es aber liegen, um besser sprechen zu können. »Shirley war übrigens auch auf dem Ehemaligentreffen. Sie war ja die Einzige, die dir damals geglaubt hat, und sie hat heute wie damals geschworen, dass sie in der Gewitternacht einen weißen Adler gesehen hat, der aus deiner Höhle kam und davongeflogen ist.«

Jetzt lachte auch Oma Greta. Sie hob ihr Weinglas und prostete Tom zu. »Shirley hat eben immer schon gerne Märchen erzählt und so getan, als wären sie wahr. Sie hat auch an griechische Götter geglaubt, erinnerst du dich?«

Tom nickte eifrig und seine grauen Locken wippten in der Bewegung. »Ja, du hast recht. Sie hat uns immer von Zeus und Poseidon gepredigt.«

Tom und Greta lachten, aber Leándra bemerkte den Blick ihrer Mutter. Arjana hatte aufgehört zu essen, sie sah zu ihnen herüber und hatte offenbar doch mitbekommen, worüber sie auf dieser Seite des Tisches sprachen. Aufrecht und erhaben saß sie da und wirkte auf so seltsame Weise unnahbar, dass Leándra plötzlich das Bild eines stolzen Adlers vor sich sah.

Toms Lachen beruhigte sich allmählich und nach ein paar Schlucken Wein stellte er seine Frage ganz ernst: »Nachdem das alles jetzt so lange her ist. Willst du nicht endlich sagen, wer der Vater ist?«

Greta lächelte. Aber in ihren Augen erkannte Leándra ein gefährliches Blitzen. »Du bist es jedenfalls nicht. Das wolltest du doch wissen, oder?«

Tom senkte ergeben den Blick. »Ach, Grieta …«, seufzte er.

Für eine Weile aßen die beiden schweigend weiter, und als sie schließlich anfingen, sich mit den anderen über die Ausgrabung zu unterhalten, gab Leándra die Hoffnung auf, hier noch mehr über ihren Großvater herauszufinden.

Aber das, was sie bereits gehört hatte, war genug, um ihr

keine Ruhe zu lassen. Vor allem der weiße Adler kreiste durch ihre Gedanken. Irgendwo hatte sie schon einmal von einem solchen Adler gehört. Wenn sie sich recht erinnerte, hatte es etwas mit der griechischen Mythologie zu tun.

Als sie mit dem Essen fertig waren und das Team eifrig Getränke nachbestellte, stand Leándra auf. »Ich bin müde«, erklärte sie. »Wenn es euch nichts ausmacht, würde ich schon mal nach Hause gehen.« Sie wechselte einen Blick mit Eleni.

Was sie vorhatte, wollte sie allein tun. Nicht einmal Eleni sollte dabei sein. Vielleicht stellte sich heraus, dass ihre Idee vollkommen absurd war.

Eleni sah traurig aus.

»He, Kleine!« Leándra wuschelte durch ihre Locken, beugte sich zu ihr und gab ihr einen Kuss auf die Wange. »Bis nachher«, flüsterte sie. »Bleib hier und hör gut zu, falls sie noch was Interessantes erzählen.«

Leándra gab Tom zum Abschied die Hand, winkte den anderen zu und musste sich zurückhalten, um sich ihre Eile nicht anmerken zu lassen.

Erst als die Tische des Restaurants außer Sichtweite waren und sie in die Gasse zwischen den Häusern einbog, rannte sie los. Sie joggte durch Agia Vasiliki, kämpfte sich schließlich den steilen Hang hinauf, der zu ihrem Haus führte, und wünschte sich zum unzähligsten Mal, dass sie so schnell und so mühelos rennen könnte wie Eleni.

Leándra keuchte in tiefen Atemzügen, als sie das Haus erreichte und aufschloss. Mit langen Schritten lief sie nach oben und schaltete ihren Laptop ein. Während sie im Internet ihre Suchanfrage eintippte, gesellte sich ein rasendes Herzklopfen zu ihrem keuchenden Atem.

Sie fand unzählige Ergebnisse zum Thema Adler, aber nichts, was ihr weiterhalf.

Während sie sich eine ganze Weile durch die Links klickte, horchte sie immer wieder nach draußen, um rechtzeitig mitzubekommen, wenn die anderen nach Hause kamen. Aber abgesehen von dem Rauschen der Wellen und dem Zirpen der Zikaden war nichts zu hören. Leándra probierte ihr Glück mit den Suchbegriffen *Adler* und *Griechische Mythologie*, aber auch das führte nicht zum Erfolg. Sie wollte fast schon aufgeben, als sie schließlich das eingab, worüber Tom und Greta den ganzen Abend geredet hatten: *Mátala*.

Und plötzlich fand sie etwas! Nicht nur die Hippies von Mátala, sondern auch die Legende von der phönizischen Prinzessin Europa, in die sich der griechische Gott Zeus verliebt hatte. Um die Prinzessin zu erobern, verwandelte er sich in einen weißen, zahmen Stier und freundete sich mit dem Mädchen an. Als sie vertrauensselig auf seinen Rücken kletterte, ging er mit ihr ins Meer und schwamm mit ihr nach Kreta, wo er am Strand von Mátala an Land ging. Als er sich in einen Mann zurückverwandelte, verliebte sich die junge Frau auch in ihn und im Laufe der Zeit bekamen sie zusammen drei Söhne. Der Älteste von ihnen war Minos, späterer König von Kreta und Begründer der Minoischen Kultur.

Aber vor allem eine Stelle der Geschichte las Leándra immer wieder, bis ihr Puls so schnell raste, dass sie nur noch das Rauschen in ihren Ohren hörte: Als der Zeus-Stier den Strand von Mátala erreichte, verwandelte er sich in einen Adler und brachte Europa in dieser Gestalt ins Innere der Insel.

Leándra suchte hastig nach weiteren Informationen über Zeus und bald hatte sie es schwarz auf weiß: Zeus verwandelte sich oftmals in einen Adler. Vor allem, um das Vertrauen von menschlichen Frauen zu gewinnen, tarnte er sich gerne als Tier. Aber was am interessantesten war: Zeus hatte nicht nur viele menschliche Frauen geliebt, er hatte auch viele halbmenschliche Kinder mit ihnen gezeugt. Und noch etwas versetzte Leándras Gedanken in Aufruhr: Seine Erscheinung als Mann war auch nur eine Tarnung. In seiner wahren Gestalt war er ein Blitz.

Leándra sah vom Computer auf und lauschte in die Dunkelheit.

Die Gedanken in ihrem Kopf rotierten: Ihr Großvater war ein unbekannter Grieche, der in einer Gewitternacht am Strand von Mátala aufgetaucht war. In dieser Nacht war ihre Oma von ihm schwanger geworden und eine Freundin von ihr hatte einen weißen Adler aus ihrer Höhle wegfliegen sehen.

Ein Klicken durchbrach ihre Gedanken. Es war an der Haustür, ein Schlüssel, der sich im Schloss drehte.

Leándra fuhr hastig den Computer herunter. Kurz darauf wurde ihr klar, dass die Schritte im Flur nur von einer Person stammten. Es waren leichte Schritte, kaum zu hören und so langsam, dass sie traurig klangen.

Leándra stand auf und ging zur Treppe. Sie begegnete Elenis Blick, die gerade heraufkommen wollte. Ihre dunklen Augen erschienen noch immer unglücklich und fast hatte es den Anschein, als hätte sie geweint.

»Ich glaub, ich weiß, wer unser Großvater ist«, flüsterte Leándra. Sie fasste nach Elenis Hand, ignorierte ihren skeptischen Blick und zog sie mit sich in ihr Zimmer.

In Elenis Schlafnische kuschelten sie sich aneinander und

schließlich fing Leándra an zu erzählen, was sie im Internet herausgefunden hatte. Ihre Worte strömten wild durcheinander, wiederholten sich und drehten sich hundert Mal um dieselbe Stelle, bis Eleni ihr schließlich den Finger auf den Mund legte. Sie schüttelte den Kopf und ihre dunklen Locken fielen halb vor ihr Gesicht. »Du irrst dich, Leándra. Es kann gar nicht sein. Wenn unser Großvater ein Gott wie Zeus wäre, dann müsste vor allem unsere Mutter ungewöhnliche Fähigkeiten besitzen, und wenn das so wäre, dann müsstest du genauso seltsam sein wie ich.«

Kapitel Fünf

Am nächsten Morgen war Kimon der Einzige von den Jungs, der auf der Ausgrabungsstätte erschien und Arjana teilte ihn ganz selbstverständlich in dieselbe Gruppe ein wie Eleni. Sie arbeiteten mit Marie und Pascal zusammen und Kimon ließ keine Gelegenheit aus, um Eleni anzulächeln. Immer wieder versuchte er, ein Gespräch mit ihr zu beginnen. Aber Eleni wollte nicht reden. Mit niemandem, nicht einmal mit Marie, die schließlich anfing, Kimons Archäologiefragen geduldig zu beantworten.

Dabei hatte Kimon im Grunde gar nichts falsch gemacht. Schuld an ihrer schlechten Laune war ein dumpfer Schmerz, der sich seit gestern um ihr Herz krallte. Sie konnte nicht aufhören, an das Mädchen zu denken, das unten in der Schlucht lebte. *Eleni* und *Philine* – die Namen kreisten durch ihren Kopf. Warum hatte sie gesagt, dass sie das Mädchen in Gefahr bringen würde? Eleni verstand es selbst nicht. Aber was sie gesagt hatte, ließ sie nicht los.

»Ich kenne ein Mädchen, das dir ähnlich ist.« Kimon durchbrach ihre Gedanken. Er ließ seine Schaufel sinken und stützte sich darauf.

»Was?« Eleni starrte ihn an. Ein Mädchen, das ihr ähnlich war? »Wen meinst du? Wer soll mir ähnlich sein?«

Kimon zuckte mit den Schultern. Plötzlich sah er verunsichert aus. »Ich weiß nicht … also, das ist nur so eine Ahnung. Sie wohnt dort drüben in der Schlucht.«

Elenis Herz machte einen kleinen Sprung. »Wie kommst du darauf, dass ich Philine ähnlich bin?«

Kimons Gesicht hellte sich auf. »Ha! Also kennst du sie schon! Dann hatte ich doch recht. Du bist ihr begegnet, als du auf die andere Seite der Klippen geschwommen bist. Stimmt's?«

Eleni wurde schwindelig.

Kimons Lächeln erschien auf seltsame Weise ernst. »Als du vom Schwimmen zurückgekommen bist, hast du gesagt, dass du auf der anderen Seite warst. Das klang so, als wäre dort etwas Besonderes passiert. Und da ist es mir aufgefallen: Du bist ihr ähnlich. Ich meine, du bist zwar etwas wilder als sie. Aber von euch geht etwas aus …«

Elenis Herz tobte. »Von uns geht etwas aus?« Sie dämpfte ihre Stimme im letzten Moment.

»Ja.« Kimon nickte schüchtern. Sein Blick glitt in die Ferne und sein Lächeln wurde verträumt. »Ich kenne Philine schon lange. Seit der ersten Klasse sitzen wir nebeneinander. Sie ist sehr still. Sie redet nur, wenn sie im Unterricht etwas sagen muss.« Kimon stieß einen tiefen Seufzer aus. »Aber da ist etwas um sie herum. Also … das ist schwer zu erklären. Jeder mag sie, obwohl sie so still ist. Und …« Er hielt sich eine Hand vor den Mund und sprach noch leiser. »Und wenn du mich fragst, dann hat sie eine besondere Gabe: Sie kann Menschen davon abbringen, sich zu streiten. Ich glaube, ich bin der Einzige, der es bemerkt hat. Immer wenn es auf dem Schulhof Ärger gibt, wenn sich Kinder streiten oder prügeln, dann kommt Philine und stellt sich in ihre Nähe. Sie sieht die Kämpfenden nur an und kurz darauf vertragen sie sich wieder. Das funktioniert immer.« Kimon senkte den Kopf und Eleni sah, wie er rot wurde. »Auch bei mir. Wenn ich mich morgens mit Vasili gestritten habe und mit schlechter Laune zur Schule komme, dann geht es mir wieder gut, sobald ich mich neben sie setze.«

Eleni schmunzelte. Also war Kimon Philines Verehrer und nicht ihrer. Ein Gefühl der Erleichterung huschte durch ihre Brust.

»Und du …« Kimon sah wieder auf und krauste die Stirn. »Um dich herum ist auch irgendetwas. Aber es ist etwas anders als bei Philine. Ich bin nur noch nicht drauf gekommen, was genau es ist.«

Eleni erstarrte. Ihr Herz raste, so schnell und so laut, dass Kimon es hören musste. Aber er grinste sie nur an. Er wusste, wie sonderbar sie war – und dennoch schien es ihn nicht zu stören.

Plötzlich stand Leándra neben ihnen. Sie hob ihren roten Hut ein wenig an und wischte sich den Schweiß von der Stirn. »Wo stecken eigentlich die anderen?« Sie sah zu Kimon und trank einen Schluck aus ihrer Wasserflasche.

Kimon rollte mit den Augen. »Vasili hat jetzt vermutlich keine Zeit mehr. Seine Freundin ist heute aus dem Urlaub zurückgekommen.«

Leándra ließ die Wasserflasche sinken. »Seine Freundin?« Ihre Stimme klang hölzern.

Kimon zuckte genervt mit den Schultern. »Ja, so eine blöde

Zicke aus Vasilis Klasse. Hält sich für die Schönste und tut immer so, als wäre ich eine lästige Fliege.«

Leándra wich seinem Blick aus. Mit einem seltsamen Nicken wandte sie sich ab.

Eleni sah ihrer Schwester nach, wie sie mit grimmiger Miene zu ihrem Team zurückkehrte und nach ihrer Schaufel griff.

Leándra tat ihr leid. Vasili gefiel ihr offenbar ziemlich gut.

Wie jedes Mal, wenn sie sich traurig fühlte, legte Philine sich zwischen die Wurzeln von *Mama Olivia* und blinzelte in das silbrig-grüne Laub des uralten Olivenbaumes. Seit sie ein kleines Mädchen gewesen war, hatte ihr Vater ihr erzählt, dass *Mama Olivia* die Mutter, Großmutter und Urgroßmutter aller Olivenbäume war, die hier in der Schlucht wuchsen. Und Philine liebte den Baum, seit sie denken konnte. Als kleines Mädchen hatte sie noch in den hohlen Baumstamm hineingepasst und war manchmal einen halben Tag lang darin sitzen geblieben, wenn es ihr nicht gut ging.

Jetzt war sie zu groß, um sich in *Mama Olivias* Bauch zu kuscheln. Aber auch wenn sie zwischen den Wurzeln im Sand lag, fühlte es sich an, als würde der alte Baum sie in den Armen halten.

Die Sonne hatte die dicken Wurzeln erwärmt und Philine strich mit den Fingern über die raue Rinde. *Mama Olivia* war die einzige Mutter, die sie besaß, und am liebsten wollte sie daran glauben, dass die Seele ihrer echten Mutter in den hohlen Baumstamm geschlüpft war und von dort aus über sie wachte.

Philine schloss die Augen, um die Tränen wegzublinzeln,

die sich darin sammelten. Aber es half nicht. Immerzu kehrten ihre Gedanken zu dem Mädchen zurück, das gestern auf den Felsen vor der Bucht gelegen hatte. Wie eine Meerjungfrau war sie erschienen und Philine hatte sofort erkannt, wer es sein musste. Es gab nicht viele Touristen, die den Weg zu diesem Strand entdeckten und alle Menschen aus dem Dorf kannte sie. Nur den Töchtern der Archäologin war sie bis gestern noch nicht begegnet. Ganz Agia Vasiliki redete über sie und bei ihrem letzten Einkauf hatte Philine sogar die Namen der beiden Mädchen aufgeschnappt: Leándra und Eleni.

Georgios, der alte Fischer, hatte erwähnt, dass das kleinere der Mädchen sagenhaft schwimmen konnte. Er erzählte, dass alle gesehen hätten, wie sie in der Strömung um die Klippen herumgeschwommen und anschließend wieder zurückgekehrt war. Bislang war Philine die Einzige gewesen, die in der Strömung schwimmen konnte. Dass dieses Mädchen, Eleni, es auch konnte, erschien ihr wie ein Zeichen.

Philine und *Eleni* – die beiden Namen kreisten durch ihren Kopf. Philine hatte noch nie eine Freundin gehabt, keine echte zumindest, mit der sie über ihre Geheimnisse reden konnte.

Aber irgendetwas sprach dagegen, Elenis Freundin zu werden. Philine spürte es und *Mama Olivias* Äste nickten im Meereswind und antworteten mit einem grimmigen Knarren.

»Philine?« Die Stimme ihres Vaters schallte durch den Olivenhain und sie konnte hören, wie seine Schritte im Sand immer näher kamen. Er kannte ihr Versteck und fand sie sofort. »Ach hier bist du.« Er sprach leise und hockte sich neben sie. »Was ist denn los mit dir?«

Philine zuckte mit den Schultern. Was sollte sie ihm sagen? Wie sollte ihr Vater verstehen, was los war? Sie hatte ein fremdes Mädchen gesehen und war traurig, weil sie keine Freundinnen waren. Kein normaler Mensch konnte so etwas begreifen. Sie verstand es ja selbst kaum.

»Willst du nicht mitkommen?« Ihr Vater streichelte über ihre Haare. »Ich habe für uns gekocht und gleich muss ich los zur Arbeit. Ich bin doch heute in der Nachtschicht. Oder soll ich versuchen, den Dienst zu tauschen?«

Philine schüttelte den Kopf. »Nein, nein. Es geht schon.« Sie erhob sich und klopfte den Sand aus ihrem Kleid. Ihr Vater sollte sich keine Sorgen machen. Er sollte nicht ihretwegen hier bleiben. Sie brauchten das Geld, das er in der Fischfabrik verdiente.

Leándra konnte nicht schlafen. Zum tausendundeinsten Mal drehte sie sich von einer Seite auf die andere und versuchte, ihre Gedanken endlich loszuwerden. Aber die Wut brodelte in ihrem Magen und ließ sich nicht beruhigen. Dabei wusste sie nicht einmal, auf wen sie am wütendsten war: auf Vasili, weil er schon eine Freundin hatte, auf Kimon, weil er es verraten hatte, oder auf sich selbst, weil sie so dämlich gewesen war, sich in den wohl größten Aufreißer des Dorfes zu vergucken.

Wie war sie überhaupt auf die bescheuerte Idee gekommen, sich hier mit einem griechischen Jungen zu trösten? Nur weil Jonas weit weg in Berlin war? Viel besser wäre es, wenn sie ihm einen Brief schickte, damit er sie vielleicht doch nicht vergaß.

Leándra setzte sich auf und blickte durch das nächtliche Zimmer. Wenn sie schon nicht schlafen konnte, konnte sie auch aufstehen und den Brief an Jonas sofort schreiben.

Plötzlich fiel ihr Blick auf Eleni. Ihre Schwester saß aufrecht in ihrer Schlafnische und blickte ins Leere.

Leándra erstarrte. Sie wagte es kaum, sich zu rühren, während sie darauf hoffte, dass Eleni sich einfach wieder hinlegte. Aber ihre Schwester blieb sitzen. Minutenlang starrte sie durch Leándra hindurch, fast so, als hätte sie schon die ganze Nacht in dieser Haltung verbracht.

Leándras Puls raste. Sie wusste, dass es keine gute Idee war, Eleni anzusprechen. Aber in diesem Moment war ihr jede Reaktion lieber als das blinde Starren ihrer Schwester. »Eleni? Was ist los?«

Als hätten ihre Worte einen Roboter angeknipst, rutschte Eleni zur Bettkante und stand auf. Ihr Blick blieb genauso leer wie zuvor. Doch ihre Bewegungen wirkten ruhig und gefasst, während sie aus dem Zimmer ging.

»Nicht schon wieder«, flüsterte Leándra, sprang auf und schlüpfte dieses Mal in ihre Turnschuhe, die neben der Zimmertür standen. Während sie die Treppe hinuntereilte, rief sie durch das Haus nach ihrer Mutter und ihrer Oma. Aber sie konnte nicht auf die Antworten warten. Eleni drehte bereits den Haustürschlüssel und lief nach draußen.

Leándra trat hinter ihr auf die schmale Steintreppe und erstarrte. Die Nacht war still, so vollkommen still, wie sie es noch nie erlebt hatte. Selbst die Zikaden, deren tausendfaches Zirpen für gewöhnlich die Luft erfüllte, waren verstummt, fast so, als würden sie sich ängstlich zwischen ihre Gräser ducken, um nicht bemerkt zu werden. Leándra spürte, wovor sich selbst die winzigsten Tiere fürchteten: Etwas Dunkles lag über dieser Nacht, ein schwerer Schatten, der sich wie ein Zeltdach über die Landschaft gespannt hatte und das Licht der

Sterne verschluckte. Erst als Leándra den Kopf hob, sah sie, dass es Wolken waren, schwarze Wolken, die lautlos über den Himmel schlichen und das Zeltdach immer weiter auseinanderzogen. Doch es war so unendlich still, es schien, als hätte sich selbst der Wind verkrochen, um nicht von dem dunklen Zelt gefangen zu werden.

Für einen Moment irrte Leándras Blick umher, um Eleni in der Dunkelheit zu suchen. Doch als sie ihre Schwester entdeckte, zog ein Frösteln durch ihren Körper: Eleni war kaum zu sehen. Ihre Bewegungen waren langsam und gleichmäßig und ließen ihre Gestalt mit der dunklen Nacht verschmelzen. Was auch immer hier draußen vorging – Eleni war ein Teil dieser stillen Finsternis.

Leándra spürte das Bedürfnis, zurück ins Haus zu laufen und sich unter ihrer Bettdecke zu verkriechen. Zum ersten Mal in ihrem Leben wollte sie sich weigern, ihrer Schwester zu folgen.

Allein die Vernunft trieb sie weiter. Eleni war hier draußen in Gefahr! Wenn sie auf die Klippen zusteuerte, könnte sie hinabstürzen und sterben.

Leándra versuchte, ihre Furcht hinunterzuschlucken. Doch die dunkle Nacht klammerte sich um ihren Körper, ließ sie spüren, dass sie ein Eindringling war, der nicht hierher gehörte. Aber sie musste Eleni folgen, musste ihre kleine Schwester beschützen!

Leándra klammerte die Arme um ihr dünnes Pyjama-Shirt. Mit lautlosen Schritten suchte sie ihren Weg zwischen Sträuchern und Geröll und bemühte sich, den Anschluss an ihre Schwester nicht zu verlieren. Eleni steuerte auf die Ausgrabungsstätte zu – aber dieses Mal ging sie daran vorbei und bald schon ahnte Leándra, wohin es ihre Schwester zog. Eleni wählte den schmalen Trampelpfad, von dem sie inzwischen wussten, dass er zur Schlucht führte.

Kurz bevor sie die steile Steintreppe erreichten, riss eine Bewegung Leándras Blick zur Seite. Über dem Meer stiegen schwarze Wolken auf und fingen an, sich langsam umeinander zu drehen. Für einen Augenblick dachte sie an eine Rauchsäule, an Nachrichtenbilder von einem brennenden Öltanker. Aber dort hinten auf dem Meer war kein Öltanker, und auch nichts anderes, das brannte. Dort hinten war nur eine wirbelnde Säule aus schwarzen Wolken.

Ein Wirbelsturm? Vielleicht war es deshalb so still? Leándra versuchte sich zu erinnern. Sie hatte davon gehört, dass es einen Moment während eines Wirbelsturmes gab, in dem es vollkommen windstill war. Aber war das der Moment vor dem Sturm? Oder der Moment, in dem man sich in seinem Auge befand, genau in der Mitte der Sturmsäule?

Eleni ließ ihr keine Zeit, darüber nachzudenken. Sie sprang die Steintreppe hinab und verschwand hinter der ersten Felsenecke. Leándra lief ihr nach, um sie nicht aus dem Blick zu verlieren, doch auf dem steilen Weg in die Schlucht war es noch dunkler. Sie musste sich konzentrieren, damit sie auf der schmalen Treppe nicht danebentrat oder das Gleichgewicht verlor.

Wie durch ein Wunder kam sie unversehrt unten an. Doch als sie den niedrigen Wald erreichte und an dem Tümpel vorbeilief, brach der Sturm los. Zuerst hörte sie den Wind nur, wie er sich über dem Meer erhob, bevor er tosend auf sie zukam und über den Wald hinwegrauschte. Es war ein rasender Wind, der Leándra fast von ihren Füßen riss. Sie musste sich dagegenlehnen, während Eleni dem Sturm fast mühelos entgegenging.

»Eleni!« Leándra rief ihr nach. »Bitte nimm mich an die Hand. Sonst schaffe ich es nicht!«

Tatsächlich blieb ihre Schwester stehen und streckte ihre Hand nach hinten. Leándra griff danach und im nächsten Moment spürte sie Elenis Kraft. Ihre kleine Schwester zog sie vorwärts, gab ihr in dem stürmischen Wind einen Halt, als wäre sie ein Baum mit tiefen Wurzeln.

Zusammen folgten sie dem Pfad am Bach, überquerten ihn ein ums andere Mal auf schmalen Brücken und Steinen, bis sie den Strand erreichten. Die Fensterläden des Sandsteinhauses waren geschlossen, als würde es schlafen. Eleni führte sie dorthin, ließ ihre Hand los und klopfte an einen der Fensterläden, so energisch, dass es sich scheppernd gegen das Tosen des Sturmes durchsetzte. Dann fing sie an zu schreien: »Philine! Wach auf! Philine!«

Als Philine erwachte, toste ein Sturm um das alte Haus. Die Fensterläden rappelten und schepperten und durch den Türspalt pfiff ein gespenstisches Heulen. Und ausgerechnet heute war sie allein. Es musste noch mitten in der Nacht sein und ihr Vater war bei seiner Arbeit, eine ganze Stunde mit dem Auto entfernt.

Philine hatte schon einige Stürme erlebt. Aber dieser hier schien gewaltiger zu sein, als alle anderen zuvor. Selbst die steinernen Mauern knirschten, als wollten die alten Fugen auseinanderbrechen.

Das Scheppern der Fensterläden wurde immer lauter. Mit einem schnellen Hämmern schlugen sie gegen die Steinwand, in der sie verankert waren. Auch das Heulen des Windes veränderte sich, bis es so klang, als würden sich Worte hineinmischen.

Philine! Der Wind heulte ihren Namen.

Ein panisches Gefühl zuckte durch ihren Körper. Sie riss die Bettdecke über ihren Kopf, presste ihre Hände auf die Ohren und schloss die Augen. Sie war verloren!

Wach auf! Philine! Plötzlich klang es nach einem Mädchen.

Philine schob die Bettdecke zur Seite.

»Mach auf! Nun komm schon!«

Jetzt war es ganz deutlich: Die Stimme gehörte einem Mädchen und das rhythmische Scheppern stammte von einem Klopfen an ihrem Fensterladen.

Philines Beine fühlten sich weich an, als sie aufstand. Mit langsamen Schritten ging sie zum Fenster, öffnete es und hakte den Riegel des Fensterladens aus der Verankerung.

Der Sturm riss den Fensterladen aus ihrer Hand, ließ ihn auffliegen und gegen die Steinwand prallen.

Vor ihr standen zwei Mädchen, das jüngere in einem blauen, flatternden Nachthemd und das größere in roten Shorts und einem weiten Pyjama-Shirt.

Die beiden Nixen! Die Töchter der Archäologin! Der Sturm peitschte die Haare um ihre Gesichter. Das jüngere Mädchen streckte Philine die Hand entgegen.

Philine vergaß ihre Furcht. Sie war nicht länger allein! Ohne zu zögern, stieg sie auf die Fensterbank, sprang hinaus und landete im Sand. Sie musste zu dem Mädchen aufsehen, das mindestens einen halben Kopf größer war als sie. Eleni! Das Mädchen musste Eleni sein.

Doch als Philine ihrem Blick begegnete, zuckte sie zusammen. Eleni schaute durch sie hindurch, ihre Stimme klang mechanisch: »Komm mit uns! Wir bringen dich in Sicherheit.«

Philine versuchte, ihrer Retterin in die Augen zu sehen. Aber Elenis Blick ließ sich nicht fangen.

»Keine Angst!«, rief ihr das ältere Mädchen zu. »Meine Schwester schlafwandelt. Aber du kannst ihr vertrauen.«

Philine erschauderte. Doch ihr blieb keine Zeit, noch länger zu zögern. Eleni griff nach ihrer Hand und zog sie mit sich. Die andere Hand reichte sie ihrer Schwester und schließlich rannten sie zu dritt durch den Wald. Der Sturm schob sie voran, ließ sie fast fliegen, während sie den kurvigen Pfad zwischen den Bäumen entlangrasten, über Brücken und Steine hinwegsprangen, bis sie die Treppe erreichten, die sie aus der Schlucht hinausführen würde.

Der Sturm toste noch heftiger als zuvor, wollte sie fast von den Stufen reißen, während sie die Treppe hinaufstiegen. Aber Eleni hielt sie noch immer an den Händen und Philine spürte ihre Kraft, einen starken Halt, der sie sicher bis auf die Ebene begleitete. Als sie oben ankamen, rollte ein tiefes Grollen auf sie zu. Der Boden unter ihren Füßen begann zu beben, die felsige Ebene zitterte und schwankte, als wollte sie die Mädchen wieder hinunter in die Schlucht stürzen.

Philine schrie auf, ein zweiter Schrei mischte sich in ihren: Leándra! Nur Eleni war still und hielt sie an den Händen. Ihr Blick glitt über die Ebene hinweg auf das Meer.

Philine folgte ihrer Blickrichtung und erstarrte. Eine schwarze, wirbelnde Wolke tobte über dem Meer, wie die Säule einer Windhose drehte sie sich auf der Stelle. Für einen Moment glaubte Philine, der Wirbelsturm würde auf sie zurasen, bis sie begriff, dass er blieb, wo er war, irgendwo dort hinten auf dem Meer, viele Kilometer entfernt. Plötzlich zuckten grelle Blitze in der schwarzen Säule, das Meer unter dem Wirbelsturm schäumte auf.

»Unser Haus!« Philine reckte ihren Kopf, aber sie konnte das Haus und den Strand von hier aus nicht sehen. »Was passiert mit unserem Haus?« Sie riss sich los und fing an zu laufen, an der Schlucht entlang in Richtung Meer. Sie musste sehen, was an ihrem Strand geschah – auch wenn sie nichts daran ändern konnte.

Eleni folgte ihr, doch Leándras Stimme blieb weit hinter ihnen zurück: »Eleni! Philine! Bleibt stehen!«

»Mach dir um uns keine Sorgen!«, rief Eleni ihrer Schwester zu. »Aber du musst zum Haus! Jetzt gleich!«

Plötzlich fing die Erde wieder an zu beben, so heftig, dass sie mit jedem Schritt um ihr Gleichgewicht kämpften. Der Felssporn unter ihnen rüttelte von rechts nach links. Philine hörte Leándra hinter sich aufschreien, sie drehte sich im Laufen um und erkannte, wie Elenis große Schwester von einem Bein auf das andere trat – und schließlich doch über die Hochebene auf ihr Haus zurannte.

Der Sturm wurde immer heftiger und tobte um sie herum. Direkt über ihnen zuckten die Blitze durch die Luft und schlugen nur wenige Meter entfernt in die Erde.

Philine wollte aufschreien, aber Elenis Hand schloss sich um ihre und beruhigte sie.

Der Wind toste, während sie an der Schlucht entlangrannten, immer wieder rüttelte und grollte der Boden unter ihnen. Aber schließlich erreichten sie die Stelle, an der sie auf den Strand hinabsehen konnten. Große Wellen spülten darüber hinweg, schlugen gegen das Haus und rollten so weit in die Schlucht, dass sie selbst *Mama Olivia* erreichten.

Tränen traten in Philines Augen. Dass ihre Sachen zerstört wurden, vielleicht sogar ihr Haus, war das eine – aber *Mama Olivia* ließ sich nicht ersetzen und für einen Olivenbaum konnte Salzwasser tödlich sein.

Eleni rührte sich nicht und blickte stumm auf das Meer. Der Wirbelsturm tobte noch immer, und plötzlich zuckten so viele Blitze gleichzeitig vom Himmel, dass Philine die Augen schließen musste. Im nächsten Moment ertönte ein Kreischen über ihren Köpfen. Philine warf den Kopf in den Nacken und sah nach oben. Es war ein Vogel, ein riesiger weißer Adler, der mit ausgestreckten Schwingen seine Kreise zog.

Auf einmal stürzte er zu ihnen herab, bremste seinen Sturzflug im letzten Moment und landete auf Elenis ausgestrecktem Arm. Philine ließ die Hand los und wich zurück. Es war ein gewaltiges Tier, aber Eleni schien sich nicht daran zu stören.

Philine fragte sich, ob sie träumte? Dieser Adler konnte nicht real sein, ebenso wenig wie der sonderbare Wirbelsturm.

Sie wollte aufwachen. Der Albtraum sollte endlich vorbei sein …

Aber sie wachte nicht auf. Der Adler stupste seinen Schnabel an Elenis Schläfe und plötzlich löste sie sich aus ihrer Starre. Ein warmes Lächeln erschien auf ihrem Gesicht, während sie Philine zum ersten Mal ansah. Auch der Adler wandte sich in Philines Richtung. Er neigte den Kopf zur Seite und beäugte sie mit großen Raubtieraugen.

Philine versuchte, ihm standzuhalten. Aber sein Blick wirkte wie der eines Menschen und gleichzeitig so gefährlich, als würde der Vogel planen, wie er sie am besten jagen konnte. Hastig sah sie zu Boden.

Eleni griff nach ihrer Hand. »Du musst jetzt zu unserem Haus gehen.«

Philine spürte etwas Raues in ihrem Hals, etwas, das sie daran hinderte, laut und deutlich zu reden. »Kommst du nicht mit?«

Eleni schüttelte den Kopf. Der Adler spreizte die Flügel, als müsste er sein Gleichgewicht wiederfinden. Mit seinen langen Beinen war er so groß, dass er seine Flügel locker über Elenis Kopf hinwegstrecken konnte.

Philine ließ Elenis Hand los und rannte über die Hochebene davon, auf das Haus zu, das über den Klippen stand und vor dem Leándra schon auf sie wartete.

Eleni war aufgewacht – dennoch fühlte sich jede Bewegung an wie im Traum. Die Krallen des Adlers kratzten durch ihr Nachthemd und ritzten in die Haut an ihrem Arm. Aber Eleni hatte keine Angst. Nur eine warme Ruhe erfüllte ihr Inneres und trotzte dem Sturm. Fast zärtlich berührte der Adlerschnabel ihre Schläfe. Eleni spürte, wie etwas von ihm zu ihr überging, wie es sie umhüllte, als könnte sie darunter Schutz finden.

Einen Moment später flog das Tier auf. Eleni sah ihm nach, ihre Füße begannen zu laufen, um ihm zu folgen. Der Adler steuerte auf die Ausgrabungsstätte zu. Blitze zuckten wieder vom Himmel und plötzlich erhoben sich die Säulen eines Tempels vor ihr. Es waren schwarze Säulen und jede von ihnen verkörperte die Gestalt eines Gottes.

Der Adler ließ sich auf dem Boden vor dem Tempel nieder.

Eleni rannte schneller, um ihn zu erreichen, stoppte erst direkt vor ihm ab. Plötzlich fing das Tier an zu wachsen. Sein gefiederter Körper zog sich auseinander, wurde höher und breiter. Die Federn verwandelten sich in ein weißes Gewand, bis ein groß gewachsener Mann vor ihr stand.

Eleni rührte sich nicht mehr. Ein kurzer Gedanke huschte durch ihren Kopf: Sie sollte Angst haben … beinahe wartete sie auf das Gefühl. Aber es kam nicht.

Der schwarzhaarige Mann lächelte ihr zu. Er hob seine Hand und strich über ihre Schläfe. Die Berührung prickelte auf ihrer Haut, kribbelte über ihren Kopf und ihren Rücken herab, bis ihr ganzer Körper davon umhüllt war. »Du hast eine große Aufgabe zu erfüllen, Eleni.« Seine Stimme klang tief. »Eine Aufgabe, die anfangs so groß sein wird, dass du sie gar nicht überblicken kannst. Doch wenn du Schritt für Schritt vorgehst, wird sich ihre ganze Bedeutung enthüllen.« Die Blitze brachten sein weißes Gewand zum Leuchten und reflektierten an dem schwarzen Tempel, der sich hinter ihm erhob. »Niemand durchwandert die Welt in einem Tag, niemand überquert einen Berg ohne Mühen und niemand begegnet dem Grauen ohne Angst. Dennoch wurde die Welt schon durchwandert, wurden Berge erklommen und der Schrecken besiegt. Und alle, die es gewagt haben, haben mehr Stärke daraus gewonnen, als sie hingeben mussten. Bedenke das, kleine Eleni, wann immer du vor einem Hindernis stehst, das dir unüberwindbar erscheint. Du ahnst es schon seit so langer Zeit, und ich sage dir, es ist gewiss: An deinem Mut hängen die Schicksale so vieler Menschen! Nur in dir vereint sich das Blut der verfeindeten Mächte, nur du kannst aufhalten, was bereits begonnen hat.«

Der Blick des Fremden wurde zärtlich. Ganz langsam strichen seine Finger über ihre Schläfe und lösten sich schließlich. »Hiermit habe ich alles in meiner Macht stehende getan, um dich zu schützen. Aber bald schon wirst du an einen Ort kommen, an dem ich keinen Einfluss mehr habe.«

Eleni versuchte zu verstehen, wovon er sprach. Aber die Worte drehten sich in ihrem Kopf und es war schon schwer genug, keines davon zu vergessen. Vielleicht war dies nicht der Moment, um etwas zu verstehen, sondern nur der Augenblick, um jedes Detail in sich aufzunehmen. Sie starrte den Fremden an und versuchte, seine Gestalt wie ein Foto in ihrem Gedächtnis abzulichten: Die Haut in seinem Gesicht erschien so glatt wie die eines jungen Mannes. Lang und glänzend fielen seine schwarzen Haare über sein Gewand.

Doch ganz gleich, wie jung er aussah – Eleni hatte das Gefühl, dass er alt sein musste. Sehr alt.

»Wer bist du?« Sie flüsterte, so leise, dass es unter dem Grollen des Donners beinahe unterging.

Der Mann lächelte. Ein mildes Funkeln blitzte aus seinen Augen – bevor seine Iris wieder so dunkel wurde wie die Nacht.

Plötzlich fing er an zu schrumpfen, sein Umhang zerteilte sich in Federn, seine Arme und Beine zogen sich ein, wurden zu Flügeln und Krallen. Einen Moment später flog der weiße Adler auf. In einer weiten Spirale kreiste er hinauf in den Himmel, wieder zuckten Hunderte Blitze gleichzeitig. Eleni musste ihre Augen schließen, um das grelle Licht zu ertragen.

Als sie wieder aufsah, war der Adler verschwunden. Ein letztes Mal reflektierte das Wetterleuchten noch an den schwarzen Säulen des Tempels – dann lag nur noch die Ausgrabungsstätte vor ihr, ein großes Quadrat in der Erde und darüber ein zerfetztes Sonnensegel.

Die Stimmung in der fremden Küche war sonderbar. Die Großmutter der Mädchen hatte ihr einen Platz angeboten, aber Philine war lieber mitten im Raum stehen geblieben. Sie konnte sich nicht hinsetzen, solange Eleni allein dort draußen war, inmitten des tobenden Gewitters, mit dem riesigen Adler auf ihrem Arm.

Doch am seltsamsten war es, dass die Erwachsenen vollkommen gelassen erschienen. Während draußen der Sturm wütete, stand Elenis Oma seelenruhig am Herd und kochte Kakao. Auch Elenis Mutter schien sich keine Sorgen zu machen. Sie saß in ihrem Pyjama am Küchentisch und lächelte still und geheimnisvoll. Nur Leándras Blick wanderte unruhig von einem zum anderen. Sie saß ihrer Mutter gegenüber und hatte gerade erzählt, was draußen passiert war. Jetzt sah sie aus, als würde sie auf eine Antwort warten.

Aber die Antwort kam nicht. Stattdessen spürte Philine, wie sich die unausgesprochenen Fragen in der Luft sammelten, wie die Spannung in dem Raum anwuchs, bis sie in ihren Ohren knisterte.

Philine kannte diesen Druck, der einen Ort erfüllte, kurz bevor es zu einem Streit kam. Ganz deutlich spürte sie, dass Leándra dem Druck nicht länger standhalten würde. Die Erwachsenen schienen Dinge vor ihr zu verschweigen, sie schienen mehr über diesen Sturm zu wissen, und Leándras Wut darüber brodelte unter der Oberfläche.

Philine konnte nicht länger zusehen. Sie konnte niemals dabei zusehen, wenn Menschen sich stritten. Wann immer sie den Druck in der Luft wahrnahm, wollte sie die Streitenden von ihrer schlechten Stimmung befreien.

Es war so einfach. Philine atmete tief ein, um die Spannung aus dem Raum zu ziehen. Mit jedem Atemzug verlor die Luft ihre Schwere, bis sich Leándras Miene tatsächlich entspannte. Doch die Schwere strömte in Philines Brust und legte sich mit einem dumpfen Druck um ihr Herz. Es war Leándras Gefühl, und Philine erkannte, dass es die Sorte von Zorn war, die über lange Zeit wuchs und sich anstaute, ehe sie ausbrach und zu einem Streit eskalierte.

Philine hatte Leándra von dem Zorn befreit und jetzt musste sie ihn selbst besiegen. Es würde einen Moment dauern, aber dann würde sich das Gefühl in ihrem Herzen auflösen – weil es darin so fremd war, dass es keinen Halt finden konnte.

Plötzlich öffnete sich die Küchentür. Philine fuhr herum und sah Eleni entgegen. Auch die anderen hielten inne und blickten zu dem dunklen Mädchen, das zur Tür hereinkam.

Eleni sagte kein Wort. Ihre Bewegungen waren so ruhig, als würde sie noch immer schlafwandeln. Aber ihr Blick gehörte Philine. Sie sahen einander an, während Eleni auf sie zukam. Ein stummes Versprechen sprang zwischen ihnen hin und her und versicherte ihnen, dass sie von nun an Freundinnen waren.

Einen Moment später glitt Elenis Blick an ihr vorbei und richtete sich aus dem Fenster, fast so, als würde ein Teil von ihr zu dem Sturm gehören, der dort draußen wütete.

»Ist sie wach?« Leándras Tonfall klang ängstlich.

»Das frage ich mich auch.« Ihre Oma hatte sich zu ihnen umgedreht und beobachtete Eleni von hinten.

Eleni reagierte nicht auf die Fragen. Mit langsamen Schritten trat sie ans Fenster. Philine folgte ihr und stellte sich neben sie. Gemeinsam schauten sie über die Klippen hinweg auf den Wirbelsturm, der über dem Meer kreiste.

Ganz langsam schien die schwarze Wolke in die Breite zu wachsen und riss schließlich in der Mitte auf. Seltsame Konturen schälten sich daraus hervor, bis sich zwischen den Wolken ein Berg aus dem Meer erhob. Er wurde immer breiter, immer höher … ein zweiter Berg tauchte daneben auf, gleich darauf ein dritter und ein vierter, die sich um den höchsten Berg in der Mitte gruppierten. Immer wieder verschwand die seltsame Erscheinung hinter der wirbelnden Wolke und jedes Mal, wenn das Gebirge auftauchte, war es noch gewaltiger geworden.

Eine dunkle Furcht pochte in Philines Brust.

Sie griff nach Elenis Hand. Ein leichtes Zittern lag in ihrer Berührung. Doch es beruhigte sich, je stärker sie einander festhielten.

Philine hoffte darauf, dass das seltsame Gebilde im Meer wieder verschwinden würde, zusammen mit dem mysteriösen Wirbelsturm. Doch schließlich hob sich die schwarze Wolke an und gab das Gebirge darunter frei. Erst jetzt konnten sie sehen, wie hoch seine Gipfel tatsächlich waren und dass das Gebirge von einer flacheren Landschaft umschlossen wurde.

Was dort hinten aus dem Meer aufgetaucht war, musste eine Insel sein! Eine Insel, die vorher nicht da gewesen war.

Kapitel Sechs

Als Eleni am nächsten Morgen die Augen öffnete, blickte sie in Philines Gesicht. Das Bett in ihrer Schlafnische war breit genug für sie beide und es war in der Nacht keine Frage gewesen, wo Philine schlafen würde. Sie hatten nicht einmal darüber gesprochen, sie waren einfach gemeinsam hierher gegangen.

Auch jetzt lächelte Philine nur, um sie zu begrüßen. Das erste Sonnenlicht kam von draußen herein und fiel auf ihr Gesicht. Von Weitem erschienen ihre Augen fast schwarz, aber aus dieser Nähe konnte Eleni den dunkelblauen Ring sehen, der ihre Pupillen umrahmte und sich nach außen hin mit einem dunklen Braun vermischte. Auch ihre schwarzen Haare schimmerten bläulich im Sonnenlicht. Nur ihre Haut war beinahe weiß und ließ ihr schmales Gesicht so zerbrechlich erscheinen wie das einer Porzellanpuppe.

Plötzlich fürchtete Eleni wieder, dass sie das zarte Mädchen tatsächlich in Gefahr bringen könnte. Philine wirkte wie jemand, den man beschützen musste. Und Eleni spürte, dass sie genau das wollte: an Philines Seite stehen, um da zu sein, wenn sie Hilfe brauchte.

In dieser Nacht hatte sie Philine gerettet … Hatte sie vielleicht deshalb ihre seltsame Prophezeiung über die Gefahr ausgesprochen? Weil sie schon geahnt hatte, dass dieser Sturm kommen würde?

Wenn es so war, dann hatte sie ihre eigene Prophezeiung falsch verstanden. Nicht sie selbst würde Philine in Gefahr bringen – aber von ihr hing es ab, ob Philine gerettet wurde.

Eleni wusste nicht, ob dieser Gedanke stimmte, aber sie wollte daran glauben.

Plötzlich fiel ihr die Insel wieder ein, die seltsame Erscheinung, die sie in der Nacht gesehen hatten. Nur Philine und sie hatten die Insel bemerkt, sonst niemand. Weder ihre Oma noch Leándra hatten etwas dazu gesagt – einzig bei Arjana war Eleni sich nicht sicher. Ihrer Mutter wäre auch zuzutrauen, dass sie einfach darüber hinwegspielte.

Eleni und Philine brauchten nur ein kurzes Zwinkern, um zu wissen, dass sie draußen nachsehen wollten, welche Spuren die Nacht hinterlassen hatte.

Sie krochen aus dem Bett und nahmen sich an der Hand.

Leándra lag noch zusammengerollt in ihrer Schlafnische. Ihre Decke war so zerwühlt, als hätte sie sich die ganze Nacht herumgewälzt. Aber sie rührte sich selbst dann nicht, als die beiden Mädchen lautlos an ihr vorbeitapsten.

Barfuß schlichen sie nach draußen. Die schwarzen Wolken waren verschwunden und der Himmel strahlte in einem klaren Blau. Doch als sie über die Klippen hinwegsahen, zuckte Philine zusammen.

Die Insel war noch immer da, eine bläulich-graue Silhouette am Horizont.

»Sie ist groß«, hauchte Philine.

Eleni starrte auf die gewaltigen Berggipfel der Insel. Es war eine düstere Kette, die sich über den Horizont erstreckte.

Gemeinsam gingen sie über die Ebene und blieben am Rand der Klippen stehen. »Ich schätze, sie ist zwanzig oder dreißig Kilometer entfernt«, erklärte Philine leise. »Alles, was noch weiter weg ist, können wir nicht sehen. Es verschwindet zuerst hinter einem Dunstschleier und dann hinter dem Horizont.«

Zwanzig bis dreißig Kilometer! Eleni schluckte. Dafür, dass zwanzig Kilometer eine ziemlich weite Entfernung waren, erschienen die Berge wie Ungeheuer.

Sie atmete tief ein. »Hattest du heute Nacht auch den Eindruck, als könnten die anderen die Insel nicht sehen?«

Philine zuckte mit den Schultern. »Ich weiß nicht. Es war dunkel und vielleicht haben sie nicht so genau nach draußen geschaut.«

Eleni lauschte für einen Moment. Sie fragte sich, ob sie es hier oben hören könnten, wenn die Menschen unten im Dorf aufgeregt rufen würden. Aber wahrscheinlich war das Rauschen der Wellen und das Brausen des Windes zu laut, um etwas anderes darunter wahrzunehmen.

»Philine!«, schrie plötzlich jemand, eine Männerstimme, aber nicht von unten aus dem Dorf, sondern hinter ihnen auf der Ebene.

Sie wirbelten herum und Eleni erkannte Philines Vater und Arjana, die zwischen den Phrygana-Büschen auf sie zukamen. Die beiden sahen so aus, als wären sie zusammen über die Hochebene gelaufen und Eleni vermutete, dass Arjana zu ihm gegangen war, um ihm zu sagen, dass seine Tochter bei ihnen übernachtet hatte.

»Babas!« Philine riss sich los und fing an zu laufen. Als sie ihren Vater erreichte, sprang sie hoch. Er fing sie auf, als wäre sie ein kleines Kind, nahm sie auf den Arm und drückte sie an sich. Eleni konnte nicht hören, was die beiden redeten, aber sie begegnete Arjanas Blick, die weiter auf sie zuging.

Sie beobachtete genau, in welche Richtung ihre Mutter sah. Sie wollte es nicht verpassen, wenn Arjana an ihr vorbei auf das Meer blickte und die Insel entdeckte.

Tatsächlich kam der Moment, in dem Arjana auf das Meer schaute. Aber ihr Gesichtsausdruck blieb so normal, als könnte sie die Insel tatsächlich nicht sehen.

Eleni presste die Lippen aufeinander. Für eine Sekunde war sie versucht, es ihrer Mutter zu erzählen. Doch plötzlich spürte sie die Insel hinter sich wie einen drohenden Schatten.

Ich bin euer Geheimnis. Es war ein lautloses Flüstern, das von der Insel ausging, mehr eine Ahnung, die durch Elenis Gedanken rauschte. Sie unterdrückte den Laut, der ihrer Kehle entweichen wollte.

Ihre Mutter nahm sie in die Arme. »Das hast du gut gemacht, heute Nacht.«

Eleni drückte ihr Gesicht an Arjanas Schulter und versuchte, nicht zu der Insel zu blinzeln.

Zärtlich streichelte ihre Mutter durch ihre Haare. »Du hast Philine gerettet. Ihr Vater war sehr erleichtert, dass sie bei uns ist. Er hat mir gerade ihr Haus gezeigt. Es steht zwar noch, aber das ganze untere Stockwerk ist vom Wasser verwüstet. Auch Philines Zimmer.«

Elenis Atem stockte. Sie wünschte sich, sie könnte sich wie eine Heldin fühlen, aber das dunkle Gefühl wollte einfach nicht verschwinden. »Warum bin ich so, wie ich bin?«

Arjana stieß einen langen Seufzer aus. Schließlich löste sie sich von Eleni und fasste sie an den Schultern. »Damit du das herausfindest, habe ich dich hierher gebracht.« Ihre Mutter lächelte. »Weißt du … wenn jemand so besonders ist wie du, dann kann er versuchen, davor wegzulaufen und seine Fähigkeiten zu leugnen. Aber dadurch wird es meist nur schlimmer. Viel besser ist es, sich dem zu stellen, was man ist, um herauszufinden, wie man seine Talente entwickeln und nutzen kann.« Elenis Mutter strich ihr noch einmal über die Haare. »Selbst wenn es noch so schwierig und gefährlich ist, diesen Weg zu gehen – es ist der Weg, der für dich bestimmt ist.«

Eleni schüttelte unwillig den Kopf. Der seltsame Adlermann hatte etwas Ähnliches gesagt. »Was meinst du damit? Warum sagst du mir nicht endlich, was du weißt? Damit ich meinen Weg finden kann!«

Arjana blickte auf das Meer hinaus, aber wieder schien sie die Insel nicht zu sehen. Schließlich nickte sie und sprach mit ruhiger Stimme weiter: »Du kommst von hier, Eleni. Dein Vater kommt von hier. Ich habe ihn dort drüben getroffen, bei dem Tempel. Es war eine Gewitternacht, so wie gestern. Ich habe den Tempel im Blitzlicht gesehen – und dann ist dein Vater aufgetaucht. Er kam aus der Nacht und er verschwand in der Nacht. Wer er ist, konnte ich nie herausfinden.«

Eleni biss sich auf die Unterlippe. Auch der Adlermann war aus der Nacht gekommen. Ob es derselbe war? Ob sie gestern ihrem Vater begegnet war?

Doch dann fiel ihr ein, was Leándra herausgefunden hatte: dass Zeus sich in einen Adler verwandeln konnte und dass sie ihn für ihren Großvater hielt. Auch ihr Großvater war angeblich eines Nachts in Oma Gretas Wohnhöhle aufgetaucht.

Eleni wurde schwindelig. Also war sie ihrem Großvater begegnet?

Er hatte gesagt, dass er alles in seiner Macht stehende getan habe, um sie zu schützen. Hatte das Zeus gesagt? Der oberste der olympischen Götter?

Eleni blinzelte. Das Ganze musste ein Traum sein – wenn sie nur endlich daraus aufwachen würde …

Aber sie wachte nicht auf. Arjana stand noch immer vor ihr und am Horizont lauerte die riesige Insel hinter ihrem bläulichen Dunst.

»Hast du eigentlich jemals herausgefunden, wer dein Vater ist?«, flüsterte Eleni ihrer Mutter zu. »Hast du auch besondere Fähigkeiten, von denen wir nur noch nichts wissen?«

Arjanas Blick wurde ernst. Für einen Moment schien sie zu zögern, bevor sie doch noch antwortete: »Ich hatte besondere Fähigkeiten. Sie sind verschwunden, als ich mit dir schwanger wurde. Ich nehme an, sie sind auf dich übergegangen.«

Elenis Herz fing an zu rasen. Dann stimmte es tatsächlich! Alles, was Leándra herausgefunden hatte. Zeus war ihr Opa!

Und wer war ihr Vater?

Philine kam mit ihrem Papa auf sie zu. Eleni begegnete ihrem Blick.

Ob sie ihren Eltern von der Insel erzählen sollten? Vielleicht konnten sie auf diese Weise etwas herausfinden?

Ich bin euer Geheimnis. Die Insel stieß ein drohendes Zischen aus.

Eleni zuckte zusammen. Auch Philines Augen weiteten sich. Für einen Moment haftete Philines Blick so angestrengt an Elenis Gesicht, als wollte sie um keinen Preis zu der Insel sehen.

»Ich bin Markos, Philines Vater.« Der große dunkelhaarige Mann streckte Eleni die Hand entgegen.

Erst jetzt konnte sie sich wieder rühren und seine Begrüßung erwidern.

Markos lächelte ihr zu. »Vielen Dank für das, was du getan hast, Eleni.«

Aus gutmütigen braunen Augen sah er sie an. Aber unter seinem Lächeln verbarg sich ein trauriger Schimmer.

Eleni senkte verlegen den Blick. Noch nie hatte sich jemand bei ihr bedankt, wenn sie geschlafwandelt war.

Sie räusperte sich, um sprechen zu können. »Das hab ich doch gern gemacht.«

Philines Vater neigte den Kopf zu einem langsamen Nicken – und plötzlich fühlte Eleni das angenehme Gefühl, etwas Gutes getan zu haben. Vielleicht war ihre sonderbare Fähigkeit doch nicht nutzlos.

Kapitel Sieben

Die Insel blieb, wo sie war. Ein breiter rauchblauer Schatten am Horizont, der sie zu beobachten schien, ganz egal, wo sie waren oder was sie taten.

Das archäologische Team verbrachte den ganzen nächsten Tag damit, die Schäden des Sturms zu beseitigen. Eine Gruppe flickte das Sonnensegel und stellte es wieder auf. Eine zweite Gruppe half Philines Vater dabei, das wassergeflutete Haus aufzuräumen und die Wände vor der Feuchtigkeit zu retten.

Eleni und Leándra halfen Philine, ihre Sachen zu säubern und in der Sonne zu trocknen. Aber manche Dinge, wie ihre Bücher, Fotoalben und Bilder waren verloren.

So manches Mal erkannte Eleni, wie Tränen in Philines Augen glitzerten. Immer wieder spürte sie den Impuls, ihre neue Freundin in die Arme zu nehmen. Aber Philine war so still und in sich versunken, dass Eleni sie nicht aufrütteln wollte.

Irgendwann, als Leándra gerade im Haus war, nahm Philine Eleni an die Hand und führte sie in den Wald. Die Wellen waren offensichtlich bis hierher gerollt, denn das Treibgut, das sie mit sich geschwemmt hatten, ordnete sich wellenförmig auf dem sandigen Boden.

An einem alten, knorrigen Olivenbaum hielt Philine an und lehnte sich gegen den Stamm. »Das ist *Mama Olivia*, der älteste unserer Bäume.« Sie streichelte über die Rinde und begutachtete den hohlen Baumstamm von oben bis unten. Schließlich stieß sie ein erleichtertes Seufzen aus und umarmte die alte Olivendame.

Neben dem dicken Baum erschien Philine noch kleiner und zarter. Auch ihre helle Haut war an diesem Tag noch blasser als sonst. Vielleicht lag es aber auch an dem weißen langärmeligen Kleid, das sie wie ein Gespenst erscheinen ließ.

Philine wischte sich mit einer verstohlenen Bewegung die Tränen aus dem Gesicht. »Ich bin gerne bei ihr, im Schatten ihrer Zweige.« Sie legte ihre Wange gegen die raue Rinde und streichelte darüber. »Als ich klein war, habe ich sogar geglaubt, dass die Seele meiner Mutter in ihr wohnt.«

Eleni schluckte. Wenn die Seele von Philines Mutter in einem Baum leben sollte – was war dann mit ihrer echten Mutter passiert? Für einen Moment überlegte sie, ob sie nachfragen sollte. Aber sie wagte es nicht.

Philine schniefte. »*Mama Olivia* lebt noch – und wir leben auch noch. Dann ist es nicht so schlimm, wenn ein paar unserer Sachen zerstört sind.« Plötzlich verblasste das traurige Glitzern in ihren Augen. Sie wischte sich ein letztes Mal darüber und ein sanftes Lächeln erschien auf ihrem Gesicht.

Etwas Angenehmes ging von Philine aus, berührte Elenis dunkles Gefühl und legte sich tröstend um ihr Herz. Gleich darauf zog sich das schwere Gefühl aus ihrem Körper zurück. Die traurigen Gedanken und die Bilder von Philines zerstörten Sachen verblassten, und selbst die Insel am Horizont fühlte sich nicht mehr so bedrohlich an.

»Wie machst du das?« Eleni flüsterte.

Philine neigte den Kopf zur Seite. Ein verlegener Schatten huschte über ihr Lächeln. »Deine Gefühle sind jetzt hier drin.« Sie legte die Hand auf ihre Brust. »Sie fühlen sich schwer an und ziemlich dunkel. Du trägst sie schon eine Weile mit dir herum und weißt nicht, wohin mit ihnen. Aber jetzt sind sie bei mir … und bald werden sie merken, dass sie nicht zu mir gehören und dann lösen sie sich auf.«

Eleni lachte. Dort, wo in ihrer Brust bis gerade eben die Sorgen geschlummert hatten, war jetzt nichts mehr – nur noch eine angenehme Leichtigkeit.

Eleni atmete tief ein, um das leichte Gefühl zu genießen. Warum hatte sie sich überhaupt so schlecht gefühlt? Nur weil sie anders war als andere Menschen? Die meisten träumten davon, etwas Besonderes zu sein.

Philine löste sich vom Baum und kam auf sie zu.

Im nächsten Moment hielten sie sich in den Armen. Glatt und weich schmiegten sich Philines Haare an Elenis Wange. Sie roch nach Salzwasser und Sonnencreme und irgendwie vertraut.

Philine löste sich von ihr. »Wollen wir schwimmen gehen?«

Eleni nickte und schließlich rannten sie zusammen durch den Wald. Als sie den Strand erreichten, kniete Markos nicht weit von ihnen entfernt und schrubbte den Dreck von einem nassen Sofa. Auf seiner Stirn kräuselten sich die Sorgenfalten und sein Blick erschien traurig.

Philine blieb neben ihrem Vater stehen. Sie sagte nichts, sie lächelte ihn nur an. Schließlich hockte sie sich zu ihm und hauchte ihm einen Kuss auf die Wange.

Einen Moment später hallte sein Lachen durch die Schlucht.

Er stupste Philine auf die Nase. »Meine kleine Zauberin.« Er sprach leise. Nur Eleni stand nah genug, um ihn zu hören. »Wenn ich dich nicht hätte.«

Philine streckte ihre Arme aus und drückte sich an ihn. Im nächsten Moment sprang sie auf und griff nach Elenis Hand. »Wir gehen schwimmen!«, erklärte sie ihrem Vater. »Warte nicht auf uns, vielleicht brauchen wir länger.« Ohne auf eine Antwort zu hören, zog sie Eleni mit sich.

Zusammen liefen sie auf das Meer zu, streiften im Laufen ihre Kleider über den Kopf und rannten im Bikini in die plätschernden Wellen.

Es war kühler als sonst. Der Sturm hatte Algen und Sand aufgewühlt und manche der Wellen trieben Schaumflocken vor sich her. Aber die Wut des Meeres hatte sich gelegt.

Philine bewegte sich im Wasser so geschickt wie ein Fisch, ihre Zartheit schien für das Meer wie geschaffen zu sein. Mit kräftigen Schwimmzügen durchschnitt sie die Wellen, tauchte durch sie hindurch und kam dabei schneller voran als die meisten Menschen. Nur Eleni fiel es leicht, mit ihr mitzuhalten.

Philine führte sie aus der Bucht hinaus. Auch den Felsen, auf dem sie mit Leándra gelegen hatte, ließen sie hinter sich. Doch kurz darauf schwamm Philine nach rechts. Die kleine Bucht verschwand aus ihrem Blickfeld. Stattdessen erhoben sich Felsen und Klippen neben ihnen. Sie schwammen darauf zu und schließlich so nah an sie heran, dass sie aufpassen mussten, sich nicht ihre Knie an den rauen Steinen zu stoßen. Auch die Wellen brachen sich kreuz und quer an den Klippen und wollten sie hin und her reißen. Eleni brauchte all ihre Kraft, um gegen sie anzuschwimmen und nicht gegen die Felsen zu prallen.

Vor ihnen erschien schließlich ein großes Felsentor, durch das sie hindurchschwimmen mussten. Noch einmal brauchte Eleni ihre ganze Kraft, um sich den Strömungen zu widersetzen – bevor sie das Tor hinter sich ließen und auf einen winzigen Strand blickten. Es war eine schmale Sandfläche, hinter der sich steile Klippen erhoben. Auch rundherum war der Strand von flachen Felsen eingebettet, die in Treppen und Terrassen ins Wasser reichten.

Philine führte sie durch eine schmale Furt zwischen den Felsen, bis sie schließlich durch das flache Wasser an Land wateten.

Auch auf dem kleinen Strand lag das Treibgut von dem nächtlichen Sturm. Sie schoben Algen und Holzstücke mit den Füßen zur Seite und legten sich in den weichen Sand.

»Das hier ist mein Geheimstrand.« Philine drehte ihren Kopf und lächelte Eleni zu. »Vom Land aus kommt man nicht hier herunter und für alle anderen wäre es zu gefährlich, hierher zu schwimmen. Abgesehen von dir natürlich. Jetzt gehört der Strand uns beiden.«

Eleni erwiderte ihr Lächeln. Der Boden schien noch in einer Wellenbewegung unter ihr zu schwanken und die Anstrengung lag matt und schwer in ihren Muskeln. Aber es fühlte sich gut an. Nur im Meer ahnte sie die Grenzen von dem, was ihr Körper leisten konnte.

Mit Philine an ihrer Seite musste sie sich endlich nicht mehr verstecken. »Hast du eigentlich auch das Gefühl, dass wir uns ähnlich sind?«

Philine lachte leise, ihre blauschwarzen Augen funkelten. »Auf jeden Fall. Dabei hätte ich nie gedacht, dass ich mal jemanden treffe, der so merkwürdig ist wie ich.«

Eleni betrachtete den feinen Zuckersand, der auf Philines Wange klebe und sich über ihre Nase stäubte. Fast sah es aus, als hätte sie Sommersprossen. Aber ihre Haut war so hell, dass sich nicht einmal Sommersprossen darauf verirrten.

Philines Blick wurde nachdenklich. Schließlich setzte sie sich auf und sah aufs Meer hinaus, dorthin, wo die Insel lag. »Nur wir beide können diese Insel sehen. Das ist so ziemlich das Merkwürdigste von allem.«

Eleni richtete sich ebenfalls auf und spähte auf die blaue Gebirgskette, die sich am Horizont entlangzog. »Sie ist unser Geheimnis. Hat sie dir das auch in deine Gedanken geflüstert?«

Philine nickte. »Ja. Sie will nicht, dass wir unseren Eltern von ihr erzählen.«

Ein eisiges Frösteln lief über Elenis Rücken. Redeten sie ernsthaft darüber, dass diese Insel etwas *wollte*, dass sie einen eigenen Willen hatte, wie ein Mensch?

Philine räusperte sich. »Weißt du, was Babas immer über Geheimnisse sagt? Wenn sie sich nicht gut anfühlen, dann sollten es keine Geheimnisse sein. Und wenn jemand, der stärker ist als wir, von uns verlangt, ein schlimmes Geheimnis zu bewahren, dann müssen wir es erst recht verraten.«

Eleni wusste, was Philine meinte. Etwas Ähnliches hatten Oma Greta und ihre Mutter auch schon gesagt. »Meinst du wirklich, das gilt auch für Inseln?«

Philine lachte plötzlich auf. Es war ihr klares, warmes Lachen, dessen Klang von den Klippen zurückhallte und auf sie herabregnete.

Eleni musste grinsen. Auf einmal wurde sie sich klar darüber, dass ihr die Insel nicht mehr wie eine Bedrohung erschien. Ihre Gegenwart fühlte sich verboten an, das ja, sie strahlte sogar etwas Gefährliches aus. Aber Eleni verspürte keine Angst. Ganz im Gegenteil. Sie konnte in der Strömung schwimmen, sie konnte sich den Wellen widersetzen – und vielleicht konnte sie sich sogar an einer Insel messen, auf der unbekannte Gefahren lauerten.

Das leichte Gefühl flatterte durch ihren Körper wie ein kleiner Vogel, der endlich aus seinem Käfig herauswollte. Eleni stand auf, kletterte vom Sandstrand auf die flachen Felsen und sprang über die Terrassen, bis sie auf der vordersten Spitze stand und auf das Meer hinausblickte.

Philine trat mit lautlosen Schritten neben sie. Auch ihr Flüstern war kaum zu hören: »Wenn wir die Einzigen sind, die die Insel sehen können … Meinst du, sie ist wegen uns hierher gekommen?«

Eleni lachte nervös. »Meinst du, wir könnten auf der Insel herausfinden, woher wir unsere Fähigkeiten haben?«

Philine schwieg einen Moment. Sie beobachtete die Insel so genau, als könnte sie etwas Interessantes darauf finden. »Babas sagt manchmal, dass ich wie meine Mutter bin.«

Eleni hielt den Atem an. Mit Philines Mutter war irgendetwas geschehen. Eleni wollte nachfragen, doch sie fand nicht die richtigen Worte.

Aber Philine sprach weiter: »Ich habe meine Mutter nie kennengelernt. Sie war nur sehr kurz mit meinem Vater zusammen. Unser Haus war früher ein Ferienhaus. Babas hat darin Urlaub gemacht und dann tauchte eines Nachts meine Mutter an dem Strand auf. Er hat erzählt, sie wäre nur nachts gekommen. Woher sie stammte, hat sie ihm nie verraten, aber er sagt immer, dass er sich bei ihr so wohlgefühlt hat wie bei niemandem sonst.« Philine ließ sich auf den Felsen nieder und streckte ihre Füße ins Wasser. »Aber dann ist sie verschwunden.«

Ein feines Rinnsal Schweiß lief an Elenis Rücken hinab. Erst jetzt bemerkte sie, wie die Felswand hinter ihnen die Hitze reflektierte und die Sonne auf ihren Körper brennen ließ. Sie setzte sich neben ihre Freundin und tauchte ihre Beine in die kühlen Wellen.

»Babas war sehr verliebt in meine Mutter. Auch als sie gegangen ist, wollte er unbedingt in ihrer Nähe bleiben. Er hat das Erbe von meiner Oma dafür ausgegeben, sich das Ferienhaus zu kaufen und ist hier eingezogen. Aber meine Mutter kam nur noch in einer einzigen Nacht zu ihm zurück, neun Monate nach ihrer gemeinsamen Zeit. In dieser Nacht hat sie ihm ein Baby gebracht und ihm gesagt, dass er sich gut um mich kümmern soll, weil ich sein ganzes Glück sei, und dann ist sie gegangen und nie mehr wiedergekommen.«

Philines sanfte Stimme hallte in Elenis Ohren nach. Ihre Freundin saß mit gesenktem Kopf da und stieß einen leisen Seufzer aus. »Babas würde niemals hier weggehen, obwohl wir woanders viel besser leben könnten. Er ist eigentlich Lehrer für Griechisch und Geschichte. Aber hier sind die Jobangebote so selten, dass er nie eine Stelle als Lehrer in der Nähe gefunden hat. Stattdessen arbeitet er in einer Fischfabrik, damit wir wenigstens ein bisschen Geld zum Leben haben.« Philine pflückte ein Treibholzstöckchen von dem Felsen und drehte es zwischen ihren Fingern. »Aber das Schlimmste ist, dass wir sie vermissen. Dabei weiß ich nicht einmal, ob ich meine Mutter wirklich vermisse, oder ob ich nur traurig bin, weil ich nie eine hatte.«

Eleni betrachtete Philines Gesicht von der Seite. Das Wasser perlte von ihrer Sonnencreme ab und die obersten Strähnen ihrer Haare waren bereits getrocknet. Im gleißenden Sonnenlicht schimmerten sie nicht nur bläulich – einzelne Haare schienen tatsächlich dunkelblau zu sein.

Philine blickte auf das Stöckchen zwischen ihren Fingern. Es war ein rund geschliffenes Holzstück, das wohl schon seit einiger Zeit im Wasser umhertrieb.

»Lange hab ich mir gewünscht, dass Babas eine andere Frau findet, die er liebt und die sich gern um mich kümmert. Aber Babas hat sich nie in eine andere Frau verliebt – und inzwischen glaube ich, dass mich fremde Frauen unheimlich fänden, wenn sie bei uns leben würden.« Philine drehte das Stöckchen ein letztes Mal und warf es dann mit Schwung ins Wasser zurück.

Eleni sah ihm nach, wie es weit hinten in die Wellen klatschte. Philine war ihr also auch darin ähnlich. Ihre beiden Geschichten passten so gut zueinander wie zwei Puzzleteile. »Ich kenne meinen Vater auch nicht«, flüsterte Eleni. »Bislang wollte Mama uns nicht einmal verraten, woher er kommt. Aber heute Morgen hat sie mir gesagt, dass sie ihm hier begegnet ist, dort oben, wo sie den Tempel vermutet. In einer Gewitternacht.«

Philines Augen weiteten sich. Für einen Moment konnte Eleni fast sehen, wie ihre Gedanken rasten. Sie klang atemlos, als sie schließlich sprach: »Dein Vater und meine Mutter … Sie kommen beide von hier, und beide sind in einer merkwürdigen Nacht erschienen. Genau wie die Insel.«

Eleni warf ihren Kopf herum und starrte auf die bläuliche Gebirgskette am Horizont. Das alles konnte kein Zu…

Ihre Gedanken rissen ab. Auch Philine gab einen unterdrückten Laut von sich und zeigte mit dem Finger auf eine Horde von silbrig glänzenden Tieren, die durch die Wellen sprangen. »Da! Delfine!«

Eleni starrte auf die schimmernden Kreaturen. Sie hatte dieses Bild schon einmal gesehen, an dem Tag, an dem sie um die Klippen herumgeschwommen war.

Eleni versuchte, die Delfine im Blick zu behalten, aber die Sonne reflektierte auf dem Meer und die Tiere verschwanden schließlich in dem gleißenden Licht.

Nach einer Weile gaben sie die Suche auf und legten sich nebeneinander auf den warmen Felsen.

Eleni schloss die Augen. Plötzlich fühlte sie wieder das sonderbare Kribbeln in ihrem Hals. Es wollte sich zu den unheimlichen Lauten formen, die sie schon beim letzten Mal von sich gegeben hatte. Sie versuchte, das Bedürfnis zurückzuhalten – aber schließlich flatterten die Klicklaute aus ihrem Mund, ohne dass sie etwas dagegen tun konnte. Ganz von allein variierte ihre Zunge die Melodien, bis sie klangen wie eine komplexe Sprache.

Eleni sah hastig zu ihrer Freundin. Aber Philine lächelte sie an. Sie saß aufrecht und sah so aus, als würde sie Eleni schon lange beobachten. »Wie machst du das?«

Eleni öffnete den Mund, um zu antworten …

Doch plötzlich sprang vor ihnen etwas aus dem Meer! Ein Schwall Salzwasser regnete über sie hinweg.

Philine schrie auf, Eleni fuhr hoch und riss ihre Freundin mit sich.

Erneut schnellte etwas aus dem Wasser: Ein grauer, glänzender Delfin sprang über eine der Felsenterrassen und tauchte auf der anderen Seite zurück ins Meer. Er stieß ein schnelles Knacksen aus, das eindringlich in Elenis Ohren pochte.

Ein helles Lachen mischte sich in das Geräusch. Es war Philines Lachen. »Der klingt ja so wie du.«

Eleni erstarrte. Philine hatte recht. Es waren die gleichen Laute, die sie soeben hervorgebracht hatte. Und nicht nur das, sie konnte die Antwort des Tieres sogar verstehen: Der Delfin war gekommen, weil sie nach den Tieren gerufen hatte.

Eleni blickte wie paralysiert auf seinen silbrigen Körper. Der Delfin sprang noch ein paar Mal durch die Luft, schlug Saltos über den Felsen und zeigte ihnen sein Können, bevor er sich beruhigte und im Wasser zu ihnen heranschwamm. Er schob seine Nase aus den Wellen, schaute aus seinen winzigen Äuglein zu ihnen auf und stieß sein Schnattern aus.

Eleni hielt den Atem an. Sie wusste, was der Delfin ihnen mitteilen wollte! Er sprach von der Insel und davon, dass er von dort kam.

Eleni wollte mehr wissen. Woher die Insel gekommen war, wie sie so plötzlich hier auftauchen konnte? Ohne zu überlegen, ließ sie die Laute zwischen Gaumen und Zunge hindurchflitzen.

»Unterhältst du dich etwa mit ihm?«, hauchte Philine.

Eleni konnte ihr nicht antworten. Sie musste lauschen, um keinen Laut des Delfines zu verpassen.

Doch das Tier schwamm noch ein paarmal hin und her, ehe es mit einem Knacksen antwortete.

Seine Sprache war anders strukturiert als die Sprache von Menschen. Nach Silben und Worten suchte Eleni vergeblich, aber dafür hinterließen die Laute eine Abfolge von Bildern in ihrem Kopf und eine Stimmung, die offenbar dazugehörte:

Der Delfin schien irritiert zu sein, weil sich das Meer und die Luft in dieser Nacht verändert hatten. Die Korallenriffe waren kleiner geworden, fremde Fische schwammen umher und der schwere Geruch von warmem Wasser war aus der Luft verschwunden. Außerdem hatte es dieses Land hier zuvor nicht gegeben.

Eleni brauchte einen Moment, um zu begreifen, wovon er sprach: Offenbar war er zusammen mit der Insel von einem anderen Ort gekommen. Aber wo dieser Ort lag, konnte sie aus seiner Antwort nicht herauslesen.

Eleni musste schließlich grinsen. Auch aus seiner Sicht war eine Insel aus dem Meer aufgetaucht: Kreta.

Doch dann fiel ihr etwas auf, das nicht zusammenpasste: Sie hatte die Delfine schon einmal gesehen, an dem Nachmittag, als sie um die Klippen herumgeschwommen war, bevor die Insel aufgetaucht war. Noch ehe Eleni darüber nachgedacht hatte, fragte sie den Delfin in seiner sonderbaren Sprache.

Der Delfin schwamm in einem Halbkreis um ihre Felsen herum und zeigte einen seiner Saltos. Und schließlich gab er seine Antwort: Sonderbare Dinge waren in den letzten Tagen geschehen. Sie hatten sich immer wieder im Meer verirrt. Aber vor allem hatten sie Eleni gehört und nach ihr gesucht.

Eleni schluckte. Sie wusste nicht, was sie dazu sagen sollte. Aber das Schnattern des Delfins ließ sie auch gar nicht zu Wort kommen – er bot ihnen an, sie zu der Insel mitzunehmen.

»Was sagt er?«, flüsterte Philine.

Eleni hockte sich an den Rand des Felsens und lauschte dem Delfinknacksen. Schließlich räusperte sie sich. »Er, na ja … Er sagt, er könnte uns mit zur Insel nehmen … Damit wir selbst eine Lösung für all unsere Rätsel finden.«

Philine stieß einen überraschten Laut aus. »Das hat er gesagt?« Ihre Stimme wurde heiser. »Bist du sicher, dass er ein Tier ist?«

Eleni schauderte. Ein zweiter Delfin schwamm so nah zu ihnen heran, dass Eleni ihn streicheln konnte. Er fühlte sich glatt an, weicher als alles, was sie je gefühlt hatte. Auch er schnatterte und bot ihr an, sie mitzunehmen.

Ohne darüber nachzudenken, sprang Eleni zu ihm ins Wasser. Ihre Beine streiften seinen glatten Körper, ihre Hände erwischten seine Rückenflosse – und plötzlich wurde sie mitgerissen. Die Bewegung warf sie bäuchlings auf den Rücken des Delfins. In Sekundenschnelle zog er sein Tempo an und raste mit ihr durch die Wellen.

»Eleni!« Philine schrie ihr nach. Doch ihre Stimme klang bereits weit entfernt.

Sie wollte Philine nicht zurücklassen! Wenn sie schon mit den Delfinen schwamm, dann nur zusammen.

Eleni ließ die Rückenflosse los. Der silbrig schimmernde Leib glitt unter ihr hindurch. Für eine Sekunde wurde sie in einem Wasserstrudel nach vorne gerissen, ehe sie die Strömung wahrnahm, die sie hinaus auf das offene Meer zog. Eleni wendete mit hastigen Bewegungen. Für einen Moment verlor sie ihre Ruhe, während die Strömung sie einfach mitriss, in Richtung der Insel …

Der schmale Strand und Philines Gestalt waren schon so weit entfernt, dass Eleni die Augen zusammenkneifen musste, um sie hinter dem Glitzern des Wassers überhaupt erkennen zu können. Aber so kräftig sie auch schwamm, sie trieb immer weiter vom Land fort.

Die Strömung war hier draußen stärker als neben den

Klippen, viel stärker. Selbst ihre Kräfte schienen nicht mehr auszureichen.

Eleni geriet in Panik. Das Knacksen löste sich erneut aus ihrer Kehle und dieses Mal war es ein Hilferuf.

Plötzlich war der Delfin wieder neben ihr. Aus den Augenwinkeln erkannte sie, wie er mit entspannten Bewegungen genau an ihrer Seite schwamm. Ein amüsiertes Gackern sprang aus seinem Maul. Eleni versuchte zu entschlüsseln, ob sich Worte hinter dem Geräusch versteckten – aber es war tatsächlich ein Lachen.

»Haha, sehr witzig!« Eleni keuchte. Sie versuchte, ihren Vorwurf in die Sprache des Tieres zu fassen. Aber während sie schwamm, war es gar nicht so einfach.

Dafür ordnete sich das Schnattern des Delfins plötzlich in so klare Worte, als besäßen sie doch die Struktur einer Menschensprache: »Das Menschenkind hat mit ihrem Körper gesprochen und gesagt, der Freund solle es mitnehmen.«

Erst jetzt bemerkte Eleni, dass es wieder der Delfin war, mit dem sie zuerst gesprochen hatte, derjenige, bei dem Philine gefragt hatte, ob er wirklich ein Tier war. Eleni konnte nicht länger darüber nachdenken. Die Strömung war zu stark, sie brauchte alle Konzentration, um zu schwimmen …

Da tauchte der Delfin ins Wasser ein und schob sich sanft unter ihren Körper. Eleni musste sich nur noch an seiner Rückenflosse festhalten und schon ging es voran. Er schwamm nicht halb so schnell wie der andere Delfin, fast so, als wollte er Rücksicht nehmen – und auf einmal kehrte der Rest ihres Gedankens zurück: Dieser Delfin hatte etwas an sich, das nicht zu einem Tier passte, etwas, das beinahe menschlich erschien.

Philines Gestalt und der Strand rückten wieder näher. Ihre

Freundin gestikulierte und rief noch immer. Erst als Eleni sie auf dem Rücken des Delfins beinahe erreicht hatte, entspannte sich Philines Gesichtsausdruck.

»Und ich dachte schon, du schwimmst ohne mich zur Insel!« Philine grinste, als Eleni die Rückenflosse losließ und zu ihr auf den Felsen kletterte.

Eleni musste plötzlich lachen. Die Erleichterung floss durch ihren Körper, während sich ihre Muskeln so matt anfühlten, wie schon lange nicht mehr. »Ohne dich zur Insel? Niemals! Aber ich fürchte, wir müssen erst noch lernen, wie man einen Delfin lenkt.«

Philine schüttelte lachend den Kopf. »Für heute hab ich auch erst mal genug. Vor allem von der Sonne.« Sie deutete auf die Haut an ihren Schultern, die sich bereits gefährlich rötete.

»Oje!« Eleni starrte entsetzt darauf. »Was ist denn mit deiner Haut los? Hast du keine Sonnencreme benutzt?«

Philine lächelte gequält. »Doch. Tonnenweise. Aber Babas sagt, ich besitze Nachthaut. Sie verträgt immer nur ganz wenig Sonne, und es war wohl eine ziemlich blöde Idee, im Bikini zu schwimmen.«

Kapitel Acht

Als sie zurück in Philines Schlucht schwammen, schien es schon spät zu sein. Am Strand war es still geworden, und das kleine Haus lag verlassen da. Nur die Möbel und Einrichtungsgegenstände standen noch auf Planen in der Sonne und trockneten.

Gerade als sie ins flache Wasser kamen und durch die Wellen wateten, drang fröhliches Gelächter durch die offenen Fenster des Hauses. Philine blieb stehen und hielt Eleni fest. Sie erkannte das Lachen ihres Vaters, vermischt mit einem Frauenlachen.

Kurz darauf kam er zusammen mit Arjana aus der Tür. Auf ihren Gesichtern tanzte ein glückliches Lächeln.

»Was ist denn mit denen los?«, flüsterte Eleni.

Philines Herz fing an, wie wild zu klopfen. Wann hatte sie ihren Vater das letzte Mal so ausgelassen gesehen? Vielleicht, wenn sie nach einem schönen Tag gemeinsam herumtobten – aber niemals mit anderen Menschen und erst recht nicht mit einer Frau.

Elenis Mutter berührte ihn am Arm. Sie sagte etwas, das zu leise war, um es zu verstehen. Aber Philine erkannte die

Wärme in seinem Blick. Ein seltsames Gefühl huschte durch ihren Körper, eines, das sie kannte, sehr gut sogar, aber nicht von sich selbst.

Philine versuchte, den Anflug von Eifersucht zu verdrängen.

Ihr Vater stieß ein weiteres Lachen aus. Er sah in ihre Richtung und entdeckte sie. »Philine!«, rief er und fing an zu rennen. Mit nackten Füßen stürmte er in die Wellen, das Wasser durchnässte seine kurze Hose und spritzte auf sein Hemd. Als er sie erreichte, packte er sie an der Taille, hob sie hoch und wirbelte sie in die Runde. »Stell dir vor! Ich kann den Job in der Fischfabrik kündigen.« Er ließ sie zurück ins Wasser.

Philine taumelte und versuchte, ihren Schwindel und die Worte zu ordnen.

Aber ihr Vater ließ ihr kaum genug Zeit, ehe er weitersprach: »Arjana will mich anstellen, für ihre Ausgrabung! Als Assistenten!«

Endlich fing Philine an zu begreifen: Deshalb war er so glücklich, weil er die schreckliche Arbeit in der Fischfabrik hinter sich lassen konnte. Nie mehr Nachtschichten für einen Hungerlohn und nie mehr der Gestank, der tagelang an seinen Haaren haftete. Nie mehr Nächte, in denen Philine allein sein musste, und Vormittage, in denen ihr Vater schlief, während sie im Morgengrauen allein ihr Frühstück machte und durch die Schlucht und über die Hochebene bis nach Agia Vasiliki zum Schulbus wanderte.

Wenn es schon keine Stelle als Lehrer war, so konnte er auf der Ausgrabungsstätte wenigstens eine Arbeit machen, die etwas mit der Mythologie zu tun hatte, mit den alten Geschichten, die er so liebte. Außerdem würde er von nun an mit Elenis Mutter zusammenarbeiten. Allein dadurch würde sie ihre neue Freundin jeden Tag sehen.

»Philine, verstehst du?« Er strahlte sie an.

Plötzlich musste auch Philine lachen. »Ja, ich verstehe!« Sie fiel ihrem Vater in die Arme und durchweichte sein Hemd mit Salzwasser.

Auch in der nächsten Nacht schlief Philine bei Eleni. Ihre Eltern hatten kurzerhand vereinbart, dass sie bei Arjana bleiben würde, bis ihr Haus wieder in Ordnung war. Sogar Leándra hatte sich bereit erklärt, für diese Zeit in ein eigenes Zimmer zu ziehen und Philine solange ihr Bett zu überlassen. Aber wie immer konnte Philine auch an diesem Abend nicht einschlafen. Sie wurde in der Nacht einfach nicht müde und es war ungewohnt, überhaupt so früh ins Bett zu gehen. Auch Eleni war noch zu aufgekratzt, um zu schlafen, und so lagen sie schließlich lange wach und unterhielten sich.

Noch nie hatte Philine eine Freundin wie Eleni gefunden. Eleni wusste, wie es sich anfühlte, wenn man anders war. Sie kannte die Einsamkeit, die sich in die Seele krallte, sobald man begriff, dass andere Kinder einen niemals verstehen würden. Und sie wusste, wie schlimm es war, wenn die Kinder in der Schule die Köpfe zusammensteckten und darüber tuschelten, was für sonderbare Dinge in ihrer Gegenwart geschahen. Eleni war genau das, worauf Philine schon lange nicht mehr gehofft hatte: eine Freundin, der sie alle Geheimnisse anvertrauen konnte.

Es war bereits mitten in der Nacht, als sie endlich einschliefen. Am nächsten Morgen brachte Eleni den Wecker mit einem gezielten Hieb zum Schweigen.

Die Archäologen zogen morgens bereits sehr früh zur Ausgrabungsstätte. Aber niemand sagte etwas, als Philine und Eleni erst am späten Vormittag dazustießen.

Zu Philines Verblüffung hatte Kimon schon im Morgengrauen mit den anderen Archäologen angefangen. Mit einigen von ihnen schien er sich bereits angefreundet zu haben. Er stellte unzählige Fragen und lauschte ihren Erklärungen mit pflichtbewusstem Ernst. Nur Philine warf er immer wieder ein Lächeln zu und schließlich musste sie eines zugeben: Sie mochte es, dass er hier war. Seine Gegenwart fühlte sich vertraut an. Überhaupt mochte sie die Stimmung auf der Ausgrabungsstätte. Alle waren gut gelaunt und es gab nur selten Konflikte. Philine war erleichtert darüber. So musste sie keinen Streit schlichten und konnte einfach nur entspannt die Arbeit machen, zu der Arjana sie einteilte.

Gegen Nachmittag drangen die Archäologen in eine Erdschicht vor, in der schweres Geröll und unzählige Steine lagen. Das bedeutete Knochenarbeit, die fast ausschließlich die Männer erledigen mussten, und schon bald stellte sich heraus, dass kleine Mädchen an diesem Tag keine große Hilfe auf der Ausgrabungsstätte mehr waren.

Philine bemerkte schließlich, wie Elenis Blick immer länger auf das Meer schweifte. Ein silbriges Funkeln schimmerte weit hinten in den Wellen und Philine fragte sich, ob es wieder die Delfine waren. Durch ihren Bauch huschte ein aufgeregtes Kribbeln und schließlich nahm Eleni sie an die Hand und zog sie zu ihrer Mutter. »Dürfen wir vielleicht schwimmen gehen? Oder werden wir hier gebraucht?«

Arjana sah von dem Fund auf, den sie gerade von Erde und Staub befreite. Es war das Skelett eines kleinen Tieres. »Na klar dürft ihr gehen. Ihr seid ja nicht meine Angestellten – außerdem habt ihr Ferien.«

»Super!« Eleni grinste. Aber Philine bemerkte den hastigen Blick, den sie zu Kimon und Leándra warf.

Tatsächlich sah Kimon ihnen nach, als sie über die Hochebene zu der Treppe liefen, die in Philines Schlucht hinabführte. Doch er folgte ihnen nicht. Anscheinend war es ihm ernst damit, dass er Archäologe werden wollte.

Philine schmunzelte. Im Grunde hätte sie Kimon gerne mitgenommen. Aber sie wollten versuchen, die Delfine noch einmal wiederzutreffen, und dabei konnten sie Kimon nicht gebrauchen. Während sie zusammen die Stufen in die Schlucht hinabstiegen, atmete Eleni erleichtert auf. »Puh! Geschafft!« Sie grinste.

Philine betrachtete ihre Freundin von der Seite. Elenis Haut schien von der Sonne ziemlich schnell dunkler zu werden und ihre Zähne leuchteten im Kontrast dazu in einem perfekten Weiß. Ihre schwarzen Locken hatte Eleni zu einem wilden Knoten hochgebunden. Nur einzelne Strähnen fielen auf ihre Schultern und tanzten im Takt ihrer Schritte.

Eleni war das schönste Mädchen, das Philine kannte. Noch war alles an ihr so schmal und hochgewachsen, dass man ihre Figur fast mit der eines Jungen verwechseln könnte. Aber Philine ahnte bereits, dass sich auch diese Zeiten bald ändern würden. Schon seit Jahren versuchte sie herauszufinden, was der Unterschied zwischen Kindern und Erwachsenen war, warum Kinder irgendwann aufhörten zu spielen und sich stattdessen von dem Ernst der Erwachsenen anstecken ließen. Und inzwischen ahnte sie, was es war.

Wann immer Philine durch das Dorf lief, spürte sie die

Spannungen, die zwischen den Erwachsenen in der Luft hingen. Liebe, Freundschaft und Eifersucht zogen sich wie ein Netz über das Dorf, das manche Menschen miteinander verstrickte und andere weit voneinander fernhielt. Bei Kindern bestand das Netz nur aus ein paar festen Fäden, die zu ihren Eltern führten, dazwischen waren bewegliche, dünne Fäden, die sich schnell bildeten, die schnell zerrissen und sich ebenso schnell wieder zusammenfügten. Bei ihnen war das Netz in ständiger Veränderung und gleichzeitig so leicht, dass sie sich frei darin bewegen konnten.

Aber das Netz der Erwachsenen war fester und schwerer. Es wob die Menschen ein und versuchte jedem von ihnen einen festen Platz zu geben. Viele Erwachsene fanden darin ihre Ruhe, ihre Familien, ihre Freunde – feste Fäden, auf die sie sich verließen.

Doch für diejenigen, die keine Kinder mehr waren und allmählich erwachsen wurden, schien das Netz eine heimtückische Falle zu sein. Leándra war so jemand, und die großen Jungen. Philine spürte, wie die Fäden ihres Netzes allmählich dicker wurden. Manchmal rebellierten die Jugendlichen dagegen und versuchten alle Fäden zu durchtrennen, die sich zu eng schnürten. Sie rissen und zerrten daran und brachten sie immer wieder zum Reißen – aber gleichzeitig suchten sie alle nach einem festen Platz in ihrem Netz und litten furchtbare Qualen, wenn einer der anderen einen Faden zerriss, auf den sie sich gerade verlassen hatten.

Philine ahnte, dass es nicht mehr lange dauern würde, ehe sich die festen Fäden auch nach Eleni und ihr ausstreckten. Wenn sie es genau überlegte, dann gab es bereits so einen festen Faden, der sie beide miteinander verband. Sehr schnell hatten sie ihn gesponnen und jetzt hingen sie daran und verließen sich darauf, dass der andere ihn nicht abschneiden würde.

Philine atmete tief ein. Auch das, was von der Insel zu ihnen herüberwucherte, fühlte sich an wie die Erwachsenenfäden: Es wollte sie fangen und einbinden.

Auf den Treppenstufen blieb sie stehen und schaute zu der Insel hinüber. Es war ein außergewöhnlich klarer Tag und die Höhenzüge der Insel waren rauchblau gefärbt.

»Was ist los?« Eleni drehte sich zu ihr um und blieb ebenfalls stehen. Sie folgte Philines Blick und starrte wie gebannt auf den Horizont.

Philine fröstelte. Während alle anderen ihre Netze innerhalb des Dorfes oder zumindest innerhalb der realen Welt knüpften, waren Eleni und sie tatsächlich bereit, sich von einer unsichtbaren Insel umgarnen zu lassen?

Was für ein verworrener Gedanke. Philine versuchte, ihn aus ihrem Kopf zu schütteln.

»Atlantis«, hauchte Eleni.

»Was?« Philine starrte ihre Freundin an. »Atlantis? Was meinst du damit?«

Eleni blickte wie paralysiert auf die Insel. »Vor Tausenden von Jahren ist eine Insel im Meer versunken. Wissenschaftler und Philosophen haben über sie geschrieben, und obwohl so viele Menschen nach ihr gesucht haben, weiß niemand, wo sie eigentlich war. Und jetzt taucht plötzlich eine Insel aus dem Meer auf, die vorher nicht existiert hat und die nur wir beide sehen können.« Eleni löste endlich ihren Blick und sah Philine an. »Stell dir mal vor, es gab immer nur ganz wenige Menschen, die Atlantis sehen konnten. Das sind genug, damit die Menschheit von dieser Insel erfährt, aber es ist zu unglaubwürdig, um sie in eine Karte einzuzeichnen. Also haben sich die Menschen seit Urzeiten von diesem Mythos erzählt, aber kaum jemand kann die Insel tatsächlich finden.«

Ein starkes Kribbeln erfasste Philines Kopfhaut, sammelte sich an ihrem Hinterkopf und strömte von dort aus über ihren Rücken. Was Eleni erzählte, klang logisch, verblüffend, aber erschreckend logisch.

»Du könntest recht haben.« Philine flüsterte.

Plötzlich blitzte ein silbriges Glitzern zwischen den Wellen auf, etwa auf halbem Weg zu der Insel.

»Die Delfine!« Eleni lachte. »Komm mit.« Sie warf Philine ein strahlendes Lächeln zu und sprang weiter die Stufen hinab.

Zusammen rannten sie an dem Tümpel vorbei durch den Wald, folgten dem trockenen Bach und überquerten ihn von links nach rechts und wieder zurück. Als sie den Strand erreichten, wollten sie am liebsten weiter ins Wasser stürmen, aber Philine blieb stehen und hielt Eleni zurück. »Warte. Ich muss mich erst umziehen.« Sie sah an ihrer dünnen schwarzen Hose hinab und deutete auf ihr langärmeliges schwarzes Hemd. »Ich kann nicht schon wieder im Bikini schwimmen, sonst sehe ich morgen aus wie ein Krebs.«

Philine lief zum Haus und schloss die Tür auf. Drinnen sah es schon wieder ordentlicher aus, als sie durch die Zimmer huschte. Nur der Geruch von abgestandenem Salzwasser hing noch in der Luft. Dennoch brauchte sie eine Weile, um in den zum Trocknen ausgelegten Sachen das zu finden, was sie suchte.

Als sie fertig umgezogen nach draußen kam, stand Eleni

im Bikini vor ihrem Haus und schüttelte lachend den Kopf. »Ein Neoprenanzug? Du Oberallerärmste. Was ist bloß los mit deiner Haut?«

Philine blickte auf ihre Hand, die aus dem langen Ärmel des Anzuges herauslugte und im Vergleich zu Elenis Haut im Sonnenlicht wie Frischkäse leuchtete. »Sei froh, dass du keine Nachthaut hast.« Sie grinste Eleni an.

Gemeinsam liefen sie ins Meer und ließen sich lachend in die Wellen fallen. Schließlich schwammen sie durch die Bucht, an den Felsen vorbei und bogen nach rechts ab, bis die Klippen neben ihnen auftauchten. Wie schon beim letzten Mal mussten sie sich konzentrieren, um sich nicht von den Wellen gegen die Felsen treiben zu lassen. Aber sie schafften es, das Steintor zu durchqueren und gingen schließlich ermattet aber glücklich an ihrem Geheimstrand an Land.

Genauso wie am Tag zuvor kletterten sie auf den vorderen Felsen und blickten auf das Meer hinaus.

»Wirklich schade, dass du nicht auch mit den Delfinen sprechen kannst.« Eleni klang ernst und ein bisschen traurig.

Philine spürte ein leises Bedauern, während sie das silbrige Blitzen hinten im Meer beobachtete, das allmählich näher kam. Elenis Talent, mit den Delfinen zu sprechen, war ganz eindeutig einer der Unterschiede zwischen ihnen. Philine hatte gestern den halben Tag lang versucht, Elenis Laute nachzumachen, aber in dem Hals ihrer Freundin schien es Stimmorgane zu geben, die Philine nicht besaß. Jedenfalls brachte sie nicht einmal einen ähnlichen Klang zustande.

»Ja, wirklich schade.« Philine bemühte sich, nicht allzu traurig zu klingen.

Sie wechselte noch einen kurzen Blick mit Eleni … Einen

Moment später fing ihre Freundin an, die Delfine zu rufen. Sie stieß ein merkwürdiges Geräusch aus, ein gespenstisches Heulen, das von den Klippen hinter ihnen widerhallte, während die Delfine aus den Wellen antworteten.

Ein warmes Gefühl strömte durch Elenis Körper, als sie sah, wie die Tiere auf ihren Ruf hörten. Die Delfine begrüßten sie und schwammen vor ihnen bis zu den Felsen. Eleni zählte sie und stellte fest, dass es eine Familie von fünf Tieren sein musste: der freche Delfin, mit dem sie als Erstes geschwommen war, zwei Weibchen, ein Delfinkalb und der Delfin, der sie beim ersten Mal zurück zum Ufer gebracht hatte.

»Ich finde, wir sollten ihnen Namen geben«, murmelte Eleni. Sie zeigte auf den Delfin, der sie am Vortag einfach aufs Meer hinaus mitgenommen hatte. »Das da ist Frechdachs, eindeutig. Und der …« Sie deutete auf den anderen, der sie zurückgebracht hatte. Mit ihm hatte sie am meisten *geredet* und Philine hatte recht: Er hatte etwas an sich, das nicht so ganz zu einem Tier passte. Vielleicht lag es daran, dass er der Intelligenteste von ihnen war. »Den da nenne ich Klicker. Weil seine Laute noch schneller und vielfältiger knacksen als die der anderen. Wenn du mich fragst, dann ist er der Klügste von ihnen.«

Die Delfine wuselten im Wasser hin und her. Eleni setzte sich auf ihren Felsen und ließ sich zu den Tieren ins Wasser gleiten. Klicker und eines der Weibchen schwammen schließlich am dichtesten um sie herum. Eleni streckte ihre Hände aus, streichelte über ihre glatte Haut und begrüßte ihre Freunde in Delfinsprache. Das Weibchen musste schon etwas älter sein. Eleni kam sie gutmütig und friedlich vor und schließlich sprach Klicker davon, dass sie trächtig war. Aber bis zur Geburt ihres Kalbes würde es noch ein wenig dauern.

Doch das Weibchen blieb nicht lange bei Eleni. Stattdessen streckte sie ihren Kopf Philine entgegen und rief nach ihr. Eleni brauchte einen Moment, ehe sie den Ruf erkannte – aber dann begriff sie, dass Delfinmütter auf diese Weise nach ihren Kälbern riefen.

Eleni musste lachen, während die Delfinmutter im Sekundentakt nach Philine klickerte.

»Warum lachst du so?« Philine verstand nichts von alledem.

Eleni versuchte, ihr Lachen zu unterdrücken, und gab sich Mühe, nicht allzu sehr zu grinsen. »Das Delfinweibchen ruft nach dir, als wärst du ihr Baby. Sie will dich beschützen, weil du so hilflos aussiehst.«

Philine legte den Kopf zur Seite und setzte ein schiefes Lächeln auf. »Sehr witzig.«

Eleni musste wieder kichern. »Sie möchte, dass du endlich ins Wasser kommst.«

Jetzt brach auch Philine in schallendes Lachen aus. »Im Ernst?« Sie blickte auf die Delfine, die noch immer vor den Felsen hin und her schwammen. »Na, wenn das so ist.« Plötzlich klang sie doch ein wenig nervös. Vorsichtig ließ sie sich ins Wasser gleiten und streckte ihre Hände nach dem Delfinweibchen aus. Schließlich kicherte sie, als sie die Delfinhaut streifte. »Das fühlt sich kühl an … und trotzdem warm. Und so glatt …«

Die Delfinmutter schwamm um Philine herum und stupste sie immer wieder sanft an.

»Ich finde, wir sollten sie nach meiner Patentante Rena benennen.« Philine kicherte noch immer. »Die beiden sind sich ähnlich. Immer wenn meine Tante uns besucht, macht sie sich Sorgen um uns, und dann wuselt sie durch unser Haus und versucht, alles in Ordnung zu bringen. Außerdem vergisst sie immer, wie alt ich bin, und schätzt mich zwei Jahre jünger.«

Eleni schmunzelte. Das Delfinweibchen hatte wirklich etwas von einer besorgten Tante.

Plötzlich stieß Klicker eine schnelle Abfolge seiner schnatternden Laute aus. Auch dieses Mal konnte Eleni seine Sprache so deutlich verstehen wie ihre eigene: »*Wollt ihr Menschenmädchen uns heute zur Insel begleiten?*«

Eleni starrte den Delfin an, ihr Herz pochte. Sie warf einen zweifelnden Blick auf Philine. Ohne ihrer Freundin etwas von dem Vorschlag zu erzählen, antwortete sie dem Delfin: »*Ist es nicht noch zu früh? Meine Freundin muss sich erst an das Schwimmen mit einem Delfin gewöhnen.*«

Klicker sprang erneut aus dem Wasser und es sah so aus, als würde er den Kopf hin und her wiegen. »*Keine Sorgen musst du dir machen. Die Nacht wird der Nacht keine Dunkelheit hinzufügen.*«

Eleni fröstelte. Was meinte er damit?

Klicker sprang eine Reihe von Saltos direkt vor ihr, überschlug sich in der Luft, stieß ein Kichern aus und tauchte zurück ins Wasser.

Seine Antwort gab Eleni zu denken: Die Nacht würde der Nacht keine Dunkelheit hinzufügen. Er hatte von Philine gesprochen …

Klicker ließ ihr keine Zeit, weiter darüber zu sinnieren: »*Die Abenddämmerung naht. Jetzt sollten sie aufbrechen. Der gute Mutterdelfin ist die richtige Schwimmerin für das blasse Mädchen. Sie muss sich nur gut an der Rückenflosse festhalten.«*

Elenis Herz klopfte immer wilder. Es wurde Zeit, eine Entscheidung zu treffen: Sollte sie Philine von dem Vorschlag der Delfine erzählen oder ihr das Angebot verheimlichen?

Eleni warf einen Blick auf die rauchblaue Silhouette der Insel. Dieser merkwürdige Ort zog sie magisch an, dort hinten konnte sie endlich ihre Antworten finden.

Ja, sie wollte zur Insel!

»Philine?«

Es dauerte einen Moment, ehe Philine sich von dem Delfinweibchen losreißen konnte. »Ja? Was ist denn?«

Eleni nickte mit dem Kopf in Richtung Insel. »Sie wollen uns mitnehmen, jetzt gleich. Du sollst mit Rena schwimmen und ich mit Klicker.«

Philines Gesicht blieb für einen Moment undurchschaubar. Aber schließlich breitete sich ein vorsichtiges Lächeln darauf aus. »Also, wenn die Delfine uns wirklich mitnehmen wollen – dann sollten wir das wohl versuchen.«

Kapitel Neun

Die Delfine schwammen los, sobald sich die beiden Mädchen an ihren Rückenflossen festhielten. Ein starkes Kribbeln flutete durch Elenis Bauch, während Klicker sein Tempo anzog und mit ihr durch die Wellen raste. Sie warf einen schnellen Blick zur Seite, um zu sehen, ob es ihrer Freundin gut ging.

Aber Philine strahlte über das ganze Gesicht. »Das ist der Wahnsinn!«, rief sie. Das Wasser spritzte ihr entgegen, während sie sich mit festem Griff an Renas Rückenflosse festhielt.

»Das kannst du laut sagen!«, schrie Eleni zurück. »Wir müssen komplett verrückt sein, uns darauf einzulassen!«

Philine lachte, Glück und Aufregung klangen in ihrem Gelächter mit, kurz bevor sie verstummte. Auch Eleni musste wieder nach vorne sehen. Die Delfine schwammen in einem wellenförmigen Auf und Ab. Immer schneller hoben sie die Mädchen aus dem Wasser und ließen sie gleich darauf bis zum Hals eintauchen. Eleni brauchte alle Konzentration, um ihren Mund zusammenzukneifen, wann immer sich ihr Gesicht der Wasseroberfläche näherte. Das schaukelnde Gefühl vereinnahmte bald ihren ganzen Körper. Sie wagte es nicht zurückzusehen und konnte nur ahnen, wie Kreta immer weiter hinter ihnen zurückblieb. Einzig zu Philine schielte sie hin und wieder hinüber. Aber ihre Freundin blickte genauso konzentriert nach vorne.

Bald waren sie von der Weite des Meeres umschlossen. Das Wasser wurde deutlich kälter und Eleni beneidete Philine zum ersten Mal um ihren Neoprenanzug. So eng wie möglich drückte sie sich an den warmen Körper des Delfins, während ihr das Wasser so heftig entgegenpeitschte, als wollte es sie mit Gewalt von der Rückenflosse losreißen. Elenis Arme ermüdeten allmählich und sie ahnte, dass kein normaler Mensch auf dem Rücken eines Delfins so weit gekommen wäre. Nur Philine schien sich noch immer problemlos an der Flosse des Weibchens festhalten zu können.

Doch kurz darauf lenkte der Anblick der Insel Eleni von allem anderen ab: Immer dunkler und schwärzer schälte sie sich hinter ihrem rauchblauen Schleier hervor. Die Höhenzüge wuchsen aus dem Meer und versperrten schließlich den Blick auf den Horizont. Das Schwarz der Berge wurde immer grüner, bis Eleni den dunklen Wald erkennen konnte, der sich über den Gebirgszügen der Insel erstreckte. Sie waren bestimmt noch viele Kilometer vom Ufer entfernt, aber das Gebirge türmte sich bereits so gewaltig vor ihnen auf, als wollte es sie mit einem einzigen Happs verschlingen.

Trotz der peitschenden Wellen und dem schaukelnden Auf und Ab spürte Eleni, wie das Blut durch ihre Halsschlagader pochte. Nicht einmal Klickers Wärme konnte sie über die Furcht hinwegtrösten, die sie plötzlich überfiel. Was wollte die Insel von ihnen? Dieser Ort hatte sie angelockt! Was, wenn es eine Falle war?

Klickers Delfingesang durchbrach ihre Gedanken. Er schlug

einen warnenden Ton an: *Du solltest deine Angst verdrängen!*

Eleni erschauderte. Sie versuchte, die passenden Laute zu finden, um es in Delfinsprache zu sagen: *Ich kann meine Angst nicht zurück…*

Klicker unterbrach sie: *Schweig still! Nur Delfine sprechen diese Sprache auf der Insel!*

Eleni verstummte. Sie bemerkte, wie sich die Aufmerksamkeit des dunklen Gebirges in ihre Richtung wandte, so als würden ihr unzählige Augen aus dem Dschungel entgegenblicken.

Eleni wollte umkehren! Sie wollte die Delfine darum bitten – aber wie, wenn sie ihre Sprache nicht benutzen durfte?

Plötzlich bemerkte sie, dass ihre Angst nachließ. Wie von Zauberhand …

Philine! Eleni sah hastig zu ihr hinüber. Ihre Freundin lächelte ihr zu. Sie schien die Ruhe selbst zu sein, während die Delfine ein Stück um die Insel herumschwammen und auf eine seltsame Felsformation zusteuerten. Die Felsen ragten aus dem Wasser und schirmten eine kleine Bucht vor dem offenen Meer ab. Aber es waren nicht irgendwelche Felsen – sie waren angeordnet wie die Zähne eines riesigen Raubtiers, dessen Maul unter Wasser lag. Von rechts und links liefen zwei Reihen von runden Backenzähnen durch das Wasser auf sie zu und mündeten vorne in zwei spitzen Felsnadeln, die aussahen wie Reißzähne. Nur die Schneidezähne fehlten. Stattdessen rollten die Wellen zwischen den Reißzähnen hindurch, als wäre dies das Eingangstor zu der Insel.

Die Delfine wurden langsamer und schwammen durch das Tor. Vor ihnen öffnete sich eine weite sandige Bucht, türkisfarbenes Wasser und ein Traumstrand, der von Palmen gesäumt wurde. Direkt dahinter begann der Dschungel: ein dunkelgrüner Vorhang aus hohen Bäumen, Lianen und Schlingpflanzen, zwischen denen sie nicht einmal in den Wald hineinspähen konnten. Der Dschungel schien sich ein gutes Stück in die Insel hineinzuziehen, ehe er sich dahinter erhob und die majestätischen Gebirgszüge bekleidete, deren Ausmaße von hier unten nicht abzuschätzen waren. Eleni musste ihren Kopf in den Nacken legen, um bis ganz nach oben sehen zu können. Dunstwolken waberten zwischen den Baumkronen des Dschungels und flatterten lautlos in die Höhe.

Der Gesang der Delfine war verstummt, ihre Bewegungen erschienen lautlos und vorsichtig. Eleni bemerkte erst jetzt, dass drei der Delfine draußen vor den Felsen zurückgeblieben waren. Auch Klicker und Rena tauchten schließlich unter ihnen in die Tiefe und gaben ihnen damit zu verstehen, dass der gemeinsame Teil ihrer Reise beendet war. Ohne noch einmal aufzutauchen oder sich zu verabschieden, verschwanden sie durch das Tor ins offene Meer.

Elenis Arme fühlten sich müde und verkrampft an. Für einen Moment kämpfte sie hilflos gegen die seichten Wellen, ehe sie ihren eigenen Schwimmrhythmus wiederfand. Sie wollte den Delfinen empört hinterherrufen. Doch gerade, als sie ihren Mund öffnete, erinnerte sie sich an Klickers Warnung.

Sie ahnte, dass es tatsächlich gefährlich sein könnte, in der Sprache der Delfine zu sprechen. Ganz deutlich spürte sie wieder, wie die Insel ihnen mit unsichtbaren Augen entgegenblickte. Eleni suchte nach Gestalten oder Gesichtern im Dickicht, nach menschlichen Spuren am Strand. Aber die Bucht lag so ruhig da, als wäre die Insel unbewohnt.

Zögerlich schwamm Eleni hinter ihrer Freundin her und watete zusammen mit ihr an Land.

Philine ließ sich erschöpft in den Sand fallen und breitete ihre Arme zur Seite aus. Ein glückliches Lächeln strahlte auf ihrem Gesicht. »Weißt du, wie es mir vorkommt?« Sie streckte ihren Kopf nach hinten und blickte auf die Berge. »Als hätte ich schon ganz lange darauf gewartet, endlich hierherzukommen.«

Eleni konnte Philines Freude nicht teilen. Obwohl sich ihre Knie so weich wie Butter anfühlten, blieb sie stehen und sah sich um.

Auf einmal kam ihr ein schrecklicher Gedanke: Was würde passieren, wenn die Delfine nicht zurückkamen? Ohne die Tiere könnten sie nicht mehr von dieser Insel entkommen!

Kalter Schweiß benetzte ihren Rücken.

Philine löste ihren Blick von den Bergen. Sie atmete tief ein und Eleni konnte fühlen, wie sie die Furcht aus ihrem Körper zog. Schließlich lächelte Philine ihr zu und Eleni fühlte sich augenblicklich besser. Sie sank im Sand zusammen und streckte sich neben ihrer Freundin aus. Im türkisfarbenen Licht des Wassers schimmerten Philines Augen in einem dunklen Blauschwarz. Auch die blauen Strähnen in ihren Haaren leuchteten.

Warum hatte Philine keine Angst vor diesem Ort? Eleni wusste nicht, ob sie ihre Freundin deshalb beneiden oder um sie fürchten sollte.

Philine streckte die Hand nach ihr aus. »Was ist bloß los mit dir? Deine Angst sprudelt wie ein Wasserfall. Dabei gehören wir hierher, spürst du das nicht?«

Eleni schloss die Augen und versuchte, die Verbindung

wahrzunehmen. Philine hatte recht – da waren nicht nur die unsichtbaren Augen, nicht nur das große Unbekannte, das sie bedrohte. Auch etwas Vertrautes schlich sich in ihre Gefühle, ein vages Déjà-vu, als wäre sie schon einmal hier gewesen. Oder hatte sie geträumt?

Die Insel entstammte der Nacht. Wahrscheinlich stimmte es: Sie waren mit dieser Insel verbunden.

»Komm! Wir sehen uns ein bisschen um.« Philine griff nach ihrer Hand.

Schwerfällig erhoben sie sich aus dem Sand. Die ganze Insel schien nach dem Delfinritt zu schwanken. Gemeinsam stolperten sie voran und erreichten die Palmen. Die großen Blätter warfen angenehme Schatten auf den Sand. Aber kurz dahinter begann der Dschungel und versperrte ihnen jegliche Sicht. Lianen wanden sich an den hohen Bäumen hinauf und hingen von oben in einem Vorhang herunter. Überall dort, wo Sonnenlicht auf die Bäume traf, blühten Orchideen und andere tropische Pflanzen in den Astgabelungen. Eleni starrte in das dichte Buschwerk. Doch sie konnte nicht herausfinden, ob sie von dort aus beobachtet wurden oder nicht. Sie bemerkte nur, dass die Luft erfüllt war von dem Gesang exotischer Vögel, und schließlich erspähte sie das ein oder andere bunte Gefieder zwischen den Blättern.

»Hier ist es viel feuchter als auf Kreta«, flüsterte Philine.

Ihre Freundin hatte recht. Die Luft erschien so schwer und drückend wie ein nasses Tuch. Elenis Haut war noch immer genauso feucht, als wären sie gerade aus dem Wasser gekommen.

»Stimmt. Fühlt sich an wie im tropischen Regenwald«, flüsterte Eleni zurück. »Ziemlich merkwürdig. Wir sind hier auf halbem Weg in die Sahara. Eigentlich müsste es so trocken sein wie in der Wüste.«

Philine nickte. Nahezu lautlos pirschte sie sich zwischen den Palmen entlang. »Meinst du, hier leben Menschen?« Auf einmal klang ihre Stimme nicht mehr ganz so selbstsicher.

Eleni hielt den Atem an. Was sollten sie tun, wenn sie einem feindseligen Menschen begegneten? Sie würden es kaum schaffen, schnell genug zu fliehen. »Vielleicht sollten wir einfach wieder gehen«, wisperte sie. »Wir hätten gar nicht erst herkommen sollen.«

Philine hielt inne und stupste Eleni an die Schulter. Vor ihnen lichtete sich der Dschungel. Zwischen den Palmen schimmerten lange Gräser hindurch und weiter hinten leuchtete glitzerndes Wasser. Philine deutete darauf. »Das sieht aus wie ein Teich oder ein See. Wenigstens das will ich mir noch ansehen.«

Eleni folgte ihr widerwillig. Sie durchquerten ein winziges Waldstück, das von Trampelpfaden durchzogen war. Unzählige Abdrücke von Tierpfoten prägten sich in den schwarzen Humus. Kurz bevor sie das Gras erreichten, deutete Philine aufgeregt auf den Boden. »Schau mal hier, sind das Pferdehufe?«

Vor ihnen war eine dunkle Spur im Boden eingeprägt.

Eleni kannte solche Hufabdrücke. »Ja, die sind von einem Pferd.«

Philine sprang aufgeregt auf und ab. »Ein Pferd! Hier gibt es Pferde!« Sie sah sich suchend um und folgte der Spur auf das offene Grasgelände.

Eleni blieb stehen. Sie warf einen Blick zurück, aber der Dschungel hinter ihnen war so dicht, dass sie den Strand nicht mehr sehen konnte. Wie weit waren sie gelaufen? Fünfhundert Meter? Oder einen Kilometer?

Eleni wollte nicht noch tiefer in den Dschungel hinein. Sie wollte wieder zurück zum Strand und nach Kreta schwimmen.

Doch Philine rannte immer weiter in Richtung Seeufer – bis Eleni ihr nachlaufen musste, um sie nicht allein zu lassen. Als sie ihre Freundin einholte, stand sie an einem schlammigen Teichufer, das die Tiere offenbar als Wasserstelle benutzten. Der Teich selbst war nicht viel mehr als ein kleiner Tümpel, dessen Wasser jedoch recht frisch war, weil es durch einen kleinen Bach gespeist wurde. Eleni suchte auf der anderen Seite nach dem Abfluss des Teiches, doch stattdessen fand sie eine kleine Staumauer aus Baumstämmen – eindeutig das Werk eines Menschen!

»Hierher kommen bestimmt alle Tiere zum Trinken.« Philine hielt gebührenden Abstand zum Ufer. »Ob es hier Krokodile gibt? Oder andere Raubtiere? Tiger oder giftige Schlangen?«

Eleni löste ihren Blick von dem Staudamm und durchforstete die Tierspuren am Ufer. Kurz darauf erstarrte sie. Vor ihr im Schlamm schimmerte nicht nur die Hufspur, der sie gefolgt waren – genau daneben erkannte sie die Fußabdrücke von Menschen. Nackte Füße, etwas größer als ihre eigenen … Es waren viele Abdrücke, so als wären die Menschen eine Weile am Ufer hin und her gelaufen …

Oder nein. Manche Fußabdrücke waren tief eingeprägt und deutlich, andere so flach und ausgewaschen, dass sie kaum noch zu erkennen waren.

Sie waren unterschiedlich alt!

Plötzlich wusste Eleni, was das bedeutete: Hier waren häufiger Menschen, wahrscheinlich jeden Tag.

»Ach du Scheiße!« Sie konnte die Worte nicht zurückhalten.

»Was denn?« Philine drehte sich erschrocken zu ihr um. Als sie die Spuren entdeckte, erschien Furcht in ihren Augen. Mit zitternden Fingern deutete sie auf eine Reihe von braunen Flecken. »Und was ist das?«

Eleni zog scharf die Luft ein. »Das könnte Blut sein.« Sie sah sich hastig um. Die Fußspuren verschwanden auf einem Pfad, der in den dichten Wald hineinführte. Etwas schimmerte dort hinten in dem grünen Dickicht, ein helles, orangefarbenes Flackern.

Elenis Herz schlug ihr bis zum Hals. Feuer! Dort hinten brannte ein Lagerfeuer. Aber das war nicht alles. In dem Dickicht war noch etwas …

Ein Gesicht! Es beobachtete sie! Schwarze Haare, dunkle Augen …

»Weg hier!« Elenis Beine fingen an zu rennen. Sie sprintete über die sumpfige Grasebene, durch den Dschungel, bis zu den Palmen, die den Strand säumten.

Sternchen tanzten vor Elenis Augen, während sie zusammen mit Philine über den Strand rannte. Sie liefen in die Wellen, stürzten sich hinein und schwammen, so schnell sie konnten.

Eleni wollte nach Klicker rufen. Der Drang, seinen Delfinnamen auszustoßen, ließ sich kaum zurückhalten. Aber seine Warnung schlummerte noch in ihrer Erinnerung.

Hoffentlich kamen die Delfine auch so, hoffentlich bemerkten sie ihre Not und warteten draußen vor den Felsen.

Das Felsentor lag vor ihnen. Nur noch wenige Schwimmzüge und sie würden ins offene Meer gelangen.

»Wir schaffen es niemals bis nach Kreta!« Ein verzweifelter Unterton lag in Philines Stimme.

»Die Delfine … Sie kommen bestimmt.« Eleni wagte einen kurzen Blick über ihre Schulter. Sie wollte sehen, ob ihnen jemand folgte, wem das Gesicht aus dem Wald gehörte …

Sie sah gerade noch, wie eine dunkle Gestalt am Strand in die Wellen tauchte. Was auch immer es war – es raste unter Wasser auf sie zu.

»Oh Shit!« Die Panik in ihrem Bauch überschlug sich, ihr Körper stürzte voran und schwamm so schnell wie nie zuvor.

Einen Moment später sah sie die Delfine. Sie kamen auf sie zugejagt. Fünf glänzend graue Tiere, auf deren nasser Haut das Sonnenlicht funkelte.

Klicker erreichte sie als Erster. Er tauchte unter Elenis Körper und hob sie an. Blitzschnell griff sie nach seiner Rückenflosse und wurde von seiner Schwimmbewegung mitgerissen.

Erst jetzt warf Eleni einen Blick zur Seite. Philine schwamm auf Renas Rücken.

Sie hatten es geschafft! Die Tiere trugen sie in rasendem Tempo fort von der Insel.

Aber was für eine Kreatur hatte sie verfolgt? Die Frage ließ Eleni nicht los. Vorsichtig blickte sie über die Schulter nach hinten. Auf einem der kleineren Felsen stand ein Junge! Seine schwarzen Haare glänzten in der Sonne und die Haut an seinem Oberkörper schimmerte in einem dunklen Braun. Nur um seine Hüften trug er ein Kleidungsstück, eine kurze Hose … oder etwas Ähnliches … Doch das Sonderbarste an ihm waren seine Beine: Sie besaßen eine blaue Färbung.

Eleni versuchte zu erkennen, wie sie so blau sein konnten … bis ihr klar wurde, dass es eine Tätowierung sein musste. Eine großflächige blaue Tätowierung, die sich um beide Beine herumwand.

Elenis Hände rutschten beinahe von der Delfinflosse ab, doch sie konnte sich nicht von seinem Anblick losreißen: Vor dem Hintergrund der riesigen, finsteren Insel wirkte der Junge verloren und einsam.

Was, wenn er sie deshalb verfolgt hatte? Weil er nicht länger allein sein wollte? Womöglich hatte er keine Delfine, die ihn von hier wegbrachten, und er war für immer auf dieser Insel gefangen.

Vielleicht war es ein Fehler gewesen, so schnell zu fliehen.

Philine stieß einen seltsamen Laut aus. Im selben Moment bemerkte Eleni eine weitere Bewegung, weit hinten am Strand.

Dort stand ein schwarzes Pferd. Ein sonderbares Pferd mit einem seltsamen Gebilde an seinem Rücken. Auf einmal faltete sich das Gebilde auseinander. Es war ein breites Gefieder, riesige Flügel, die sich zu beiden Seiten ausstreckten, bevor sie sich wieder auf dem Rücken zusammenlegten.

Ein überraschtes Geräusch entwich Elenis Kehle. Diese Kreatur am Strand war kein Pferd – es war ein Pegasus. Ein schwarzer Pegasus.

Kapitel Zehn

Philine hatte kaum noch Kraft, als sie durch die Bucht auf ihren Strand zuschwammen. Ihre Arme fühlten sich schwer und müde an. Dennoch war sie froh darüber, dass die Fensterläden ihres kleinen Hauses geschlossen waren. Dann war ihr Vater nicht da und sie musste ihm wenigstens nicht erklären, warum Eleni und sie so erschöpft waren.

Doch kurz darauf bemerkte sie, dass jemand am Strand stand und ihnen aufgeregt zurief: »Der Tempel! Wir haben den Tempel gefunden!« Es war Kimon. Seine Arme wirbelten durch die Luft und winkten ihnen zu.

Der Tempel? Philine erinnerte sich daran, was Eleni ihr in der letzten Nacht über die Ausgrabung erzählt hatte. Die Archäologen machten sich Sorgen, weil sie den Tempel noch nicht gefunden hatten. Auf den Luftbildern hatte es wohl so ausgesehen, als würden die Mauern nur knapp unter der Oberfläche liegen. Aber inzwischen hatten sie schon mehr als einen Meter tief gegraben, ohne etwas zu finden.

Philine ertastete den weichen Sandboden unter ihren Füßen und richtete sich in den Wellen auf. Ihre Beine fühlten sich an wie Butter und sie hörte, wie Eleni neben ihr keuchte.

»Habt ihr gehört?« Kimon lief lachend auf sie zu. Das Wasser spritzte an seinen Beinen hinauf. »Wir haben endlich die Mauern gefunden!« Er blieb vor ihnen stehen und blickte zwischen ihnen hin und her. Eine Sekunde später fiel er Philine um den Hals.

Sie strauchelte unter der plötzlichen Begrüßung. Aber Kimon hielt sie fest und zog sie an sich. Ein aufgeregtes Gefühl strich durch ihren Bauch. Seit wann nahm Kimon sie in den Arm? Ihre Muskeln fingen an zu zittern.

»Was ist denn mit euch los?« Kimon löste sich vorsichtig von ihr. Nur seine Hand berührte noch immer ihren Rücken. Er warf einen verwunderten Blick zu Eleni, die keuchend neben ihnen stand. »Habt ihr etwa den ganzen Nachmittag mit der Strömung gekämpft?«

Eleni lachte auf. Es klang ein kleines bisschen zu laut und Philine warf ihr einen eindringlichen Blick zu, damit sie nichts von ihrem Geheimnis verriet.

Doch Eleni grinste nur. »So was Ähnliches.«

Als sie zur Ausgrabungsstätte kamen, standen die Archäologen in Gruppen beisammen, unterhielten sich und lachten. Offensichtlich hatten sie bereits Feierabend gemacht und Philine entdeckte ein paar Männer, die eine Getränkekiste aus einem Auto luden. Die Erwachsenen genehmigten sich jeder eine Flasche Bier. Auch ein paar Colaflaschen waren dabei und schließlich stießen sie alle gemeinsam auf den Tempel an. Philine und Eleni bewunderten das erste Mauerstück, das in der Erde zu sehen war, und hielten gleichzeitig gebührenden Abstand von dem Tempel. Sie mussten nicht darüber sprechen. Philine wusste auch so, dass Eleni den Mauern auf jeden Fall fernbleiben sollte. Zwar wusste sie nicht, ob Eleni eine Anziehungskraft spürte, die von dem Tempel ausging – aber ihre Freundin machte einen weiten Bogen um die Fundstelle.

Philine setzte immer wieder an, um Eleni danach zu fragen, was sie von dem Jungen und dem Pegasus hielt, die sie auf der Insel gesehen hatten. Aber Kimon blieb fast immer in ihrer Nähe und bald herrschte so ein reges Treiben auf der Hochebene, dass Philine über das Thema hinwegkam.

Wie ein Lauffeuer schien sich die Neuigkeit von dem Tempel im Dorf auszubreiten, immer mehr Dorfbewohner kamen über die Hochebene und gratulierten den Archäologen zu ihrem Fund. Manche der Gäste brachten weitere Getränke mit und schließlich zauberte irgendjemand sogar Salat und Tzatziki hervor. Nur wenige Minuten später sprachen alle davon, dass dieses Ereignis groß gefeiert werden musste. Das halbe Dorf schien inzwischen hier zu sein und Arjana jagte sie ein gutes Stück von der Ausgrabungsstätte fort, damit die vielen Menschen nichts kaputt traten. Stattdessen wies sie ihnen für die Feier einen Teil der Hochebene zu, auf dem sie nicht graben wollten.

Die Sonne stand bereits tief über dem Meer und alle schienen zu wissen, was sie tun mussten, um eine spontane Party zu organisieren. Ein paar der Dorfbewohner wanderten hinunter nach Agia Vasiliki und kamen nach einer Weile mit ihren Autos und all dem zurück, was man für eine große Feier brauchte. Alexos und sein Vater stellten einen Grill auf und das Küchenteam aus ihrer Taverne hatte offenbar genug Fleisch und Beilagen mitgebracht, um daraus ein riesiges Grillmenü zusammenzustellen. Irgendjemand hatte sogar eine Musikanlage in seinem Kofferraum heraufgefahren und eine eifrige Gruppe rollte lange Kabeltrommeln ab, um die Musik an den Stromgenerator anzuschließen. Philine und Eleni halfen dabei, ein paar Lichterketten zwischen zwei Lieferwagen aufzuhängen und die Jungen stellten eine Reihe von Bierbänken und Tischen auf. Als es allmählich dunkler wurde, brannte nicht nur ein großes Lagerfeuer, sondern auch eine Reihe von Fackeln rund um ihren provisorischen Festplatz. Das Fleisch auf dem Grill duftete herrlich und die Musik tönte so lebendig über die Hochebene, dass auch die allerletzten Dorfbewohner aus Agia Vasiliki heraufgelockt wurden. Selbst Alexos' Großvater, der alte Alexandros, saß schließlich auf einem Klapphocker neben dem Feuer und erfreute sich an den jungen Leuten, die um ihn herumwuselten.

Erst mit dem Duft des leckeren Essens bemerkte Philine, wie ausgehungert sie war. Zusammen mit Eleni stellte sie sich immer wieder hinten in die Schlange, die vor dem Grill wartete, bis selbst Kimon darüber witzelte, wie viel sie beide verdrücken konnten.

Aber Philine spürte, wie ihre Kräfte mit jeder Portion Stück für Stück zurückkehrten, bis sie sich so frisch fühlte, als läge der ganze Tag noch vor ihr. Genau genommen ging es ihr jeden Abend so, wenn die Nacht allmählich hereinbrach. Doch heute Abend war das Gefühl um vieles stärker als sonst: Die Hitze des Tages hörte auf, ihren Körper zu umklammern, sie musste sich nicht mehr vor der Sonne in Acht nehmen und ein wildes Gefühl von Freiheit überfiel sie. Die Nacht war ihr Tag! Als sie endlich satt war, brachte die Musik ihre Beine zum Wippen. Es fiel ihr schwer, noch länger auf der Bierbank still zu sitzen, aber sie war zwischen Eleni und Leándra nahezu eingekeilt. Eleni lehnte sich müde gegen ihre Schulter und von Leándras Seite kamen Wellen von Eifersucht herübergeweht. Schon den ganzen Abend musste sie dabei zusehen, wie Vasili und seine Freundin miteinander turtelten. Jetzt saßen die beiden auf der anderen Seite des Tisches und knutschten miteinander, als wären sie allein.

Kimon verdrehte die Augen. Er schien der Einzige zu sein, der den Rhythmus der Musik genauso fühlte wie Philine. Seine Finger trommelten leise auf dem Tisch. Er grinste ihr zu und seine braunen Augen funkelten im Licht des Feuers.

Philine hätte große Lust, mit ihm zu der Tanzfläche vor den Lautsprechern zu laufen, auf denen einige der Erwachsenen bereits tanzten. Aber sie konnte noch nicht gehen. Sie spürte, wie sich Leándra von Minute zu Minute schlechter fühlte. Elenis Schwester versuchte schon die ganze Zeit, sich von Vasili abzulenken, indem sie sich mit Alexos und Kosta unterhielt. Aber das Gespräch der Jungen war beim Thema Computer stecken geblieben, was ganz offensichtlich nicht Leándras Spezialgebiet war.

Vasili und Zoe knutschten inzwischen mit halb offenem Mund und Leándra hatte endgültig genug. Äußerlich war ihr nichts anzusehen, aber Philine spürte, wie sie darum kämpfte, nicht in Tränen auszubrechen. Der Druck in der Luft wurde immer schwerer. Philine atmete tief ein, bis Leándras Eifersucht in ihr Herz flutete.

Kimon gab schließlich ein genervtes Stöhnen von sich. Er beugte sich zu ihnen über den Tisch und nickte in Vasilis Richtung. »So geht das den ganzen Tag. Knutschen hier, Schmusen da. Und wenn Zoe mal gerade nicht bei ihm ist, dann wird sie dringend erwartet.« Kimon stellte seine Jungenstimme so tief wie möglich und äffte seinen Bruder nach: »Kimon! Räum mal das Zeug hier weg. Wenn Zoe das Kinderspielzeug sieht … – Kimon! Leih mir mal was von deinem Taschengeld. Ich will mit Zoe in die Eisdiele! – Kimon! Mach mal das Bad frei! Zoe kommt gleich. Ich muss mich rasieren!« Kimons Stimme kiekste mit dem letzten Wort und zog Vasili noch mehr ins Lächerliche.

Philine und Eleni prusteten los und selbst Leándra konnte sich plötzlich nicht mehr halten. Erleichterung klang aus ihrem Gelächter und das Gefühl in Philines Brust löste sich auf. Auch Alexos und Kosta lachten über Kimons Parodie, die laut genug gewesen war, um jeden daran teilhaben zu lassen. Nur Vasili löste sich ruckartig von Zoe und drohte seinem Bruder mit der Faust.

Die Musik wechselte zu einem R-&-B-Song mit coolem Rhythmus. Kimon kümmerte sich nicht weiter um Zoe und Vasili und sprang stattdessen auf. »Wer kommt mit tanzen?«

»Ich!« Philine rief die Antwort, ohne länger darüber nachzudenken. Auch Leándra nickte und Alexos und Kosta standen auf.

Selbst Eleni löste sich von Philines Schulter. »Na gut. Vielleicht werde ich dann ja wieder etwas wacher.«

Philine wechselte einen Blick mit ihrer Freundin. Der Nachmittag auf der Insel steckte Eleni offenbar noch in den Knochen. Schon den ganzen Abend schien sie mit ihren Gedanken abwesend zu sein und Philine ahnte, dass sie an den seltsamen Jungen und den schwarzen Pegasus dachte, die sie zuletzt gesehen hatten. In einem ruhigen Moment musste sie unbedingt mit Eleni darüber reden. Aber jetzt wollte sie endlich tanzen!

Eleni und Leándra blieben ein wenig hinter ihnen zurück, als sie zusammen zur Tanzfläche liefen. Dafür hatte Kimon es umso eiliger. Er griff nach Philines Hand und zog sie das letzte Stück mit sich. Zusammen stürzten sie sich zwischen die Erwachsenen. Es war genug Platz, die Tanzfläche ließ sich beliebig auf die Hochebene ausdehnen und sie konnten sich drehen und springen, wie sie wollten. Philine liebte es zu tanzen. Wenn ihr Vater abends bei seiner Arbeit war, hörte sie oft stundenlang Musik und tanzte dazu, um sich vom Alleinsein abzulenken. Sie hatte sich noch nie beim Tanzen gesehen, nicht einmal in einem Spiegel. Aber die Bewegungen fühlten sich sicher an und Kimon warf ihr bewundernde Blicke zu. Dabei tanzte er selbst so großartig, dass sie sich immer wieder etwas von ihm abschaute. Bald gaben sie sich einen Wettkampf aus Schrittkombinationen, die sie gegenseitig nachmachten. Am Anfang machten auch Eleni und Leándra mit, aber als Philine und Kimon immer kompliziertere Tanzeinlagen vormachten, blieben sie lachend stehen und holten sich etwas zu trinken. Also tanzten sie zu zweit weiter. Es machte Spaß, mit Kimon zu wetteifern. Seine Darbietungen wurden immer artistischer und er schien nach etwas zu suchen, was Philine nicht nachmachen konnte. Aber sie baute den Radschlag ein, den er vormachte und tanzte für einen Moment neben ihm auf den Händen. Erst als er zwei saubere Flickflacks schlug, musste sie passen. Doch schließlich rächte sie sich mit einer Sprungpirouette, die sie beendete, indem sie im Spagat landete.

Kimon lachte und schüttelte abwehrend die Hände.

Philine sprang wieder auf und einen Moment später standen sie schwer atmend voreinander. Erst jetzt bemerkte sie, dass alle anderen stehen geblieben waren und ihren Wettkampf beobachteten. Das Lied endete, und ihr Publikum brach in Applaus aus.

Für einen Moment sah Philine sich irritiert um: Sie entdeckte ihren Vater, der auffällig dicht neben Arjana stand und ihr mit stolzem Lächeln zunickte. Nicht weit von ihnen entfernt waren Eleni und Leándra. Sie jubelten und klatschten mit erhobenen Händen. Eleni wirkte noch immer erschöpft, aber ihre Augen leuchteten.

Auch Vasili johlte ihnen vom Rand der Tanzfläche aus zu, und Philine konnte nicht sagen, ob er ihnen damit Beifall zollte, oder ob er sich über seinen kleinen Bruder lustig machen wollte.

Falls es Letzteres sein sollte, gelang es ihm nicht, denn Kimon interessierte sich nicht dafür. Sein Blick gehörte nur Philine. Er strahlte über das ganze Gesicht, sein schwarzer Lockenschopf war zerwühlt und einzelne Strähnen klebten auf seiner Stirn. Hatte er immer schon so niedlich ausgesehen?

Die Musik hatte wieder eingesetzt. Es war ein langsames Lied. Ihr Publikum löste sich auf und die meisten gingen von der Tanzfläche, um eine Pause zu machen.

Philine konnte auch zu langsamer Musik tanzen. Sie hätte tausend Ideen, welche Bewegungen dazu passen würden – aber Kimon griff nach ihrer Hand und zog sie an sich. Philine hielt überrascht die Luft an, während er sie in den Arm nahm und seinen Kopf auf ihre Schulter legte. Seine weichen Locken streichelten ihre Wange und sein aufgeregter Atem strich durch ihren Nacken. Philine glaubte zu fühlen, wie sein Herz raste – aber vielleicht war es auch ihr eigenes.

Wie lange kannte sie Kimon nun schon? Seit ihrer Einschulung? Oder schon länger? Sie hatte ihn immer schon gemocht, aber dass es sich so anfühlen konnte, wenn er sie im Arm hielt … Sie kuschelte sich an ihn, legte ihren Kopf an seine Schulter und schloss die Augen.

Das Lied endete viel zu früh. Für eine Sekunde hoffte sie, dass noch so ein Lied kommen würde, aber Kimon ließ sie bereits los, trat einen hastigen Schritt zurück und stieß ein verlegenes Räuspern aus. »'tschuldigung, wenn ich dich überfallen habe.« Ein rötlicher Schimmer huschte über seine Wangen.

Philine wollte ihm sagen, dass es okay war. Aber ehe sie einen Ton herausbrachte, hörte sie Vasili: »Hey, Bruder!«, rief er von Weitem über den Festplatz. »Wir sprechen uns, wenn wir nachher allein sind!«

Philine musste grinsen. Von nun an konnte Kimon seine Vasili-und-Zoe-Witze wohl vergessen.

Kimon murmelte: »Ich brauche dringend was zu trinken. Du auch?«

Philine nickte. »Auf jeden Fall. Eine große Flasche Cola, bitte.«

Kimons Blick streifte sie für eine Sekunde, dann verschwand er mit einem eiligen Hopsen zwischen den Erwachsenen, die um die Tanzfläche herumstanden.

Philine sah ihm nach und hoffte, dass er schnell zurückkommen würde.

Die Musik wurde wieder schneller und die Leute kehrten auf die Tanzfläche zurück. Philine wich zur Seite und suchte nach Eleni. Sie fand ihre Freundin etwas abseits, im Halbdunkel hinter dem Kreis der Fackeln. Eleni saß mit ausgestreckten

Beinen auf dem Boden und lehnte mit dem Kopf an Leándras Knien, die hinter ihr auf einem Felsen saß. Auch Alexos und Kosta waren bei ihnen und teilten ihre Weinflasche mit Elenis großer Schwester.

Kosta lachte, als Philine auf die kleine Gruppe zuging und Alexos prostete ihr zu. »Flotter Tanz!« Er lächelte anerkennend.

Philine fühlte sich plötzlich ein ganzes Stück erwachsener. Sie setzte sich neben Eleni auf den Boden und genoss das warme Gefühl, das noch durch ihre Brust sickerte.

Eleni richtete sich auf und für einen Moment leuchteten ihre müden Augen. »Was war das denn gerade?«

Philine seufzte und zog ihre Freundin an sich. »Was ziemlich Schönes.« Sie sprach so leise, dass nur Eleni sie hören konnte. Für einen Moment hielt sie Ausschau, ob Kimon wieder irgendwo zu sehen war, aber sie fand ihn nicht.

Vielleicht war jetzt der richtige Moment, um endlich über die Insel zu reden. »Und was ist mit dir los? Bist du nur müde? Oder hat es was mit der Insel zu tun?«

Es dauerte einen Moment, ehe Eleni antwortete: »Ich muss immer an den Jungen denken.« Ihre Stimme klang traurig. »Er sah so einsam aus. Wir hätten nicht vor ihm davonlaufen sollen.«

Der Junge ... Philine schmunzelte. Sie hatten nicht besonders viel von ihm gesehen – und wenn man bedachte, dass hinter ihm ein Pegasus über den Strand gelaufen war, dann dürfte ein Junge eigentlich kaum der Rede wert sein. Aber offenbar hatte sich auch Eleni heute verändert.

Philine lauschte für einen Moment auf die anderen, um sicherzugehen, dass sie ihnen nicht zuhörten. Aber Kosta hielt

Leándra und Alexos einen lallenden Vortrag über die besten Weinsorten und war dabei so laut, dass sie ihr Geflüster wohl kaum verstehen würden.

Dennoch beugte sie sich an Elenis Ohr. »Wir können ja wieder dorthin und den Jungen besuchen.«

Eleni lachte leise. »Wenn es nicht so unheimlich wäre … Die Insel hat uns beobachtet. Hast du das nicht bemerkt?«

Philine schüttelte überrascht den Kopf. »Nein. Hab ich nicht.«

Kostas Vortrag verstummte, Leándra tippte aufgeregt an Elenis Schulter. »Schaut mal da! Schnell!«

Philine sah auf und blickte in die Richtung, in die Leándra zeigte. Etwas abseits vom Lagerfeuer stand ihr Vater, zusammen mit Elenis Mutter. Sie hielten sich im Arm und küssten sich.

Ein unkontrolliertes Lachen entwich Philines Kehle. Für einen Moment wusste sie nicht, was sie davon halten sollte. Ihr Vater und eine Frau – es fühlte sich merkwürdig an. Tausend Bilder liefen durch ihren Kopf, Erinnerungen an ihren Vater, an ihre lange Zeit, die sie nur zu zweit an ihrem einsamen Strand und in ihrem kleinen Haus verbracht hatten. Nur Vater und Tochter und niemand sonst.

War es damit jetzt vorbei? Hieß das, dass sie stattdessen nun eine richtige Familie hatte? Vermutlich ja. Und vor allem: nicht irgendeine Familie – Elenis Familie!

»Dann sind wir jetzt so was wie Schwestern?«, hauchte Eleni.

Das warme Gefühl in Philines Brust verdoppelte sich. Sie wollte Elenis Schwester sein! Niemand war so verwandt mit ihr wie ihre neue Freundin!

»Na, wenigstens ist das endlich mal ein Mann in unserer Familie, der nicht windig ist.« Leándras Bemerkung klang trocken und es ließ sich nicht herauslesen, ob es ihr nun gefiel oder nicht.

»Hier, bitte schön! Die Cola!« Kimon stand plötzlich neben ihnen und reichte Philine eine große Flasche. »War gar nicht einfach, sich zwischen den Erwachsenen zur Theke zu drängeln.« Er grinste ihr zu und ließ sich neben ihr auf den Boden fallen.

Das Kribbeln in Philines Bauch wurde wieder stärker. Sie öffnete ihre Colaflasche und trank so viel davon, dass die Kohlensäure in ihrem Magen aufschäumte. Schließlich war sie einen ganzen Moment lang damit beschäftigt, die Rülpser in kleinen Portionen herauszulassen, damit es nicht auffiel.

Eleni kicherte plötzlich. Es klang verwaschen, so als würde sie im Schlaf lachen. Erst jetzt bemerkte Philine, wie schwer ihr Kopf an ihrer Schulter lehnte. Wann war ihre Freundin eingeschlafen?

Eleni fing an, im Traum zu murmeln: »Von der Nacht geboren … in der Nacht lebendig … am Ende des Tages hinübergegangen in die Dunkelheit.«

Ihre Worte waren leise und vernuschelt. Philine war sich sicher, dass Kosta und Alexos es nicht gehört hatten. Aber Kimon warf einen neugierigen Blick auf Eleni, und Leándra zuckte zusammen. Sie beugte sich vor und sah alarmiert zu ihnen hinunter.

Philine erkannte die Furcht in ihren Augen – doch als Leándra ihr ins Ohr flüsterte, klangen ihre Worte wie ein Scherz: »Bei Eleni musst du aufpassen. Manchmal schläft sie nur ein, um schlafwandelnd wieder aufzuwachen!«

Philine schauderte. Sie musste an die Nacht denken, in der Eleni sie aus ihrem Haus gerettet hatte …

Mit einem Mal erhob sich ein brausendes Rauschen über dem Meer. Philine warf den Kopf herum und starrte in die Richtung, in der die Insel in der Dunkelheit lauerte. Eine schwarze Wolke raste über den Himmel auf sie zu, viel schneller, als sich normale Wolken bewegen konnten. Während sie näher kam, trennte sich die Wolke in unzählige schwarze Gestalten. Es waren riesige Kreaturen, die mit dunklen Flügeln auf sie zusegelten.

Philine erstarrte. Aufgeregte Schreie sammelten sich in ihrer Kehle und ließen sich nur mühsam hinunterschlucken. Doch niemand sonst schrie, niemand schien die Wolke zu bemerken, nicht einmal Kimon. Stattdessen hatten die Jungs ihr munteres Gespräch mit Leándra wieder aufgenommen.

Was auch immer das für Kreaturen waren, niemand außer ihr konnte sie sehen! Und niemand bemerkte den brausenden Wind! Philine rüttelte an Elenis Schulter. Doch ihre Freundin schlief weiter.

Die schwarzen Kreaturen erreichten die Klippen, fegten so knapp darüber hinweg, dass ihre Flügel fast bis zum Boden schlugen.

Ein unkontrollierter Laut entwich Philines Kehle, Eleni zuckte und murmelte im Schlaf. Gleich darauf wurden alle Geräusche unter dem Rauschen begraben. Die Kreaturen zischten auf sie zu. Sie waren riesig, menschengroß und ihre Flügel spannten sich weit genug auf, um den Festplatz zu umschlingen.

Philine glaubte, dass der Schlag ihrer Schwingen die Leute am Boden von den Füßen reißen würde … doch kurz bevor die Kreaturen den Kreis der Fackeln erreichten, stiegen sie höher und glitten mit ausgebreiteten Flügeln über die Menschen hinweg. Philine starrte nach oben, der Luftzug raubte ihr den Atem. Aber die Kreaturen waren zu schnell, um etwas erkennen zu können. Philine konnte nur ahnen, wie ihre dunklen Gesichter auf sie hinabblickten und die Festgesellschaft nach etwas durchsuchten.

Offenbar fanden sie es nicht, denn sie rauschten einfach über sie hinweg ins Landesinnere.

Philine wollte gerade aufatmen, als sie hinter sich ein sirrendes Flattern hörte, wie von einem riesigen Vogel, der landete. Ringsherum aus der Dunkelheit pfiff plötzlich dieses Geräusch über die Ebene.

Philine erstarrte. Sie blinzelte in die Finsternis jenseits der Fackeln … Nach einer Weile erkannte sie die menschengroßen Schatten, die überall auf der Hochebene gelandet waren und langsam auf die Festgesellschaft zukamen.

Philine stieß ein leises Wimmern aus.

»Was ist los?« Kimon klang besorgt.

Sie starrte ihn an. Er hatte nichts bemerkt, niemand hatte etwas bemerkt!

Ein kühler Luftzug streifte ihren Nacken, ein kaum wahrnehmbares Geräusch von Schritten, die sich hinter ihr bewegten.

Einer der Schatten! Er war hinter ihnen!

Ein Schrei wich aus Philines Mund. Sie sprang auf und wirbelte herum. Tatsächlich! Dort stand jemand, zehn oder fünfzehn Meter von ihnen entfernt: eine schwarze, regungslose Gestalt, deren Gesicht unter einer großen Kapuze verborgen war.

Philine bemerkte kaum, dass Eleni unsanft auf den Boden gerollt war und leise vor sich hin jammerte. Leándra saß auf ihrem Stein und blickte entgeistert zwischen ihnen hin und her.

»Eine Schlange …« Eleni murmelte im Schlaf. »Es ist eine Schlange.« Plötzlich sprang sie ebenfalls auf ihre Beine und sah sich unwirsch um.

»Eine Schlange?« Leándra schnellte von ihrem Stein und wich ein paar Schritte rückwärts. Auch Alexos und Kosta standen schneller auf ihren Füßen, als Philine gucken konnte. Im nächsten Moment suchten die Jungen auf dem Boden nach der Schlange.

Nur Leándra ging zu ihrer Schwester, die regungslos in dem Getümmel stand. Die beiden sprachen miteinander. Aber Philine konnte sie nicht hören.

Kurz darauf wich Leándra erschrocken zurück. Erst jetzt begriff Philine, dass Eleni doch nicht aufgewacht war. Sie schlafwandelte! Wie gebannt richtete sich Elenis Blick auf die schwarze Gestalt, die hinter ihnen in der Dunkelheit stand.

»Die Schlange scheint weg zu sein!« Kimons Stimme ließ Philine zusammenzucken.

Auch Alexos hörte auf, nach der Schlange zu suchen. Sein Blick schweifte durch die Dunkelheit. Er schien die schwarze Gestalt nicht zu sehen, dennoch schauderte er. »Ist plötzlich ganz schön kalt geworden. Findet ihr nicht?« Seine Stimme klang merkwürdig.

»Stimmt.« Kosta nickte. Er hob die Weinflasche und trank einen kräftigen Zug. Als er sie absetzte, schüttelte er sich. »Nicht mal mehr das hilft.«

Philine bemerkte zwei weitere Gestalten, die am Himmel

flogen. Sie sah ihnen nach, wie sie über das Fest hinwegglitten und auf der anderen Seite der Menschenmenge landeten. Mit langsamen Schritten strebten die beiden Schatten schließlich auf die Festgesellschaft zu. Doch ihre Silhouetten schwankten, ihre Schattenkörper wurden breiter, immer unförmiger, ehe sie sich in der Mitte teilten und plötzlich zu viert weiterliefen. Zwei von ihnen wanderten nach rechts um die Festgesellschaft herum, die Duplikate huschten nach links um den äußeren Kreis der Fackeln. Die Flammen, an denen sie vorbeikamen, flackerten ein letztes Mal auf und erloschen. Schließlich flossen die Kreaturen erneut in die Breite und teilten sich ein weiteres Mal.

Niemand außer Philine schien sie zu sehen. Aber die Menschen wichen den Schatten aus. Die Tanzfläche leerte sich auf der Seite, die in die Dunkelheit zeigte. Auch die Leute, die auf den abgelegenen Bierbänken saßen, verließen ihre Plätze und setzten sich näher ans Feuer. Selbst an der Theke, die am Kreis der Fackeln entlanggebaut war, wurde es plötzlich immer leerer.

Die beiden Schattengestalten hatten sich inzwischen in mehr als fünfzig Klone geteilt. Schulter an Schulter formierten sie sich zu einem großen Kreis rings um den Festplatz, bis nur noch die Seite des Kreises fehlte, auf der Philine und Eleni mit den anderen standen.

Was würde passieren, wenn die Gestalten sie erreichten? Wenn sie einen von ihnen berührten?

Sie mussten weg von hier! Und sie mussten sich entscheiden, ob sie innerhalb oder außerhalb des Kreises sein wollten!

»Zum Feuer.« Alexos räusperte sich, um den brüchigen

Klang aus seiner Stimme zu vertreiben. »Lasst uns näher ans Feuer gehen, dann wird es wärmer.«

»Gute Idee.« Auch Kimons Stimme klang belegt. Seine Hand griff wieder nach Philines. Seine Berührung hatte etwas Beruhigendes, sie wollte zu gerne mit ihm mitgehen – bis sie bemerkte, dass Eleni hinter ihnen zurückblieb.

»Wartet!« Sie löste ihre Hand aus Kimons und drehte sich zu ihrer Freundin um.

Leándra blieb ebenfalls stehen. Sie murmelte etwas. Philine verstand die deutschen Worte nicht, aber es klang wie ein ängstlicher Fluch.

»Geh ruhig mit den anderen«, flüsterte Philine ihr zu. »Und nimm Kimon mit. Ich hole Eleni.«

Leándra nickte. Auch wenn sie die Schatten nicht sehen konnte – sie schien zu wissen, dass etwas Bedrohliches vor sich ging. Nahezu erleichtert lief sie zu den Jungen, fasste Kimon an der Hand und zog ihn mit sich, bis zum Lagerfeuer in der Mitte des Festplatzes.

Die Schatten waren langsamer geworden, während sie sich wenige Meter entfernt ein weiteres Mal teilten. Philine versuchte, den schwarzen Schattengesichtern auszuweichen. Sie durfte ihnen nicht in die Augen blicken, sonst würden die Kreaturen bemerken, dass sie sie sehen konnte.

So gelassen wie möglich trat Philine aus dem Kreis heraus und folgte Eleni, die immer weiter in die Dunkelheit ging.

Als die finsteren Gestalten den Kreis hinter ihr schlossen und das Licht der letzten Fackel erlosch, wehte plötzlich ein heftiger Wind vom Meer heran.

Wieder verdunkelte sich der Himmel. Philine legte den Kopf in den Nacken und fürchtete, dass weitere Kreaturen von der Insel herüberflogen. Aber es waren nur Wolken, schwarze Berge, die sich über den Himmel schoben und das Licht des Mondes verschluckten.

Plötzlich konnte sie ihre Freundin in der Dunkelheit kaum noch ausmachen. Es dauerte einen Moment, ehe sie Eleni wiederfand. Sie ging direkt auf den Schatten zu, der die ganze Zeit hinter ihnen verharrt hatte.

Philines Herz raste. Aber sie durfte ihre Freundin nicht im Stich lassen.

Direkt vor der Gestalt blieb Eleni stehen. Sie blickte an dem Schatten vorbei auf das Meer, genau dorthin, wo die Insel in der Finsternis schlummerte.

Unvermittelt fing sie an zu sprechen: »Unser Weg hat gerade erst begonnen.« Es klang wie in Trance, eine düstere Prophezeiung. »Der Junge ist noch auf der Suche. Er trotzt den dunklen Plänen nun schon so lange. Sie geben ihm nicht das, was er zu finden erhofft. Doch bald schon wird die Einsamkeit schwer genug werden, um ihn zu brechen.« Eleni wandte ihren Kopf zur Seite und blickte den dunklen Mann an. »Um seine Seele gilt es zu kämpfen, wie um die Seelen so vieler. Wir müssen dorthin zurück, von wo aus die Welt verwandelt werden soll.«

Der Mann deutete ein Nicken an. Eleni blickte furchtlos in die Schwärze unter seiner Kapuze, dorthin, wo seine Augen sein mussten.

Schließlich hob er die Hand und strich in einer zärtlichen Geste über ihre Haare. Elenis Körper wurde schlaff, sackte in sich zusammen. Philines Beine zuckten, sie wollte ihrer Freundin helfen. Aber der Schattenmann fing sie auf und hob sie auf seine Arme.

Philine erstarrte, das Blut rauschte in ihren Ohren, während der Schatten sich über Elenis Gesicht beugte. Unter der dunklen Kapuze war nicht genau zu erkennen, was er tat. Aber seine Bewegung erschien liebevoll, fast so, als würde er Eleni auf die Stirn küssen.

Für einen Moment befürchtete Philine, dass er ihre Freundin mitnehmen würde. Doch er ging nur wenige Schritte, ehe er Elenis Körper an einer grasbewachsenen Stelle auf den Boden bettete. Schließlich richtete er sich auf und sah noch einmal auf sie hinab.

Eleni rührte sich nicht mehr. Philine presste die Zähne zusammen, um nicht zu schreien.

Der Schattenmann sah auf und drehte sich in die Richtung der Festgesellschaft. Er machte eine ausladende Bewegung mit dem Arm, als wollte er über die Menschen hinwegwischen – kurz bevor er sich abwandte und auf die Hochebene hinausging.

Philine sah ihm nach, wie er immer tiefer in die Dunkelheit eintauchte, bis er sich ganz darin auflöste.

Erst jetzt fiel die Starre von ihr ab. Sie rannte zu ihrer Freundin, ließ sich neben ihr auf den Boden fallen und beugte sich über sie. Eleni bewegte sich nicht, selbst ihre Brust schien still zu stehen.

Rasende Angst tobte durch Philines Körper. Was, wenn er sie getötet hatte?

»Eleni!« Sie strich über ihre Wange. »Eleni, wach auf, bitte!« Die Haut ihrer Freundin fühlte sich warm an, lebendig – doch gleichzeitig war sie so regungslos! »Komm schon! Wach auf!« Philine warf einen hastigen Blick auf das Fest. Irgendjemand sollte zu ihr herübersehen. Sie brauchte Hilfe!

Aber niemand schien sie abseits in der Dunkelheit zu bemerken.

Schließlich zog sie Eleni in ihre Arme, bettete sie auf ihren Schoß und beugte sich über ihr Gesicht – einen Moment später fühlte sie das, worauf es ankam: Elenis Atem strich über ihre Wange.

Philine lachte erleichtert auf. »Du lebst!«

Ein leises Stöhnen kroch aus Elenis Mund. Ganz langsam öffnete sie die Augen.

Philine nahm sie in die Arme und half ihr, sich aufzurichten.

»Was ist passiert?« Eleni sah sich benommen um.

»Eine ganze Menge.« Philine deutete auf die Schattengestalten, die das Fest umzingelten.

»Ach du Scheiße!«, hauchte Eleni. »Woher …?«

Philine nickte in die Richtung der Insel.

Plötzlich gab der Stromgenerator ein Stottern von sich, brummte ein letztes Mal und ging aus. Die Lichterketten erloschen und die Musik verstummte. Der orangefarbene Schein des herunterbrennenden Feuers war das letzte Licht, das über den Festplatz glomm.

Ein aufgeregtes Gemurmel erhob sich. Die Menschen sahen sich unruhig um und rückten näher ans Feuer, bis sich alle in den engen Radius drängten, der noch von den Flammen erhellt wurde.

Die schwarzen Wolken am Himmel rissen auf und ließen einen Mondstrahl über die Hochebene gleiten. Überall standen weitere Schatten. Sie setzten sich in Bewegung, strebten auf das Fest zu und glitten schließlich durch den Kreis der schwarzen Gestalten hindurch. Manche von ihnen teilten sich ebenfalls und mischten sich überall dort unter die Menschen, wohin der Schein des Feuers nicht dringen konnte.

Plötzlich schlug die Stimmung der Feier um. Die Leute drängelten und schubsten sich, um näher ans Feuer zu gelangen. Manche riefen empört auf und fingen an, sich zu streiten.

»Immer hältst du zu der kleinen Ratte!« Zoes Geschrei erhob sich plötzlich aus der Menge. »Wen hast du eigentlich lieber, deinen blöden Bruder oder mich?«

Philine suchte nach ihr und fand sie zusammen mit Vasili am äußeren Rand der Menschengruppe. Eine alte, hutzelige Schattenfrau stand hinter Zoes Rücken und strich mit den Fingern über ihren Nacken. Sie war die einzige Schattengestalt, die keine Kapuze trug. Stattdessen wallten lange weiße Haare über ihren Umhang und fielen in ihr runzliges Gesicht. Die Alte kicherte über Zoes Zorn und streckte ihren anderen Arm nach Vasili aus.

Sobald sie ihn berührte, wich er vor seiner Freundin zur Seite. Sein Gesicht glühte vor Wut, aus seinen Augen sprangen förmlich Funken. »Klar nehm ich ihn in Schutz! So, wie du über ihn redest! Er ist mein BRUDER, Zoe! Und mein Bruder ist KEINE RATTE, verstanden?!«

»Kimon.« Philine flüsterte. Plötzlich wurde ihr klar, dass er ebenfalls dort am Feuer war. Doch sie konnte ihn nicht sehen.

Auch ihr Vater und Arjana waren nirgendwo auszumachen.

Hoffentlich waren die drei in der Mitte der Menschenmenge, so weit wie möglich von den Schatten entfernt!

Der Einzige, den sie entdecken konnte, war Kosta. Er taumelte aus der Gruppe heraus ins Dunkle. Eine schwarze Gestalt verfolgte ihn, legte ihre Hand an seinen Rücken und schubste ihn voran. Kosta stolperte und fiel – im nächsten Moment übergab er sich in den Staub. Die Kreatur hockte sich hinter ihn und drückte seinen Kopf mit jedem Würgen in Richtung Boden.

Überall standen nun die Schatten hinter den Menschen, Streit und Angst mischten sich ineinander, ließen den Druck in der Luft bis ins Unerträgliche anwachsen. Philine atmete vorsichtig ein. Allzu gerne wollte sie die Menschen von ihrer Stimmung befreien, doch der Druck, der sie umgab, fühlte sich unnachgiebig an, so zäh wie ein Spinnennetz, in dem Philine nur eine kleine wehrlose Fliege war. Selbst wenn sie es wagte, sich gegen die Kreaturen zu stellen, sie konnte nichts gegen sie ausrichten. Im schlimmsten Fall würde sie nur ihre Aufmerksamkeit auf sich ziehen.

»Philine!« Eleni wimmerte auf. »Der alte Mann!« Sie zeigte mit dem Finger auf den alten Alexandros. Er war ein wenig vom Feuer abgerückt und saß nun am Rand der Menschengruppe. Hinter ihm stand eine große schmale Gestalt, ein Schatten, der vollkommen regungslos verharrte und noch dunkler erschien als all die anderen.

Philine kam es vor, als hätte der alte Mann den Schatten bemerkt. Dennoch schien er sich nicht gegen ihn zu wehren. Ruhig und gefasst saß er auf seinem Hocker und sah aus, als würde er auf etwas warten.

»Er wird sterben«, wisperte Eleni.

Philine schauderte. Sie wusste, dass ihre Freundin die Wahrheit sagte, dennoch durfte sie es nicht zulassen! Niemand sollte durch diese Schatten sterben! »Nein.« Sie sprang auf und wollte ihm helfen.

Eleni riss sie an ihrem T-Shirt zurück und zog sie neben

sich auf den Boden. »Er wird sterben«, flüsterte sie. »Ob wir eingreifen oder nicht. Seine Zeit ist gekommen.«

Philine sank in sich zusammen. Eleni hatte recht. Sie besaß vielleicht die Fähigkeit, gewöhnliche Menschen zu besänftigen. Aber gegen diese Schatten konnte sie nichts ausrichten. Sie würde sich nur selbst in Lebensgefahr bringen.

Plötzlich brach Leándra durch den Kreis der schwarzen Gestalten, sie lief einfach durch die Schattenkörper hindurch und sah sich suchend in der Dunkelheit um. Doch sie war nicht allein. Hinter ihr humpelte die hutzelige alte Frau und kicherte leise vor sich hin.

Eleni sprang auf, schneller, als Philine sie zurückhalten konnte. »Leándra! Pass auf! Hinter dir!«

Leándra wirbelte herum, suchte mit panischer Bewegung nach irgendeiner Bedrohung. Doch sie schien die Schattenfrau nicht zu sehen.

Erstaunlich wendig sprang die Alte um Leándra herum und fasste ihr in den Nacken.

Leándra drehte sich zurück nach vorne und fand ihre Schwester in der Dunkelheit. Ein schreckhafter Schimmer lag in ihren Augen und verwandelte sich in blitzende Wut. »Findest du das komisch?« Sie schrie Eleni an. »Hör endlich auf mit diesen Gruselspielchen! Ich bin es leid, so eine Horrorschwester zu haben!« Sie blieb vor ihnen stehen und blitzte abwechselnd in Elenis und Philines Richtung.

Die alte Frau hinter ihr kicherte vor Wonne.

Leándra verzog das Gesicht und deutete mit dem Finger auf ihre Schwester. »Seitdem du deine tolle neue Freundin gefunden hast, ist alles nur noch schlimmer geworden! Ihr seid das perfekte Team: zwei abgedrehte Freaks!«

Plötzlich fing die Alte an, sich zu verändern. Ihre Haare wurden dunkler und ihre Haltung aufrechter. Je mehr Leándra sich aufregte, desto jünger schien sie zu werden. Auch ihr Kichern veränderte sich. Wenn es anfangs noch krächzend und alt geklungen hatte, so wehte es inzwischen frisch und leicht über die Hochebene. Sie ließ ihre Finger in Leándras Nacken tanzen und brachte sie dazu, immer weiterzuschreien: »Was treibt ihr eigentlich so, wenn ihr zusammen verschwindet? Die finsteren Mächte beschwören? Damit sie uns bald das Licht zum Leben nehmen?« Leándras Stimme wurde immer heiserer. Beinahe als würde die alte Frau ihr die Kräfte entziehen, mit denen sie ihre Jugend erneuerte.

Philine und Eleni hielten den Atem an. Sie wagten es nicht, etwas zu sagen. Die alte Frau durfte nicht wissen, dass sie beobachtet wurde.

Plötzlich kam eine weitere Schattenfrau aus der Dunkelheit. Ihr Gang erschien weich und anmutig. Im Gegensatz zu den anderen Gestalten, lag ihre Kapuze nur halb über ihrem Kopf und ließ das Gesicht darunter erkennen. Ihre Haut war so blass wie Schnee, aber ihre dunklen Augen erschienen sanft.

Die junge Frau lächelte. Während sie an der kichernden Hexe vorüberging, fing sie an zu sprechen: »Noch sind Freundschaft und Zuneigung stärker als Zwietracht und Neid!«

Ihre Stimme klang zärtlich, so betörend, dass Philine ganz still stehen musste, um ihr zuzuhören.

Die alte, jung gewordene Frau hörte auf zu kichern und zuckte vor Leándra zurück.

Im nächsten Moment wuchs der Körper der freundlichen

Frau in die Breite. Sie teilte sich in zwei identische Gestalten, in zwei blässliche Zwillingsfrauen, die mit sanften Schritten weitergingen. Während sie über die Hochebene auf das Fest zustrebten, teilten sie sich immer wieder, bis sie in unzähliger Ausführung durch den Kreis der Schatten hindurchglitten. »Noch sind Freundschaft und Zuneigung stärker als Zwietracht und Neid.« Hundertfach erhoben die freundlichen Frauen ihr Wispern über dem Fest. »Auch wenn die Mutter darauf hinstrebt – noch besitzt der Kreis aus Nacht und Finsternis nicht die Macht, die sie sich wünscht. Gebt die Seelen frei! Sie gehören euch nicht!«

Die Schatten wichen tatsächlich vor ihren Opfern zur Seite, zogen sich in die Dunkelheit außerhalb des Feuerscheins zurück und vereinten sich wieder zu einzelnen Gestalten. Auch die beiden Kreaturen, deren Klone sich zu dem Kreis zusammengeschlossen hatten, flossen wieder ineinander, bis sie nur noch zu zweit waren. Im selben Moment gaben die Wolken den Mond wieder frei – kurz bevor sich die Schatten im Mondlicht auflösten und verschwanden.

Nur die freundliche Frau blieb noch für eine Sekunde. Sie stand bei Arjana und Philines Vater. Die beiden küssten sich und sahen so aus, als hätten sie den düsteren Moment gar nicht mitbekommen. Die sanfte Frau sah zwischen ihnen hin und her und legte die Hände auf ihre Köpfe, eine Geste, als wollte sie die beiden miteinander verbinden.

Schließlich zog sie ihre Hände wieder zurück, ihre Gestalt wurde transparenter und löste sich genauso auf wie die der anderen.

Die Menschen fingen an, sich zu beruhigen. Manche lachten erleichtert auf, andere scherzten über die merkwürdige

Dunkelheit und dann gingen sogar das Licht und die Musik wieder an.

Vasili und Zoe entschuldigten sich mit reumütigen Blicken beieinander und umarmten sich. Alexos ging zu Kosta und half ihm auf. Kosta sah aus, als wäre ihm das alles ein wenig peinlich – aber gleich darauf klang seine Stimme schon wieder so, als wäre ihm der nächste coole Spruch eingefallen.

Erst jetzt bemerkte Philine, dass einer der Schatten noch auf dem Fest geblieben war: der große Mann, der hinter dem alten Alexandros stand.

Mehr als das konnte sie nicht sehen, denn plötzlich fiel Leándra ihr und Eleni um den Hals. »Es tut mir so leid, was ich gesagt habe!« Die Entschuldigung sprudelte nur so aus ihr heraus. »Ich weiß auch nicht, was in mich gefahren ist. Wahrscheinlich hatte ich einfach Angst um euch, weil ihr auf einmal verschwunden seid und es plötzlich so dunkel und kalt wurde.« Leándra atmete tief ein.

Eleni löste sich von ihr und lächelte ihr zu. »Schon gut. Vielleicht solltest du aufhören, dich immer um mich zu sorgen.«

Leándra machte ein zerknirschtes Gesicht. »Ja, wahrscheinlich hast du recht und ich übertreibe.«

Eleni legte ihr den Arm um die Schultern und zog Philine auf ihre andere Seite. Kimon winkte ihnen von Weitem zu. Auch ihm war offensichtlich nichts passiert. Philine atmete erleichtert auf, während er ihnen entgegenkam.

Die Festgesellschaft hatte inzwischen mit dem Abbau begonnen. Die Leute erschienen müde, während sie ihre Habseligkeiten zusammensammelten und sich nach und nach auf den Heimweg machten.

Alexos' Familie gehörte zu den Letzten, die aufbrachen. Philine warf noch einen Blick auf den alten Alexandros, um zu sehen, wie es ihm ging. Alexos und sein Vater stützten ihn beim Aufstehen und begleiteten ihn zum Auto. Der alte Mann erschien ruhig und glücklich.

Aber der dunkle Schatten war noch immer hinter ihm.

Kapitel Elf

Obwohl es noch früh war, hing die Hitze bereits drückend schwer über der Hochebene, als Eleni und Philine am nächsten Morgen zur Ausgrabungsstätte kamen. Die Zikaden zirpten so irrsinnig laut, dass es in Elenis Ohren sirrte, und sie fühlte sich noch ganz benommen von den Ereignissen der letzten Nacht. Offenbar hatte sie den halben Abend verschlafen, und in ihrer Erinnerung konnte sie kaum zwischen dem unterscheiden, was sie erlebt und was sie geträumt hatte.

Sie war froh darüber, dass Arjana sie dazu einteilte, zusammen mit Philine und Camille, der stillen Französin, die Erde mit einem großen Sieb nach Scherben und anderen Kleinfunden zu durchsuchen. So konnte sie die Arbeit nebenbei machen, während in ihren Gedanken die Erinnerungen vorbeizogen: Sie war auf der Feier gewesen und gleichzeitig auf der Insel. Unzählige Augen hatten sie beobachtet und auf irgendeine Weise hatte der Junge sie begleitet. Er trug eine blaue Zeichnung an seinen Beinen, und obwohl sie ihn noch nie aus der Nähe gesehen hatte, wusste sie jetzt, dass es eine Schlange war, die sich um seine Beine wand.

Eleni wollte ihn noch einmal treffen, sie wollte herausfinden, was an ihm so wichtig war und warum sie selbst in ihren Träumen an ihn dachte. Immer wieder hielt sie in ihrer Arbeit inne und sah zu der Insel hinüber. Der Junge lebte dort und sie wusste, dass er sich einsam fühlte.

Hieß das, er war der einzige Mensch auf der Insel? Welche Geschichte steckte dahinter, wenn ein Junge ganz allein auf einer so merkwürdigen Insel lebte?

Aber vielleicht hatte sie seinen Blick auch falsch gedeutet. Womöglich war er gar nicht allein und es gab dort ein ganzes Dorf.

Sie musste das alles herausfinden, so bald wie möglich!

Die Angst, die sie gestern noch verspürt hatte, war verschwunden. Stattdessen durchlief sie ein angenehmes Kribbeln, wenn sie an die Insel dachte.

Doch etwas anderes war weitaus weniger angenehm: Sie spürte einen deutlichen Sog, der von dem Tempel ausging. Zum Glück siebten sie die Erde nicht direkt auf der Ausgrabungsstätte, sondern ein ganzes Stück davon entfernt unter einem anderen Sonnensegel. So konnte sie gebührenden Abstand zu den Mauern halten, die Stück für Stück freigelegt wurden.

Eleni wollte nicht wissen, was passieren würde, wenn sie die Mauern irgendwann berührte. Würde dann wieder ein Erdbeben ausbrechen? Oder würden die Kreaturen von der Insel herüberkommen? Oder würde gar die ganze Insel näher rücken?

Eleni schauderte. Was auch immer passieren würde, sie wollte es nicht ausprobieren. Aber in einem war sie sich inzwischen sicher: Der Tempel und die Insel hatten etwas miteinander zu tun. Es konnte kein Zufall sein, dass die Schattengestalten genau an dem Tag von der Insel herübergeflogen waren, an dem sie das erste Mauerstück freigelegt hatten.

Selbst die Archäologen und die Helfer aus dem Dorf schienen seit der letzten Nacht zu ahnen, dass etwas Besonderes vor sich ging. Jeder von ihnen hatte den dunklen Moment bemerkt. Die Leute mochten zwar nicht wissen, dass sie unter den Einfluss der Schatten geraten waren, aber sie erahnten die Mächte, die sich unter der Oberfläche verbargen: Dieser Tempel war ein mystischer Ort und seit gestern wusste es im Grunde genommen jeder aus dem Dorf.

Eine plötzliche Unruhe riss Eleni aus ihren Gedanken. Sie blickte auf und bemerkte, dass einige Teams aufgehört hatten zu arbeiten und sich stattdessen in leisem Tonfall miteinander unterhielten. Gleich darauf entdeckte sie Vasili, der von Gruppe zu Gruppe ging und ihnen etwas sagte. Auf seinem Gesicht lag ein Ernst, den Eleni nicht von ihm kannte.

Was auch immer die Nachricht war, die er überbrachte – es war offenbar der Grund, warum die Leute unruhig wurden.

»Was ist da los?«, flüsterte Philine.

Zusammen lösten sie sich von ihrer Arbeit und gingen näher in Richtung der Ausgrabungsstätte.

Kostas Vater kam auf sie zu und wischte sich mit dem Handrücken den Schweiß von der Stirn. Anscheinend sah er ihre fragenden Blicke und blieb kurz bei ihnen stehen. »Der alte Alexandros ist heute Nacht gestorben.«

Eleni spürte einen trockenen Kloß in ihrem Hals. Sie hatten tatsächlich recht gehabt mit ihrer Vermutung! Eleni wechselte einen Blick mit ihrer Freundin.

Philine sah noch blasser aus als sonst.

»Wir werden runter ins Dorf gehen und seiner Familie unser Beileid aussprechen«, erklärte Kostas Vater.

»Ja.« Eleni brachte kaum mehr als ein Krächzen hervor, während Philine nur stumm ihren Kopf nach vorne neigte.

Gemeinsam sahen sie Kostas Vater nach.

»Mir wäre es lieber gewesen, du hättest dich getäuscht«, wisperte Philine.

»Mir auch.« Eleni hob wieder den Kopf und blickte zur Insel. Dunkle Wolken hingen über den bläulichen Bergen. Es sah aus, als würde es über der Insel regnen. Eleni wischte den Schweiß aus ihrem Nacken. Ein Gewitter mit einem kräftigen Regenschauer würde auch der trockenen Hochebene nicht schaden. Aber der Himmel über Kreta strahlte in einem leuchtenden Blau.

Kurz darauf erschien Arjana neben ihnen.

»Wir haben gerade entschieden, die Mittagsruhe heute schon etwas eher zu beginnen.« Sie nickte mit dem Kopf zu den Griechen, die sich in einer Gruppe versammelt hatten. Ihr Finger strich nervös über ihren Handrücken. »Markos und ich werden auch ins Dorf gehen. Wenn ihr wollt, könnt ihr mitkommen, aber ihr müsst nicht.«

Eleni sah zu den anderen hinüber: Auch Kimon und Leándra standen bei denen, die ins Dorf hinabgehen würden.

Kimon drehte sich zu ihnen um und warf Philine ein bedrücktes Lächeln zu. Sie nickte traurig zurück und senkte den Blick.

Eleni seufzte. Das strahlende Lächeln, das sich die beiden den ganzen Morgen lang hin und her geworfen hatten, war ihr lieber gewesen.

»Wir müssen noch einmal zur Insel«, flüsterte Eleni Philine zu. »Wir müssen den Jungen treffen und herausfinden, was dort vor sich geht. Nur wir können die Schatten sehen. Also können nur wir etwas gegen sie unternehmen!«

Philine warf einen kurzen Blick auf Kimon, der langsam auf sie zukam. Doch er war noch weit genug entfernt, um nichts zu hören. »Ich weiß. Aber muss das jetzt sein? Meinst du nicht, wir sollten uns etwas besser vorbereiten?«

Eleni überlegte einen Moment. »Was sollten wir denn tun, um uns vorzubereiten? Wir wissen doch gar nicht, welche Gefahren auf der Insel warten. Aber ich bin mir sicher, der Junge weiß es. Nur er kann uns sagen, was es mit der Insel auf sich hat.« Eleni grinste schief. »Und wenn wir ohne Kimon zu deinem Strand gehen wollen, dann ist jetzt die beste Gelegenheit dazu. Es sei denn, wir schwimmen nachts zu der Insel.«

Philine schüttelte sich kaum merklich. »Bloß nicht«, hauchte sie. »Also gut, auf zur Insel!«

Kimon hatte sie erreicht und blieb vor ihnen stehen. »Na, welche Geheimnisse brütet ihr aus?«

Philine räusperte sich und trat auf der Stelle.

Ihr dürft nichts über uns verraten!

Eleni zuckte zusammen. Philine schnappte nach Luft. Die Insel hatte erneut zu ihnen gesprochen! Oder waren es die Schattengestalten?

»Was ist los?« Kimon sah sie irritiert an.

»Ni… nichts!« Philine stotterte. Sie blickte kurz zur Insel, riss sich jedoch hastig davon los …

Einen Moment später lächelte sie Kimon so selbstverständlich an, als wäre nichts gewesen. »Eleni ist ein bisschen schlecht. Deshalb gehen wir lieber ins Haus. Liegt wahrscheinlich nur an der Hitze – und an dem wenigen Schlaf.«

Eleni sah ihre Freundin überrascht an. Sie hätte nicht gedacht, dass die brave Philine so gut darin war, sich glaubwürdige Lügen einfallen zu lassen.

Kimon grinste, seine Augen funkelten. »Dabei hat Eleni doch von uns allen am meisten geschlafen.«

Eleni unterdrückte ein leises Seufzen. Anscheinend hatte sie ein amüsantes Bild abgegeben: Das Mädchen, das die coolste Party des Jahres verschlief. Den Scherz musste sie sich jetzt bestimmt anhören, solange sie in Agia Vasiliki lebten.

»Ich hab mich gestern schon etwas krank gefühlt«, erklärte sie leise. »Vermutlich bin ich deshalb eingeschlafen. Ich dachte eigentlich, das würde wieder weggehen, tut es aber leider nicht.«

»Verstehe.« Kimons Blick konnte die Enttäuschung kaum verbergen. Für einen Moment sah er so aus, als wollte er Philine trotzdem zum Mitkommen überreden.

»Kimon?« Vasili rief zu ihnen herüber. »Wir gehen jetzt! Kommt ihr mit?«

Kimon senkte den Kopf zu einem Nicken und gab sich geschlagen. »Ja, ich komme!« Er nahm Philine für einen winzigen Moment in den Arm, flüsterte Eleni ein leises »Gute Besserung!« zu und lief zu den anderen.

Ein süßes Lächeln tanzte über Philines Gesicht, während sie Kimon nachschaute.

Eleni kicherte und stieß ihre Freundin in die Seite. »Liebe muss echt schön sein. Was?«

»Ey.« Philine boxte sanft zurück. »Mach dich bloß nicht lustig. Wir sprechen uns, wenn wir deinen Inseljungen wiedergefunden haben.«

Eleni räusperte sich und versuchte, ernst zu werden. »Ich

mache mich nicht lustig. Ich freue mich nur immer, wenn ich euch zusehe.«

Philine kniff die Augen zusammen. Sie sah süß aus, wenn sie versuchte, böse zu gucken. Eleni konnte verstehen, warum Kimon hin und weg war. Sie lächelte Philine versöhnlich zu, und schließlich verwandelte sich das Gesicht ihrer Freundin in ein glückliches Strahlen.

Mit langsamen Schritten gingen sie in Richtung ihres Hauses und warteten, bis die Gruppe auf dem Steilweg zum Dorf verschwunden war.

Kurz darauf liefen sie über die Hochebene zurück und machten sich auf den Weg in Philines Schlucht.

Etwa eine halbe Stunde später schwammen sie in Badesachen durch die ruhige Bucht. Philine trug wieder ihren Neoprenanzug und Eleni hatte sich einen Anzug mit kurzen Ärmeln von ihr geliehen, damit sie im offenen Meer nicht ganz so sehr fror.

Noch bevor sie um die Felsen herumschwammen und ihren geheimen Strand ansteuerten, fing Eleni an, nach den Delfinen zu rufen. Als hätten die Tiere bereits auf sie gewartet, kamen sie hinter den Felsen hervorgesprungen und rasten ihnen entgegen. Sie kreisten um sie herum und Klicker begrüßte Eleni mit einem sanften Stupser gegen ihre Schulter. Gleich darauf hob er den Kopf und stieß sein delfinisches Gackern aus.

»Na, machst du dich lustig über uns?« Eleni sprach griechisch, eigentlich mehr für Philine als für den Delfin. »Weil wir gestern solche Angst vor der Insel hatten und jetzt trotzdem schon wieder dorthin wollen?«

Philine kicherte. »*Du* hattest Angst«, rief sie über das laute Geplätscher der Delfine hinweg. »Ich nicht!« Sie streichelte über Renas glatte Haut, während das Delfinweibchen unermüdlich vor ihr hin und her tauchte.

Eleni lachte. »Angst hatte ich gestern.« Sie hob für eine Sekunde die Faust in die Höhe. »Ab jetzt werden wir kämpfen! Um unser Glück und um das aller anderen! Wir werden Berge überwinden und Welten durchwandern und den Schrecken besiegen, der uns begegnet.«

Philine bekam eine Welle ins Gesicht und prustete das Wasser aus ihrer Nase. »Meinst du, darum geht es? Um das Glück der Menschen?«

Eleni zuckte mit den Schultern. »Zumindest sahen die Kreaturen gestern so aus, als besäßen sie das Zeug, den Menschen sämtliches Glück zu nehmen.« Sie streckte ihre Hand nach dem Delfinbaby aus. Zum ersten Mal schwamm das Delfinkalb ganz dicht an ihr vorbei, als ob es sie kennenlernen wollte. Aber ihre Mutter kam gleich hinterher und beäugte Eleni ein wenig skeptisch.

Renas Kopf tauchte vor Philine aus dem Wasser auf. Für einen Moment flatterte sie mit ihren Seitenflossen, um vor ihr im Wasser zu stehen. In einer sanften Geste legte Rena schließlich ihre Schnauze auf Philines Schulter.

Philine umarmte den Delfinkopf und lehnte ihre Wange dagegen. »In Ordnung! Kämpfen wir um das Glück der Menschen! Los geht's, Rena! Nimmst du mich mit?«

Als hätte Rena die Worte verstanden, tauchte sie ab und hob Philine auf ihren Rücken.

Auch Eleni fühlte den glatten Delfinkörper, der unter ihren Beinen entlangstrich und sie hochhob. In der nächsten Sekunde schwammen sie mit Klicker und Rena auf das Meer hinaus. Die Tiere zogen ihre Geschwindigkeit so rasend schnell an, dass ein Kribbeln durch Elenis Magen flatterte. Ein lautes Jubeln löste sich aus ihrer Kehle und mischte sich mit Philines Gelächter.

Plötzlich fragte sie sich, ob sie vom Land aus mit den Delfinen zu sehen waren? Ob Kimon oder Leándra sie entdecken würden, wenn sie oben an den Klippen standen und zu ihnen herunterblickten? Oder wenn sie vom Strand in Agia Vasiliki auf das offene Meer hinausschauten?

Vorsichtshalber ließ Eleni ihr Jubeln verstummen und duckte sich tiefer an den Rücken des Delfins. Auch Philine wurde still. Wie beim letzten Mal mussten sie sich darauf konzentrieren, in dem Auf und Ab der Delfine kein Wasser einzuatmen.

Doch heute erschien der Weg viel kürzer. Die Insel vor ihnen wuchs immer höher und färbte sich in einem dunklen Grün. Bald konnten sie erkennen, dass sich die Regenwolken inzwischen aufgelöst hatten. Stattdessen stieg weißer Dampf über dem Dschungel auf.

Die Delfine wurden langsamer, als sie auf die sonderbare Felsenformation zuschwammen. Noch bevor sie die steinernen Reißzähne und damit den Eingang zur Bucht erreichten, tauchten die Tiere unter ihnen weg und verschwanden im Meer. Eleni musste gegen den Strudel anschwimmen, den der tauchende Delfin unter ihr verursachte – aber heute waren ihre Arme nicht so müde wie beim letzten Mal und es fiel ihr leichter, in ihre eigene Schwimmbewegung zurückzufinden.

Während sie zwischen den spitzen Steinen hindurchschwammen, wartete Eleni auf die Angst, die sie gestern überfallen hatte. Sie wartete auf den Blick der unsichtbaren Augen.

Aber ganz gleich, wie gründlich sie den Dschungel absuchte – die unsichtbaren Beobachter schienen nicht da zu sein.

Philine überholte sie im ruhigen Wasser der Bucht, tauchte ein kleines Stück durch das türkisfarbene Meer und warf schließlich ein munteres Lächeln zu Eleni zurück.

Eleni musste lachen. Ihre Freundin mochte zart und verletzlich aussehen, aber darunter verbarg sie den Mut einer Löwin.

Was war heute eigentlich anders? Warum hatte die Insel sie gestern beobachtet und heute anscheinend nicht?

Auf einmal fiel es ihr ein: Sie hatte auf dem Weg keine Delfinsprache gesprochen!

Eleni konnte den Gedanken nicht zu Ende bringen. Im Dschungel bewegte sich etwas! Etwas Dunkles, Großes schob sich zwischen dem Grün hervor. Zuerst tauchte der schwarze Pferdekopf aus dem Dschungel auf, gleich darauf der graziöse Körper des Pegasus. Die gewaltigen Flügel lagen zusammengefaltet auf seinem Rücken. Sie zuckten kurz, als das Tier im Schatten des Palmwaldes stehen blieb und mit einem Schnauben zu ihnen herübersah.

Eleni musste lächeln. Ein Pegasus, tatsächlich! Ein schwarzer Pegasus! Waren diese Tiere nicht eigentlich weiß? Oder wurden sie nur in den Kindergeschichten weiß dargestellt?

Hinter dem Pegasus bewegte sich etwas! Eine menschliche Gestalt kam aus dem Wald hervor und blieb neben dem geflügelten Pferd stehen.

In ihrem Bauch fing es an zu kribbeln. Kein Zweifel, es war der Junge! Seine Haut war karamellbraun und seine schwarzen Haare standen strubbelig von seinem Kopf ab. Er trug einen langen zierlichen Bogen über seiner Schulter und einen Köcher auf seinem Rücken. Doch trotz der Waffen hatte Eleni das Gefühl, dass er ihnen nichts tun wollte. Schließlich hätte er sie aus der Tarnung des Dschungels ganz leicht mit Pfeil und Bogen angreifen können, wenn er es gewollt hätte.

Während sie näher schwammen, starrte Eleni auf seine blaue Tätowierung. Es war tatsächlich eine Schlange, die sich um seine nackten Beine wand. Ihr Schlangenkopf ruhte auf seinem Oberschenkel. Während der Junge regungslos dastand, sah es aus, als würde sie schlafen. Doch plötzlich hob die Schlange ihren Kopf, drehte ihn in Elenis Richtung und zischelte ihr entgegen.

Eleni gab einen erschrockenen Laut von sich. Wie konnte sich die Schlange bewegen? Es war eine Tätowierung! Oder nicht?

Der Junge blickte ihnen mit undurchdringlichem Blick entgegen, als sie das flache Wasser erreichten und mit langsamen Schritten an Land wateten.

Philine blieb skeptisch in der Brandung des Meeres stehen. Aber Eleni ging weiter auf den Jungen zu. Je näher sie kam, desto deutlicher erkannte sie seine Gesichtszüge: Er hatte schmale Wangen, gebräunte Haut und schwarze mandelförmige Augen, deren äußere Winkel schräg nach oben wiesen.

Vor allem diese Augen musste sie immer wieder ansehen: Sie waren umrahmt von dunklen Wimpern und dichten Augenbrauen und verliehen seinem Gesicht etwas Exotisches. Er sah aus, als würde er zu einem versteckten Dschungelvolk gehören. Auch der seltsame Lederrock, den er um seine Hüften trug, machte nicht den Eindruck, als würde er aus der Zivilisation stammen.

Je näher Eleni ihm kam, desto dichter zogen sich seine Augenbrauen zusammen, seine Lippen pressten sich zu einer harten Linie aufeinander und seine Finger strichen über das Holz des Bogens.

Eleni blieb stehen. Wie begrüßte man einen jungen Krieger aus einem Dschungelvolk? Oder einen jungen Jäger, oder was auch immer er sein mochte? Sie konnte wohl kaum »Hallo!« zu ihm sagen oder »Hi!« oder »Guten Tag!«.

Eleni legte schließlich die Hand an ihre Brust und deutete eine knappe Verbeugung an. »Wir kommen in friedlicher Absicht!«

»Verschwindet!«, fuhr der Junge sie an.

Eleni zuckte zurück. Plötzlich sah er doch so aus, als würde er jeden Moment einen seiner Pfeile aus dem Köcher ziehen.

Was sollte sie jetzt tun? Sie musste ihm erklären, warum sie hier waren! Wenigstens schien er ihre Worte zu verstehen. »Diese Insel hier, auf der du lebst, ist bei uns aus dem Meer aufgetaucht. Aber nur meine Freundin und ich können sie sehen ...« Eleni hielt inne. Das war Quatsch! Was wollte sie überhaupt erzählen? Womit sollte sie ihn überzeugen? Und *wovon* wollte sie ihn überzeugen? Schließlich fiel es ihr wieder ein: Sie wollte etwas herausfinden!

Hastig sprach sie weiter: »Seitdem passieren andauernd Dinge, die wir uns nicht erklären können. Und dann sind Delfine von deiner Insel gekommen, die uns hierher gebracht haben – und in der letzten Nacht sind schwarze Schattengestalten zu uns herübergeflogen und haben die Menschen aus unserem Dorf verfolgt und sogar einen von ihnen getötet. Jetzt wollen wir heraus …«

»Schweig!« Die Stimme des Jungen durchschnitt ihren letzten Satz. Die Schlange an seinen Beinen zuckte und zischelte. Plötzlich löste er sich aus seiner stillen Haltung und kam die letzten Schritte auf Eleni zu. Er war nicht viel größer als sie, doch er schien älter zu sein als die Jungen in ihrer Klasse. Auch seine Stimme klang schon so tief wie die eines Erwachsenen. »Du solltest aufpassen, wem du deine Geheimnisse anvertraust! Und an welchem Ort du darüber sprichst! Auf dieser Insel ist es besser zu schweigen, wenn man überleben will.«

Eleni hielt den Atem an. Die Augen des Jungen wirkten plötzlich so finster, dass sie Angst vor ihm haben sollte. Aber sie hatte keine Angst. Ganz im Gegenteil. Sie fühlte sich sicher. So als könnte dieser Junge sie vor dem Rest der Insel beschützen.

»Nein, ich plaudere nicht einfach so darauf los.« Eleni sprach leise. »Ich weiß, wem ich vertrauen kann.« Ihr Herz klopfte bis zum Hals, während sie dem Jungen in die Augen sah. Es waren hübsche Augen …

Zornige Falten erschienen auf seiner Stirn. Er beugte sich an ihr Ohr, sein Atem strich über ihre Wange. »Offenbar weißt du viel zu wenig! Du solltest endlich still sein! Die schwarzen Geister schlafen am Tag. Aber ihre Dienerinnen haben scharfe Augen und spitze Ohren.«

Eleni hielt den Atem an. Schwarze Geister? Ihre Dienerinnen? Waren es die Augen dieser Dienerinnen gewesen, die sie gestern wahrgenommen hatte?

Sie wich einen Schritt vor dem Jungen zurück. Ihr Blick fiel auf den Pegasus, der ihnen neugierig zusah. Seine schwarzen Flügel entfalteten sich ein klein wenig und ließen erkennen, dass sie in der mächtigen Schulter des Tieres ansetzten, während der Rücken dahinter einladend glatt war.

Ohne darüber nachzudenken, ging Eleni auf den Pegasus zu und streckte ihm die Hand entgegen. Das seltsame Tier schob die Nüstern vor und schnupperte an ihren Fingern.

Plötzlich veränderte sich etwas. Sie spürte ganz deutlich, wie sich die Aufmerksamkeit der Insel in ihre Richtung wandte, wie die unsichtbaren Augen mit einem Schlag zurückkehrten und sie beobachteten.

Eleni schauderte.

Der Junge kam wieder näher und streckte seine Hand ebenfalls zu dem Pegasus aus. Während er die Nase des Tieres streichelte, flüsterte er ihr zu: »Ihr müsst jetzt gehen! Sie wissen, dass ihr hier seid.« Eine Spur von Furcht lauerte in seiner Stimme.

Eleni sah ihn an. Die Zornesfalten auf seiner Stirn waren verschwunden. Stattdessen lag ein trauriges Schimmern in seinen Mandelaugen.

Im nächsten Moment sprang er mit einem eleganten Satz auf den Rücken des Pegasus. Das Tier galoppierte an, stürmte über den breiten Strand und spreizte die Flügel. Mit nur wenigen, schnellen Flügelschlägen hob es ab, segelte schließlich eine weite Kurve und verschwand über den Kronen des Palmwaldes.

Eleni stieß die Luft aus, sie hörte Philine leise aufschreien und warf ihren Kopf zu ihrer Freundin herum.

»Etwas stimmt nicht! Wir müssen hier weg!« Philine klang panisch.

Eleni begann zu rennen. Sie lief auf ihre Freundin zu und sprintete zusammen mit ihr ins Wasser. So schnell sie konnten, schwammen sie durch die Bucht. Sie mussten zu den Delfinen – ehe diese *Dienerinnen* sie fanden …

Plötzlich kreischte Philine auf. Sie deutete nach vorne und Eleni sah zu den Felsen.

Auf fast jedem der Backenzähne saß eine Meerjungfrau. Eleni hörte auf zu schwimmen und spürte, wie die Wellen sie hin und her schaukelten. Es waren sieben Meerjungfrauen. Sie hatten nackte Brüste und lange nasse Haare. Ihre Gesichter waren menschlich, aber jede von ihnen sah anders aus, mit jeder erdenklichen Haut- und Haarfarbe, als würden sie von den unterschiedlichsten Kontinenten stammen.

Mit einem lieblichen Lächeln blickten die Meerjungfrauen ihnen entgegen. Sie waren schön, jede von ihnen auf ihre Weise. Doch etwas stimmte nicht an diesem Bild: Ihre Fischschwänze peitschten im Takt auf die Steine – wie die Schwänze von lauernden Katzen.

Eleni stieß einen leisen Laut aus.

»Ach du Scheiße!« Philines Stimme klang tonlos. »Das sind Meerjungfrauen oder Nixen oder Sirenen. Und wenn du mich fragst, dann wollen sie uns zum Mittagessen verspeisen.«

Eleni spürte, wie alles Blut aus ihrer Haut wich. Mit einem Schlag fing sie an zu frieren, als hätte jemand das Meer zu Eis gefroren.

Selbst die Wellen schienen sich gegen sie verschworen zu haben und trieben sie immer näher an die Felsen heran.

»Zwei so süüüße Mädchen …«, säuselten die Nixen im Chor und robbten in ihre Richtung. »Wollt ihr nicht bei uns bleiben?« Sie hatten die Ränder ihrer Felsen erreicht und beugten sich zu ihnen herunter.

Eine blonde Nixe mit heller Haut war ihnen am nächsten. Sie ließ sich so weit den Felsen hinab, dass sie jeden Moment ins Wasser fallen müsste – aber sie krallte sich mit ihren Händen fest. »Euer Nachtblut riecht gut.« Sie streckte die Nase in die Luft. »Bis weithin ist es zu riechen.«

»Ihr gehört auf diese Insel!«, rief eine andere, die aussah wie eine Asiatin. »Sie ist euer Zuhause. Wollt ihr nicht bleiben?«

Eleni erstarrte. Ihr Zuhause? Sie sollten hier bleiben?

Das Lächeln der Meerjungfrauen erstarb, als hätte jemand ein unsichtbares Kommando gegeben. Das Peitschen ihrer Fischschwänze formte sich zu einem Gleichtakt: eins – zwei – drei. Beim vierten Schlag sprangen sie von den Felsen herab und tauchten ins Wasser.

Philine schrie auf! Das Blut rauschte durch Elenis Körper. Sie erkannte die Lücke zwischen den Nixen sofort. Das Tor ins offene Meer! Ihr einziger Ausweg!

Eleni tauchte und schwamm wie ein Delfin, so rasend schnell wie nie zuvor. Sie war schon lange zwischen den Nixen hindurch, als ihr auffiel, dass ihre Freundin hinter ihr zurückgeblieben war.

Für einen winzigen Moment drehte sie sich um – und erkannte, dass die Nixen Philine umzingelt hatten.

»Nein!«, rief Eleni ihnen verzweifelt zu. Was sollte sie jetzt tun? Umkehren und sich ebenfalls einfangen lassen? Nein! Sie musste frei bleiben, wenn sie Philine helfen wollte. Ihr Herz raste, während sie zu einem der Backenzahnfelsen schwamm und sich hinaufzog. Von hier aus konnte sie genau sehen, was passierte, wie die Nixen um Philine herumschwammen und sie begutachteten. Eine rothaarige Nixe strich über Philines Gesicht. »Sie hat so helle Haut«, säuselte sie.

»Und zugleich so dunkle Haare.« Eine dunkelhäutige Nixe griff nach Philines Haaren und schnupperte daran. »Sie versteckt ihren Körper vor der Sonne. Fürchtet sie sich davor? Will sie etwas vor uns verbergen?«

Ein heftiges Kribbeln zog über Elenis Hinterkopf und sträubte ihre Nackenhaare.

»Meine Haut ist so empfindlich«, piepste Philine. »Sie wird rot, wenn ich sie nicht schütze. Ich verstecke nichts vor euch. Da ist nichts zu verstecken.«

»Ist sie sicher?« Die rothaarige Nixe legte scheinheilig den Kopf zur Seite. »Wir riechen es doch! Es ist nur ein hauchzarter Duft, er macht sich ganz klein unter dem Nachtblut. Aber der Nase einer Nymphe entgeht nichts!«

»Graublut!« Die asiatische Nixe würgte das Wort hervor. »Giftiges, tödliches Graublut!«

Graublut? Nachtblut? Elenis Gedanken schwirrten durcheinander. Was meinten sie damit?

Die Nixen schlossen einen engen Kreis um Philine. Ihre Fischschwänze ließen sie immer schneller in die Runde zischen, bis sich ein Strudel bildete, der Philine mit sich nach unten zog.

Philine schrie und ruderte mit den Armen, die Meerjungfrauen lachten hämisch, und Eleni konnte die Panik nicht länger zurückhalten. Ihre Augen füllten sich mit Tränen. Sie musste ihrer Freundin helfen! Aber wie?

Sie musste endlich nach Klicker rufen! Die Delfine mussten kommen, um sie zu retten!

Die rothaarige Nixe kicherte. Sie schwamm mit den anderen in die Runde und sprach zu Philine, die im Strudel um ihr Leben kämpfte: »Willst du deine Freunde nicht rufen, damit sie dir helfen?«

Schwarze Sterne tanzten vor Elenis Augen, ihre Gedanken rasten. Von welchen Freunden sprach die Nixe? Von den Delfinen? Oder von ihr?

Plötzlich wurde Eleni klar, was für eine Verräterin sie war. Die Nixen waren drauf und dran, Philine zu ertränken, und Eleni wagte es nicht einmal, ihrer Freundin zu helfen. Weil sie sich davor fürchtete, selbst getötet zu werden. Mit einem Schlag ergab alles einen Sinn! Weil dies hier passieren würde, hatte sie am Anfang geglaubt, dass sie Philine in Gefahr bringen würde. Ihre eigene Prophezeiung erfüllte sich hier und jetzt und es lag in ihrer Hand, etwas daran zu ändern.

Klicker hatte ihr verboten, auf der Insel Delfinsprache zu sprechen. Aber sie musste die Delfine rufen, auch wenn dadurch die Nixen auf sie aufmerksam wurden!

Eleni öffnete den Mund und wollte gerade das Klickern aus ihrem Rachen flattern lassen, als plötzlich ein breiter Schatten über der Bucht kreiste. Sie riss den Kopf nach oben und entdeckte den Pegasus, der über sie hinwegfegte. Der Junge saß noch auf seinem Rücken, aber mitten über der Bucht sprang er ab. Kopfüber stürzte er sich nach unten und tauchte geschmeidig ins Meer ein. Dort, wo die Wellen ihn verschluckten, kamen sprudelnde Blasen herauf – doch gleich darauf erkannte sie seine hellgrüne Silhouette unter Wasser. Unter der Oberfläche schwamm er weiter und zerteilte das Wasser in rasendem Tempo. Sekunden später stob er in den Kreis der Nixen und tauchte zwischen ihnen auf.

Die Nixen stoppten ihr kreisförmiges Schwimmen. In der Mitte ließ der Strudel als Erstes nach und schließlich tauchte Philine wieder daraus auf. Sie japste und hustete das Wasser aus Nase und Mund.

Eleni sackte auf die Knie. Ihr wurde schwindelig, während die Nixen aus dem Strudel herausschwammen und den Jungen mit sich zogen. Die hübschen Fischfrauen fingen an, um ihn herumzuschwärmen, ihre Stimmen säuselten ihm zu: »Er soll uns küssen.« Sie streichelten über seine Schultern und schmiegten sich an ihn. »… soll uns von seiner Kraft abgeben.«

Der Junge antwortete mit einem düsteren Blick. Er reagierte nicht auf das Schmeicheln der Meerjungfrauen. Stattdessen schnellte ein kräftiger Fischschwanz aus dem Wasser und schlug in Richtung der Nixen.

Der Fischschwanz gehörte dem Jungen! Eleni schreckte auf. Wie konnte das sein?

Philine erreichte den Felsen. Ihr Atem wimmerte, als sie versuchte, sich hinaufzuziehen.

Eleni vergaß den Jungen und reichte ihrer Freundin die Hand. Sie half Philine auf den Felsen und schloss sie in ihre Arme. Ihre Freundin keuchte und hielt sich erschöpft an ihr fest. Die Erleichterung pulsierte durch Elenis Körper, aber sie fühlte sich dennoch wie eine Verräterin. Nicht sie hatte ihrer Freundin geholfen, sondern der fremde Junge.

Und die Gefahr war noch nicht gebannt! Die Nixen waren noch im Wasser und womöglich war der Junge einer von ihnen.

Eleni löste sich von Philine und sah hastig aufs Meer hinaus. Aber die Delfine waren nirgendwo in Sicht.

Warum kamen sie nicht, um sie zu retten? Wenn Klicker ihr verbot, nach ihm zu rufen – dann musste er sie doch wenigstens von Weitem im Blick behalten?

»Er soll uns küssen!« Das Säuseln der Nixen wurde aggressiver und lenkte Elenis Aufmerksamkeit zurück auf das Geschehen neben ihnen. Immer dichter strichen die Meerjungfrauen an dem Jungen entlang, streichelten seinen Rücken und küssten sein Gesicht.

Die rothaarige Nixe legte ihren Kopf auf seine Schulter und blinzelte aus zusammengekniffenen Augen. »Auf wen wartest du, wenn du unsere Liebe nicht willst?«

Der Junge lachte auf. Er duckte sich unter Wasser, um ihren Berührungen zu entfliehen. Die Nixen tauchten ihm nach, und für einen Moment setzten sie ihr Gerangel unter Wasser fort. Als der Junge wieder auftauchte, hingen die Nixen wie Kletten an seinen Schultern und Armen.

Der Blick des Jungen erschien plötzlich so böse, als könnte er damit töten. »Genug!« Mit einem gewaltigen Ruck riss er seine Faust aus dem Wasser und schüttelte die Meerjungfrauen von seinem Arm. »Ihr wollt von meiner Kraft?« Er schnellte in die Runde und zischte den Nixen zu: »Wollt ihr sie erleben? Wollt ihr wissen, wie weit sie durch das Wasser dringt?« Er peitschte die Faust zurück in die Wellen und ließ eine gewaltige Fontäne aufspritzen.

Ein hohes, ohrenbetäubendes Quietschen drang aus den Mündern der Meerjungfrauen – dann tauchten sie sternförmig ins Meer und rasten mit kräftigen Flossenhieben davon.

Einen Moment später lag die Bucht so ruhig da, als wären die Nixen nie hier gewesen. Nur der Junge schwamm langsam an Elenis Felsen heran und zog sich zu ihnen herauf.

Eleni und Philine wichen vor ihm zurück, ganz an den Rand des Felsens. Er musste sich mit den Händen abstützen, um zu sitzen, während seine riesige Schwanzflosse ungeduldig auf den Stein klatschte.

Elenis Blick heftete sich auf die blaue Schlange, die sich um seine Flosse herumwand und sich im Takt seines Schlages vorwärtsschlängelte. Auf einmal hob sie sich so dreidimensional von den Schuppen ab, dass Eleni sich sicher war, sie müsste echt sein. In einer Spirale kroch die Schlange um den Fischschwanz herum, schien von hinten in der gewaltigen Flosse zu verschwinden und schlüpfte vorne wieder heraus.

Für eine Sekunde sah das Schlangentier Eleni an und zischelte ihr zu. Im nächsten Moment teilte sich der Fischschwanz in zwei Teile und verwandelte sich in menschliche Beine. Die Schlange wickelte sich zurück um sein rechtes Bein, legte sich auf seinem Oberschenkel zur Ruhe und verschmolz mit seiner Haut zu einer blauen Tätowierung.

Eleni schüttelte verwirrt den Kopf, um das Bild zu begreifen. Hatte sie das gerade wirklich gesehen?

Auch Philine drängte sich noch enger an Elenis Seite.

Der Junge sah zu ihnen herüber. Er rieb mit den Händen über seine Beine, als müsste er das Gefühl für ihre menschliche Gestalt zurückgewinnen. Erst jetzt fiel Eleni auf, dass er einen merkwürdigen Rock um seine Hüften trug. Der Stoff glitzerte wie die Schuppen seines Fischschwanzes. Hatte er sich ebenfalls mit der Verwandlung gebildet?

Der Junge stand auf und kam auf Eleni zu. »Ich habe versucht, euch zu warnen – aber alles an euch ist auffällig: eure Furcht, eure Fragen, euer Geruch!«

Eleni sprang hastig hoch.

Der Junge blieb direkt vor ihr stehen. »Niemand dringt unbemerkt in das Revier einer Nymphe ein, wenn er auch nur den leisesten Zweifel in seinem Herzen trägt.« Seine Mandelaugen blitzten. »Ihr müsst gehen! Jetzt! Und ihr dürft nicht mehr wiederkommen, hört ihr?«

Eleni nickte hastig. Sie betrachtete seine zusammengezogenen Augenbrauen, die schwarzen Augen, aus denen kleine Funken stoben, und die harte Linie, zu der sich sein Mund geformt hatte. Wie konnte jemand nur gleichzeitig so hübsch und so gefährlich aussehen?

Plötzlich bemerkte sie eine Bewegung aus den Augenwinkeln. Die Delfine! Sie sprangen durch das Meer auf sie zu.

Philine hatte sie ebenfalls gesehen und ließ sich bereits mit den Beinen voran ins Wasser gleiten.

Eleni wollte ihre Freundin nicht schon wieder allein lassen – sie musste ihr hinterherspringen.

Doch der Junge griff nach ihrem Arm und senkte die Stimme. »Du bist das Mädchen, vor dem sich alle so fürchten. Sprich niemals mit den Delfinen in Gegenwart der Hesperiden. Wenn sie diese Gabe an dir finden, werden sie dich töten.« Er hielt Eleni noch einen Moment lang fest. Sein Gesicht wurde sanfter und auf einmal erschien wieder der traurige Schimmer in seinen Mandelaugen.

Ein starkes Gefühl strömte durch Elenis Körper, etwas, das sich zugleich schön und schmerzhaft anfühlte und das ihr vollkommen neu war. War er ihr Feind oder ihr Freund? Wollte sie vor ihm weglaufen oder ihn zum Abschied umarmen?

»Wie heißt du?«, flüsterte sie.

Seine Hand an ihrem Arm wurde sanft. »Makaio.« Ein

flüchtiges Lächeln erhellte sein Gesicht. Seine Finger streiften noch kurz über ihre Haut, ehe er sie losließ.

Sie konnte ihm vertrauen! Plötzlich war sie sich ganz sicher. Am liebsten wollte sie noch länger mit ihm reden.

Aber Philine schwamm den Delfinen bereits entgegen. Eleni musste ihre Freundin in Sicherheit bringen. Sie gab sich einen Ruck, sprang ins Wasser und kraulte zu den Delfinen, ohne sich noch einmal umzudrehen.

Kapitel Zwölf

In den nächsten Tagen wichen Eleni und Philine einander kaum von der Seite. Jeden Abend, wenn die Dunkelheit hereinbrach, hörten sie, wie sich ein Tosen über dem Meer erhob. In den ersten Nächten sahen sie noch hoch an den Himmel oder schauten aus dem Fenster, während die geflügelten Schatten über die Klippen heranstoben und über ihnen hinweg im Inneren der Insel verschwanden. Aber schon nach wenigen Tagen sorgten sie dafür, dass sie bei Einbruch der Dunkelheit in Elenis Betthöhle lagen und sich eng unter die Bettdecke kuschelten, bis das Rauschen am Himmel verstummt war. Erst wenn nur noch das beruhigende Zirpen der Zikaden durch ihre Fenster hereindrang, kamen sie unter ihrer Bettdecke hervor und erkannten die Angst in den Augen des anderen.

Sie wussten nicht, wohin die Schatten flogen, ob sie in Kreta blieben, ob sie bis zum griechischen Festland vordrangen, oder ob sie sich vielleicht sogar über ganz Europa verteilten. Genauso wenig wussten sie, welchen Schaden die Gestalten anrichteten und welche Macht sie tatsächlich besaßen.

Sie wussten nur, dass niemand sonst sie sehen konnte.

Nicht Leándra, nicht Oma Greta und nicht einmal Arjana oder Markos. Und immer, wenn Eleni darüber nachdachte, wenigstens ihrer Mutter davon zu erzählen, überfiel sie eine dunkle Ahnung: Es wäre gefährlich, wenn sie jemanden einweihte, möglicherweise sogar tödlich. Also waren Philine und sie mit den Schatten genauso allein wie mit der Insel, und es gab niemanden, der ihnen dabei helfen konnte, das Rätsel zu lösen.

Einzig dieser Adlermann, der möglicherweise Zeus persönlich war, hatte ihnen einen Hinweis gegeben. Mit schönen, wohlklingenden Worten hatte er davon gesprochen, dass an Elenis Mut die Schicksale vieler Menschen hingen. Sie sollte eine Aufgabe erfüllen, die zu groß sei, um sie zu überblicken.

Genau das war im Moment das Einzige, was Eleni wusste: Sie wusste gar nichts! Diese Insel, die Schatten und die seltsamen Nixen spielten ein Spiel mit ihnen und darin war sie nichts weiter, als ein kleines Mädchen, das vor einem großen dschungelbewachsenen Berg stand.

Ob diese Aufgabe nun wichtig war oder nicht – Eleni hatte inzwischen nur noch das Bedürfnis, sich zusammen mit Philine davor zu verstecken.

Tagsüber hielten sie sich von allem fern, was mit der Insel oder dem Tempel zu tun hatte. Sie halfen nicht mehr bei der Ausgrabung und mieden Philines Schlucht, so gut sie konnten. Vor allem badeten sie nicht mehr im Meer, um den Delfinen nicht noch einmal zu begegnen. Eleni vermisste die Tiere und würde nur allzu gern mit ihnen schwimmen. Aber sie befürchtete, dass Klicker und Rena sie nur wieder zu der Insel führen wollten.

Also verbrachten sie den größten Teil ihrer Tage in dem

Haus auf den Klippen. Morgens halfen sie Oma Greta dabei, für die Archäologen ein Mittagessen zu kochen und am Nachmittag hockten sie in Elenis Zimmer und sprachen über alles, was sie erlebt hatten.

Immer, wenn Oma Greta nachfragte, was mit ihnen los sei, behaupteten sie, Eleni würde sich auf die griechische Schule vorbereiten, und Philine schob den Sonnenbrand vor, den sie angeblich bei der Ausgrabung bekommen hatte. Oma Greta schien zu ahnen, dass das nicht die ganze Wahrheit war. Aber sie bohrte nicht weiter nach. Leándra war in der Hinsicht schon ein härterer Brocken. Sie warf ihnen jedes Mal misstrauische Blicke zu, wenn sie sich vor Einbruch der Dunkelheit in ihr Zimmer verkrochen, und Eleni fielen allmählich kaum noch Ausreden ein, mit denen sie ihre Schwester beschwichtigen konnte.

Aber wenigstens Arjana und Markos stellten keine Fragen. Auch Philines Vater war vorübergehend bei ihnen eingezogen, angeblich, bis sein Haus wieder in Ordnung war. Doch was zwischen Arjana und ihm vorging, war seit der Feier kein Geheimnis mehr. Sie verbrachten jede freie Minute zusammen und oft drang ihr Lachen und ihr Gemurmel noch bis spät in die Nacht durch das Haus.

Die Mädchen waren insgeheim froh darüber, dass Arjana und Markos nichts anderes mehr mitbekamen. Immer wenn Eleni mit Philine allein war, gingen sie alles durch, was auf der Feier und auf der Insel passiert war. Aber sie konnten lediglich Vermutungen anstellen und über die Kreaturen rätseln, denen sie begegnet waren. Philine ging irgendwann dazu über, alles genau zu notieren und zu ordnen: Sie beschrieb das Aussehen der schwarzen Gestalten und listete alles auf, was die Schatten getan oder gesagt hatten. Aber welche Kreaturen es waren oder was sie im Schilde führten, wussten sie dadurch noch immer nicht.

Fast jedes Mal, wenn die Archäologen Feierabend machten, stürmte Kimon zu ihnen ins Haus und oft setzte sich auch Leándra zu ihnen. Philine sprang meistens übermütig auf, wenn Kimon sie darum bat, mit ihm ins Dorf zu kommen und ein Eis zu essen, und Eleni musste jedes Mal schmunzeln, wenn die beiden Hand in Hand durch die kleinen Gassen streiften.

Doch gerade das erinnerte sie an den Inseljungen. Sobald sie an ihn dachte, strömte ein seltsames Gefühl durch ihren Körper. Makaio wäre der einzige Grund, der sie dazu bringen könnte, noch einmal zu der Insel zu schwimmen.

Wenn sie zusah, wie Philine und Kimon sich neckten, wie Kimon etwas von ihrem Eis stibitzte und Philine ihm als Antwort durch seine Haare wuschelte, wünschte Eleni sich, dass der Inseljunge ein normaler Junge wäre. Sie wollte ein Lachen in seinen hübschen Mandelaugen sehen und nicht diesen finsteren Ernst, vor dem sie sich fürchten musste.

Doch als sie Philine eines Abends davon erzählte, lachte ihre Freundin auf. »Nein, das willst du nicht, glaub es mir! Für dich wäre ein normaler Junge wie Kimon sterbenslangweilig.«

Sie saßen zusammen in Elenis Betthöhle. Philine hatte mal wieder den Block mit ihren *Schattennotizen* vor sich liegen, aber heute hatten sie noch nicht daran weitergearbeitet.

Eleni legte verwundert den Kopf zur Seite. »Wie kommst du darauf, dass ein normaler Junge für mich zu langweilig wäre?«

Philines Lächeln wurde geheimnisvoll. »Weil dein Inseljunge echt gruselig ist. Als er dir gegenüberstand, hatte ich wirklich Angst vor ihm. Er strahlt so viel Wut aus und trägt einen ganzen Packen schwarzer Gefühle mit sich herum. Mich würde er wahrscheinlich damit ersticken, wenn er öfter in meiner Nähe wäre.« Philines Augen funkelten im Licht der kleinen Höhlenlampe, die vor ihr auf den Block strahlte. »Aber du scheinst ja ziemlich darauf zu stehen.«

Nun musste auch Eleni lachen. Plötzlich wusste sie, was Philine meinte: Die Gegenwart des Jungen hatte sich gefährlich angefühlt – und trotzdem war sie gerne bei ihm gewesen. »Stimmt, du hast recht. Anscheinend stehe ich eher auf gefährliche Jungs.«

Philine kicherte noch einen Moment weiter. Doch schließlich wurde sie ernst. »Und außerdem …« Sie sah Eleni nachdenklich an. »… und außerdem ist dein Makaio womöglich einer von den Schatten.«

Eleni hielt die Luft an. »Ein Schatten? So wie die in der Nacht? Wie kommst du darauf?«

Philine atmete tief ein. »Na ja, in der Nacht auf der Feier, da konnte ich fühlen, wie die Schatten die schlechte Stimmung in der Luft verbreitet haben. Ich wollte die Menschen davon befreien, habe es aber sein lassen, weil ich gemerkt habe, dass ich nicht stark genug bin, um gegen sie anzukommen. Und als wir deinem Makaio gegenüberstanden, wollte ich auch den Druck aus der Luft nehmen, damit er dich nicht angreift. Aber auch bei ihm haben meine Fähigkeiten nicht ausgereicht.«

Eleni starrte ihre Freundin an. »Was meinst du damit?«

Philine zuckte mit den Schultern. »Ich frage mich, ob die Schatten womöglich menschlicher aussehen, wenn man ihnen auf der Insel begegnet.«

Eleni musste schlucken. War es möglich, dass der Inseljunge einer von den Schatten war? Das fing ja gut an.

Philine legte ihr tröstend die Hand auf den Arm. »Na ja, überleg doch mal: Er hatte einen Fischschwanz – dass er kein Mensch ist, liegt damit doch wohl auf der Hand. Und du bist auch kein richtiger Mensch, immerhin ist Zeus vielleicht dein Großvater. Und dein Vater ist …« Philine zögerte und sah Eleni einen Moment lang unentschlossen an. Aber schließlich tippte sie mit ihrem Finger auf ihre *Schattennotizen*. »Und dein Vater ist der hier.«

Eleni versteinerte. Philines Finger ruhte auf der Liste, auf der sie den dunklen Mann beschrieben hatte, der am Rand der Feier auf Eleni gewartet hatte. Er hatte sie auf den Arm gehoben und sich zärtlich über sie gebeugt, nachdem sie in Ohnmacht gefallen war.

Diese Gestalt sollte ihr Vater sein? Eleni konnte sich kaum an ihn erinnern. Sie hatte es nur im Traum erlebt und die Bilder von ihm schwammen durcheinander. Doch die Erinnerungen beschworen ein Gefühl herauf. Sie hatte ihm vertraut und war freiwillig zu ihm gegangen.

Er war wirklich ihr Vater? Elenis Herz schlug immer schneller.

»Und das …«, Philine rutschte mit ihrem Finger weiter nach unten, ihre Stimme fing an zu zittern, »… ist meine Mutter.« Sie deutete auf die Frau, die am Ende über den Festplatz gelaufen war und die Menschen wieder beruhigt hatte. In ihrer Gegenwart hatten sich alle versöhnt und zum Schluss war sie eine Weile bei Arjana und Markos stehen geblieben.

Philine hatte recht! Diese Schattenfrau musste ihre Mutter

sein, die geheimnisvolle Mutter, die sie ihr Leben lang vermisst hatte.

Tränen erschienen in Philines Augen. Sie biss sich auf die Unterlippe. »Weißt du …«, schniefte sie, »ehrlich gesagt, wäre es mir ziemlich recht, wenn die Schatten auf der Insel etwas menschlicher aussehen würden.«

Eleni zog Philine zu sich heran und nahm sie in die Arme. Ihr Blick glitt aus dem Fenster. Draußen war es dunkel geworden und selbst der letzte helle Streifen am Horizont war inzwischen zusammengeschmolzen. Plötzlich hörte sie das Rauschen über dem Meer, wie es anschwoll und immer näherrollte.

Doch dieses Mal verkrochen sie sich nicht unter der Bettdecke. Eleni beugte sich nur zu der kleinen Lampe und löschte das Licht. Sie zog Philine enger an sich und blickte aus dem Fenster. Einen Moment später erreichte das Tosen die Klippen und die Schatten schossen an ihrem Fenster vorbei. Sie flogen noch tiefer als sonst.

Zu diesen Kreaturen gehörte also auch ihr Vater? War sie selbst dann so etwas wie ein *Halbschatten?*

Eleni musste über den absurden Gedanken lachen. Während draußen Hunderte von Gestalten an ihnen vorbeisegelten, wurde ihr Lachen immer lauter. Sie konnte nichts dagegen tun, bis sie sich fragte, ob sie womöglich gerade verrückt wurde. Eleni konnte spüren, wie sich Philine in ihrem Arm verkrampfte. Aber die Schatten beachteten sie gar nicht. Sie flogen einfach vorbei, und schließlich wurde es so still wie in jeder gewöhnlichen Nacht. Nur die Zikaden zirpten vor ihrem Fenster.

Philine löste sich von ihr und wischte sich hastig die Tränen aus dem Gesicht. »Warum hast du gerade so gelacht?« Eine Spur von Wut klang in ihrer Stimme.

Eleni musste grinsen. »Weil wir *Halbschatten* sind.«

Ihre Freundin sah sie für einen Moment verdutzt an, ehe ein Schmunzeln über ihr Gesicht glitt.

Doch gleich darauf wurde Philine wieder ernst. »Aber weißt du, was ich glaube?«

Eleni hob fragend die Augenbrauen.

»Nehmen wir einmal an, Zeus ist tatsächlich dein Großvater – und dein Vater und meine Mutter gehören zu den Schatten. Dann wäre es doch naheliegend, dass die Schatten ebenfalls Götter sind. Und wir wären demnach Halbgötter. Du bist sogar eine Dreiviertelgöttin.«

Eleni verschluckte sich an ihrer eigenen Spucke. Für einen Moment musste sie husten, ehe sie richtig darüber nachdenken konnte. Offenbar hatte sie diese ganze Sache mit Zeus als ihrem Großvater noch gar nicht so ganz begriffen – und wenn jetzt noch ein göttlicher Vater hinzukam …

»Halt, warte!« Sie röchelte die Worte hervor. »Findest du mich nicht ein bisschen zu menschlich für eine …«, sie räusperte sich, »… Dreiviertelgöttin?«

Philine sah sie ernst an. »Menschlich? Schon. Aber überleg mal, was alles unmenschlich an dir ist: Du sprichst die Sprache der Delfine, du sagst im Schlaf Dinge voraus und rettest Menschen das Leben, deine Hände können ein Erdbeben auslösen, und wenn du rennst oder schwimmst, bist du ganz sicher kein Mensch mehr.«

Eleni schwirrte der Kopf.

»Du hast dich immer gefragt, was du bist.« Philine klopfte ihr auf die Schulter. »Also bitte: Hier ist deine Antwort.«

Eine seltsame Entschlossenheit spielte um ihre Mundwinkel. Sie stand auf, ging zu ihrem Rucksack und wühlte darin herum. »Und mit ein bisschen Glück werden wir es bald noch genauer wissen … Ha, da ist es!« Sie zog ein Handy aus ihrer Tasche und warf es zu Eleni aufs Bett.

Es war ein kleines, rotes Smartphone, dessen Display eifrig aufleuchtete. Philine ließ sich neben das Handy aufs Bett fallen. »Hat mir Babas letztes Jahr geschenkt – damit ich ihn jederzeit erreichen kann, wenn irgendwas ist.« Sie rollte mit den Augen. »Aber ich benutze es kaum.«

»Was hast du damit vor?« Eleni hatte noch immer das Gefühl, nicht ganz mitzukommen. »Willst du Zeus anrufen und nach meinem Vater fragen?«

Philine stieß ein leises Lachen aus. »So 'n Quatsch! Wir recherchieren im Internet! Dass ich da nicht eher drauf gekommen bin …«

Eleni legte den Kopf zur Seite und blickte ihre Freundin ungläubig an. »Im Internet? Ich kann dir sagen, warum du da nicht eher drauf gekommen bist – weil es total bescheuert ist. Oder willst du bei Wikipedia *Nachtblut* eingeben, bei Google nach *Schattengestalten* suchen oder nachsehen, ob Zeus sich schon bei Facebook angemeldet hat?«

Philine hob eine Augenbraue. »Für eine Dreiviertelgöttin bist du ganz schön begriffsstutzig.« Sie fing an, auf ihrem Smartphone zu tippen. »Wir suchen natürlich nach dem, was uns einen echten Anhaltspunkt bietet.«

»Und das wäre?« Eleni rückte langsam neben ihre Freundin und warf einen Blick auf ihr Handy. Philine hatte tatsächlich die Seite von Wikipedia aufgerufen. Das musste ein schlechter Scherz sein.

»Na, wir suchen nach den Hesperiden, ist doch klar!« Philine tippte das Wort mühsam in ihre digitale Tastatur. »Sie kommen in der griechischen Mythologie vor. Babas hat mal von ihnen erzählt. Aber die Einzelheiten habe ich vergessen. Also schauen wir nach!« Sie tippte auf *Enter* und einen Moment später hatten sie die griechische Erklärung für die Hesperiden.

Eleni starrte auf die Schriftzeichen und fühlte sich plötzlich verloren zwischen den Buchstaben. Griechisch zu sprechen war nie ein Problem gewesen – aber Griechisch gelesen hatte sie schon eine ganze Weile nicht mehr.

Vielleicht war es doch keine schlechte Idee, sich schon mal auf die griechische Schule vorzubereiten.

Philine fing an vorzulesen: »*Die Hesperiden sind Nymphen aus der griechischen Mythologie. Ihre Zahl schwankt zwischen drei und sieben* …« Sie überflog ein Stück und las dann weiter: »*Ihr Vater ist je nach Überlieferung entweder Erebos, Atlas oder Hesperos und ihre Mutter ist laut Hesiod die Nyx, die Göttin der Nacht.*«

Eleni wurde schwindelig. Die Göttin der Nacht … »Das ist es!«

Philine ließ das Handy sinken und starrte für einen Moment in die Luft. »Und Erebos ist der Gott der Finsternis, wenn mich nicht alles täuscht.«

Elenis Gedanken rotierten umeinander. Sie versuchte, die Verwirrung aus ihrem Kopf zu schütteln und die Zusammenhänge zu begreifen: Also stammten diese Nixen von der Nyx ab, von der Göttin der Nacht? Wortverwandt war es jedenfalls. Und was hatte Arjana erzählt? Dass ihr Vater ebenfalls in einer sonderbaren Nacht aufgetaucht war? Auch Philines

Mutter soll immer nur in der Nacht an dem kleinen Strand erschienen sein.

Plötzlich ergab das alles einen Sinn! Eleni starrte ihre Freundin an. »Meinst du, dass diese Nyx deine Mutter sein könnte? Und dass Erebos mein Vater ist? Haben die Hesperiden das gemeint, als sie von unserem Nachtblut gesprochen haben?«

Philines Blick kehrte aus der Leere zurück. »Ich weiß noch nicht, vielleicht.« Sie nahm das Smartphone hoch und las lautlos weiter. Eleni versuchte mitzulesen, aber das Handy schwankte mit jeder Bewegung, die Philine machte, und sie musste immer wieder die Stelle suchen, an der sie gewesen war. Schließlich war Philine mit ihrer Zusammenfassung schneller: »Hier steht, die Hesperiden leben auf einer Insel am westlichen Rand der Welt. Wo genau die Insel ist, hat sich allerdings mit jeder Überlieferung geändert.«

Eleni schauderte. Das war also das Nächste, was zusammenpasste. Hatte sich wirklich die Überlieferung geändert? »Oder hat die Insel ihren Aufenthaltsort gewechselt?«

»Ach du Scheiße, ja …« Philine starrte auf das Smartphone. »Außerdem sind die Hesperiden Nymphen und Nymphen sind immer dafür zuständig, etwas zu bewachen – ein Naturheiligtum, einen magischen Ort. In einer der Geschichten haben die Hesperiden einen Baum mit goldenen Äpfeln bewacht, bis sie ihnen gestohlen wurden.«

Eleni schloss die Augen. »Und jetzt bewachen sie eine Insel.«

»Allerdings.« Philines Stimme wurde plötzlich ganz aufgeregt. »Apropos Insel: Du hast letztens etwas von Atlantis gesagt! Was war noch mal deine Theorie?«

Eleni musste selbst erst überlegen. Die Idee mit Atlantis war ihr ziemlich spontan eingefallen und jetzt kam sie ihr so verschwommen vor wie ein Traum. »Warte … Ach ja: Meine Theorie war, dass es immer nur sehr wenige Menschen gab, die Atlantis sehen konnten. Deshalb wurde die Insel auf keiner Karte eingezeichnet. Stattdessen hat sich ein Mythos daraus entwickelt, von dem nur erzählt wird.«

Philine wippte aufgeregt auf der Matratze. »Das könnte es sein! Mal sehen, was die hier schreiben.« Ihr Handy gab leise Geräusche von sich, während sie darauf herumtippte. Schließlich fing sie wieder an vorzulesen: »*Atlantis ist ein mythisches Inselreich, das der antike Philosoph Platon 427 bis 347 vor Christus zum ersten Mal beschrieb. Laut seiner Erzählung war es eine Seemacht, die weite Teile von Europa und Afrika unterworfen hat. Nach einem gescheiterten Angriff auf Athen ging Atlantis jedoch 9600 Jahre vor Christus infolge einer Naturkatastrophe unter.*«

Eleni lehnte ihren Kopf an Philines Schulter. »9600 Jahre vor Christus! Das ist verflucht lange her.«

»Hhm.« Philines Stimme klang abwesend. Anscheinend las sie im Stillen weiter. »Hier steht etwas darüber, wie Atlantis aussieht. Im Inneren der Insel gibt es eine weite Ebene, die zur Bewässerung von vielen rechtwinkligen Kanälen durchzogen ist. Also von Dschungel steht hier nichts. Und Berge?« Sie machte eine Pause und schien noch ein Stück zu lesen. »Ja, Berge sind erwähnt, aber nicht wie viele und auch nicht, wie hoch sie sind. Dafür steht hier, dass Poseidon die Macht über die Insel seinem Sohn Atlas übergeben hat.«

Eleni spürte, wie ihr wieder schwindelig wurde. »Atlas? Hatten wir den nicht eben schon einmal bei den Hesperiden?«

Philine tippte wieder auf ihrem Handy herum. »Stimmt! Hier: Je nach Überlieferung ist entweder Erebos, Atlas oder Hesperos der Vater der Hesperiden.«

Eleni starrte ihre Freundin überrascht an. »Krass! Wenn das keine Verbindung zwischen den beiden Mythen ist … Atlas war also vor mehr als elftausend Jahren der Vater der Hesperiden und er war der erste König von Atlantis. Ist das nicht ein eindeutiger Hinweis darauf, dass die Insel, auf der die Hesperiden leben, Atlantis ist?«

Philine hob den Kopf. Sie atmete tief ein und blickte aus dem Fenster. Erst nachdem sie mindestens genauso lange wieder ausgeatmet hatte, gab sie eine Antwort: »Du hast recht. Ich finde auch, dass das so klingt, als hätten wir Atlantis wiedergefunden.« Sie streifte Eleni mit ihrem Blick. Das Blau in ihren Augen schien für einen Moment aufzuleuchten, ehe sie sich wieder über ihr Smartphone beugte. Jetzt leuchtete ihr ganzes Gesicht, angestrahlt von ihrem Display. »Hier steht übrigens, dass die Mutter von Atlas eine Sterbliche war.«

Eleni nickte langsam. »Also war er auch so ein Halbgott? Ungefähr so wie wir?«

Philine grinste. »Ungefähr so wie ich oder wie deine Mutter.« Sie sah über ihr Display hinweg. Das helle Licht leuchtete von unten gegen ihr Kinn und ließ sie wie eine Dämonin erscheinen. »Wenn diese ganzen Theorien stimmen, dann hast du allerdings genauso viel Götterblut in dir wie die Hesperiden. Nur eben von anderen Göttern.«

Eleni schüttelte ungläubig den Kopf. Sie wollte nicht so sein wie diese Hesperiden, so unmenschlich … und gefährlich! Sie war auch nicht so! Oder würde sich das noch ändern? Würde sie immer unmenschlicher werden, wenn sie erwachsen wurde? Und außerdem: Diese Hesperiden … falls ihre Theorien stimmten, dann waren sie mehr als elftausend Jahre alt!

Wenn Eleni genauso viel Götterblut in sich trug – würde sie dann ebenso alt werden? Sie fröstelte und versuchte, die schaurigen Gedanken zu verdrängen.

Philine warf ihr ein kurzes, beruhigendes Lächeln zu und versank schließlich wieder in den Anblick ihrer Wikipedia-Seite. »Genau das scheint übrigens das Problem gewesen zu sein: Atlas war nur ein Halbgott und seine Nachfahren haben sich immer mehr mit den Menschen vermischt. Irgendwann hatten sie nur noch wenig göttliches Blut und wurden von menschlicher Gier ergriffen. In dieser Gier haben sie Atlantis zu einer Seemacht aufgebaut und die Nachbarkontinente unterworfen. Letztendlich haben die Götter Atlantis untergehen lassen, um die Atlanter für ihre Vermischung mit den Menschen zu bestrafen.«

Eleni fühlte sich immer unwohler.

Philine klickte weiter auf ihrem Handy. Schließlich kräuselte sie die Stirn und schüttelte verwundert den Kopf. »Hier steht wiederum, dass es Atlantis höchstwahrscheinlich nie gegeben hat. Als Platon darüber geschrieben hat, war die Insel schon seit mehr als 9000 Jahren untergegangen und zu Platons Zeit gab es keine anderen Quellen, die von der Insel berichtet haben. Platon hat behauptet, alle Aufzeichnungen über Atlantis seien vernichtet worden, als die Küsten Griechenlands von einer verheerenden Flut getroffen wurden. Aber schon seine Zeitgenossen haben ihn kritisiert, weil er keine Beweise für sein Atlantis hatte.« Philine räusperte sich und tippte wieder auf ihrem Handy. »Heutzutage gehen die meisten Wissenschaftler davon aus, dass Platon Atlantis nur erfunden hat, um eine fiktive politische Gesellschaft zu beschreiben.«

Eleni richtete sich wieder auf und blickte von Weitem auf das leuchtende Display. »Die *meisten* Wissenschaftler … und wovon gehen die *wenigsten* Wissenschaftler aus?«

Philine las eine Weile konzentriert, ehe sie antwortete. »Es gibt zahlreiche Hobby-Atlantis-Forscher, die noch immer nach Beweisen suchen, wo die Insel gewesen sein könnte, aber – und jetzt halt dich fest – die Indizien, die es gibt, deuten auf viele verschiedene Orte. Deshalb konnte sich die Wissenschaft nie einigen und hat einfach die ganze Atlantisgeschichte für Quatsch erklärt.«

Eleni hörte ihr Herz schlagen. Es wurde immer lauter, bis es in ihren Ohren rauschte und alles übertönte, selbst ihre eigene Stimme. »Also noch ein Hinweis darauf, dass die Insel wandert. Atlantis wandert, die Insel der Hesperiden wandert. Es ist ein und dieselbe Insel – und die hat seit elftausend Jahren niemand mehr gesehen. In der Zeit hat sie vermutlich unzählige Male ihren Aufenthaltsort gewechselt – und jedes Mal war ihr Auftauchen oder Verschwinden mit einer Flut, einem Erdbeben oder einem schlimmen Sturm verbunden.« Eleni ließ sich rückwärts auf ihr Bett fallen und hatte das Gefühl, in der Matratze zu versinken. »Wenn das nicht unsere Insel ist …«

Philine schwieg. Für eine Weile war es ganz still im Zimmer. Nur draußen zirpten die Zikaden. Eleni fühlte sich plötzlich müde, so unfassbar müde. Das alles war zu viel für einen Abend.

»Ja, scheint tatsächlich unsere Insel zu sein.« Philines Stimme durchbrach das Schweigen. »Aber wer sind die Bewohner, die jetzt auf ihr leben, diese Schatten? Wir müssen nachschauen, was es mit dieser Nyx auf sich hat.«

Eleni drehte den Kopf auf dem Bett hin und her. »Ich kann nicht mehr. Du bist in der Nacht vielleicht so wach wie ein Vampir – aber ich muss schlafen.«

Philine sah mit ernstem Blick zu ihr herunter. »In Ordnung, dann schlaf! Aber ich mache noch ein bisschen weiter.«

Eleni schaute ihrer Freundin noch einen Moment lang zu. Philines Handy gab die verschiedensten Töne von sich, immer wieder las sie ein Stück und klickte dann weiter. Zwischendurch schlüpften aufgeregte Laute aus ihrem Mund, aber Elenis Gedanken trieben bereits davon in eine halbdunkle Traumwelt. Mit ihrem letzten Blinzeln konnte sie sehen, wie Philine ihren Schreibblock zu sich heranzog und anfing, etwas neben ihre *Schattennotizen* zu schreiben. Im nächsten Moment schlossen sich Elenis Augen und ließen sich nicht mehr öffnen.

Kapitel Dreizehn

Ein kräftiges Rütteln an ihrer Schulter weckte Eleni auf. Sie sah in Philines Gesicht und musste erst mal begreifen, wo sie war … Sie lag auf ihrem Bett. Philine hatte ihre Kleidung an, als hätte sie noch gar nicht geschlafen.

Hieß das, es war noch immer dieselbe, absurde Nacht, in der Philine die wichtigsten Details über ihr Leben aus einem Handy herausgekitzelt hatte? Oder hatte sie das alles nur geträumt?

»Ich habe noch mehr herausgefunden!« Ein triumphierendes Lächeln lag auf Philines Gesicht. Doch ihre Haut war so bleich, dass ihre Müdigkeit nicht zu übersehen war. »'tschuldigung, wenn ich dich wecke – aber ich muss dir das erzählen: Die Nyx hat zahlreiche Kinder. Manchmal ist Erebos der Vater der Kinder, aber viele hat sie auch aus sich selbst hervorgebracht.« Sie hielt Eleni ihren Block vor die Nase. »Erebos ist nicht dein Vater. Und die Nyx ist nicht meine Mutter. Die beiden sind unsere Großeltern, deine und meine. Demnach sind dein Vater und meine Mutter Geschwister. Und stell dir vor – ich weiß jetzt genau, wer die beiden sind!«

Eleni schüttelte unwillig den Kopf. »Moment! Nicht so

schnell! Ich schlafe noch halb.« Sie musste blinzeln, um überhaupt etwas auf Philines Block zu erkennen. Schließlich entdeckte sie die Namen und Erklärungen hinter den Beschreibungen der Schatten – aber ihre Augen waren noch zu müde, um etwas zu lesen.

Philine half ihr: »Meine Mutter muss Philotes sein, die Göttin der Freundschaft und der Zuneigung – und ich vermute, dass dein Vater Hypnos ist, der Gott des Schlafes!«

Ein seltsames Lachen gluckste aus Elenis Kehle. Sie ließ sich zurück aufs Bett fallen und schloss die Augen. »Natürlich, der Gott des Schlafes, wer sonst!«

Erst einen Moment später sickerte die Botschaft in ihr Bewusstsein. Plötzlich war sie hellwach. Sie fuhr auf und nahm Philine den Block aus der Hand. »Der Gott des Schlafes?«

Philine nickte. »Und weißt du was? Deine drei Brüder sind die Oneiroi, die Traumdämonen.«

»Meine Brüder?« Eleni verzog die Stirn.

Philines Augen leuchteten in einem überirdischen Dunkelblau. »Ja, die drei Söhne von Hypnos. Sie schlüpfen in die Träume der Menschen und formen dort alles, was der Träumende wahrnimmt. Morpheus stellt die Menschen und handelnden Personen im Traum dar, Phobetor schlüpft in die Rolle von Tieren und Phantasos formt alle unbelebten Dinge und die Landschaft. Auf diese Weise können die Traumdämonen Wahrträume schicken, mit denen die Menschen etwas vorhersehen können – aber die meisten Träume sind Trugbilder. Deshalb haben die Menschen den Glauben daran verloren.«

Eleni fing an zu begreifen, was diese Traumdämonen mit ihr zu tun hatten. »Nur bei mir ist es anders. Wenn ich schlafwandle, kann ich die Wahrheit und den Trug voneinander unterscheiden. Deshalb kann ich die Träume deuten und die Zukunft voraussagen?«

»Ja, genau.« Winzige, blaue Funken sprühten aus Philines Augen. »Deshalb kommst du dir am Tag auch so menschlich vor. Aber wenn du schlafwandelst, glaub es mir, dann bist du zu 99 Prozent eine Göttin, fast genauso wie diese Schatten – mit dem einzigen Unterschied, dass die Menschen dich sehen können.«

Eleni erschauderte. Kein Wunder, wenn alle Leute Angst vor ihr hatten, sobald sie einmal Zeuge ihrer nächtlichen Prophezeihungen geworden waren.

»Hier.« Philine deutete wieder auf ihre Notizen. »Willst du dir ansehen, was ich über die anderen Schattengötter herausgefunden habe?«

Eleni fühlte sich plötzlich wieder müde. Traumdämonen brauchten ihren Schlaf. Das alles konnte irgendwie nicht ganz real sein. »Erst mal muss ich die Götter verdauen, die du mir bis jetzt um die Ohren gehauen hast. Und, ehrlich gesagt, muss ich gerade ziemlich dringend aufs Klo.« Sie blickte zur Tür. Der Gedanke, jetzt, in der schwärzesten Nacht, dort hinauszugehen, war ihr plötzlich unheimlich. »Sag mal, würdest du vielleicht mitkommen? Ich trau mich nicht allein. Was, wenn wieder einige von den Schatten auf der Hochebene gelandet sind? Vielleicht schleichen sie hier durchs Haus und ich begegne ihnen, wenn ich jetzt rausgehe.«

Philine wurde ernst. Ein kaum merkliches Schaudern schüttelte ihren Körper. Schließlich blickte sie zur Tür und atmete tief ein. »In Ordnung. Wir gehen zusammen.«

Im oberen Flur des Hauses war es dunkel und still. Eleni wagte es nicht, die Stille zu durchbrechen, und Philine schien es genauso zu gehen. Also tapsten sie möglichst lautlos über die Fliesen, an Leándras und Oma Gretas Zimmer vorbei, bis zum Badezimmer, das am Ende des Flures lag. Die Tür stand halb offen und plötzlich hörten sie leises Gemurmel.

Philine blieb stehen. Eleni hielt neben ihr inne und horchte. Sie kannte die Stimmen: Es waren ihre Mutter und Markos. Doch ihr Gemurmel klang nicht so dumpf, als käme es aus einem geschlossenen Raum – es erschien flüchtig und wehte ihnen so leise entgegen, wie ein Geräusch, das der Wind über eine weite Ebene trug.

Eleni wechselte einen Blick mit ihrer Freundin und schließlich drückte Philine gegen die Badezimmertür und schob sie lautlos auf. Das Badezimmerfenster stand offen. Das Gemurmel ihrer Eltern kam von draußen herein und mischte sich mit dem Zirpen der Grillen.

»Hast du Eleni jemals gesagt, was sie ist?« Es war Markos. Seine Stimme klang ernst und so selbstverständlich, als würden sie schon länger über das Thema reden.

Eleni erstarrte. Ihre Freundin wurde ebenso still und blickte sie mit offenem Mund an.

Arjana antwortete mit leiser Stimme: »Nein. Bislang wäre sie nicht bereit dazu gewesen, diese Wahrheit zu akzeptieren. Außerdem hatte sie immer schon ein sehr enges Verhältnis zu ihrer Schwester und sie hätte Leándra sicher alles anvertraut, was sie weiß.« Arjana seufzte und atmete tief ein. »Aber Leándra soll es nicht erfahren. Sie hat mit der Welt der Götter nichts zu tun und ich möchte nicht, dass sie in den Fokus von Mächten gerät, gegen die sie sich nicht wehren kann.«

Die Welt der Götter … Eleni fiel es plötzlich schwer, ihr Gleichgewicht zu halten. Ihre Mutter sprach von der Welt der Götter, und das, als wäre es ein ganz normales Thema … Dann war das alles tatsächlich wahr? Oder träumte sie noch immer?

Markos stieß ein leises Brummen aus. »Aber die Mädchen ahnen es. Auch Leándra ahnt es, und es nagt an ihr, dass sie nichts erfährt. Ich glaube, du tust ihr keinen Gefallen, wenn du versuchst, sie zu schützen.« Er machte eine Pause, ehe er noch leiser weitersprach: »Deine Mutter und ich … wir hatten doch auch nichts mit der Welt der Götter zu tun, bis sie uns dazu auserkoren haben, mit uns Kinder zu bekommen. Trotzdem kommt Greta mit diesem Wissen gut zurecht.« Er räusperte sich. »Und ich auch.«

Arjana lachte auf. »Du bist der Welt der Götter verfallen. Das ist nicht *gut zurechtkommen.*«

Markos reagierte nicht auf ihre Behauptung. Für einen Moment schwiegen beide und von draußen drang nur noch das laute Zirpen der Grillen herein.

»Ja, wahrscheinlich hast du recht.« Markos seufzte schließlich. »Ich bin euch verfallen, mit Haut und Haar.«

Wieder wurde es leise, abgesehen von einem leisen Rascheln, das so klang, als käme es von einem Schlafsack. Ihre Eltern schliefen also draußen! Wahrscheinlich auf dem breiten Korbsofa, das dort unten in der Oleanderlaube neben der Terrasse stand.

Eleni sah zu ihrer Freundin hinüber. Philine lauschte mit angehaltenem Atem durch das offene Fenster – und obwohl sie die halbe Nacht lang tausend Wahrheiten über Götter enthüllt hatte, ohne mit der Wimper zu zucken, war sie jetzt plötzlich schreckensbleich.

»Ich bin keine Halbgöttin mehr.« Arjana durchbrach die

Stille, aber ihre Stimme klang gedämpft. »Ich habe alle göttlichen Eigenschaften an Eleni weitergegeben, als ich mit ihr schwanger wurde.«

Eleni zitterte. Etwas Ähnliches hatte ihre Mutter vor Kurzem schon einmal gesagt. Aber erst jetzt begriff sie, was es bedeutete: Philine hatte recht! Mit allem! Ihre Gedanken wollten anfangen zu rasen … Aber sie musste zuhören!

Wieder raschelte es, ehe Markos antwortete. »Müsste sie dann nicht eigentlich dieselben Fähigkeiten haben wie du damals?«

Arjana zog scharf die Luft ein. »Das habe ich auch immer befürchtet. Aber bislang sieht es zum Glück nicht so aus! Eleni schlafwandelt, ich dagegen hatte früher Strom in meinen Händen, immer dann, wenn ich wütend geworden bin. Ich konnte zwar keine Blitze daraus schlagen wie mein Vater, aber ich bin mir sicher, es hätte Tote gegeben, wenn meine Mutter mich damals, als es begonnen hatte, nicht für ein Jahr aus der Schule genommen hätte.« Mit den letzten Worten wurde Arjanas Stimme leiser, als wäre etwas vor ihrem Mund.

Eleni trat einen Schritt näher ans Fenster, um sie besser zu verstehen.

»Wann hat es denn eigentlich bei dir begonnen? Wie alt warst du damals?« Markos flüsterte beinahe.

Wieder dauerte es einen quälenden Moment, ehe Arjana antwortete: »Einen leichten Stromschlag konnte ich auch als kleines Kind schon mit meinen Händen verteilen. Gerade genug, um die anderen Kinder abzuschrecken, wenn sie sich mit mir anlegen wollten. Aber so richtig schlimm wurde es, als ich dreizehn Jahre alt war. Damals habe ich mich immer mehr mit meiner Mutter gestritten und in irgendeinem Streit habe ich vor Wut einen Metalllöffel durch die Küche geschmissen. Er hat Funken gesprüht, als ich ihn weggeschleudert habe, und als er am Herd aufprallte, flogen alle Sicherungen raus. In dem Moment hat Greta erkannt, wie gefährlich ich bin. Sie hat mich zu einer alten Frau gebracht, die alle nur ›die Hexe‹ nannten. Aber sie hat mir gezeigt, wie ich meine Impulse kontrollieren und sie sinnvoll einsetzen konnte. Auf diese Weise habe ich gelernt, mit meinen Händen Feuer zu machen oder eine Glühbirne zum Leuchten zu bringen.« Ein leichtes Schmunzeln lag in ihren letzten Worten.

Auch Markos lachte leise auf. »Das sind ja sehr sinnvolle Fähigkeiten für jemanden, der in der Zivilisation lebt.«

Arjana lachte mit ihm. »Ja, vor allem, wenn man sie streng geheim halten muss. Du glaubst nicht, wie froh ich bin, dass ich diesen Fluch wieder losgeworden bin. Es ließ sich nie so ganz unterdrücken. Meine Kontrolle bestand allein darin, in allen Situationen ruhig zu bleiben. Aber manchmal kann man einfach nicht ruhig bleiben, und als Leándra geboren wurde, hatte ich diesen immensen Drang, sie zu beschützen. Gleichzeitig war das Leben mit einem kleinen Kind viel anstrengender als vorher. Paul und ich haben uns immer häufiger gestritten. Eigentlich war es gar nichts Schlimmes, wir haben uns jedes Mal schnell wieder versöhnt. Aber immer, wenn ein Streit ausgebrochen ist, hatte ich furchtbare Angst, ihn versehentlich zu töten.«

Sie sprach von Leándras Vater! Elenis Herzschlag raste. Endlich erfuhr sie etwas über die »windigen« Männer in der Familie.

»Hat er von deinen Fähigkeiten gewusst?«, hakte Markos leise nach.

Arjana atmete schwer ein, ein tiefes, merkwürdiges Seufzen, das von der Laube bis zu ihnen heraufdrang. »Ich habe es ihm lange verheimlicht. Wir haben uns auf einer Ausgrabung kennengelernt. Neben meinen Feuerhänden hatte ich früher einen ganz feinen Radar in meinem Körper, mit dem ich jedes noch so winzige mythologische Relikt im Boden erspüren konnte. Ich habe Paul zwar von meinen Ahnungen erzählt, aber ich glaube, das hat er nie ganz ernst genommen. Er liebte die griechische Mythologie. Aber für ihn war es eine Wissenschaft. Er hielt sämtliche Götter für eine Erfindung der Menschen.«

»Und dabei hat er nicht bemerkt, dass er eine Halbgöttin an seiner Seite hatte?« Markos klang ungläubig. »Hat er nicht gespürt, wie besonders du bist?«

Arjana lachte, aber es hörte sich nicht gerade glücklich an. »Doch. Aber er hielt das für die besondere Spannung zwischen uns.« Sie machte eine kurze Pause, ehe sie im Flüsterton hinzusetzte: »Wahrscheinlich war das der Grund, warum ich ihn so geliebt habe. Weil er mich als normalen Menschen gesehen hat.«

Eleni trat langsam vom rechten Bein auf ihr linkes. Inzwischen musste sie wirklich dringend pinkeln – aber sie konnte jetzt unmöglich aufs Klo gehen. Durch das Plätschern würden sie sich sofort verraten!

Auch Philine stand noch immer in derselben starren Haltung und blickte Eleni an, während sie lauschte. Solange dieses Gespräch dort unten dauerte, durften sie kein Wort davon verpassen.

»Also hast du es ihm nie erzählt?« Markos wurde noch leiser.

Für einen Moment klang es, als würden sie sich küssen, ehe Arjana antwortete: »Irgendwann schon. Eine unserer kleinen Streitereien wurde größer als die anderen – und plötzlich hatte ich eine Archäologenkelle in der Hand und wollte sie nach ihm werfen. Im letzten Moment habe ich gespürt, wie ich sie mit Strom auflade – und konnte mich gerade noch beherrschen. Danach habe ich plötzlich gezittert und konnte den Strom in meinem ganzen Körper fühlen. Genau in dem Moment kam Paul auf die Idee einzulenken und wollte mich in den Arm nehmen. Ich habe ihn schroff zurückgewiesen und ihm erklärt, dass ich ihn mit einem Stromschlag töten würde, wenn er mich anfasst. Um ihm zu beweisen, was mit mir los ist, habe ich ihm das mit dem Feuer und der Glühbirne und einem funkenden Löffel gezeigt. Von da an hatte er Angst vor mir. Und er hatte Angst um Leándra. Wir haben uns getrennt und er wollte unser Kind mitnehmen. Aber mein Kind lasse ich mir nicht nehmen, also haben wir einen miesen kleinen Krieg gegeneinander geführt.« Arjanas Erzählung endete und draußen wurde es still.

Eleni bemerkte, wie das Badezimmer vor ihren Augen verschwamm. Sie wischte sich die Tränen ab und versuchte, ihr Schniefen zu unterdrücken.

Das alles war also das Geheimnis, das ihre Mutter schon so lange vor ihnen verbarg, der Grund, warum Leándra von ihrem »windigen« Vater nur Postkarten bekam.

Wenn Leándra jetzt hier wäre, würde sie auch weinen. Nicht nur das: Wahrscheinlich würde sie schreien vor Verzweiflung und ihrer Mutter verraten, dass sie alles gehört hatte.

»Willst du es Leándra deshalb nicht erzählen?« Markos'

Stimme klang tröstend. »Weil du befürchtest, sie zu verlieren, wenn sie die Wahrheit erfährt?«

Arjana gab ein seltsames Geräusch von sich. Es klang fast, als würde sie ebenfalls weinen. »Ja.« Ihre Stimme war kaum zu hören. »Sie wäre so wütend, wenn sie das erfahren würde. Womöglich würde sie nach ihrem Vater suchen, und dann …«

Wieder herrschte für einen Moment Stille. Nur Philines Hand streckte sich durch die Dunkelheit und griff nach Elenis Fingern.

Markos räusperte sich: »Du kannst die Wahrheit vor Leándra verstecken, aber du kannst deine Tochter nicht vor der Wahrheit schützen.« Er klang auf einmal sehr weise. »Du musst es ihr sagen, Arjana. Sie ist nicht wie ihr Vater. Sie wartet auf Antworten. Wenn du es ihr erklärst, dann wird sie es verstehen.«

Eleni wischte sich die Nase ab. Sie konnte nicht länger hier stehen und lautlos weinen, nicht ohne zu schniefen … und sie musste zum Klo. Als sie zu Philine sah, bemerkte sie jedoch, dass es ihre Freundin noch viel schlimmer getroffen hatte: Philine zitterte am ganzen Körper. Glitzernde, lautlose Tränen liefen über ihr Gesicht und Eleni wurde plötzlich klar, dass ihre Freundin die Traurigkeit in dieser Erzählung noch viel deutlicher spürte als sie.

»Weißt du was?« Markos' Tonfall war plötzlich sehr entschlossen. »Am Donnerstagabend bleibe ich mit Philine unten in der Schlucht und erzähle ihr, von wem sie abstammt. Und du schnappst dir deine Töchter und erklärst ihnen die ganze Geschichte. Abgemacht?«

Arjana schwieg einen Moment. Philine zog an Elenis Hand und ging einen Schritt zur Tür.

»Abgemacht.« Arjanas Stimme klang wieder dumpf.

Eleni wusste plötzlich, was der dumpfe Klang bedeutete: Sie küssten sich. Es wurde tatsächlich Zeit zu gehen.

Mit lautlosen Schritten folgte sie Philine in den Flur, über die Treppe nach unten, bis zu dem Gästeklo, das es glücklicherweise auch noch gab.

Kapitel Vierzehn

Tatsächlich erzählte Arjana am nächsten Mittag von dem Tisch, den sie für den nächsten Donnerstag in der Taverne reserviert hatte. Sie sprach von einem Familienabend, an dem sie Eleni und Leándra zu einem Sternenspaziergang entführen wollte. Und damit sie nicht hungrig waren, würden sie zuvor ins Restaurant gehen. Doch vor allem sollte es endlich mal wieder ein Abend sein, an dem Philine und Markos nicht dabei waren. Nur Oma Greta würde noch mit zum Essen kommen, bis Tom, ihr Jugendfreund, sie in der Taverne abholen würde.

Leándra schien sich auf den Abend zu freuen und Eleni musste sich immer wieder auf die Lippen beißen, um keine Andeutungen über das zu machen, was Arjana ihnen erzählen wollte. Sie glaubte nicht, dass der Abend Leándra gefallen würde und ihre Schwester tat ihr leid. Immer zog Leándra den Kürzeren. Sie alle hatten an diesem Ort einen besonderen Menschen gefunden, mit dem sie verbunden waren – selbst Oma Greta, die sich immer häufiger mit ihrem Tom traf.

Nur Leándra schien zu niemandem zu gehören. Stattdessen hatte das Götterblut den einzigen Menschen in ihrer Familie vertrieben, der so war wie sie: ihren Vater. Wahrscheinlich würde Leándra tatsächlich sehr wütend sein, wenn Arjana davon erzählte! Und niemand könnte es ihr verübeln, wenn sie daraufhin nach ihrem Vater suchte.

Eleni würde diesen Paul gerne einmal sehen. Wenn er so um seine Tochter gekämpft hatte, dann musste er sie sehr lieben. Dass Leándra statt dieser Liebe jetzt nur noch Postkarten von ihm bekam, war einfach nicht fair.

Sicher, es war wichtig, Leándra musste das alles erfahren. Aber Eleni graute es vor dem Donnerstagabend. Ein Restaurantabend mit anschließendem Sternenspaziergang. Das bedeutete, dass sie bei Einbruch der Dunkelheit draußen sein würde, genau dann, wenn die Schatten landeten …

Je weiter die Woche voranschritt, desto schlimmer wurden ihre Vorahnungen. Sie schlief von Nacht zu Nacht schlechter. Immer wieder wachte sie auf, mit einem unguten Gefühl im Bauch – bis sie wusste, was die Ahnungen ihr sagen wollten: Philine war in Gefahr. Doch Eleni konnte nicht herausfinden, was es für eine Gefahr sein würde, und erst recht nicht, was sie dagegen tun könnte. Jeden Abend, wenn sie schlafen ging, wünschte sie sich, dass sie in der Nacht schlafwandeln würde und endlich deutlich aussprach, was passieren würde.

Aber sie hoffte vergebens, und am Donnerstagmorgen blieb ihr nichts anderes übrig, als das schlechte Gefühl hinunterzuschlucken und wachsam zu bleiben.

Wieder verbrachten sie den ganzen Morgen damit, Oma Greta beim Kochen zu helfen, damit die Archäologen am Mittag eine warme Mahlzeit bekamen.

Dieses Mal war auch Leándra bei ihnen, und im Grunde war es ein lustiger Morgen. Oma Greta tanzte so fröhlich in ihrem bunten Hippiekleid durch die Küche, dass Eleni ihre Sorgen beinahe vergaß. Als ihre Oma anfing, ein sehnsüchtiges Liebeslied aus ihrer Hippiezeit vor sich hin zu singen, musste Eleni lachen. »Du scheinst dich ja sehr auf deinen Tom heute Abend zu freuen.«

Oma Greta lächelte. »Ach, weißt du – auch alte Leute haben Gefühle, und vielleicht war ich damals ein bisschen hart zu dem guten alten Tom.« Ein Strahlen leuchtete über ihr Gesicht. »Zum Glück ist er nicht nachtragend.«

Eleni und Philine lachten.

»Mir kommen die Tränen!« Leándra schmunzelte, legte ihr Zwiebelmesser zur Seite und wischte sich über die Wangen.

Elenis Lachen verstummte, während sie ihre Schwester betrachtete. Sie wusste nicht, wovor sie sich am meisten fürchten sollte – vor Leándras Reaktion, wenn sie die Wahrheit erfuhr, oder davor, dass ihre Mutter womöglich im letzten Moment einen Rückzieher machte und es doch nicht erzählte.

Aber am allermeisten Angst hatte Eleni davor, sich heute Abend von Philine zu trennen. Was ihre Eltern mit ihnen vorhatten, würde länger dauern. Und womöglich war auch Philine noch irgendwo draußen, wenn bei Einbruch der Dunkelheit die Schatten von der Insel über sie hinwegflogen.

Philine hatte Eleni tausendmal versprochen, rechtzeitig ins Haus zu gehen. Aber sie würde die Nacht unten in der Schlucht verbringen, und allein das reichte Eleni, um das Schlimmste zu befürchten.

Markos mochte wissen, dass es Götter gab – aber die Schatten auf der Feier hatte er genauso wenig gesehen wie alle anderen. Er würde es also nicht bemerken, wenn die Gestalten in Philines Nähe kamen.

Doch ganz egal, wie viele Zweifel sie hegten, der Augenblick, in dem sie sich trennen mussten, kam viel zu schnell. Schon als die Archäologen Feierabend machten, kam Markos zum Haus, um Philine abzuholen.

Eleni nahm ihre Freundin zum Abschied in die Arme und wollte sie am liebsten nicht mehr loslassen.

»Ist doch nur für eine Nacht.« Philine löste sich von ihr und wuschelte durch ihre Haare, wie sie es sonst immer bei Kimon tat. »Morgen sehen wir uns wieder.«

Hoffentlich! Eleni wagte nicht, es auszusprechen. Doch Arjana schaute sie an, als würde sie ihre Sorgen bemerken. Auf einmal ahnte Eleni, wie einfach es wäre: ein deutliches *Nein* würde genügen und Arjana und Markos würden ihre Pläne sofort verwerfen. Eleni müsste nur kurz erwähnen, wie dringend sie in dieser Nacht mit Philine zusammenbleiben wollte, sie müsste es nicht einmal begründen und ihre Eltern würden es trotzdem verstehen.

Nur Leándra würde es nicht begreifen. Sie musste erst erfahren, was es mit ihnen auf sich hatte – und wahrscheinlich würde sie ziemlich erschlagen sein, wenn bei dieser Erklärung gleich ein ganzer Patchworkfamilienclan um sie herumsaß. Wenn Leándra dann noch feststellen musste, dass sie die Einzige war, die noch nicht Bescheid wusste, würde ihr das wahrscheinlich endgültig den Rest geben.

Eleni wollte ihrer Schwester nicht noch mehr wehtun, und ehe sie richtig zu Ende überlegen konnte, war die Gelegenheit auch schon vorüber. Philine sprang die Stufen vor dem Haus hinab und lief mit ihrem Vater über die Hochebene zu seinem Auto. Während sie die Beifahrertür öffnete, winkte sie noch einmal zu ihnen herüber. Ein typisches Philine-Lächeln strahlte auf ihrem Gesicht und in ihren dunklen Augen schienen kleine blaue Funken aufzublitzen. Eine Sekunde später duckte sie sich ins Auto und verschwand.

Die Dunkelheit zog bereits über dem Land herauf, als sie in der Taverne von Alexos' Eltern ankamen. Der Himmel über den Hochebenen rund um Agia Vasiliki leuchtete in einem dunklen Violett, während die Sonne ihr letztes Licht am Rand der Klippen entlang über das Meer warf.

Der kleine Tisch, den ihre Mutter reserviert hatte, stand auf der Terrasse unter den Tamarisken. Doch die letzten Sonnenstrahlen fielen zwischen den Zweigen hindurch und blendeten Eleni. Sie blinzelte und bemühte sich, ihre Furcht zu verbergen. Auf Kreta ging die Sonne schnell unter, viel schneller als in Deutschland, und wenn sie erst einmal so tief stand, dann würde es nur noch wenige Minuten dauern, bevor sie tatsächlich hinter dem Horizont versank.

Auch Alexos' Familie wusste, wie schnell die Sonne unterging, denn die bunten Lichterketten auf der Terrasse leuchteten bereits und Alexos' Vater ging mit einer brennenden Kerze herum, um auch die Fackeln rund um sein Restaurant zu entzünden.

Eleni versuchte, sich von der Sonne loszureißen und wenigstens zuzuhören, was die anderen sich erzählten. Aber es war erstaunlich ungewohnt, nach den Wochen mit Philine wieder ein Gespräch auf Deutsch zu führen.

»Du siehst wirklich hübsch aus, heute Abend.« Leándra lächelte Oma Greta zu und deutete auf die Hochsteckfrisur, die sie mit bunten Haarklammern fixiert hatte. »Wann kommt denn dein Tom? Fahrt ihr zu seiner Olivenplantage?«

Oma Greta lächelte glücklich und warf einen Blick auf ihre Uhr. »Ja. Wir werden spazieren gehen, im Dunkeln unter Olivenbäumen. Er kommt etwa in einer Dreiviertelstunde.«

Spazieren gehen, im Dunkeln. Eleni fröstelte. Sie musste sich unbedingt noch etwas einfallen lassen, um ihre Mutter von dem geplanten *Sternenspaziergang* abzubringen. »Warum willst du eigentlich unbedingt einen Sternenspaziergang mit uns machen?« Sie versuchte, ihrer Stimme nichts anmerken zu lassen.

Arjana lächelte geheimnisvoll und beugte sich zu ihr und Leándra über den Tisch. »Ich will euch beiden etwas erzählen – und ich dachte mir, ein Spaziergang im Dunkeln ist eine gute Gelegenheit, um in Ruhe zu reden.«

Leándra kräuselte die Stirn. »Du machst es ja spannend. Ist da irgendwas im Busch? Willst du Markos heiraten? Oder bekommst du ein Baby?«

Arjana lachte auf. Sie lehnte sich zurück und winkte ab. »Beides nicht ausgeschlossen. Aber lieber nicht so schnell.«

Alexos kam an ihren Tisch und brachte ihnen die Karten. »Wisst ihr schon, was ihr trinken wollt?«

»Ich nehme ein Wasser.« Arjana lächelte ihm zu.

Alexos nickte höflich und zog den Notizblock aus seiner Tasche. Während er ihre Bestellungen notierte, huschte sein Blick immer wieder zu Leándra. Aber sie reagierte nicht darauf. Konnte es wirklich sein, dass ihre Schwester diese Blicke noch nicht bemerkt hatte?

Auf einmal erhob sich das Rauschen vom Meer. Eleni riss den Kopf herum. Die Sonne war hinter den Klippen verschwunden und über der Insel hing eine schwarze Wolke, die immer breiter und dicker wurde.

Die Schatten kamen sehr früh. Immerhin zeichnete sich noch ein Lichtstreifen an den Horizont.

Eleni starrte auf die schwarze, wabernde Wolke. Plötzlich erschien sie ihr wie eine Armee, die sich für ihren finalen Schlag versammelt hatte – ausgerechnet an diesem Tag, an dem Philine und sie voneinander getrennt waren.

»Alles in Ordnung mit dir?« Es war Oma Greta.

Eleni fuhr zusammen. Sie bemühte sich um ein fröhliches Lächeln. »Ja klar. Was sollte schon sein?«

Arjanas Blick wurde misstrauisch, ihre Stirn zog sich in Falten.

Für einen Moment überlegte Eleni, ihrer Mutter von alldem zu erzählen. Vielleicht würden sich die Schatten anschließend rächen – aber womöglich waren Philine und sie ohnehin schon verloren. Eleni könnte es jetzt gleich erzählen. Bevor die schwarze Wolke zu ihnen herüberflog. Sie könnten Deutsch sprechen, und wenn sie leise redeten, würde sie wohl niemand verstehen – das einzige deutsche Touristenpaar saß einige Tische entfernt.

Doch noch ehe Eleni eine Entscheidung treffen konnte, wurde das Rauschen zu einem Sturm. Die dunkle Wolke raste auf sie zu, wuchs in die Breite und war schließlich so nah, dass Eleni die einzelnen Gestalten voneinander unterscheiden konnte. Sie teilten sich! Wie in der Nacht am Lagerfeuer. Die Ersten erreichten die Klippen und im nächsten Moment waren sie über ihnen. Elenis Atem stockte, sie dachte noch, dass sie nicht schreien durfte, sich nicht vor ihnen ducken konnte und besser nicht einmal zusammenzuckte. Damit niemand bemerkte, was sie wahrnahm. Damit die Gestalten nicht auf sie aufmerksam wurden!

Die schwarze Wolke verhüllte den Himmel über dem Dorf. Dunkle Schatten zischten über sie hinweg, landeten vereinzelt in den verwinkelten Gassen des Ortes. Andere gingen auf dem Strand nieder. Eleni erkannte ihre gewaltigen Schwingen, die noch kurz flatterten, ehe sie sich einfach in Luft auflösten.

Wenige Augenblicke später war die schwarze Wolke über dem Landesinneren verschwunden. Aber die Schattengestalten am Strand blieben und kamen langsam auf sie zu. Auch in den dunklen Gassen, die ins Dorf hinaufführten, sah Eleni geisterhafte Bewegungen.

»Irgendetwas ist doch mit dir!« Leándras Stimme krächzte. »Eleni?«

Eleni riss sich von den dunklen Gestalten los. »Nein. Nichts. Wirklich.«

Leándra schüttelte den Kopf. »Doch. Du kannst mir nichts vormachen. Ihr alle könnt mir langsam nichts mehr vormachen.« Sie sah von einem zum anderen.

Eleni folgte dem Blick ihrer Schwester. Oma Greta seufzte tief und nickte kaum merklich. Arjana strich sich gedankenverloren über ihren Handrücken. Es war eine Angewohnheit, die Eleni schon so oft beobachtet hatte. Doch dieses Mal erkannte sie die Form, die der Zeigefinger darauf zeichnete: Es war ein Blitz, das Zeichen von Arjanas göttlichem Vater.

Eine Bewegung in ihren Augenwinkeln lenkte Eleni ab: Die Gestalten hatten sich aus den Schatten des Dorfes gelöst und umzingelten die Terrasse. Schwarze Kapuzen verhüllten ihre Gesichter. Aber ihre Köpfe bewegten sich hin und her, so als würden ihre Blicke über die Gäste tasten. Offenbar suchten sie nach jemandem.

Eleni bemühte sich, sie nicht anzusehen, nicht in die Schwärze unter ihren Kapuzen zu blicken. Nur aus den Augenwinkeln beobachtete sie die Gestalten, während sie auf das blau-weiß karierte Tischtuch starrte.

Doch auf einmal bewegten sich die Karos, rutschten durcheinander und formten ein Bild, das Eleni bekannt vorkam: Es war die Form von Philines Schlucht – wenn man oben an ihrem Zugang stand und hinuntersah.

Arjana räusperte sich. »Ja, du hast recht, Leándra. Das war genau das, worüber ich heute mit euch reden wollte.«

Plötzlich spürte Eleni einen Schatten, der neben ihr stand. Seine Schattenhand fasste vor ihr auf den Tisch, wischte über die Karos und ordnete sie in die Form eines Delfins. Als die Hand sich zurückzog, entblößte sie daneben ein Mädchen, das sich nach vorne beugte, als würde es dem Tier etwas zurufen. Philine!

Eleni hielt es nicht länger aus. Mit einem Schlag wusste sie, dass ihre Freundin in Gefahr war, jetzt, in diesem Moment, in dem Eleni mit ihrer Familie zusammensaß.

Sie stieß ihren Stuhl zurück und sprang auf. »Ich kann nicht länger bleiben!« Sie warf einen Blick zu ihrer Mutter. »Ich weiß es bereits. Alles. Aber Leándra musst du es erklären! Bitte!« Mehr konnte sie nicht sagen. Mehr durfte sie nicht sagen, damit die Kreaturen nicht auf sie aufmerksam wurden.

Nur der Schatten neben ihr durfte sie erkennen – hatte sie bereits erkannt. Es war ihr Bruder! Ein Traumdämon, der ihre Ahnungen ordnete und ihr klare Bilder schickte. Eleni spürte, wie seine Schattengestalt über ihren Körper glitt und mit ihr verschmolz.

Mit einem vorsichtigen Blick schaute sie sich schließlich

um, wollte sehen, ob die anderen Gestalten etwas davon bemerkt hatten.

Aber die dunklen Götter beachteten sie gar nicht.

»Macht euch keine Sorgen um mich«, murmelte Eleni. »Egal, was passiert.« Damit wandte sie sich von ihrer Familie ab und ließ sie einfach zurück. Mit ruhigen Schritten ging sie über die Terrasse und trat zwischen den Schattengestalten hindurch. Auf einmal war jegliche Angst verschwunden. Selbst ihr Herzschlag blieb ruhig, und schließlich wurde ihr klar, dass sie schlafwandelte. Zum ersten Mal erlebte sie diesen Zustand, während sie wach war. Sie spürte ihren Bruder, den Traumdämon, der sich mit ihren Gedanken vereint hatte. Er lenkte sie und zeigte ihr, was sie tun musste.

Plötzlich wusste sie, dass in den Nächten dasselbe mit ihr geschah, dass sich ihr Bruder mit ihr vereinte und in ihren Träumen zeigte, was in der Zukunft geschehen würde. Und offenbar sorgte er dafür, dass die anderen Schattengestalten sie nicht wahrnehmen konnten. Vielleicht deshalb, weil sie jetzt selbst eine von ihnen war?

Eleni ließ das Restaurant und die Terrasse hinter sich und bog in die Gasse ein, die sie auf dem schnellsten Weg zur Hochebene bringen würde. Im ganzen Dorf wimmelte es von den schwarzen Gestalten. Sie lungerten in den Nischen zwischen den Häusern herum und schienen im Schatten auf etwas zu lauern. Manche warfen zufällige Blicke in Elenis Richtung. Doch im Grunde schienen sie sich nur für die Dorfbewohner zu interessieren, liefen ihnen nach und schlüpften zwischen den blauen Fensterläden in ihre Häuser.

Eleni wusste nicht, ob in dieser Nacht wieder jemand sterben würde oder ob die Menschen sich nur stritten und anschließend versöhnten. Aber sie wusste, dass die größte Bedrohung woanders lauerte: in Philines Bucht, dort, wo sie ihre Freundin in dieser Nacht allein gelassen hatte.

Dies war der Punkt in ihren Gedanken, an dem sie in Panik geraten müsste – aber ihr Bruder legte eine sichere Ruhe über den menschlichen Teil ihrer Seele. Sie war ein Menschenkind, in dem die Fähigkeiten einer Nachtgöttin schlummerten.

Eleni rannte ein Stück durch die schmalen Gassen, erreichte schließlich den steilen Pfad, der auf die Hochebene führte, und lief immer weiter hinauf. Als sie oben ankam, war keine der dunklen Kreaturen mehr zu entdecken, nur ihr Bruder war noch bei ihr. Eleni fing wieder an zu rennen, immer schneller, bis sie fast über die Hochebene hinwegflog. Der Berg warf im Licht des Mondes seinen nächtlichen Schatten über sie und hielt sie versteckt.

Als sie Philines Schlucht erreichte, erkannte sie das Bild, das sie eben noch in den Karos auf der Tischdecke gesehen hatte. Sie blickte auf den Wald, der weit unten zu ihren Füßen lag. Und plötzlich sah sie die Gestalten. Schwarze Kreaturen schlichen zwischen den Bäumen entlang. Eleni ahnte sofort, dass diese hier anders waren als die Schatten im Dorf. Diese hier suchten nach ihr! Und nach Philine! Dennoch sprang sie die Stufen hinab, ohne zu zögern. Sie lief an dem Kloster vorbei, das auf halbem Weg lag, und betrat den Wald am Fuß des trockenen Wasserfalls. Die Kreaturen huschten noch immer von Baum zu Baum, die ersten von ihnen hatten bereits den Tümpel erreicht und strebten zur Treppe. Sie waren in dunkle Gewänder gehüllt, die nichts von ihnen erkennen ließen. Doch etwas Metallisches klirrte, wenn sie sich bewegten.

Bald war Eleni von den Gestalten umzingelt. Sie spürte

ihre Blicke, die sie musterten, hörte ihr leises Zischen, das sie sich zuraunten.

Eleni umrundete den Tümpel und lief am Bach entlang. Sie rechnete jederzeit damit, dass die Kreaturen sie angreifen würden. Etwas leuchtend Blaues blitzte im Schatten ihrer Umhänge auf. Aber die dunklen Götter ließen sie einfach vorbeilaufen.

Eleni erinnerte sich an den Adlermann, wie er sie an der Schläfe berührt und ihr gesagt hatte, dass er damit alles in seiner Macht stehende getan habe, um sie zu schützen.

Vielleicht konnten die Schattengötter sie deshalb nicht erkennen – weil Zeus, ihr mächtiger Großvater, sie getarnt hatte? Oder weil sich ihr Bruder mit ihr vereint hatte? Oder beides zusammen?

In diesem Moment war sie selbst eine Göttin. Sie merkte es an der Art, wie sie sich bewegte, genauso lautlos und rasch, wie es nur die Schattengötter vermochten. Womöglich war ihr menschlicher Anteil so tief in ihr eingeschlossen, dass die schwarzen Kreaturen ihn gar nicht bemerkten.

Doch das, was sie als Nächstes hörte, brachte ihre Menschlichkeit in Aufruhr: Es waren die Delfine, ihre panischen Schreie, die vom Meer aus durch die Schlucht hallten.

Eleni wollte losrennen, wollte so schnell wie möglich am Strand ankommen, um zu sehen, was los war. Aber ihr nächtlicher Schattenbruder hielt sie zurück und zwang sie dazu, ruhig weiterzugehen.

Nur Elenis Gedanken tobten. Was geschah mit den Delfinen? Was war mit Philine? Ihre Freundin war dort vorne am Meer in Gefahr. Die letzten Minuten, bevor sie den Strand erreichte, dehnten sich endlos. Die Kreaturen um sie herum zischten immer aufgeregter.

Als Eleni aus dem Wald heraustrat, sah sie die Delfine vor sich: In panischen Sprüngen wirbelten ihre silbrigen Körper durch die Bucht. Schwarze Gestalten schwammen um sie herum, fingen sie ein und rangen mit ihnen. Eleni erkannte die Nymphen zwischen ihnen, ihre schlanken Fischschwänze, die aggressiv im Wasser hin und her peitschten.

Dann entdeckte sie Philine. Ihre Freundin stand in nassen Klamotten auf einem der Felsen, weit hinten am Ausgang der Bucht. »Rena! Klicker!«, schrie sie. »Schwimmt weg!«

Eleni schrak zusammen, ein Schrei formte sich in ihrem Hals, doch noch ehe er herauskam, rief jemand anderes: »Philine!«

Es war Markos, er stand vor seinem Haus und stützte sich mit einer erschöpften Geste gegen den Türrahmen. »Was tust du da?«

Philine antwortete nicht. Und Eleni konnte nur auf die Kreatur starren, die hinter Markos in der Tür stand: ein schwarzer Schattenmann, dessen Hand seinen Nacken umklammerte.

Markos hustete. Ein würgendes Geräusch mischte sich hinein. »Verfluchte Übelkeit«, murmelte er, ehe er zurück ins Haus stolperte. Der Schatten folgte ihm.

»Rena! Nein!« Philines Geschrei riss Elenis Aufmerksamkeit zurück zum Meer. Die Delfine kämpften um ihr Leben, schlugen mit ihren Schwanzflossen um sich.

Gleich ein ganzes Rudel der Meerjungfrauen stürzte sich auf das Delfinkalb und zog es unter Wasser. Seine Mutter sprang um das Kleine herum und schrie. Ihre verzweifelten Rufe sträubten Elenis Nackenhaare. Auch ein Delfin konnte ertrinken, wenn er unter Wasser festgehalten wurde. Die Tiere brauchten Luft zum Atmen, sie mussten zwischendurch auftauchen!

Plötzlich erhob sich ein Rauschen. Noch bevor Eleni sich umsehen konnte, strömten die schwarzen Kreaturen aus dem Wald an ihr vorbei. Wieder leuchtete etwas Blaues in den Falten ihrer Gewänder auf.

Eleni blieb stocksteif stehen, während immer mehr von ihnen aus dem Dunkel der Bäume kamen und an ihr vorbeizogen. Ohne sie zu beachten, stürmten sie ins Wasser und schwammen in rasendem Tempo zu den Delfinen hinaus.

»Nein!« Philine kreischte.

Aber es war bereits zu spät: Die Schatten stürzten sich auf die Delfine, das blaue Leuchten blitzte im Kampf auf.

»Lasst sie …!« Philine streifte ihre nasse Hose von den Beinen und sprang ins Meer.

Nein! Eleni wollte ihr hinterherschreien – aber nur ihr Mund formte das Wort, während die ganze Furcht um Philine wie eine eisige Welle über ihr zusammenschlug. Ihre Freundin war zu weit entfernt, um ihr zu helfen.

Blitzschnell zischten die Nixen durch das Wasser, zu der Stelle, an der ihre Freundin eingetaucht war. Ganz kurz gelang es Philine, wieder an die Oberfläche zu kommen, ehe die Nixen sie erneut unter Wasser drückten. Für einen schrecklichen Moment kämpften Klicker und Rena gegen die Meerjungfrauen. Ihre Schwanzflossen schlugen krachend gegeneinander, ehe die Nixen die Hälse der Delfine umklammerten und sie zusammen mit Philine in die Tiefe rissen.

Einen Atemzug später lag die Bucht so ruhig da, als hätte das ganze Spektakel niemals stattgefunden.

»Nein«, hauchte Eleni. Ihr Blick folgte einer Bewegung am

Horizont, dort, wo die Insel in der Dunkelheit lag. Die höchste Erhebung der Insel schien größer zu werden. Der Berg verformte sich und wurde zu einer gigantischen Menschengestalt, zu einer Riesin, die so aussah, als könne sie mit wenigen Schritten durch das Meer waten und ganz Agia Vasiliki zermalmen.

Ein gespenstisches Lachen hallte über das Meer.

Elenis Füße bewegten sich. Ganz von allein ging sie die letzten Meter bis zum Ufer – und rannte schließlich in die Wellen hinein. Eleni stürzte sich nach vorne und schwamm durch die Bucht. Ihre Kleidung hing nass und schwer an ihrem Körper. Aber ihre sonderbare Kraft kämpfte dagegen an, ließ sie immer schneller in das offene Meer hinausschwimmen. Schon bald wurde sie von der Strömung erfasst und in die dunkle Weite hinausgetrieben.

Philine würde ertrinken! Nur dieser Gedanke kreiste in ihrem Kopf. Die Nixen hatten sie unter Wasser gezogen, und wenn ihre Freundin nicht an einem anderen Ort wieder aufgetaucht war, musste sie schon längst ertrunken sein.

Eleni suchte die dunkle Wasseroberfläche nach einer Bewegung ab. Sie wollte Philine wiederfinden, jetzt gleich!

Aber die Dunkelheit duckte sich so dicht über dem Meer, dass sie kaum zwanzig Meter weit sehen konnte.

Warum hatte sie nicht auf ihr Gefühl gehört? Wenn sie zusammengeblieben wären, wäre das alles nicht geschehen.

Oder doch? Hätten die Nixen sie dann womöglich beide entführt?

Die Riesin stand noch immer auf dem höchsten Berg der Insel und polterte ihr dröhnendes Lachen über das Meer.

Eleni musste etwas tun. Sie musste zur Insel!

Wie von allein glitten die klickenden Delfinlaute durch ihre Kehle. Sie wollte die Tiere zu sich rufen. Nur mit ihnen würde sie es bis zu der Insel schaffen. Und wenn die Strömung sie noch weiter ins Meer trieb, würde sie ohne Hilfe noch nicht einmal mehr nach Kreta zurückkommen.

Aber so sehr sie auch rief – die Delfine kamen nicht. Wie sollten sie auch? Die Nymphen hatten sie angegriffen und unter Wasser gezogen.

Dennoch rief Eleni immer wieder nach Klicker …

Etwas Schnelles raste schließlich in den dunklen Wellen auf sie zu. Sie erkannte glitzernde, schlagende Flossen. Doch es waren nicht die Delfine. Es waren die Nixen! Sie hatten sie gefunden!

Eleni ahnte, wie sinnlos es wäre, sich zu wehren. Also sollte es wohl so sein – wenn die Nixen sie einfingen, würde sie wenigstens erfahren, was mit Philine …

Etwas Kräftiges packte ihre Beine, griff nach ihrem Oberkörper und zog sie unter Wasser. Eleni strampelte, kämpfte, versuchte wieder hochzukommen. Aber die Arme umklammerten sie so fest, dass sie keine Chance hatte. Das Wasser drückte in ihre Nase, drängte sich gegen ihren Mund. Eleni geriet in Panik. Sie musste endlich wieder atmen! Aber die Kreatur hielt ihren Oberkörper umschlungen. Eleni spürte den kräftigen Schlag der glatten Schwanzflosse, nur wenige, schnelle Bewegungen, mit denen das Biest sie in die Tiefe riss.

Kapitel Fünfzehn

Eleni konnte den Mund nicht länger geschlossen halten. Ihre Lippen schnappten auf, stießen die letzte verbrauchte Luft ins Meerwasser hinaus und bildeten Tausende kleiner Blubberblasen. Doch noch ehe sie wieder einatmen konnte, legte sich etwas Weiches auf ihren Mund und schloss sich um ihre Lippen. Warme Luft strich über ihre Zunge. Ganz tief füllten sich ihre Lungen mit Sauerstoff. Sie wurde ruhiger und öffnete die Augen.

Es war dunkel, finster in der Tiefe des nächtlichen Meeres. Ein schemenhaftes Gesicht war direkt vor ihr, bläuliches Licht funkelte aus nachtschwarzen Augen. Der Mund der Kreatur löste sich von ihrem. Eleni fürchtete, dass der Drang zu atmen und ihre Panik zurückkehren müssten. Aber nichts dergleichen geschah. Die Luft in ihren Lungen reichte aus.

Eleni konnte nicht viel von dem Gesicht erkennen. Aber sie begriff, dass es nicht die Hesperiden waren. Auf dem Gesicht lag ein Lächeln – und die Form der Augen kam ihr bekannt vor … Es war der Inseljunge! Plötzlich wusste sie es! Es war Makaio, der ihr tagelang nicht aus dem Kopf gegangen war. Er hatte sie nach unten gezogen, nicht die feindlichen Hesperiden. Sie war nicht entführt worden – er hatte sie gerettet!

Elenis Herz fing an zu hüpfen, in wilden kleinen Sprüngen, die ihre Sterbensangst verblassen ließen. Makaio hatte ihr die Luft gegeben, die sie brauchte. Sie war in Sicherheit!

Über ihnen zischte etwas entlang. Eleni fühlte den Druck des Wassers, der wellenförmig gegen ihren Körper presste, als würde das Meer von unzähligen rasenden Kreaturen durchschnitten. Die Nixen! Sie waren dort oben und suchten nach ihr, wollten sie fangen und entführen! Plötzlich hörte der Fischschwanz des Jungen auf zu schlagen. Er legte den Zeigefinger auf ihren Mund und für einen Moment verharrten sie ganz still. Sie sanken immer tiefer und warteten, bis das Wasser über ihnen wieder ruhig wurde.

Schließlich zogen Makaios Hände sie erneut näher. Mit wenigen Schlägen gewann seine Schwanzflosse an Tempo. Sie jagten auf einen dunklen Höhleneingang zu, der zwischen Felsen am Meeresgrund lag. Als sie hineintauchten, wölbte sich ein finsterer Tunnel um sie herum. Eleni klammerte sich an den Jungen und verschloss die Augen vor dem brennenden Salzwasser.

Wohin brachte er sie? Sie kannte ihn doch eigentlich gar nicht. Woher sollte sie wissen, ob er sie nicht ebenfalls entführt hatte?

Eleni wagte es nicht, daran zu denken. Das konnte nicht sein! Er hatte sie schon einmal vor den Hesperiden gewarnt. Warum sollte er jetzt mit ihnen gemeinsame Sache machen?

Die Höhle, durch die sie offenbar schwammen, dehnte sich endlos. Aber irgendwann tauchten sie aus dem Meer auf. Warme Luft streichelte Elenis Gesicht. Sie schnappte mit einem glucksenden Laut danach, konnte kaum glauben, dass es wirklich Luft war, bis der Atem mit einem langen Seufzer in ihre Lunge strömte.

Erst jetzt bemerkte sie, dass sie noch immer nichts sehen konnte. Nur das Plätschern der Wellen durchdrang die Finsternis und schlug von weit entfernten Wänden auf sie nieder. Sie schienen in einem großen Raum zu sein.

Noch ehe sie weiter nachdenken konnte, stießen sie auf weichen Grund. Eleni fühlte den Sand unter ihren Händen und krabbelte an einen kühlen Strand. Keuchender Atem flog als hundertfaches Echo um sie herum.

Eleni sackte auf dem Sand zusammen und schloss die Augen. Plötzlich prasselte das, was gerade passiert war, mit ganzer Wucht auf sie nieder: Philine war von den Nixen und den Schatten entführt worden. Womöglich war ihre Freundin bereits tot – und Eleni allein war schuld daran war.

Irgendein Teil von ihr hatte von Anfang an gewusst, dass sie nicht befreundet sein durften. Sie hatte geahnt, dass ihre Nähe Philine in Gefahr bringen würde. Aber sie hatte sich über ihre schlimmsten Befürchtungen hinweggesetzt, aus reinem Egoismus, weil sie sich Philine zur Freundin gewünscht hatte.

In der Dunkelheit dieser seltsamen Höhle durchschaute sie plötzlich, was geschehen war, was sie übersehen hatte oder was sie nicht hatte sehen wollen.

Die Schatten hatten nach dem Mädchen gesucht, das die Sprache der Delfine sprach. Wahrscheinlich hätten sie das richtige Mädchen gefangen. Aber der Adlermann hatte Eleni getarnt, auf einmal war sie sich sicher. Dank ihrem Großvater konnten die Kreaturen sie nicht erkennen, selbst dann nicht, wenn sie vor ihnen stand. Aber die Delfine hatten stets verraten, dass das Delfinmädchen in der Nähe sein musste. Also hatten die Hesperiden geglaubt, es müsste Philine sein.

Eleni verfluchte im Stillen den Adlermann, der niemand Geringerer sein sollte als Zeus.

Aber ihre Verwünschungen kamen zu spät. Sie hätte viel eher herausfinden müssen, auf welche Weise sie Philine in Gefahr brachte, anstatt ihr schlechtes Gefühl einfach zu ignorieren. Schließlich wusste sie doch, was ihre Ahnungen bedeuteten: dass sie die Zukunft vorhersehen konnte.

Eleni fühlte sich schrecklich, während diese Gedanken durch ihren Kopf zogen. Sie bemerkte kaum, wie die Tränen anfingen, warm über ihr Gesicht zu laufen.

Und ausgerechnet sie sollte eine Halbgöttin sein, eine Dreiviertelgöttin? Der Gedanke war nicht mehr als ein verächtliches Lachen wert. Sie kam sich nicht vor wie eine Göttin. Nur wie ein kleines Mädchen, von dem zu viel verlangt wurde.

Eleni spürte, wie der Junge näher zu ihr herankroch. Vor lauter Gedanken hatte sie ihn fast vergessen.

»Leise«, flüsterte er ihr zu. Nur das eine Wort, als wäre es zu gefährlich, noch weiterzusprechen. Sie presste die Lippen aufeinander und versuchte, das Weinen hinunterzuschlucken. Aber es funktionierte nicht.

Der Junge zog sie noch näher zu sich, drehte ihren Kopf in seine Richtung, bis sie ihr Gesicht an seiner Schulter verbergen konnte und ihr Wimmern nur noch gedämpft hervordrang.

Eleni bemühte sich, die Schluchzer zu unterdrücken, aber sie konnte nicht aufhören zu weinen. In der Dunkelheit verlor die Zeit jede Bedeutung, sie dehnte sich endlos oder schrumpfte zusammen. Eleni konnte nicht sagen, wie lange sie weinend in Makaios Armen lag. Sie wusste nicht, wie viele Stunden vergingen, ehe sie endlich einschlief und Ruhe fand.

Als sie erwachte, blickte sie in eine dunkle Kuppel. Blaue Lichtstreifen flackerten über raue Felswände. Sie zuckten umeinander, wurden länger und kürzer und tanzten zu einem rhythmischen Plätschern.

Eleni hatte keine Ahnung, wo sie war. Nur die Delfine fielen ihr wieder ein. Sie sah die Tiere durch Philines Bucht springen, schwarze Gestalten kämpften mit ihnen und zogen sie unter Wasser …

Eleni schüttelte den Kopf, um die Bilder wieder loszuwerden. Das alles musste ein Traum gewesen sein. Es war gerade erst geschehen und erschien dennoch so endlos weit entfernt.

Sie starrte auf die blauen Lichtstreifen, auf die rauen Steinwände weit über ihr.

Es waren Höhlenwände! Auch das erinnerte sie an den Ort aus ihrem Traum.

Oder war sie etwa tatsächlich an dem finsteren Ort, an den der Inseljunge sie gebracht hatte? Dann war das alles wirklich geschehen?

Philine!

Mit einem Schlag war Eleni hellwach. Sie fuhr auf und starrte auf das leuchtende Wasser. In sanften Wellen rollte es vor ihr auf den Strand. Es war Meerwasser, kein Zweifel, aber es strahlte wie eine überdimensionale Lampe, wie ein beleuchteter Swimmingpool in der Nacht.

Plötzlich begriff Eleni, wo sie war! Es musste eine blaue Grotte sein, eine Höhle an der Küste, in die das Meerwasser hineinfloss. Sie hatte einen solchen Ort bereits besucht, irgendwann im Urlaub, in Italien. Das Wasser leuchtete, weil die Sonne außerhalb der Höhle hineinschien und das Licht durch das Wasser bis hierher geleitet wurde.

Aber dieser Ort hier war nicht in Italien. War sie auf Kreta?

Nein! Dieser Ort musste auf der Insel sein. Auf der unbekannten, geheimnisvollen Insel, die in einer Sturmnacht aus dem Meer aufgetaucht war. Auf Atlantis!

Der Inseljunge! Sie war an seiner Schulter eingeschlafen … Doch jetzt war er verschwunden.

Hektisch blickte Eleni sich um.

Eine Sekunde später entdeckte sie ihn. Er saß auf einem Felsen am Rand des Wassers und beobachtete sie. Anstelle des Fischschwanzes hatte er seine Beine angewinkelt und umklammerte sie mit den Armen. Die bläuliche Schlange schlängelte sich darum, hob träge ihren Kopf und zischelte Eleni zu.

Dieser sonderbare Junge hatte sie gerettet! Von ihm hatten sie erfahren, dass die Nixen in Wirklichkeit Hesperiden hießen. Wenn irgendjemand Antworten auf ihre wichtigsten Fragen geben konnte, dann war er es.

»Warum haben die Hesperiden Philine mitgenommen?« Elenis Stimme krächzte. Es fiel ihr schwer, den alles entscheidenden Satz hervorzubringen: »Ich meine, ist sie … tot?«

Der Junge hob die Hand, machte eine beschwichtigende Geste und legte den Zeigefinger an die Lippen. Mit lautlosen Bewegungen stand er auf, sprang von seinem Felsen auf den unterirdischen Strand und kniete sich vor Eleni in den Sand.

Plötzlich war sein Gesicht ganz nah, ein bläuliches Funkeln blitzte in seinen schwarzen Mandelaugen. Oder waren es die Reflexionen des Wassers? Er beugte sich an ihr Ohr und flüsterte: »Die Hesperiden warten nur darauf, das Vibrieren unserer Stimmen im Wasser wahrzunehmen. Jedes laute Wort reicht aus, um das Meer in Schwingungen zu versetzen und uns zu verraten. Wir müssen so schnell wie möglich fort von hier. Sonst haben sie uns.«

Er stand wieder auf, fasste nach ihrer Hand und zog sie mit sich. Eleni folgte ihm in das leuchtende Wasser, sah ihm zu, wie er sich nach hinten fallen ließ. Er schwamm mit den Armen und schlug die Beine in einer eigentümlichen Bewegung vor und zurück. Die Schlange kroch um seine Oberschenkel, verband sie miteinander, bis sich seine Beine in einen Fischschwanz verwandelten. Mit einer eleganten Seitwärtsrolle drehte er sich auf den Bauch und streckte Eleni die Hand entgegen.

Während er sie zu sich zog, fing ihr Herzschlag wieder an zu flattern. »Wir müssen Philine retten«, flüsterte sie. Wenigstens das musste sie ihm noch sagen.

Eine steile Sorgenfalte huschte über Makaios Stirn, aber er nickte.

Gleich darauf tauchte er unter, zog Eleni mit sich und hielt sie an den Händen. Das Wasser hüllte ihn in strahlendes Licht. Seine braune Haut schimmerte und seine schwarzen Haare tanzten schwerelos um seinen Kopf. Er öffnete die Lippen zu einem Lächeln, doch in seinen Augen lag ein wehmütiger Blick. Eleni konnte die Worte nicht entschlüsseln, die er mit seinem Mund formte.

Schließlich kam der Moment, in dem sie atmen musste. Doch dieses Mal geriet sie nicht in Panik. Nur ein wohliges Gefühl durchströmte ihre Brust, als Makaios Gesicht auf sie zutrieb. In seinem Blick lag ein verwirrtes Zögern, für einen kurzen Moment, ehe er seinen Mund auf ihren legte.

Eleni schloss die Augen. Wieder drang die Zauberluft in ihren Mund, füllte ihre Lungen und stillte ihren Atemdurst. Aber dieses Mal fühlte sie vor allem einen kleinen, flatternden Vogel, der sich vor Aufregung in ihrer Brust überschlug. Es war ein schönes Gefühl, sie wollte es festhalten und alles andere vergessen.

Makaio löste sich von ihrem Mund, zog sie wieder in die Arme und schwamm mit ihr ins leuchtende Meer hinaus.

Plötzlich schämte Eleni sich für das glückliche Gefühl. Philine war in Gefahr! Es war der falsche Moment, um sich über den ersten Kuss eines Jungen zu freuen.

Abgesehen davon war es gar kein Kuss! Es war nur ein merkwürdiges Mittel, um sie vor dem Ertrinken zu retten.

Der Junge schwamm rasend schnell, manchmal so nah an Felsen und bunten Korallenriffen vorbei, dass es besser war, so dicht wie möglich bei ihm zu bleiben. Schwärme von schillernden Fischen stoben vor ihnen auseinander und die Schwämme und Pflanzen wichen unter ihnen zur Seite.

Schließlich drängte ihnen eine Wasserströmung entgegen, wurde bald so reißend, dass Eleni sich kaum noch halten konnte. Auch Makaios Arme pressten sich fester um ihren Rücken. Eleni konnte spüren, wie sein Herz immer schneller schlug, während seine Schwanzflosse gegen die Strömung ankämpfte. Das Meer unter ihnen wurde flacher, auch die Wasseroberfläche kam näher. Das Wasser färbte sich braun wie von aufgewirbeltem Schlick und nahm Eleni jede Sicht. Die Strömung war inzwischen so stark, dass sie trotz der kräftigen Flossenschläge kaum noch vorwärtskamen.

Erst nach einer Weile wurde das Wasser wieder etwas klarer, bis sie seitliche Begrenzungen von Schilf, Schlingpflanzen und Baumwurzeln erkennen konnte. Auch der Geschmack an ihren Lippen änderte sich. Es war nicht mehr salzig.

Mit einem Mal begriff Eleni, was hier vor sich ging. Sie waren nicht mehr im Meer! Sie waren in einer Flussmündung.

Nach und nach wurde die Strömung schwächer, bis Makaio wieder so ruhig und schnell voranschwamm, wie er es zuvor im Meer getan hatte.

Als sie sich endlich aus dem Fluss ans Ufer robbten, waren sie in einem Tal zwischen hohen, dschungelbewachsenen Bergen. Eleni saugte die feuchte Luft so gierig in ihre Lungen wie ein neugeborenes Baby. Sie hielt sich noch immer an Makaio fest, klebte nahezu an ihm, weil sie ihre verkrampften Arme nicht von seinem Oberkörper lösen konnte. Makaios Brust bewegte sich schnell. Für einen Moment keuchte er ebenso erschöpft wie sie. Er hielt den Kopf gesenkt und musste sich auf den Händen abstützen, um nicht einfach am Ufer zusammenzubrechen. Aber sein Fischschwanz teilte sich bereits in zwei menschliche Beine, die Schlange wand sich darum und zischelte. Eine Sekunde später sprang er auf, wich vor Eleni zurück und starrte sie erschrocken an.

Eleni blickte zu ihm hoch und verstand nicht, warum er so hastig von ihr wegwollte. Hatte sie etwas falsch gemacht?

Plötzlich fühlte sie sich allein gelassen auf dem schlammigen Uferstreifen. Ein ungutes Gefühl zog durch ihren Bauch, das sie nicht ganz begreifen konnte. Aber vor allem kam sie sich bescheuert vor. Er hatte nicht den Mund auf ihren gelegt, um sie zu küssen. Er hatte sie auch nicht im Arm gehalten, weil er sie besonders mochte. Er hatte nur alles Nötige getan, damit er sie unter Wasser mitnehmen konnte. Und jetzt war er froh, dass er sie endlich wieder loslassen konnte.

Ein pelziger, modriger Geschmack legte sich auf Elenis Zunge, offenbar die Ausdünstungen von unzähligen Pflanzen und Pilzen, die in dem dichten Dschungel um sie herumwucherten.

Eleni rappelte sich mühselig auf. Ihre Beine und Hände zitterten, als sie endlich stand, aber sie versuchte, es vor Makaio zu verbergen.

Es war sowieso egal, ob er sie mochte oder nicht. Hauptsache, er half ihr dabei, Philine wiederzufinden!

Eleni drehte sich um sich selbst, versuchte einen Überblick über den Ort zu gewinnen, an dem sie waren. Aber der Dschungel erhob sich so dicht neben dem Ufer, dass sie nur wenige Meter weit sehen konnte. Einzig die Berge dahinter waren zu erkennen, weil sie sich drohend zu beiden Seiten des Flusses auftürmten. Sie warfen einen tiefen Schatten über die Talsohle und ließen Eleni erahnen, wie riesig und undurchdringlich diese Insel war. Wie sollten sie Philine hier jemals finden? Der Dschungel war so dicht, dass sie ihre Freundin selbst dann verfehlen würde, wenn sie nur wenige Meter entfernt versteckt gehalten wurde.

Philine! Am liebsten wollte Eleni den Namen laut rufen. Aber selbst wenn sie schreiend über die Insel rannte, wäre es wohl noch aussichtsloser, als ganz Kreta nach ihrer Freundin abzusuchen.

Makaio war ihre einzige Chance.

Er stand noch immer an derselben Stelle. Aber sein Blick streifte aufmerksam durch den Dschungel, als müsste er mögliche Gefahren abschätzen, die hier auf sie lauerten. Auf einmal sah er groß aus. Sicher, er war ein kleines bisschen größer als sie und wahrscheinlich sogar etwas älter. Aber er wirkte auf seltsame Weise erwachsen. Vielleicht war es sein ernster Blick oder die gerade Haltung, die so schien, als könnte er notfalls auch kämpfen, wenn sie in Gefahr gerieten. Die Schlange auf seinem Bein zuckte nervös und Elenis Blick fiel auf den kurzen Lederrock, den er plötzlich wieder trug. Das Leder besaß eine schuppige Struktur und schillerte in dem gleichen Blaugrün, in dem seine Schwanzflosse zuvor geleuchtet hatte.

Makaio löste sich aus seiner Starre. Er ging noch einmal zum Wasser zurück, knotete eine Reihe von Lederbeuteln von seinem Gürtel los und zog bei dem ersten eine Art Korken aus einer Öffnung. Eleni begriff, dass es Wasserbeutel waren, während er einen nach dem anderen ins Wasser tauchte und füllte.

Sie wollte ihn fragen, was sie jetzt tun würden, ob er ihr tatsächlich helfen würde, Philine zu suchen. Doch schon als sie den Mund öffnete, drehte er sich mit einem Ruck zu ihr um und legte den Zeigefinger auf seine Lippen. Er kletterte aus dem Fluss, sah sich noch einmal um und winkte sie mit sich.

Eine ganze Weile lief Makaio vor ihr her. Er sah sich unablässig um, blickte in die Bäume und auf den Boden, als würde er ein ganzes Buch von Spuren lesen. Wann immer die dichten Pflanzen ihnen den Weg versperrten, zauberte er aus seinem schillernden Schuppenlederrock ein Messer hervor und schnitt ihnen eine Schneise in den Dschungel.

Stundenlang führte er sie den steilen Berg hinauf. Eleni

ging schweigend hinter ihm her und blickte auf seine Fußsohlen, die im Kontrast zu seiner braunen Haut weiß aufblitzten und sich mit jedem Schritt vor dem dunklen Hintergrund des Dschungels abzeichneten. Aber je weiter sie gingen, desto brauner und grüner wurden sie, bis sie ebenfalls mit dem Dschungel verschmolzen.

Plötzlich erhob sich lautes Geschrei in den Baumkronen vor ihnen. Makaio blieb stehen und streckte den Arm nach hinten aus, um Eleni zurückzuhalten. Die Äste der Bäume bebten und raschelten, unzählige Kreaturen sprangen darin herum und rasten auf sie zu. Eine große Gestalt löste sich von einem hohen Baum, sprang in die Tiefe und schaukelte an einer Liane auf sie zu. Eleni wich schreiend zur Seite, nur flüchtig erkannte sie braunes Fell und ein riesiges Gebiss. Ein grelles Fauchen schrillte in ihren Ohren, ehe die Kreatur zwischen anderen Bäumen verschwand und nicht wieder auftauchte.

Ein Affe! Eleni wollte erleichtert aufatmen, aber Makaio packte ihr Handgelenk so fest, dass es wehtat. In der nächsten Sekunde rannten sie, so schnell sie konnten, zwischen den hüfthohen Baumwurzeln und einem Wald aus Farnkraut, das höher war, als ihre Köpfe. Eleni fragte sich, was an Affen so gefährlich sein konnte, dass sogar Makaio vor ihnen davonrannte – aber das Kreischen über ihnen wuchs an, schnelle Geschosse hagelten auf sie herab und schlugen mit Wucht um sie herum in den Boden ein. Eines raste direkt auf Makaio zu. Er reagierte blitzschnell, ließ Elenis Handgelenk los und fing es auf. Kurz darauf flog ein weiteres genau zu Eleni. Es war kleiner, aber sie fing es mit der gleichen Blitzreaktion.

Das Geschrei toste weiter, doch die Affen hörten auf, ihnen

etwas hinterherzuwerfen. Eleni klammerte sich an dem fest, was sie gefangen hatte, und raste hinter Makaio her, der in einem geschickten Zickzacklauf allen Hindernissen auswich.

Schließlich blieb das Gezeter der Tiere hinter ihnen zurück und verebbte allmählich. Dennoch rannten sie noch eine Weile weiter. Makaio schlug wieder eine Richtung ein, die bergauf führte und Eleni war froh über ihre sonderbare Kraft. Ein normaler Mensch hätte längst aufgeben müssen. Leándra wäre schon vor gefühlten Stunden inmitten des Dschungels zusammengebrochen. Nur Makaio schien es ebenso wenig auszumachen wie ihr, und das, obwohl er schon gegen die Strömung den Fluss hinaufgeschwommen war.

Irgendwann blieb er stehen und bedeutete Eleni anzuhalten. Erst in diesem Moment brach das menschliche Keuchen aus ihnen heraus. Elenis Lunge fühlte sich an, als müsste sie zerbersten, weil sie die Menge an Luft gar nicht auf ein Mal aufnehmen konnte, und auch Makaios Brustkorb hob und senkte sich unnatürlich stark. Die Schlange auf seinem Bein zuckte mit jeder Bewegung, als würde sie in einem Todeskrampf liegen.

Eleni bemerkte kaum noch ihr eigenes Luftschnappen und starrte ihn an. Er war eine merkwürdige Kreatur. Mit seinem Fischschwanz und der Fähigkeit, im Wasser nicht atmen zu müssen, war er ganz eindeutig kein Mensch. Aber jetzt erschien er so menschlich und verletzlich, dass ein tiefes Mitleid durch ihren Körper strömte. Eleni verstand das Gefühl nicht. Warum hatte sie Mitleid mit ihm? Jetzt, so plötzlich, nur weil er so sehr außer Puste war?

Dann begriff sie, dass ihr Mitleid einen anderen Grund hatte. Makaios Blick erschien traurig, so wehmütig wie an diesem Morgen im Wasser, so einsam wie an dem Tag, als er allein auf dem Felsen zurückgeblieben war und sie mit den Delfinen davongeschwommen waren.

Wahrscheinlich stimmte ihre Vermutung doch: Er war auf dieser Insel allein. Ganz egal, ob Mensch oder nicht, er war ein Junge, der bis vor Kurzem noch ein Kind gewesen war. Es musste schlimm für ihn sein, keinen anderen Menschen um sich herum zu haben. Deshalb hatte sie Mitleid mit ihm.

Makaios Keuchen ließ nach, auch sein Blick veränderte sich, bis er sie verwundert ansah. »Was ist los?« Seine Mundwinkel verzogen sich zu einem Lächeln. »Warum starrst du mich so an?«

Eleni schüttelte hastig den Kopf. »Ach, es ist nichts.«

Makaio grinste plötzlich so frech wie ein richtiger Menschenjunge. »Du siehst aber nicht aus, als wäre nichts.«

Eleni fiel auf, dass sie ihn tatsächlich angestarrt hatte. Sie musste endlich damit aufhören. »Ich wollte mich nur bei dir bedanken«, stammelte sie. »Weil du mich gerettet hast. Und weil du mir hilfst, nach meiner Freundin zu suchen.«

Makaios Lächeln verschwand. Stattdessen zogen dunkle Schatten über sein Gesicht.

Eleni flüsterte: »Du hilfst mir doch, oder?«

Makaio stieß einen langen Seufzer aus. Erst jetzt begriff sie es: Sie hatte ihn zwar darum gebeten – aber er hatte ihr mit keinem Wort versprochen, dass er ihr bei der Suche nach Philine helfen würde.

Hilflose Wut formte sich in Elenis Bauch. Sie fauchte ihn an: »Du hast mich doch nicht gerettet, um mich jetzt im Stich zu lassen! Um Philine im Stich zu lassen! Die Hesperiden werden sie töten, wenn wir ihr nicht helfen!«

Makaio schüttelte langsam den Kopf. »Die Hesperiden suchen nach dem Mädchen, das die Sprache der Delfine spricht und in dem sich das olympische Blut mit dem Nachtblut der Insel vereint.« Auf seinem Gesicht erschien ein wissendes Lächeln. »Laut der Prophezeiung sollst *du* dazu geboren sein, die Pläne der Nyx zu durchkreuzen. Also haben sie das falsche Mädchen mitgenommen.«

Die Wut in Elenis Bauch explodierte förmlich. »Ich weiß, dass sie das falsche Mädchen mitgenommen haben!«, rief sie. »Das ist ja das Schlimme daran!«

Makaios Ton blieb ganz ruhig. »Nein. Es ist gut. Wenn wir Glück haben, lassen sie deine Freundin wieder frei. Aber dich dürfen sie nicht in die Finger bekommen.«

»Wenn wir Glück haben …« Eleni äffte ihn nach. »Und was ist, wenn wir kein Glück haben? Ich bin schuld daran, dass meine Freundin in Gefahr ist! Also werde ich sie retten! Entweder mit dir oder ohne dich!«

Makaios Blick änderte sich. Die Selbstsicherheit verschwand daraus, während er betreten nach unten sah. »Wenn das so ist, werde ich dir helfen«, flüsterte er.

Ein heftiges Prickeln sträubte die Haare an Elenis Hinterkopf. Er wollte ihr also tatsächlich helfen? Aber etwas daran erschien ihr faul, schon von Anfang an. »Warum stellst du dich eigentlich auf meine Seite? Müsstest du nicht zu den Hesperiden halten?« Sie deutete auf seine Beine.

Makaio sah wieder zu ihr auf. Etwas Gefährliches lauerte in seinem Blick. »Du meinst, ich wäre einer von ihnen?«

Eleni kniff die Augen zusammen. »Ist das nicht naheliegend?«

»Ja, ziemlich naheliegend.« Sein Tonfall wurde hart. »Aber

ich bin anders als sie.« Damit wandte er sich von ihr ab und sah sich auf dem Waldboden um.

Eleni hielt den Atem an. Er wechselte sein Verhalten so rasend schnell, dass es wirklich nicht leicht war, aus ihm schlau zu werden. Hatte sie das jetzt richtig verstanden? Er würde ihr helfen, obwohl er es eigentlich nicht wollte?

Makaio hob eine Kokosnuss auf, die vor ihm auf dem Boden lag. Es musste die Kokosnuss sein, die die Affen nach ihm geworfen hatten. »Hast du Hunger?« Er ließ seine Stimme gezwungen fröhlich klingen, deutete auf das Wurfgeschoss, das Eleni noch immer in ihren Händen hielt.

Zum ersten Mal blickte sie darauf. Es war eine Mango! Eine weiche, reife, leckere Mango, die sie beinahe mit ihren Händen zerdrückte.

Das Wasser lief ihr im Mund zusammen. »Ja, einen Bärenhunger.« Sie versuchte, Makaio einen versöhnlichen Blick zuzuwerfen.

Tatsächlich lächelte er zurück. »Die Affen müssen große Angst vor uns gehabt haben«, erklärte er. »Sie haben ihr bestes Futter nach uns geworfen.« Er zog das Messer aus seinem Gürtelbund, kam zu Eleni und nahm ihr die Mango aus der Hand. Mit geschickten Handgriffen schnitt er die Frucht in zwei Hälften, teilte sie vorsichtig und trennte den Kern heraus. Schließlich gab er Eleni die größere Hälfte. Orangefarbener Saft tropfte über ihre Finger.

»Versuch, die Mango so zu essen, dass die Schale heil bleibt. Wir brauchen sie noch.« Makaio lächelte ihr noch einmal zu und lutschte dann das saftig-triefende Mangofleisch vom Kern.

Eleni drückte die Schale vorsichtig ein, bis das Fruchtfleisch aufriss und sich nach oben wölbte. Als sie hineinbiss, lief der Saft über ihr Kinn, verklebte ihre Wangen und ihre Nase. Es war die süßeste Mango, die sie je gegessen hatte. Sie zerging wie Butter in ihrem Mund und legte sich warm in ihren Magen. Eleni kam sich ein wenig komisch dabei vor, während sie die allerletzten Fasern mit den Zähnen von der Schale kratzte, aber sie konnte einfach nichts davon übrig lassen. Schließlich leckte sie auch noch den Saft von ihren Fingern und Händen.

Als sie aufsah, bemerkte sie, wie Makaio sie beobachtete und grinste. Wieder wirkte er wie ein Menschenjunge und Eleni musste unwillkürlich an Mogli denken. »Ey, Mogli! Grins nicht so. Hast *du* etwa einen Tropfen verschwendet?«

Makaio lachte lauter, ein fröhliches Funkeln leuchtete in seinen Augen. Plötzlich fing er an zu singen: »Versuch's mal mit Gemütlichkeit, mit Ruhe und Gemütlichkeit …«

Eleni stieß ein überraschtes Lachen aus. »Du kennst das Dschungelbuch?«

Makaio strahlte. »Was glaubst du denn? Denkst du, ich hätte noch nie einen Fernseher gesehen? Das war mein Lieblingsfilm, als ich klein war.«

Er kam nicht von hier! Eleni starrte ihn an. Von wo kam er dann? Und warum war er allein auf dieser Insel?

»Vergessen wir das.« Makaio wurde wieder ernst.

Eleni sah hastig nach unten. Er war wirklich sonderbar. In einem Moment sang er und machte einen Scherz und im nächsten wurde er wütend. Aber wenn er es wagte, hier so laut zu sein, waren sie in diesem Teil des Dschungels wohl wenigstens sicher.

Dennoch spürte Eleni einen drückenden Knoten in ihrem

Bauch. Auf welchem Teil der Insel war Philine? Wenn die Hesperiden sie mitgenommen hatten, war sie bestimmt noch in der Nähe der Nixen. Also ganz bestimmt nicht dort, wo Makaio mit lauter Stimme sang. Führte er sie womöglich von ihrer Freundin fort?

Makaio hockte sich neben einen moosbewachsenen Stein. Während er die weiche Moosschicht von der rauen Oberfläche löste, färbten sich seine weißen Handflächen und die Fingernägel grünlich. Er sah wirklich aus wie Mogli, mit seiner braunen Haut und seinen schwarzen Haaren, die zu verfilzten Strähnen getrocknet waren und bis auf seine Schultern hingen.

Als er fertig war, schaute er zu Eleni auf. »Komm hierher, knie dich neben mich.«

Eleni erwiderte seinen Blick. Konnte sie ihm wirklich trauen? Stand er tatsächlich auf ihrer Seite? Zögernd ließ sie sich neben ihm nieder.

Makaio drehte ihre Hände mit den Innenflächen nach oben und legte die leeren Mangoschalen hinein. Eleni nutzte die Gelegenheit, um sein Gesicht zu betrachten. Er schien traurig und abwesend. Auf seinen Wangen klebten dunkle Dreckschlieren und grüne Spuren von dem Moos. Plötzlich sah Eleni ihn als kleinen Jungen, wie er vor dem Fernseher saß und das Dschungelbuch schaute, mit rundlichen Wangen und großen Augen. Er musste tatsächlich so süß ausgesehen haben wie der gezeichnete Mogli. Und jetzt war er noch immer genauso hübsch. Nur älter, mit schmaleren Wangen und den schönsten Augen, die sie je gesehen hatte.

»Genau so halten.« Makaio ließ ihre Hände los und lächelte ihr zu. Dann griff er nach der Kokosnuss, drehte sie, als suchte er die richtige Stelle, und schlug sie mit einem gezielten Hieb auf den Stein. Ein Riss splitterte durch ihre Schale, doch ehe sie auseinanderplatzen konnte, drückte er sie mit den Händen zusammen. Schließlich hob er sie über die Mangoschalen, zog den Riss ein kleines bisschen auseinander und ließ die Kokosmilch in die Schalen fließen.

Eleni wurde das Bild von dem kleinen Jungen nicht los. Zum ersten Mal hatte sie das Gefühl, ihn zu verstehen: Wenn er in der normalen Welt gelebt hatte, bevor er hierhergekommen war – musste er sein Zuhause dann nicht schrecklich vermissen? War er deshalb so traurig? Und war das der Grund, warum er wütend wurde, wenn sie darüber sprachen?

Der kleine Vogel in Elenis Brust erwachte und fing an zu hüpfen. Sie erinnerte sich wieder daran, wie Makaio unter Wasser seinen Mund auf ihren gelegt hatte. Auch wenn es kein richtiger Kuss gewesen war, die Erinnerung kribbelte noch auf ihren Lippen.

Das letzte Tröpfeln der Kokosmilch versiegte. Makaio nahm ihr eine der Mangoschalen aus der Hand, trank die Milch daraus und wischte sich mit seiner braungrünen Hand über den Mund. Als er Elenis Blick begegnete, lachte er nervös auf. »Was ist?«

Sie bemerkte erst jetzt, dass sie ihn schon wieder anstarrte.

Hastig hob sie die Mangoschale und trank ihre eigene Kokosmilch. Sie schmeckte herrlich kühl, ein bisschen fettig und sogar ein wenig nach Mango. Doch das warme Gefühl, das durch ihren Bauch streifte, kam nicht nur von der Milch. Es war viel schöner und tat zugleich auf seltsame Weise weh.

Sie musste plötzlich an das denken, was Oma Greta einmal zu ihr und Leándra gesagt hatte: *Wenn ihr verliebt seid, dann erkennt ihr es sofort. Es fühlt sich schön an und tut gleichzeitig entsetzlich weh.* Dabei hatte sie die Hand unter ihre Brust gelegt, genau auf die Stelle, an der die Rippen in den Bauch übergingen.

Es war dieselbe Stelle, an der die kleinen Vogelflügel kitzelten. Eleni atmete tief ein.

Dabei war es eine ziemlich dumme Idee, sich in den Inseljungen zu verlieben. Er mochte traurig und einsam sein – und dennoch war er unberechenbar!

Makaio schien nichts von dem zu ahnen, was in Eleni vorging. Als sie ihn wieder ansah, schnitzte er mit dem Messer an der Kokosnuss herum, um das weiße Nussfleisch aus der Schale zu lösen.

Eleni biss sich auf die Unterlippe. Es war wohl auch besser, wenn er nicht bemerkte, wie verwirrt sie war.

Vielleicht war ja auch genau das sein Trick. Plötzlich erinnerte sie sich an die Geschichten über Nixen, dass sie Menschen dazu brachten, sich in sie zu verlieben. Und wenn ihnen der Mensch ganz und gar verfallen war, rissen sie ihn in die Tiefe des Meeres und fraßen sein Fleisch.

Die Hesperiden waren keine echten Nixen. Sie waren Nymphen, Kreaturen, die einen bestimmten Ort schützen sollten. Aber Makaio gehörte nicht zu den Hesperiden. Er war anders als sie und wollte nicht darüber reden.

Hieß das womöglich, dass er ein Nix war, dass er sich tatsächlich von Menschenfleisch ernährte? Fütterte er sie jetzt mit Mango und Kokosnuss und erschlich sich ihr Vertrauen, damit ihr Fleisch am Ende besser schmeckte?

Eleni bekam eine Gänsehaut. Wahrscheinlich wäre es am vernünftigsten, wenn sie vor ihm fliehen würde …

Andererseits brauchte sie ihn, um Philine zu finden.

Sie musste sich unbedingt auf dieses Ziel konzentrieren und durfte nicht anfangen, ihm zu vertrauen!

»Hast du eine Idee, wo wir nach Philine suchen könnten?« Ihre Stimme sollte möglichst sachlich klingen, aber der Tonfall wurde kühler, als sie beabsichtigt hatte.

Makaio sah auf. Er reichte ihr ein Stück Kokosnuss und steckte sich selbst eines in den Mund. Aber seine Antwort blieb aus.

Eleni kniff die Augen zusammen. Sie wollte ihn anfauchen, wollte ihm drohen, aber sie ahnte, dass es besser war zu warten.

»Wenn sie noch in den Händen der Hesperiden ist, dann dürfte sie irgendwo am Wasser sein«, erklärte er schließlich.

Eleni wollte am liebsten sofort loslaufen. »Also gehen wir zurück zum Wasser und suchen dort?«

Aber Makaio schüttelte heftig den Kopf. Seine Augen blitzten erschrocken auf. »Nein! Ich gehe mit dir nicht mehr zum Wasser! Wahrscheinlich wissen die Hesperiden inzwischen, dass sie das falsche Mädchen haben. Also suchen sie nach dir, und wenn sie deine Stimme hören …«

Eleni starrte ihn an. »Aber wenn es unsere einzige Chance ist, sie am Wasser zu finden – dann müssen wir doch dahin zurück!«

Makaio sprang auf und sah von oben auf sie herab. »Nein. Ich habe eine andere Idee.« Er schaute sich um und stieß schließlich einen lang gezogenen Pfiff aus. Eleni fragte sich noch, was er damit bezwecken wollte, als sie über den Baumkronen ein lautes Flattern hörte. Ein heftiger Wind rauschte durch die Baumriesen und übertönte das sonderbare Geräusch. Schließlich ebbte auch der Wind wieder ab und der Dschungel lag still und schattig da, als wäre nichts geschehen.

Doch nach einer Weile hörte sie ein Knacken im Unterholz, das sich zügig näherte. Es klang nach Schritten! Allerdings nicht nach menschlichen Schritten.

Eleni sprang auf, wich vor dem Geräusch zurück und starrte der Gefahr entgegen, die jeden Moment vor ihr auftauchen musste.

Der Junge stieß ein leises Lachen aus.

Eine Sekunde später brach ein schwarzer Pferdekopf und die geflügelten Schultern des Pegasus aus dem Wald hervor.

Eleni stimmte erleichtert in Makaios Lachen ein. »Mann, habt ihr mich erschreckt. Das nächste Mal bitte mit Vorwarnung, ja?«

Der Pegasus hob Makaio den Kopf entgegen und blies mit seinen Nüstern über das Gesicht des Jungen.

»Hallo, du.« Makaios Stimme wurde sanft. Er streichelte über die Nase des Pegasus, klopfte seinen Hals und lehnte seine Stirn an die Pferdemähne. Wie als Antwort legte der Pegasus seinen Kopf auf die Schulter des Jungen. Das Tier schloss die Augen und die beiden standen eine ganze Weile so da.

Es war ein merkwürdiges Bild. Die Art, wie sie sich *umarmten*, wirkte fast menschlich. Eleni blickte auf den Boden. Es erschien ihr plötzlich nicht richtig, den beiden zuzusehen.

Erst als Makaio sich aus der eigentümlichen Umarmung löste, sah sie wieder hin, gerade rechtzeitig, um mitzubekommen, wie sich der Junge auf die Zehenspitzen stellte und dem Pegasus etwas ins Ohr flüsterte.

Das Pferd schnaubte und nickte mit dem Kopf auf und ab. Es warf einen kurzen Blick zu Eleni, hob den Schweif in einer stolzen Bewegung und trabte mit eleganten Schritten zurück in das Dickicht des Waldes.

Makaio sah dem Tier nach und drehte sich erst wieder zu Eleni um, als das Knacken im Wald verstummt war. »Sie wird deine Freundin für uns suchen und dann zu uns zurückkommen.«

Sie? Dann war der Pegasus eine Stute? Eleni grübelte für einen Moment, bis ihr wieder einfiel, was ihre Mutter darüber erzählt hatte: In der Mythologie hatte es nur einen Pegasus gegeben, und der war männlich und das Reittier von irgendeinem griechischen Helden.

Wenn dieser Pegasus also eine Stute war, dann war es offensichtlich ein Pegasus, der in der griechischen Mythologie nicht erwähnt wurde.

Makaio band einen Lederbeutel von seinem Gürtel los, zog den Korken aus einer Art Flaschenöffnung und trank daraus. Schließlich hielt er ihr den Beutel entgegen. »Möchtest du auch was?«

Eleni bemerkte erst jetzt, wie groß ihr Durst war. Das kleine bisschen Kokosmilch hatte noch lange nicht ausgereicht. Sie nahm den Beutel und probierte von dem Wasser. Es schmeckte erfrischend und kühl. Sie trank den Beutel fast leer, ehe sie ihn an Makaio zurückgab. Gleich darauf hatte sie ein schlechtes Gewissen. Sie wusste nicht, wie lange die Vorräte noch reichen mussten. Schließlich wollte Makaio nicht mehr mit ihr zum Wasser gehen.

Sie konnte nur hoffen, dass kleine Bergbäche eine Ausnahme bildeten.

Makaio hängte den Beutel wortlos zurück an seinen Gürtel. Doch das Schweigen, das von ihm ausging, hatte etwas

Düsteres, während er sich wieder aufmerksam im Dschungel umsah.

Eleni konnte es nicht länger aushalten. Sie räusperte sich vorsichtig. »Wie lange wird es dauern, bis deine Pegasus-Freundin zurück ist?«

Makaios Blick haftete noch immer in den Bäumen und wanderte die Lianen entlang, die über ihnen hingen. »Ich denke, dass sie mindestens einen Tag brauchen wird, bis sie die ganze Küste und die Flüsse abgeflogen ist. Aber vielleicht haben wir ja Glück und sie findet deine Freundin schnell.« Er löste seinen Blick von den Lianen und ließ ihn zu einem entwurzelten Baumriesen schweifen, der nicht weit entfernt lag. Dort, wo er gestanden hatte, war ein tiefes Loch in der Erde und die Wurzel bildete eine dichte Wand, durch die das Loch zumindest von einer Seite gut geschützt war.

Makaio deutete darauf. »Aber wir bleiben jetzt sowieso erst mal hier und bauen uns ein Nachtlager.«

»Jetzt schon?« Eleni sah ihn empört an. »Es ist doch gerade mal Nachmittag! Wir müssen weitergehen und Philine suchen!«

Makaio drehte sich langsam zu ihr um. »Heute nicht mehr. Ich weiß nicht, wie es dir geht, aber ich werde von Mango und Kokosnuss nicht ganz satt. Und da wir jetzt leider ein ganzes Stück von meinem Strand entfernt sind, muss ich mir erst mal einen neuen Bogen bauen, wenn wir in den nächsten Tagen was essen wollen.«

Eleni schluckte. War das sein Ernst? »Heißt das, wir sitzen jetzt hier herum und basteln einen Bogen, während Philine womöglich getötet wird?«

Makaio wurde für einen Moment ganz still. Doch dann

zeichneten sich zornige Falten auf seine Stirn. »Deiner Freundin wird es nicht helfen, wenn wir in die falsche Richtung laufen – und ihr wird es nicht helfen, wenn du in ein paar Tagen halb verhungert bist. Ganz abgesehen davon, dass man auf dieser Insel nicht überall in Ruhe schlafen kann. Dieser Platz hier ist gut. Wenn wir jetzt weitergehen, finden wir womöglich keinen geeigneten Ort mehr, bevor es dunkel wird.« Er beugte sich in Elenis Richtung und wurde leise. »Und eins kann ich dir sagen: Wenn es dunkel wird, sollten wir dringend einen Unterschlupf haben!«

Eleni fröstelte. Sie dachte an die Schattengestalten, die sich bei Einbruch der Nacht über der Insel zusammenrotteten. Makaio hatte recht. Wenn es so weit war, wollte sie sich lieber in einem sicheren Unterschlupf verkriechen.

Die nächsten Stunden verbrachten sie damit, die Wurzelhöhle mit Ästen und großen Bananenblättern abzudecken. Sie flochten die Blätter so durch das Astgerüst, dass sie sogar Wind und Regen standhalten würden, und Makaio erklärte Eleni, wie sie die Blätter übereinanderfächern musste, damit das Regenwasser von ihnen herunter auf den Boden lief und nicht zwischen ihnen ins Innere der Höhle geleitet wurde. Sobald sie wusste, wie man das Dach bauen musste, fing Makaio an, fast jeden Zweig zu prüfen, den die umliegenden Bäume und Sträucher zu bieten hatten. Eleni hatte den Unterschlupf schließlich schon lange fertig gebaut, als Makaio noch immer seinen neuen Bogen in den Händen wog, wieder und wieder daran herumschnitzte und ihn mit einer Sehne aus Pflanzenfasern bespannte. Als er mit dem Bogen nach einer gefühlten Ewigkeit endlich zufrieden war, wiederholte er eine ähnliche

Prozedur, um ein paar Pfeile herzustellen. Eleni sprang immer wieder auf und lief hin und her, um ihre Unruhe zu bekämpfen. Aber Makaios düstere Blicke hielten sie davon ab, auch nur ein Wort zu sagen.

Kurz bevor die Dämmerung hereinbrach, grub er mit den Händen eine schmale Rinne rund um ihren Unterschlupf. Er knotete einen der Beutel von seinem Gürtel los und öffnete ihn. Eleni sah ihm irritiert zu, während er das Wasser aus dem gelb-schwarzen Fellbeutel in die Rinne träufelte. Es versickerte sofort in der Erde und sie hatte keine Idee, was der Sinn dieser Aktion sein sollte.

Als er fertig war, erklärte Makaio ihr, dass sie die Rinne auf keinen Fall berühren durfte, weder mit den Füßen noch mit den Händen.

Eleni konnte sich kaum vorstellen, wie eine feuchte Rille im Boden sie vor irgendetwas schützen würde. Am liebsten wollte sie Makaio danach fragen, welchen Zweck er mit der Furche verfolgte. Aber er blickte so finster drein, dass sie ihm einfach nur versprach, sich an seine Anweisung zu halten.

Als es dunkel wurde, krochen sie unter ihr Wurzel- und Blätterdach, deckten sich mit den größten Bananenblättern zu und lagen mit offenen Augen im Dämmerlicht.

Irgendwann fing die Erde unter ihrem Körper an zu vibrieren. Eleni wollte aufspringen, aber Makaios Hand streckte sich in ihre Richtung und machte eine beschwichtigende Geste. Das Vibrieren steigerte sich zu einem Beben. Ein tiefes Grollen löste sich in weiter Ferne und rollte über die Insel auf sie zu. Es steigerte sich auch dann noch weiter, als es schon ohrenbetäubend laut war. Es musste eine Steinlawine sein, die jeden Moment über sie hinwegstürzen würde.

Eleni griff nach Makaios Hand. Die Steinlawine kam immer näher … Aber sie erreichte sie nicht, und schließlich erzeugte das Knirschen und Beben ein anderes Bild vor Elenis innerem Auge: Sie sah Berge vor sich, von denen Teile abbrachen und sich über die Insel verschoben. Eleni wollte diese Vorstellung aus ihrem Kopf schütteln. Berge verschoben sich nicht. Aber je länger das Beben anhielt, desto deutlicher zeichnete sich dieses Bild in ihrer Fantasie.

Endlich ließ das Brechen und Schieben nach. Stattdessen erhob sich ein lautes Rauschen und Tosen, unzählige Flügel schlugen über den Baumriesen und von einer Sekunde auf die andere wurde es vollkommen finster. Die mächtigen Stämme knarrten und schwankten unter der Wucht und die Bananenblätter ihres Unterschlupfes knatterten im Sturm. Die Schatten versammelten sich dort oben!

Nach und nach wurde das Flattern gleichförmiger, so als würden die Kreaturen ihren Flügeltakt aufeinander abstimmen. Das Rauschen über ihnen bäumte sich auf. Äste und Zweige brachen und stürzten auf ihr Blätterdach. Irgendwo weiter hinten schien der Sturm einen Baumriesen zu entwurzeln. Zumindest hallte ein hölzernes Krachen durch den Dschungel und brachte den Boden ein weiteres Mal zum Beben.

In der nächsten Sekunde zog das Rauschen über sie hinweg, sirrende, riesige Flügel, die Eleni so oft über den Klippen gesehen hatte. Sie starteten direkt über ihnen und waren im nächsten Moment verschwunden.

Auf einmal war es still, so vollkommen still, dass sie ein schrilles Fiepen in ihren Ohren hörte.

Kurz darauf erwachten die Dschungeltiere zu neuem Leben und die Luft war wieder erfüllt von dem Abendgesang tropischer Vögel.

»Du kannst jetzt loslassen.« Makaios Hand bewegte sich unter ihren Fingern.

Eleni zog hastig ihre Hand zurück. »Tut mir leid!«

Aber dort, wo Makaio in der Dunkelheit lag, blitzte ein freundliches Lächeln auf. »Schon gut.« Seine Stimme kroch sanft und tröstend durch die Nacht, wurde schließlich so leise, dass Eleni ihn kaum noch hören konnte. »Wenn sie aus den Bergen kommen und über dem Dschungel aufsteigen – dann wünsche ich mir auch manchmal, ich könnte mich an einer Hand festhalten.«

Eleni hielt die Luft an und starrte in seine Richtung. Sie wollte nichts von dem verpassen, was er vielleicht noch sagen würde.

Doch Makaio verfiel in Schweigen – und nach einer Weile konnte sie an seinem gleichmäßigen Atem hören, dass er eingeschlafen war.

Kapitel Sechzehn

Die Nacht, in der Eleni verschwand, war eine Nacht, in der Leándra nicht schlief. Hinterher wusste sie nicht mehr, wann sie begriffen hatte, dass Eleni nicht zurückkehren würde. Womöglich hatte sie es bereits geahnt, als ihre Schwester im Restaurant aufgestanden war, weil sie sich so verabschiedet hatte wie jemand, der nicht vorhatte zurückzukommen: *Macht euch keine Sorgen um mich, ganz egal, was passiert.*

Eleni schien in diesem Moment gewusst zu haben, was geschehen würde – zumindest der Teil von ihr, der über sie herrschte, wenn sie nachts schlafwandelte. Wahrscheinlich hatte auch Arjana in diesem Augenblick Bescheid gewusst und selbst Oma Greta. Dennoch waren die beiden ruhig geblieben. Sie hatten ihre Lieblingsgerichte gegessen, als wäre alles in Ordnung. Oma Greta war mit Tom auf seine Olivenplantage gefahren und Arjana war mit Leándra zu dem versprochenen Sternenspaziergang aufgebrochen. Doch schließlich hatte ihre Mutter damit begonnen, eine lange, aufwühlende Geschichte zu erzählen. Es war ihre eigene Geschichte gewesen und in der wimmelte es von sonderbaren Ereignissen, von tödlichen Fähigkeiten, die Arjana in ihrer Jugend besessen hatte, und immer wieder kamen die Namen von Göttern darin vor. Zeus war einer davon, der Wichtigste, und Leándra konnte sich ein hysterisches Lachen kaum verkneifen, als ihre Mutter alles bestätigte, was sie bereits vermutet hatte: Zeus war ihr Großvater!

Gemeinsam wanderten sie bis zur Ausgrabungsstätte und schließlich erfuhr Leándra von der Nacht, in der ihre Mutter Elenis Vater begegnet war. Während sie unter dem Sonnensegel auf den Klappstühlen saßen, sah Leándra den Tempel vor ihrem inneren Auge, den ihre Mutter mit ihren Worten heraufbeschwor. Sie sah die Blitze vom Himmel zucken, entdeckte den dunklen, hübschen Mann, der sich aus dem Schatten der Tempelmauern löste, und bemerkte schließlich die drei Göttinnen, die einen seltsamen Faden aus ihren Händen sponnen.

Arjana erklärte, dass es die Moiren gewesen waren, die drei Schicksalsgöttinnen, die Elenis Schicksal in den langen Faden gewebt und ihr eine besondere Zukunft vorausgesagt hatten. Schließlich erzählte sie Leándra, wie sie Elenis besondere Zukunft von Anfang an vorbereitet hatte. Sie hatte den Tempel auf dieser Anhöhe von Agia Vasiliki seit damals im Blick behalten. Keine Luftaufnahme war von Kreta gemacht worden, ohne dass Arjana sie danach ausgewertet hatte. Und in dem Jahr, als zum ersten Mal ein Luftbild in der passenden Jahreszeit geschossen wurde, und die blühenden Phrygana-Büsche ganz deutlich die Umrisse des Tempels zeigten, hatte sie keine Zeit verloren und sich die Rechte an der Ausgrabung gesichert, bevor es jemand anderes tun konnte.

Seit Eleni ein kleines Kind gewesen war, seitdem sie zum ersten Mal in der Nacht geschlafwandelt war, hatte Arjana geahnt, welcher der vielen griechischen Götter Elenis Vater sein musste: Hypnos, der Gott des Schlafes! Und schon von Beginn an hatte sie vermutet, dass Elenis Fähigkeiten in dem Jahr überhandnehmen würden, in dem sie dreizehn wurde. Weil es bei ihr selbst genauso gewesen ist.

Und so hatte Arjana alles für diesen Sommer vorbereitet: die Ausgrabung, das Haus auf den Klippen, sogar ihre Mitarbeiter hatte sie schon ausgesucht, bevor Eleni auf der Klassenfahrt ihre Mitschüler in Angst und Schrecken versetzt hatte.

Leándra war sprachlos von der Geschichte, die ihre Mutter erzählte, von dieser sonderbaren Wahrheit, die sie so lange geahnt hatte und die kein normaler Mensch jemals begreifen würde. In dieser Nacht, während sie ihrer Mutter lauschte, wurde Leándra zum ersten Mal klar, dass sie selbst auch nicht normal war. Selbst wenn das Blut der Götter an ihr vorbeigezogen war, auch wenn sie keine besonderen Fähigkeiten besaß – sie war ein Teil dieser düsteren Geschichte und würde es immer sein. Sie war die Tochter ihrer Mutter und um nichts in der Welt würde sie ihre kleine Schwester im Stich lassen!

Auch nicht um das, was ihre Mutter fürchtete: Es gab einen Teil in dieser Geschichte, den Arjana nur zögernd erzählte. Leándra erkannte das schlechte Gewissen ihrer Mutter in jedem Wort, mit dem sie von ihrem Vater sprach. Aber sie erkannte auch die Liebe, mit der sie sich an ihn erinnerte, und sie fühlte, wie tragisch es für die beiden gewesen sein musste, einander zu verlieren.

Arjana schien zu erwarten, dass Leándra wütend auf sie sein würde – aber wie sollte sie auf eine Mutter böse sein, die sie liebte, die ihren Vater liebte und die ihre Schwester liebte – und deren einziger Fehler darin bestand, dass sie mit furchtbaren Fähigkeiten geboren worden war? Wer sollte es besser verstehen, als das Mädchen, das schon mit acht Jahren hinter ihrer kleinen Schwester hergeschlichen war, um sie nachts davor zu schützen, von einem Dach zu fallen oder vor ein Auto zu laufen – und die schon damals die gruseligen, prophetischen Worte aufgeschnappt hatte, die manchmal sogar mächtig genug waren, um das Leben von Menschen zu retten.

Ganz sicher würde Leándra bald schon eine Postkarte an ihren Vater schreiben – aber genauso sicher würde sie bei diesem schrulligen und halbgöttlichen Weiberclan bleiben, mit dem sie aufgewachsen war und den sie jetzt endlich so richtig verstand!

Immer wieder in dieser Nacht, in der Leándra nicht schlief und stattdessen der Geschichte ihrer Mutter lauschte, heulte sie Rotz und Wasser, um die traurigen Momente der Erzählung zu verdauen. Manchmal versuchte sie, ihre Tränen zu verbergen, und dann wieder hatte es keinen Zweck, ihr Weinen zu verleugnen. Und auch als sie schließlich zu ihrem Haus zurückgingen, schniefte sie noch vor sich hin.

Während sie die halbe Nacht mit ihrer Mutter auf der Ausgrabungsstätte verbracht hatte, hatte Leándra nicht weiter darüber nachgedacht, ob Eleni vielleicht schon längst wieder im Haus war und schlief. Doch als sie reinkamen und Elenis leeres Bett vorfanden, war es für Leándra nur ein weiterer logischer Schritt in einer unwahrscheinlichen Geschichte. Sie hatte Angst um ihre kleine Schwester, furchtbare Angst, die sie für den Rest der Nacht am Schlafen hinderte. Aber sie wusste auch, wie sinnlos es wäre, die Polizei zu rufen. Also starrte sie bis zum Morgengrauen dunkle Löcher in die Luft, dachte über das nach, was ihre Mutter ihr erzählt hatte, und hoffte, dass Eleni stark genug war, um ihre Aufgabe zu erfüllen. Leándra nahm sich vor, ebenfalls stark zu sein und ihre Angst so weit wie möglich zu verdrängen.

Auch Arjana und Greta versuchten offenbar, sich keine Sorgen zu machen. Zumindest hatte es beim Frühstück diesen Anschein – und selbst Markos wirkte gefasst, als er ihnen berichtete, dass auch Philine verschwunden war.

Erst nach dem Mittagessen erwischte Leándra ihre Mutter zusammen mit ihm in der Küche – wie sie sich umarmten und aneinander festhielten, als würden sie vor Angst um ihre verschwundenen Töchter beinahe sterben.

Leándra huschte schnell wieder aus der Tür hinaus, bevor die beiden sie bemerken konnten.

Trotz allem arbeiteten Arjana und Markos den ganzen Tag auf der Ausgrabungsstätte, als hätte alles seine Ordnung. Auch Leándra versuchte mitzuhelfen, um sich von ihren Sorgen abzulenken. Doch sie verbrachte den Tag wie in Trance. Die Müdigkeit zerrte von Stunde zu Stunde stärker an ihr und sie bemerkte nur am Rand die verzweifelten Blicke, die Kimon ihr zuwarf.

Nachdem sie sich am Abend in ihr Bett gelegt hatte, verfiel sie sofort in einen tiefen traumlosen Schlaf.

Doch nur kurz darauf, so schien es ihr, schreckte sie wieder auf.

Jemand saß an ihrem Bett!

Leándra glaubte für einen Moment, dass es Eleni war. Einen

kurzen, verwirrten Augenblick lang, war ihre Welt wieder in Ordnung.

Aber dann erkannte sie die zerzausten Locken im Gegenlicht, die viel kürzer waren als Elenis Haare. Auch das Gesicht war ein anderes.

»Kimon!« Leándra fuhr auf. »Was machst du denn hier?«

Kimon saß im Schlafanzug vor ihr, so wie ihre Schwester, wenn sie schlafwandelte. Nur dass er offenbar vom Dorf aus bis hierher gelaufen war.

»Wo sind sie?«, flüsterte er. »Philine und Eleni – wohin sind sie verschwunden?« Seine dunklen Augen erschienen groß und verstört. Tiefe Ringe zeichneten sich darunter ab, als hätte er ebenfalls seit zwei Nächten nicht mehr geschlafen.

Wie war er überhaupt ins Haus gekommen? Hatte Arjana nicht abgeschlossen, damit Eleni zurückkehren konnte? Oder war er durch ein offenes Fenster geklettert?

»Ich weiß nicht, wo sie sind«, flüsterte Leándra zurück. »Aber ihnen wird nichts passieren.«

Kimon stieß die Luft aus, als hätte er seinen Atem für lange Zeit angehalten. »Ihr wusstet, dass so etwas passieren würde, oder?«

Leándra starrte ihn an. »Wieso? … Woher? … Was weißt du davon?«

»Weil ich sie kenne!« Kimon klang verzweifelt. »Weil ich Philine schon so lange kenne, und weil sie so besonders ist, ganz anders als alle anderen – und weil Eleni genauso wie Philine ist, und trotzdem ein kleines bisschen unterschiedlich. Ich kann nicht sagen, was es ist, aber es fühlt sich so …« Seine staubige Jungenhand krallte sich in sein Schlafanzughemd, genau dorthin, wo sein Herz sein musste. »Es fühlt sich so schrecklich an«, wiederholte er leise. »Und trotzdem schön.« Seine Augen füllten sich mit Tränen, seine Lippen zitterten, ehe er sie tapfer zusammenpresste.

Leándra konnte nicht aufhören, Kimon anzustarren. Wie er vor ihr saß, verzweifelt und verliebt, und nur noch zur Hälfte ein kleiner Junge.

»Ach, Kimon!« Leándra konnte nicht anders: Sie zog ihn in ihre Arme. »Philine hat so verdammtes Glück mit dir! Dass sie so einen wie dich hat, der sie kennt und versteht.«

Kimon zitterte und Leándras Herz wollte platzen, weil sich seine Nähe plötzlich so anfühlte wie die eines kleinen Bruders. Er war viel süßer und viel klüger als Vasili und sie konnte von Glück reden, dass er nicht vier Jahre älter war. Sonst hätte sie sich an dem klugen und hübschen und älteren Kimon tatsächlich ihr Herz gebrochen.

Aber so wusste sie plötzlich, dass sich gebrochene Herzen viel schrecklicher anfühlen mussten, als alles, was sie je erlebt hatte.

»Ach, Kimon«, flüsterte sie in sein Ohr, streichelte über seine nächtlich zerzausten Locken und legte ihre Arme um seinen schmalen Rücken. »Philine wird zurückkommen. Das verspreche ich dir!«

Elenis Schläfen pochten, als sie aufwachte. Ihre Haut war feucht und in ihrem Mund brannte heftiger Durst. Dennoch wusste sie sofort, wo sie war. Schwaches Tageslicht drang durch das Dach aus Bananenblättern und über ihr zwitscherten die Vögel des Dschungels.

Dann war die Nacht bereits vorbei? Und sie hatte so tief

geschlafen, dass sie die Rückkehr der Schatten gar nicht bemerkt hatte.

Eleni richtete sich auf und sah zu Makaio. Er lag auf seiner Seite des Unterschlupfes und schlief. Die Bananenblätter waren über seinem Rücken zur Seite gerutscht und auf seiner Haut schillerten feine Tautröpfchen.

Elenis Blick heftete sich an seinen seltsamen Schuppenlederrock. Die Schuppen erinnerten sie an seinen Fischschwanz – aber viel wichtiger waren die Wasserbeutel, die er selbst im Schlaf nicht von seinem Gürtel gelöst hatte. Nur das Messer und der Fellbeutel lagen griffbereit neben seiner Hand.

Eleni blickte auf den gelb-schwarzen Beutel, aus dem er gestern das Wasser in die Rinne getröpfelt hatte. Vielleicht hatte er in der Nacht daraus getrunken und ihn dann dort liegen lassen? Sie hoffte, dass noch etwas Wasser darin war – und wenn es nur ein paar Tropfen waren – sie wollte es haben, musste es trinken! Jetzt gleich, um das Pochen in ihren Schläfen zu besänftigen.

Eleni griff nach dem Wasserbeutel und zog an dem Korkstöpsel.

»Halt!« Makaios Stimme peitschte durch die morgendliche Stille, er packte sie am Handgelenk. »Was willst du damit?«

Eleni räusperte sich, ihr Handgelenk schmerzte unter seinem Griff. »Ich wollte etwas trinken.«

Makaio fuhr auf, entriss ihr den Beutel und starrte sie so wütend an, wie sie ihn noch nie gesehen hatte. Schwarze Funken stoben förmlich aus seinen Augen und seine dichten Augenbrauen bildeten dunkle Gewitterwolken. »Trink niemals ungefragt aus einer meiner Flaschen! Hast du das verstanden?«

Eleni nickte hastig. Das Pochen in ihren Schläfen explodierte. Warum war er nur so wütend?

Makaio knotete den Fellbeutel mit unwirschen Bewegungen an seinen Gürtel.

»Ich dachte, es ist okay, wenn ich etwas von deinem Wasser nehme.« Elenis Stimme klang kleinlaut. »Ich weiß, wir müssen sparsam damit sein. Aber gestern hast du mir doch auch davon abgegeben.«

Makaio schnaubte verächtlich. »Gestern habe ich dir aber aus einer anderen Flasche zu trinken gegeben!« Er fingerte an den Schnüren, mit denen er einen prallen Lederbeutel festgebunden hatte, löste ihn endlich und warf ihn Eleni zu. »Hier! Wenn du trinken willst, nimm das!«

Eleni griff danach, riss den Stöpsel heraus und trank in gierigen langen Zügen, bis der Beutel leer war.

Als sie wieder aufsah, streifte Makaio wie ein gefangener Tiger in ihrem Unterschlupf hin und her. Dunkle Wut spielte auf seinem Gesicht. Schließlich ging er hinaus, kam kurz darauf wieder herein und zog Eleni am Handgelenk auf die Füße. »Komm mit! Ich zeig es dir!« Er führte sie nach draußen, drehte sich zu ihr um und deutete auf seinen gelbschwarzen Fellbeutel. »In dieser Flasche ist Gift! Ein Tropfen davon auf deiner Haut und du bist tot!« Er hob den Arm und zeigte auf die Rinne, die er gestern Abend gezogen hatte. »Sieh, dort! Du hast doch gesehen, dass ich das Gift in die Furche geträufelt habe ...«

Eleni erstarrte. In der Rille rund um ihr Lager wimmelte es von toten Schlangen, winzige grünliche Leiber, die offenbar in einem ganzen Rudel über sie herfallen wollten.

Makaio atmete tief ein und wurde schließlich ein kleines

bisschen ruhiger. »Ich habe immer einen Beutel mit Gift bei mir. Hier im Dschungel findet sich immer jemand, der großen Hunger auf dich hat.«

Eleni senkte den Kopf. »Tut mir leid. Ich wusste das nicht.«

Makaios Haltung änderte sich. »Meine Schuld. Ich hätte dir erklären müssen, warum ich das gestern getan habe.«

Er ließ ihr Handgelenk los, an dem er sie noch immer festgehalten hatte.

Eleni rieb sich über den weißen Abdruck, den seine Hand auf ihrer Haut hinterließ und der sich nur langsam wieder mit Blut füllte.

Makaio wich vor ihr zurück und drehte sich um. Schließlich flüsterte er etwas, von dem sie nur »… besser allein« verstand.

»Ich kann dich gern mal allein lassen«, murmelte Eleni. Sie schlich zu ihrem Unterschlupf, ließ sich auf ihr Lager fallen und wollte sich am liebsten verkriechen, bis der Pegasus zurückkam. Mit einem salzigen Brennen drängten sich die Tränen in ihre Augen. Hastig vergrub sie ihren Kopf in der Ellenbeuge.

Während sie möglichst lautlos in ihren Arm weinte, begriff sie allmählich, was gerade geschehen war: Sie hätte sich beinahe mit Makaios Gift das Leben genommen! Und das nur, weil er lieber brummig vor sich hin schwieg, anstatt ihr zu erklären, dass die durchsichtige Flüssigkeit in Wahrheit das wirksamste Gift war, das es auf diesem Planeten gab.

Ihr hübscher Makaio war offenbar ein vollkommen durchgeknallter Nixenjunge, der sich nicht entscheiden konnte, ob er kleine Mädchen lieber retten, küssen oder essen wollte.

Philine wurde womöglich gerade umgebracht – und sie

verschwendete ihre Zeit mit einem verrückten Nix. Am liebsten hätte sie laut geschrien.

»Wir müssen weiter.« Makaio stand plötzlich im Eingang.

Eleni zuckte zusammen. Sie versuchte, ihre Tränen ganz unauffällig in der Ellenbeuge abzustreifen, und richtete sich auf. »Ich dachte, wir warten hier, bis der Pegasus zurückkommt.«

Makaio nickte. »Das dachte ich auch. Aber jetzt müssen wir weiter, schnell!«

Er kam zu ihr, streckte die Hand aus, als wollte er sie schon wieder auf die Beine ziehen.

Eleni sprang auf und wich ihm aus.

Ein betretener Blick erschien in seinen Augen.

Eleni wollte ihn nicht länger ansehen. Sie drängte sich wortlos an ihm vorbei und ging nach draußen.

Lautes Gezeter hallte von Weitem durch den Wald. Sie brauchte einen Moment – aber dann erkannte sie das Affengeschrei weiter unten am Berg.

»Deshalb müssen wir weiter.« Makaio trat neben sie.

»Was? Hast du etwa Angst, dass die Affen uns verfolgen?« Eleni versuchte, spöttisch zu klingen.

Makaio schüttelte den Kopf. »Die Affen verfolgen uns nicht. Aber sie haben Angst vor der Kreatur, die uns verfolgt.«

Eleni schauderte. »Welche Kreatur?« Ein alarmierter Unterton mischte sich in ihre Stimme.

»Ich weiß nicht, was es ist.« Makaio klang ernst. »Aber es zieht eine deutliche Spur durch den Dschungel, genau den Weg entlang, den wir gestern gekommen sind. Schon vorhin, kurz nachdem wir aufgewacht sind, haben die Vögel unten am Fluss Warnrufe von sich gegeben. Seitdem kommen die Rufe immer näher – und jetzt ist unser Verfolger bei den Affen angekommen.«

Eleni versuchte, die aufsteigende Angst runterzuschlucken. Aber sie verklebte sich in ihrem Magen zu einem schwarzen Klumpen. Sie dachte an die Hesperiden, an die dunklen Götterschatten. Ob sie es waren, die sie verfolgten?

»Wir sollten noch ein Stück rennen.« Makaios Blick wirkte noch immer scheu. »Ich würde gern einen größeren Abstand zwischen unseren Verfolger und uns bringen.«

Eleni nickte. Etwas sagen konnte sie nicht.

In der nächsten Sekunde hielt Makaio ihre Hand und sie rannten, so schnell wie offenbar nur Halbgötter rennen konnten, oder andere nichtmenschliche Kreaturen. Sie flogen fast, sprangen über Hindernisse hinweg oder duckten sich unter ihnen hindurch, immer weiter den Berg hinauf, der sich dennoch endlos in die Höhe reckte.

Irgendwann blieb Makaio stehen und horchte. Dieses Mal keuchte er nicht, er hielt die Luft an, als hätte er noch mehr als genug Reserven.

Eleni hatte kaum noch Reserven. Das Blut in ihren Ohren rauschte und machte es unmöglich, irgendetwas anderes zu hören.

»Wir können langsamer weitergehen«, verkündete Makaio nach einer Weile.

»Ist er weg?« Eleni versuchte, irgendein Gezeter ausfindig zu machen. Aber da war nichts. Stattdessen fragte sie sich wieder, vor was sie eigentlich davonliefen.

»Nein. Weg ist er vermutlich nicht, aber die Vögel rufen nicht mehr. Also hat er sich anscheinend irgendwo niedergelassen. Vielleicht beschnuppert er gerade unser Lager. Oder er schläft.«

Eleni fröstelte. Die Vorstellung, dass ihr Verfolger jetzt dort war, wo sie eben noch geschlafen hatten, trieb ihr einen kalten Schauer über den Rücken. Aber wenigstens schien es ein Tier zu sein, ein Raubtier. Oder würde Makaio über einen der Schattengötter sagen, dass er ihr Lager beschnupperte? »Warum verfolgt er uns überhaupt? Hier gibt es doch genug andere Tiere, die er fressen könnte.«

Makaio sah noch immer so aus, als würde er in die Ferne horchen. »Weil wir in seinem Revier sind.«

Eleni strich sich den Schweiß aus dem Nacken. »Ist das alles? Nur weil wir in seinem Revier sind? Andere … Tiere … sind doch auch hier.«

Makaio nickte, drehte sich um und ging weiter. Für einen Moment glaubte Eleni, dass er ihr nicht antworten würde, aber dann fing er an zu erklären: »Wenn man an einem Ort wie diesem überleben will, dann muss man ein Revier besetzen, muss sich seinen Platz erkämpfen und versuchen, das stärkste Raubtier darin zu sein. Und wenn man das geschafft hat, sollte man sich an die Grenzen halten, die einen umgeben. In meinem Revier bin ich das stärkste Raubtier.« Die Worte blieben für einen Moment in der Luft stehen und erstickten dann in dem Farnkraut um sie herum. Makaio drehte sich kurz zu ihr um, dunkle Schatten krochen über sein Gesicht. »Aber dieses Revier hier gehört jemand anderem. Und dieses Tier, oder zumindest ein Mitglied des Rudels, hat jetzt unsere Witterung aufgenommen. Es kann riechen, dass wir ebenfalls Raubtiere sind, weil wir Fleisch essen.« Makaio blieb stehen, atmete tief ein und sah Eleni in die Augen. »Es verfolgt uns, weil es wissen will, wer wir sind. Und wenn es dann glaubt, es könnte gegen uns gewinnen, wird es seine Stellung im Revier verteidigen.«

Eleni presste die Lippen aufeinander. Ihr fiel es schwer, seinem Blick standzuhalten. Makaio war selbst ein Raubtier. Mit allem, was er sagte und tat, wurde es deutlicher. Aber was wollte er von ihr? War sie auch in sein Revier eingedrungen? Sah er sie als Konkurrenz oder als Futter? Oder diente er doch einem höheren Ziel und wollte sie auf direktem Weg zu den Schatten bringen, die nach ihr suchten?

Sie musste wieder daran denken, dass er mal ein Kind gewesen war. Ein kleiner Junge, der vor dem Fernseher saß und sich das Dschungelbuch anschaute. Irgendwo auf der Welt. Eleni konnte noch immer nicht sagen, von welchem Kontinent er stammte – aber es musste einer sein, auf dem außergewöhnlich schöne Menschen lebten.

Was hatte ihn hierher gebracht? Und wie war er zu einem Nixenjungen geworden?

Makaio ließ ihren Blick endlich los und ging wieder vor ihr her. Aber Eleni fühlte sich schrecklich, während sie ihm nachstolperte. Ihr wurde ganz schwindelig von dem, was in ihrem Inneren vor sich ging. Ganz gleich, wie gefährlich Makaio auch war, ganz gleich, ob er wütend wurde und sie anschrie – ein Teil von ihr mochte ihn trotz allem und das Kribbeln in ihrem Bauch wurde nur umso schlimmer.

Ohne dass sie etwas dagegen tun konnte, sammelten sich die Tränen in ihren Augen und liefen über ihr Gesicht.

Eleni musste unweigerlich an Philine denken. Ganz leicht könnte ihre Freundin das schreckliche Gefühl von ihrer Seele nehmen. Doch Philine war nicht hier und Elenis Gedanken tauchten in eine schwarze Wolke, wenn sie daran dachte, was mit ihr geschehen war. Sie musste ihre Freundin wiederfinden! Jetzt gleich! Sie wollte Philine endlich in die Arme nehmen, wollte ihre sanfte Stimme hören und ihr helles Lachen, dessen Echo von den Felswänden herabperlte. Philine war das liebste und netteste Mädchen, das sie kannte, sie hatte es nicht verdient, dass so etwas mit ihr passierte.

Und Eleni war schuld an ihrem Schicksal! Vor allem deshalb war es solch ein Fluch, in die Zukunft sehen zu können – weil man dadurch an allem die Schuld trug, was mit den Menschen um einen herum geschah.

Unaufhörlich strömten die Tränen über ihr Gesicht. Makaio sollte ihr Weinen nicht hören. Aber sie konnte nichts dagegen tun.

Schließlich blieb er stehen, drehte sich zu ihr herum und legte die Hand an ihre Wange.

Am liebsten wollte sie seine Hand wegschlagen. Aber sein weicher Blick betäubte sie. »Es wäre gut, wenn du aufhören könntest zu weinen«, flüsterte er. »Damit er nicht riecht, wie verletzlich du bist.«

Eleni erstarrte. *Er?* Natürlich, Makaio meinte das Raubtier, das sie verfolgte.

Aber was sollte das? Warum streichelte er sie und sagte ihr, wie verletzlich sie war? Er war selbst ein Raubtier, das sie jagte – und jetzt spielte er mit ihr. Eleni blickte ihm in die Augen, in seine hübschen, traurigen Mandelaugen.

»Idiot!«, flüsterte sie. »Scher dich zum Teufel!«

Makaio ließ seine Hand sinken, aber sie blieb auf Elenis Schulter liegen. Auch sein Kopf senkte sich, bis seine schwarzen struppigen Mogli-Haare ihr Gesicht streiften. »Hass mich ruhig.« Seine Stimme klang tief, erstaunlich erwachsen, und gleichzeitig so traurig, dass Eleni unter dem Klang aufschniefte. »Ist wahrscheinlich besser für dich.« Damit ließ er sie los, wandte sich ab und ging wieder vor ihr her.

Für den Rest des Weges schwiegen sie. Auch dann noch, als sie den Kamm des Berges erreichten. Selbst hier oben war er noch vom Dschungel überzogen und nicht einmal Sturm und Wetter schienen den Baumriesen etwas anhaben zu können. Sie wanderten eine Weile zwischen den Bäumen den Kamm entlang. Eleni wusste nicht, ob Makaio nach etwas Bestimmtem suchte oder ob er einfach nur ziellos weiterwanderte. In jedem Fall verdüsterte sich der Himmel über dem Dschungel und bald drang kaum noch Licht auf den Waldboden herunter.

»Wir sollten uns irgendeinen Schutz suchen«, erklärte Makaio schließlich. Wie eine Antwort rollte grollender Donner aus der Ferne heran.

Aber schon nach ein paar Schritten wurde es vor ihnen heller. Eleni glaubte zunächst, die Wolken würden den Himmel wieder freigeben – doch so war es nicht.

Es wurde heller, weil sie eine freie Fläche erreicht hatten. Ein steiler Abgrund fiel zur einen Seite des Berges ab. Erst viel weiter unten wuchsen die nächsten Baumriesen, sodass sie oberhalb der Baumkronen in die Ferne blicken konnten.

Dort unten öffnete sich ein tief gelegenes Tal: dichter, grüner Dschungel, so weit das Auge reichte. Schwarze Wolkenberge türmten sich darüber auf, umhüllten die Bergspitzen, die das riesige Tal am seitlichen Horizont umrahmten, und fielen weiter hinten in einem silbrigen Regenschleier bis auf den Grund der Ebene.

Die dunklen Wolken drängten sich wie eine Horde riesiger Tiere aneinander. Wütende Donner grollten durch das Tal und der Regenschleier schob sich rasend schnell näher und verschluckte die Ebene. Sie verschwand hinter einer grauen Wand. Tosender Wind erhob sich, wirbelte die Haare um Elenis Gesicht und riss sie beinahe von ihren Füßen.

»Dort!« Makaio schrie gegen den Sturm an. Er zeigte auf eine Felsformation, die am Rand des Abgrundes aufragte. »Da ist ein Felsvorsprung!«

Eleni erkannte, was er meinte: eine dunkle Öffnung, die von hier aus ganz schmal aussah, aber vermutlich so gelegen war, dass man von der Höhle aus über das Tal sehen konnte. Makaio fasste ihre Hand und sie rannten darauf zu. Ein weiterer Donner grollte, grelles Licht zuckte über den Himmel und der Regenschleier erreichte den Fuß des Berges.

Nur noch wenige Schritte bis zum Felsvorsprung! Gerade noch rechtzeitig schlüpfte Makaio durch die Öffnung und zog Eleni hinter sich her, ehe der Regen auf die Felsen herabprasselte und jeglichen Blick nach draußen versperrte.

Die Höhle war winzig. Eleni musste ihren letzten Schwung bremsen, um nicht in Makaios Arme zu stolpern. Sie trat einen schnellen Schritt vor ihm zurück und setzte sich am Rand der kleinen Höhle auf den Boden.

Auch Makaio ließ sich ein Stück weit von ihr entfernt nieder. Zusammen starrten sie nach draußen, gegen den weißen Regenschleier, der nichts mehr von der Welt dahinter erkennen ließ. Dabei musste direkt vor ihnen der Abgrund liegen, der zum Tal hinabführte. Wenn der Regen nicht wäre, könnten sie bestimmt kilometerweit sehen, vielleicht sogar über das ganze Innere der Insel hinweg.

Doch der Sturm über ihnen toste und peitschte den Regen

um ihren Unterschlupf. Auf einmal kam Eleni der Gedanke, dass die Stürme auf dieser Insel eine besondere Bedeutung hatten. Was sollte sie tun, wenn die Insel ein weiteres Mal ihren Aufenthaltsort wechselte? Wenn sie nach diesem Gewitter plötzlich nicht mehr vor Kreta lag, sondern irgendwo anders auf der Welt?

Eleni schnappte nach Luft. Auch Makaio war von der normalen Welt aus auf diese Insel gekommen. Hieß das, die Insel hatte ihn von seiner Heimat fortgerissen? Sie musste herausfinden, wie schlimm es sein konnte. »Woher stammst du eigentlich?«, flüsterte sie. »Ich meine, bevor du auf die Insel gekommen bist?«

Makaio öffnete den Mund … im selben Moment peitschte ein Blitz vom Himmel und schlug in der Nähe in den Wald ein. Der Donner kreischte, Holz zersplitterte. Als der Krach verstummte, hielt Makaio den Mund wieder geschlossen.

Hatte er ihr etwa geantwortet und sie hatte es verpasst?

Nein. In seinem verschlossenen Blick konnte sie lesen, dass er nicht antworten wollte.

Makaio stand hastig auf und deutete nach draußen. »Hast du Hunger? Ich werde uns was zu essen besorgen.«

»Du willst rausgehen?« Eleni starrte ihn entsetzt an. »Jetzt?«

Makaio grinste schief. »Wieso nicht? Hast du etwa Angst, ich könnte vom Blitz erschlagen werden?«

Eleni kniff die Augen zusammen. Ja, sie hatte Angst. Genau davor, dass ihr Großvater ihn mit einem einzigen, gezielten Blitz erledigte – aber davon wollte sie lieber nicht reden. »Nein, geh ruhig«, erklärte sie tapfer. »Ich passe hier auf, damit keine Raubtiere in unseren Unterschlupf kommen.«

Makaio hielt inne. Auf einmal war er derjenige, der besorgt aussah. »Wenn du willst, nehme ich dich mit zum Jagen. Dann musst du hier nicht allein bleiben.«

Eleni pfiff verächtlich durch die Zähne und machte eine abweisende Handbewegung. »Jetzt geh schon! Du musst mich nicht beschützen!«

Makaio zögerte noch immer, aber schließlich duckte er sich unter der Kante des Felsvorsprungs und lief nach draußen. Nur Sekunden später verschwand er hinter dem Vorhang aus Regen und Nebel.

Würden sich seine Beine bei so viel Wasser nicht in einen Fischschwanz verwandeln?

Eleni musste grinsen bei der Vorstellung, wie er hilflos im Dschungel in einer Pfütze lag und wütend mit seiner Schwanzflosse auf den Boden klopfte.

Aber wahrscheinlich wusste er, was er tat.

Eleni zog ihre Beine eng an den Oberkörper und kauerte sich dicht an die Felswand. Obwohl die Luft noch immer warm und schwül war, fing sie an zu frieren. Ihr Magen schmerzte vor Hunger.

Wo Philine jetzt wohl war? Wurde sie draußen gefangen gehalten, oder hatte sie wenigstens ein Dach über dem Kopf? Bekam sie zu essen? Genug zu trinken?

Wieder wollten sich die Tränen in Elenis Augen drängen. Aber sie dachte an das, was Makaio gesagt hatte, und schluckte sie mit aller Gewalt hinunter. Das Raubtier sollte nicht ihre Schwäche riechen …

Das Nixenraubtier Makaio kannte ihre Schwäche bereits zu genüge. So gesehen könnte sie einfach weiterheulen. Aber sie hatte sich vor ihm schon genug Blöße gegeben, und wenn er zurückkam, sollte er sie nicht schon wieder mit rot verheultem Gesicht vorfinden.

Allmählich wurde der Regen schwächer. Der silbrige Schleier vor ihrem Unterschlupf wurde dünner, bis das dunkelgrüne Dschungeltal hindurchschimmerte. Schließlich zuckten auch die Blitze immer seltener, die Donner glitten in der Ferne davon und hinter den letzten Regentropfen brach die Sonne hervor. Der Regen verstummte, bis nur noch ein leises Plätschern die Felsen hinabtropfte – und plötzlich konnte sie das ganze Tal sehen: ein weites dunkelgrünes Meer, das unter ihr in den letzten Sturmböen wogte. In drei Richtungen dehnte es sich fast endlos. Nur rechts und links wurde es von weit entfernten, bläulichen Bergen umrahmt – und geradeaus versank die grüne Weite in einem weißlichen Dunst, der ihren Blick nicht hindurchließ.

Die letzten Wolkentrümmer trieben stürmisch über den Himmel davon, bis die Sonne so unerbittlich herabglühte, dass der Dschungel anfing zu dampfen. Innerhalb von Sekunden bildete sich dichter Nebel über dem Tal, verhüllte das Grün und stieg in den Himmel auf.

Eleni spähte durch die seitliche Öffnung ihrer Höhle, durch die sie gekommen waren: Auch der Boden, über den sie eben noch gelaufen waren, dampfte. Hastig sprang sie auf und lief nach draußen. Sie wollte selbst die Sonne spüren, wollte sich von dem dunklen Moment erholen und in der frischen Luft aufatmen.

Gerade als sie am Rand des Abgrundes stand und über das Nebeltal blickte, bemerkte sie eine Bewegung aus ihren Augenwinkeln.

Makaio kehrte zurück. Er war tropfnass, von oben bis unten. Seine Haare hingen strähnig in sein Gesicht, die Fellbeutel an seinem Gürtel sahen aus wie nasse Katzen und selbst von seiner Haut stieg Dampf auf. Eine dünne Nebelwolke umhüllte seine Gestalt, als wäre gerade ein Feuer auf seiner Haut gelöscht worden. Aber er strahlte, während er auf sie zukam. Es war ein so ehrliches Lächeln, mit dem er Eleni tatsächlich zum Schmunzeln brachte.

Triumphierend hielt er ihr seine Beute entgegen, einen hühnerähnlichen Vogel, der kopfüber nach unten baumelte.

Eleni wollte das tote Tier nicht näher ansehen. Auch während Makaio den Vogel rupfte und zubereitete, hielt sie sich lieber von ihm fern. Doch als ihr Mittagessen schließlich über dem Feuer brutzelte und ein würziger Fleischgeruch an ihr vorbeiwehte, tanzte ihr knurrender Magen vor Freude.

Wenn man hier überleben wollte, musste man sich wohl daran gewöhnen, dass Essen nicht im Supermarkt geboren wurde und erst recht nicht von allein auf ihren Teller sprang.

Genauso leicht konnte man jedoch selbst zu dem Futter der anderen werden. »Ist das Raubtier noch hinter uns her?«

Makaio drehte seelenruhig an dem Spieß, auf dem ihr Vogelbraten über dem Feuer hing. »Ich habe lange nichts Verdächtiges mehr gehört. Vermutlich hat der Regen unsere Spuren verwischt.« Er hob den Kopf und lächelte ihr tröstlich zu. »Und selbst wenn nicht: Solange das Feuer neben uns brennt, wird sich jede Raubkatze von uns fernhalten. Also nehmen wir uns eine kleine Pause, bis wir wieder satt sind.«

Eine Raubkatze also. Das war der Verfolger, mit dem Makaio rechnete. Wenn das so war, war Eleni sich nicht sicher, ob sie ein Feuer trösten konnte. Vermutlich gab es nichts, was sie jetzt trösten konnte. Sie wollte keine Pausen mehr, sie mussten vorankommen, in Philines Richtung. Aber Eleni sah ein, wie sinnlos ihre Wanderung war, solange sie nicht wussten, wo ihre Freundin versteckt wurde.

Wann würde dieser Pegasus nur endlich wiederkommen? Sie waren von ihrem Treffpunkt weggelaufen. Ob er sie überhaupt wiederfinden würde?

Um irgendetwas zu tun, trat Eleni wieder an den Rand des Abgrundes und blickte über das Tal. Der Dampf hatte sich inzwischen in der Sonne aufgelöst und das Dschungelmeer zeigte seine volle Größe, fast bis zum Horizont. Eleni entdeckte eine Reihe von Wasserläufen, die sich dort unten zwischen den Bäumen entlangzogen. An einigen Stellen waren sie breit wie ein Fluss, an anderen schmal wie ein Bach. Mancherorts verbreiterten sich die Bachläufe zu grünen Tümpeln und kleinen Seen, und dann wieder wurden sie so schmal, dass nur die Anordnung der Baumriesen sie erahnen ließ. Doch in all dem bunten Durcheinander erkannte Eleni schließlich eine Struktur, eine Regelmäßigkeit, die es in einem wilden Dschungel wie diesem gar nicht geben dürfte: Die Wasserläufe, so unterschiedlich sie auch waren, bildeten ein Karomuster, das die Ebene in gleich große Baumfelder aufteilte.

»Atlantis!« Eleni keuchte auf. Genau das hatte Philine aus ihrem Internetartikel vorgelesen: dass es im Zentrum von Atlantis eine weite, zentrale Ebene gab, die von rechtwinkligen Kanälen durchzogen wurde.

Dies hier war der Beweis! Sie waren auf Atlantis, oder besser gesagt auf der Insel, die vor mehr als elftausend Jahren Atlantis gewesen war. Nur die Zivilisation, die es damals hier gegeben hatte, war verschwunden. Der Dschungel hatte sich die Insel zurückerobert und vermutlich selbst die letzten menschlichen Trümmer weit unter seinen Wurzeln begraben.

Wenn ihre Mutter jetzt hier wäre ... wenn sie sehen könnte, dass hier der Ort war, an dem sie Atlantis ausgraben könnte ...

»Wir haben Atlantis gefunden«, murmelte Eleni vor sich hin.

»Was ist los? Alles in Ordnung?« Makaio klang besorgt.

Eleni fuhr zu ihm herum. Leiser Schwindel wehte durch ihre Gedanken. Das alles konnte nicht real sein. Es war so ... sie fand keine Worte dafür. »Wusstest du, dass du auf Atlantis lebst?«

Makaio schüttelte verständnislos den Kopf. Er stand langsam auf und kam auf sie zu. »Atlantis? Was meinst du damit?«

Eleni legte den Kopf zur Seite. Hieß das, er wusste nichts von den Mythen, die sich die Menschen seit Jahrtausenden erzählten? Wo, zum Teufel, war er aufgewachsen? Und wie lange war er schon auf dieser Insel, wenn er solche Dinge noch nie gehört hatte. Anstatt ihm zu antworten, wandte sie sich wieder dem Tal zu.

Plötzlich entdeckte sie noch etwas: Ganz hinten sah der Dschungel seltsam aus. Sie war sich fast sicher, dass die Erhebung am Ende des Tals ein weiterer Berg war, aber davor erschien das Grün heller und flacher und dazwischen lagen braune Sprenkel, die ihr merkwürdig quadratisch erschienen. Fast wie Hütten oder kleine Häuser, inmitten von grünen Wiesen. Doch auch dieses Grün variierte und war ebenfalls in einem Karomuster angeordnet. Wie Felder, auf denen etwas angebaut wurde.

Elenis Schwindel nahm zu. »Leben dort hinten Menschen?«

Makaio stieß überrascht die Luft aus. Er folgte ihrem Blick und legte die Hand über die Augen. »Ich weiß es nicht.«

»Hast du hier denn schon mal Menschen gesehen?«

Makaio antwortete nicht. Er blickte nur immer weiter in die Ferne, als könnte er jemanden erkennen, wenn er nur lange genug schaute. Aber dafür war es wirklich zu weit entfernt.

Vielleicht waren das dort hinten auch die Schatten? Eleni erinnerte sich daran, was Philine vermutet hatte: Ihrer Meinung nach sahen die Schatten auf der Insel womöglich menschlicher aus. Vielleicht wohnten sie auch in Hütten und bauten Nahrung an?

Andererseits hatte Philine auch vermutet, dass Makaio einer der Schatten sein könnte – aber er war es nicht, zumindest war er in der Nacht nicht mit ihnen davongeflogen.

»Wenn du hier noch keine Menschen gesehen hast …«, Eleni sprach langsam, »bist du schon mal den Schattengestalten begegnet, die hier auf der Insel leben? Ich meine die Kreaturen, die in der Dämmerung aufsteigen und von der Insel fliegen?«

Für einen Moment schien es, als würde Makaio ihr schon wieder nicht antworten. Aber schließlich sah er sie an. Furcht lag in seinem Blick. »Manchmal kommen sie in der Nacht, wenn ich schlafe.«

Eleni schauderte. »Wenn du schläfst? Tun sie dir was?«

Makaio blickte wieder in die Weite und zuckte mit den Schultern.

Eleni ahnte, dass er nicht vorhatte, noch mehr darüber zu erzählen. »Und die Menschen?«, fragte sie vorsichtig. »Du bist hier allein. Vermisst du es nicht manchmal, in Gesellschaft anderer zu sein?«

Makaio stieß ein leises Lachen aus. »Mit Menschen ist es genauso wie mit Tieren.« Er sah sie wieder an, Bitterkeit spielte um seinen Mund. »Falls das dort hinten wirklich Menschen sind, sollte ich mich lieber von ihrem Revier fernhalten.«

Eleni hielt die Luft an. »Willst du nicht wenigstens herausfinden, wer dort wohnt? Vielleicht sind sie freundlich und du könntest mit ihnen zusammenleben?«

Makaio blickte nach unten, seine nackten Füße scharrten über den Boden. »Es mag sein, dass die meisten Menschen gerne mit anderen Menschen zusammen sind.« Plötzlich klang seine Stimme traurig. »Aber es gibt auch Menschen, die besser für sich bleiben und niemandem über den Weg laufen.«

Als er sie wieder ansah, erschien er verloren, so einsam wie an dem ersten Tag, als er auf den Felsen gestanden und ihnen nachgesehen hatte.

»Heißt das, du willst allein sein?« Eleni konnte nur noch flüstern.

Makaio nickte.

Ein dumpfes Gefühl setzte sich in Elenis Kehle. Sie versuchte, es hinunterzuschlucken. »Warum?«

Makaios Füße scharrten wieder über den Boden, die Haare fielen in sein Gesicht. Eine ganze Weile druckste er herum, ehe er ins Leere hauchte: »Weil ich gefährlich bin.«

Eleni hielt den Atem an. Hatte er das wirklich gerade gesagt? »Gefährlich?«

Plötzlich sah er sie an, so direkt, als wäre jetzt der Moment gekommen, in dem er über sie herfallen wollte. »Ja! Gefährlich! Ich bin nicht so wie andere. Für mich ist es leichter, Menschen zu töten, als sie nicht zu töten.«

Eleni wich vor ihm zurück. Da war es wieder: Er war ein Nix, eine Kreatur, die Menschenfleisch fraß! Doch seine Augen schimmerten unglücklich. Er wollte es nicht! Er wollte niemanden töten!

War er deshalb vor ihr zurückgewichen, nachdem sie ans Flussufer gekrochen waren? Weil er plötzlich das Bedürfnis gehabt hatte, sie zu fressen? War er deshalb so launisch und manchmal so wütend? Weil er die ganze Zeit gegen den Drang ankämpfte, sie zu töten?

Ob er auch das zugeben würde, wenn sie ihn fragte?

»Und es gibt Menschen«, flüsterte sie, »die sind überhaupt keine Menschen.«

Makaio sah sie noch immer an, die Traurigkeit glimmte in seinen Augen. Offenbar wollte er doch nicht über sie herfallen.

»Was bist du, Makaio?«

Er lachte leise auf, für eine Sekunde sah es aus, als wollte er etwas sagen …

Doch dann strich ein flatterndes Rauschen über den Kamm des Berges. Der Pegasus segelte über den Waldrand neben ihrem Aussichtspunkt. Es war ein gewaltiges Tier! Mit den ausgebreiteten Flügeln musste es so breit sein, wie die Baumriesen hoch waren. Der Pegasus ließ sich tiefer gleiten, drehte eine halbe Runde über der Freifläche und landete schließlich hinter Makaio am Rand des Abgrunds. Seine Flügel flatterten noch kurz, als müssten sie sich ausschütteln und legten sich dann über dem Pferderücken zusammen.

Makaio drehte sich zu dem Tier um, tätschelte den Hals der Pegasus-Stute und sprach in ihr Pferdeohr. Die beiden hielten ein seltsames Zwiegespräch, das aus lautlosem Flüstern und den Gesten des Tieres bestand.

Doch nach einer gefühlten Ewigkeit drehte Makaio sich zu Eleni um. »Sie hat deine Freundin gefunden. Philine lebt.«

Kapitel Siebzehn

Wie in einem wirren Film streiften die Erinnerungen durch Philines Gedanken. Sie hörte schreiende Delfine, schwarze Schatten flimmerten vor ihren Augen und um sie herum peitschten die Fischschwänze der Hesperiden. Die dunkle Tiefe des Meeres legte sich beklemmend um ihre Lunge, aber von irgendwoher kam Luft, ausreichend Luft, um zu überleben. Unablässig versuchte sie, die Erinnerungen zu ordnen, zu verstehen, was mit ihr passierte. Aber immer wenn sie glaubte, etwas fassen zu können, wirbelten die Bilder wieder durcheinander – wie in einem Fiebertraum, der keinen Anfang und kein Ende besaß und sich einfach nur endlos im Kreis drehte.

Der einzige ruhige Punkt in dem Traum war die Höhle, rauer, harter Stein unter ihrem Körper und kühle Luft auf ihrer Haut. Doch jedes Mal, wenn sie anfing, sich in der Ruhe zu erholen, kehrte das Wasser zurück, hob sie hoch und warf sie mit dem Schaukeln der Wellen hin und her.

Philine rechnete nicht mehr damit, dass der Albtraum irgendwann enden würde. Aber schließlich kam der Moment, in dem er vorbei war.

Philine fuhr auf. Sie war tatsächlich in der Höhle aus ihrem Traum! Es war ein kleiner Raum, in dem sie von dunklen Steinen umschlossen wurde. Nur am Ende der Höhle war eine Öffnung, durch die dämmriges Tageslicht hereindrang. Philine bewegte ihre Arme, ihre Beine … sie fühlten sich steif und schwach an, aber ihre Muskeln funktionierten noch. Ohne darüber nachzudenken, hob sie sich auf alle viere. Sie musste zum Licht, musste aus der Höhle schauen und sehen, wo sie war!

Erst in diesem Moment hörte sie das patschende Geräusch. Aus allen Richtungen drang es auf sie ein. Dann sah sie die Gestalten im Gegenlicht: Sieben Kreaturen umzingelten sie im Halbkreis, ihre schlagenden Fischschwänze klopften im Gleichtakt auf den Boden.

Die Hesperiden!

Philine hielt inne. Die Augen der Nixen starrten sie an, sieben durchdringende Augenpaare, die nicht ein einziges Mal blinzelten. In grotesken Gesten hatten die Meerjungfrauen ihre Köpfe zur Seite geneigt und machten den Eindruck, als würden sie schon seit Stunden so regungslos dasitzen.

Philine schluckte einen schweren Kloß hinunter und setzte sich wieder zurück in die Ecke, in der sie zuvor gelegen hatte.

Die Gesichter der Hesperiden regten sich noch immer nicht, nur ihre Schwanzflossen klopften im Takt. Fast erschienen sie wie in Trance, mit ihren Gedanken ganz weit fort. Falls sie überhaupt so etwas wie Gedanken besaßen.

Philine kroch noch weiter zurück an die Felswand und fragte sich, was sie jetzt tun sollte. Sie begriff, dass die Hesperiden sie gefangen hatten, dass sie jetzt hier saßen, um sie zu bewachen. Hieß das, die Kreaturen hatten sie auf die Insel gebracht? Wo sonst sollten die Beschützerinnen der Insel sie gefangen halten?

Ob ihre reglosen Wächterinnen es bemerken würden, wenn sie aufstand – wenn sie einfach aus der Höhle hinausspazierte?

Als hätten sie Philines Fluchtgedanken erahnt, ruckten die Köpfe der Hesperiden herum und wurden lebendig. Die Vorderste von ihnen hörte auf, mit ihrem Schwanz zu schlagen. In Sekundenschnelle veränderten sich die schillernden Fischschuppen, glätteten sich und teilten sich in zwei menschliche Beine. Noch in derselben Bewegung stand die Nymphe auf und hockte sich vor Philine auf den Boden.

Eine leichte Brise wehte durch die Höhlenöffnung herein, wirbelte die roten Haare der Meerjungfrau um ihr ausdrucksloses Gesicht. Kalte grüne Augen musterten Philines Körper, glitten über ihre Arme, ihre Beine, streiften suchend über ihr Gesicht.

Philine wollte die Nixe anfauchen, aber es wurde nur eine klägliche, kleinlaute Frage: »Was wollt ihr von mir?«

Die Nymphe reagierte nicht darauf. Sie fuhr ungerührt mit ihrer seltsamen Körperuntersuchung fort. Plötzlich schnellte ihre Hand nach oben und schnipste in die Luft.

Philine zuckte vor ihr zurück.

Die Nymphe beobachtete ihre Reaktion, als wäre sie ein Experiment. »Mensch!«, urteilte sie mit gefühlloser Stimme.

Philine kräuselte die Stirn. »Was soll das?« Dieses Mal fauchte sie schon viel mehr.

Die Nixe riss ihren Mund auf, eine Sekunde starrte Philine in ihren gierigen Schlund – als plötzlich ein fiependes Geräusch herauskam, so irrsinnig hoch, dass es in ihren Ohren stach. Philine keuchte auf, presste die Hände auf die Ohren, aber das Fiepen drang hindurch, wollte ihr Trommelfell zerreißen.

In der nächsten Sekunde verstummte es. Stattdessen setzte ein mehrstimmiges Fauchen ein.

Es waren die anderen Hesperiden!

Gleich darauf war es wieder still.

»Göttin!«, erklärte die rothaarige Nymphe. Noch mitten im Wort schnellte ihre Hand nach vorn, eine spitze Kralle ritzte über Philines Arm.

»Au!« Philine schrie auf, wollte vor der Nixe zurückweichen.

Aber die Rothaarige griff nach ihrem Arm und zog ihn zu sich heran. Ihre Nase strich über Philines Oberarm, schnupperte an der langen blutigen Schramme. Im nächsten Moment zuckte ihre Zunge hervor, leckte blitzschnell über die Blutspur und verschwand wieder in ihrem Mund.

Philine schrie erneut. Aber es tat nicht weh. Ganz im Gegenteil: Die Schramme auf ihrer Haut war verschwunden, als hätte die Zunge sie zusammengeklebt.

Die rothaarige Nymphe hielt ihre Augen geschlossen, ihr Mund schob sich spitz nach vorne und bewegte sich, als würde sie das Blut auf ihrer Zunge hin und her schaukeln.

Als sie die Augen wieder öffnete, sprangen schwarze Blitze heraus, blanke Wut spiegelte sich in ihrem Gesicht. »Nachtblut!«, spuckte sie aus.

»Nur Nachtblut?« Es war eine der anderen Hesperiden. Plötzlich standen alle sieben um sie herum, auf menschlichen, schlanken Beinen.

»Kannst du ihn nicht schmecken?« Die blonde Nixe klang

verwundert. »Er wird sein Blut doch nicht überdecken. Dafür ist er zu stolz.«

»Lasst euch nicht täuschen«, mischte sich die asiatische Nymphe ein. Sie drängte sich zwischen den anderen hervor und kniete sich vor Philine auf den Boden. »Er ist ein Meister der Täuschung. Also glaubt nicht, dass er seinen Spross ohne angemessene Tarnung in unsere Nähe lässt.« Ihre Hand schoss nach vorne.

Aber dieses Mal war Philine schneller. Sie riss ihren Arm zurück und die Kralle am Zeigefinger der Nixe schlug ins Leere.

Ein silbriges mehrstimmiges Lachen hallte durch die kleine Höhle. Es war ein spöttischer Chor, mit dem die Hesperiden über Philines Gegenwehr herzogen.

»Menschengöttin!«, lachte eine schwarzhaarige Nixe, die aussah wie eine rassige Spanierin. »Talentiert und ahnungslos, stolz und hilflos.«

Die anderen lachten noch spöttischer.

Mitten in dem Gelächter kam der nächste Angriff, ritzte so schnell über Philines Oberarm, dass sie es erst bemerkte, als das Blut schon herauslief. Sie zuckte zurück, aber es war bereits zu spät.

Die asiatische Nymphe lächelte triumphierend. Ihre Hand griff so fest nach Philines Arm, bis jeder Widerstand sinnlos war.

Philine kniff die Augen zusammen und durchbohrte ihre Gegnerin mit ihrem Blick.

Aber die Nymphe grinste nur umso zufriedener. Ganz langsam streckte sie ihre Zunge heraus. Es war eine spitze Zunge, viel länger als die eines Menschen. In der düsteren Höhle schimmerte sie dunkelblau. Philine konnte nicht aufhören, die Nymphenzunge anzustarren, während diese genüsslich über ihre Wunde strich, das Blut davon abwischte und die Haut darunter wieder verschloss. Schließlich schnappte die Zunge hoch, verspritzte ein paar Blutstropfen und schlug gegen die Nase der Nymphe. Mit einem schlürfenden Geräusch schleckte sie um ihre Nasenspitze, schmatzte und schnupperte, während sie das Blut darauf verteilte.

Was machte sie da? Schmecken? Oder riechen? Oder beides zugleich?

Philine verzog ihr Gesicht, doch sie konnte ihren Blick nicht von der mandeläugigen Nymphe lösen. Aus den Augenwinkeln erkannte sie, wie die anderen Hesperiden erwartungsvoll um sie herumstanden und zusahen.

Das Blut auf der Nase der Nymphe wurde blasser und verschwand schließlich ganz. Ihre Zunge schnellte in den Mund zurück, aus ihren Augen blitzte es. »Nachtblut!« Ihre Stimme peitschte wie ein Todesurteil. »Er hat es versteckt! Aber irgendwo werden wir sein Zeichen finden!«

Die Hesperiden stießen ein Fauchen aus, wieder mischte sich das schrille Fiepen hinein, das Philines Ohren zerfetzen wollte. Aber noch ehe sie die Hände heben konnte, war es auch schon vorbei.

»Die Flut kommt!«, rief eine der Hesperiden vom Eingang der Höhle herüber.

Philine riss den Kopf herum und starrte nach draußen. Im selben Moment sah sie das Meer, wie es unterhalb der Höhle gurgelnd gegen die Steine schlug, nur einen kleinen Augenblick, bevor es durch den Eingang der Höhle schwappte und in einer zischenden Welle auf sie zurollte.

Die Hesperiden stießen ein freudiges Geräusch aus, das Wasser platschte über ihre nackten Beine – gleich darauf waren ihre Fischschwänze zurück.

Die nächste Meereswelle drang in die Höhle, spülte dieses Mal deutlich höher herein, bis auch Philine vom Boden hochgehoben wurde. Sie schrie erschrocken auf, aber ihr Ruf ging im Gewühl der Hesperiden unter. Sie ließen sich vom Meer hin und her schaukeln und sprangen freudig durch das Wasser. Die dritte Welle rollte herein, wieder um einiges höher als die Welle zuvor.

Es dauerte nur zehn oder zwanzig Wellenschläge, ehe die Höhle fast bis zur Decke gefüllt war. Über ihnen blieb nur noch ein schmaler Spalt, in dem Philine Luft holen konnte. Die Wellen rissen sie hin und her, immer wieder ging sie unter und sah die Hesperiden im dunklen Wasser vor sich – wie sie vor ihr durch die Höhle schwammen.

Am liebsten wollte Philine zwischen ihnen hindurchtauchen und aus der Höhle nach draußen gelangen.

Aber die Nixen ordneten sich unter Wasser zu einem Halbkreis und beäugten Philine mit so scharfen Blicken, dass sie es nicht wagte, auch nur in ihre Richtung zu schwimmen.

Stattdessen nutzte sie die kurzen Pausen zwischen den Wellenschlägen, um ausreichend Luft zu holen – und hoffte darauf, dass die Flut irgendwann genauso plötzlich verschwinden würde, wie sie gekommen war.

Makaios Pegasus-Stute hieß Lagi. Zumindest war das der Name, den Makaio benutzte, wenn er leise mit ihr sprach. Lagi war diejenige, die den Weg aussuchte, auf dem sie von nun an weiterwanderten. Im Grunde wäre es am leichtesten, wenn sie mit dem Pegasus fliegen würden. Aber Makaio erklärte, es wäre zu gefährlich, weil ihre Feinde sie in der Luft viel zu leicht entdecken konnten. Ihre Feinde … Makaio sagte es nicht – aber Eleni ahnte, dass er damit die Schattengestalten meinte.

Also gingen sie weiterhin zu Fuß. Makaio erzählte, dass Philine an der Küste gefangen gehalten wurde. Allerdings nicht auf der Seite der Insel, auf der sein eigenes *Revier* lag, sondern in einer Gegend, die er nicht kannte. Lagi führte sie noch eine Weile auf dem Kamm des Berges entlang und schließlich stiegen sie wieder auf der Seite hinunter, die sie von dem großen Tal in der Mitte der Insel fortführte.

In den nächsten drei Tagen überquerten sie einen Gebirgszug nach dem anderen. Angeblich hatte der Pegasus den kürzesten Weg für sie ausgesucht, um an ihr Ziel zu gelangen und Eleni zweifelte keine Sekunde daran. Ein so mühsamer Weg, der inmitten des dichten Dschungels bergauf und bergab führte, war aus der Luft gesehen bestimmt der kürzeste. Aber von der Erde aus betrachtet, war es gewiss nicht der schnellste.

Meistens, wenn sie die Täler zwischen den Bergen durchquerten, trafen sie auf Flussläufe oder zumindest auf Bäche. Makaio wies Eleni wieder an, auf keinen Fall zu reden oder irgendeinen anderen menschlichen Laut von sich zu geben, solange sie in der Nähe des Wassers waren. Er füllte zwar die Wasserbeutel jedes Mal auf, wenn sie die Flüsse überquerten. Auch seine Beine verwandelten sich in eine Fischflosse, sobald er ins Wasser tauchte und manchmal musste er mit Eleni schwimmen, damit sie ans andere Ufer kamen. Aber sie hielten sich nie länger in der Nähe des Wassers auf als nötig.

In dieser Zeit sprachen sie nicht mehr darüber, wie leicht Makaio einen Menschen angeblich töten konnte. Aber Eleni vertraute ihm allmählich. Wenn er sie hätte töten wollen, hätte er es längst tun können. Und hier auf der Insel war es vielleicht sogar von Vorteil, wenn ihr Begleiter möglichst gefährlich war. Manchmal fragte sie sich, ob Makaio gegen ihre Feinde eine Chance hätte. Aber sie konnte es nicht einschätzen. Makaio schien es jedenfalls vorzuziehen, ihnen gar nicht erst zu begegnen.

Er redete nicht über die Götter, die vermutlich über die Insel herrschten, aber Eleni bemerkte auch so, dass er die Gestalten genauso fürchtete wie sie. Spätestens, wenn die Sonne am Nachmittag tiefer sank, fing er an, nach einem Unterschlupf zu suchen, in dem sie sich vor Einbruch der Dämmerung verkriechen konnten. Wenn sie dann später in ihrem Lager lagen und die Berge kreischten, als wollten sie auseinanderbrechen, während sich die Schatten über dem Dschungel sammelten, suchte seine Hand jedes Mal nach ihrer. Schließlich hielten sie sich Abend für Abend an den Händen und manchmal, wenn das Kreischen besonders gespenstisch erschien, wollte Eleni am liebsten noch näher zu ihm kriechen.

Am Morgen des vierten Tages konnte Eleni vor Ungeduld kaum noch an sich halten. Sie liefen inzwischen den sechsten Berg hinauf und von der Küste hatten sie noch keine Spur gesehen. Stattdessen wuchsen die Lianen in diesem Teil des Dschungels so dicht, dass Makaio immer wieder den Weg freischneiden musste. Doch irgendwann blieb er unvermittelt stehen und blickte auf eine der Schlingpflanzen, die einen Baum hinaufwucherte. Eleni wollte ihn am liebsten anstupsen und ihm sagen, dass sie weitermussten. Aber Makaio ließ sich auf die Knie nieder und fing an, mit den Händen unter der Pflanze zu graben.

»Was tust du da?« Eleni fiel es schwer, die Ungeduld in ihrer Stimme zu unterdrücken.

Makaio buddelte unbeirrt weiter. »Das ist Yams. Wenn wir die Wurzeln ausgraben, haben wir für die nächsten zwei bis drei Tage genug zu essen. Komm am besten her und hilf mir.«

Eleni kniete sich neben ihn und schaute sich von ihm ab, wie er den Humus unter der Pflanze mit den Fingern lockerte. Makaio hatte recht. Wenn sie diese Wurzeln essen konnten, mussten sie wenigstens nicht mehr jagen.

Doch bald schon stellte sich heraus, wie mühselig es war, die Yamswurzel auszugraben. Sie trafen zwar schnell auf einen dicken Wurzelstrang. Aber er wuchs senkrecht in die Erde hinein und wurde zudem von den Wurzeln anderer Pflanzen umschlungen.

Eleni wollte am liebsten vor sich hin fluchen – aber schließlich fiel ihr eine Frage ein, die ihr schon lange im Kopf herumspukte: »Was weißt du eigentlich über die Nyx, über die Göttin der Nacht?«

Makaio hielt im Graben inne. »Die Nyx? Du meinst, sie ist eine Göttin?«

Eleni sah ihn erstaunt an. »Na ja, also ehrlich gesagt: Philine hat es vermutet – und es gibt ein paar Hinweise, dass die griechischen Götter hier tatsächlich eine große Rolle spielen. Aber …« Plötzlich war sie sich gar nicht mehr so sicher. Makaio lebte auf dieser Insel, er musste besser wissen, wer oder was diese Nyx war. »Was denkst du denn, was sie ist? Du hast von meinem Nachtblut gesprochen und von dieser Prophezeiung.«

Makaio blickte wieder auf die schwarze Yamswurzel und zuckte mit den Schultern. »Ich habe eigentlich nur das gesagt, wovon die Hesperiden seit Jahren reden. Sie sprechen voller Respekt von der Nyx und es klingt, als wäre sie das Oberhaupt dieser Insel. Aber was genau sie ist …« Er zögerte, setzte von Neuem an und sprach schließlich mit leiser Stimme, als dürfte ihn niemand hören: »Ich denke, dass diese Kreaturen … dass sie Geister sind – wie in meiner Heimat.«

Eleni atmete tief ein. Geister … Wenn Philine ihr erklärt hätte, dass die Schatten Geister waren, hätte sie es wohl auch geglaubt. Geister … Götter … Die Menschen glaubten überall auf der Welt an unterschiedliche Mächte. Aber letztendlich, wenn es diese Mächte wirklich gab, müssten es dann nicht überall die gleichen sein? »Vielleicht sind Geister und Götter sich ja ziemlich ähnlich.« Eleni sprach ebenso leise wie Makaio. »Auf jeden Fall ist es ziemlich erstaunlich, wie gut das zusammenpasst, was Philine über die Nyx und ihre Nachfahren herausgefunden hat. Hast du schon mal von den griechischen Göttern gehört?«

Makaio runzelte die Stirn. »Nein«, erklärte er. »Ich habe schon von Göttern gehört, aber nicht von den griechischen.«

Eleni schwieg einen Moment, während sie weiter in dem feuchten Humus kratzte. Die Erde drückte sich immer tiefer unter ihre Fingernägel und hinterließ einen wunden Schmerz. Doch die Wurzel steckte noch immer so fest in der Erde, dass sie wohl noch eine Weile weitermachen mussten. Also war es vielleicht gar nicht so schlecht, wenn sie Makaio von den Göttern erzählte, um sich von ihren reißenden Fingernägeln abzulenken. »Von den antiken Griechen hast du dann wahrscheinlich auch noch nichts gehört, oder?«

Makaio schüttelte den Kopf. »Nein.« Er wich ihrem Blick aus und zog an einer zähen kleinen Wurzel, die sich an der Yamswurzel festklammerte.

Eleni half ihm dabei und fing an zu erklären: »Die antiken Griechen haben hier vor etwa zwei- bis dreitausend Jahren gelebt. Sie waren eines der ersten gebildeten Völker in Europa. Sie konnten schreiben und rechnen und haben viele Dinge erfunden, die wir heute noch benutzen. Außerdem haben sie an viele verschiedene Götter geglaubt. Eigentlich gab es für jede Eigenschaft der Menschen und für alle Ereignisse einen passenden Gott oder eine Göttin. Aber vor allem die zwölf olympischen Götter wurden verehrt. Zeus, zum Beispiel, war der oberste aller Götter und der Herr über den Himmel und die Erde. Seine Gefährtin war Hera, die Göttin der Familie – und sein Bruder Poseidon herrschte über das Meer. Es gab noch einen dritten Bruder: Hades. Aber dieser gehörte nicht zu den olympischen Göttern, denn er war der Herrscher der Unterwelt. Zu ihm kamen die Menschen, wenn sie starben. Der Olymp, also die Heimat von Zeus und den anderen olympischen Göttern, sollte auf dem höchsten Berg liegen und war so etwas wie der Himmel.« Eleni warf einen Seitenblick zu Makaio und versuchte festzustellen, ob er ihr folgen konnte. Wenn die Leute in seiner *Heimat* an Geister glaubten – vielleicht wusste er dann gar nicht, was sie mit *Himmel* meinte.

Er schaute konzentriert auf seine Hände und die Yamswurzel – aber dann nickte er ihr zu und lächelte.

»Also …« Eleni überlegte einen Moment, wie sie weitererzählen sollte. Aber wahrscheinlich war es besser, wenn sie die Details wegließ. Sonst wäre sie morgen früh noch nicht fertig. »Es gibt wahnsinnig viele Geschichten über Zeus und die olympischen Götter, über ihre Konflikte und Kriege mit anderen Göttern und mit den Menschen. Aber Philine hat herausgefunden, dass diese Insel hier irgendetwas mit der Nyx zu tun hat. Die Nyx gehörte nicht zu den olympischen Göttern.« Eleni räusperte sich. »Bis heute kennt die Göttin der Nacht kaum noch jemand. Wir haben in der Schule zwar etwas über Zeus und die Hauptgötter gelernt, aber von der Nyx wissen die meisten Menschen nichts. Philine und ich sind auch nur auf sie gekommen, weil die Nyx die Mutter der Hesperiden ist.«

Das Loch rund um die Wurzel war inzwischen so tief, dass sie sich beim Graben hinunterbeugen mussten, und es wurde anstrengend, gleichzeitig zu erzählen. Doch Eleni rief sich alle Informationen in Erinnerung, die Philine über die Nyx und ihre Kinder herausgefunden hatte. »Zusammen mit Erebos, dem Gott der Finsternis, hat die Nyx eine ganze Reihe von Kindern bekommen und all diese Götter verkörpern die verschiedenen Eigenschaften der Nacht. Das sind überwiegend düstere und böse Eigenschaften. Da gibt es zum Beispiel die Todesgötter: unter anderem Thanatos, den sanften Tod, der den Menschen im Schlaf das Leben nimmt.«

Makaios Hände hielten inne. Eleni bemerkte, wie sein Blick ihr Gesicht streifte, ehe er umso schneller weitergrub. Eleni machte eine kurze Erzählpause und versuchte, eine bequemere Haltung zu finden. Schließlich stützte sie sich mit der rechten Hand ab und grub mit der linken weiter. »Und dann gibt es die Rachegötter: Die Nemesis ist die Göttin des gerechten Zorns. Sie sorgt beispielsweise dafür, dass Mörder bestraft werden.«

Makaio zuckte zurück. Eleni dachte schon, er hätte sich

beim Graben verletzt – aber er starrte sie an, als hätte sie etwas Falsches gesagt. Sie richtete sich langsam auf und versuchte zu begreifen, was mit ihm los war. Doch dann ahnte sie es: Hieß das, er hatte wirklich schon mal einen Mord begangen? Fürchtete er sich deshalb vor der Rache der Nemesis? Weil er bereits einen Menschen getötet hatte ... um ihn zu essen?

Eleni wollte nicht länger darüber nachdenken, sie musste sich ablenken. Hastig beugte sie sich zurück in das Loch. Während sie weitergrub, erzählte sie von den drei Göttinnen, die sie am spannendsten fand: »Dann sind da die Moiren. Das sind die drei Schicksalsgöttinnen, die den Schicksalsfaden der Menschen weben. Die Erste von ihnen sorgt dafür, dass wir geboren werden. Die Zweite bestimmt, wann wir sterben, und die Dritte entscheidet, woran wir sterben.«

Auch Makaio grub weiter. Wie zufällig streiften seine Finger ihre Hand und schlossen sich darum.

Eleni erstarrte.

»Wenn die Moiren das Schicksal bestimmen, und auch den Moment, in dem du stirbst ...« Makaio flüsterte. »Bedeutet das, dass dein Schicksal dich bis dahin schützt? Und dass dich niemand töten kann, bis der Zeitpunkt gekommen ist?«

Eleni schluckte. Was meinte er mit seinen Worten? Und warum hielt er ihre Hand? Sie drehte den Kopf in seine Richtung.

Plötzlich war sein Gesicht ganz nah. Furcht schimmerte in seinen Augen.

Hieß das, er hatte Angst um sie? Davor, dass sie getötet wurde?

Eleni brachte nur ein Flüstern hervor: »So wie ich es verstanden habe, steht die Entscheidung der Moiren über allen anderen. Selbst Zeus soll sich vor ihnen gefürchtet haben, weil er nichts gegen das Schicksal ausrichten konnte, das sie einmal festgelegt hatten.«

Plötzlich brach die Pegasus-Stute vor ihnen durch den Schleier aus Lianen. Makaio wich vor Eleni zurück und sprang auf. Eleni starrte abwechselnd zu ihm und dem Pegasus. Für einen Moment glaubte sie, dass die Stute ihnen ungeduldig zunicken würde, weil sie weitergehen mussten. Aber Lagi schaute nur aufmerksam auf sie herab.

Eleni wich ihrem Blick aus und sah zu der Yamspflanze. Sie hatten inzwischen bestimmt fünfzig Zentimeter tief gegraben und dennoch schien die Pfahlwurzel noch um einiges tiefer in die Erde zu reichen. Gleichzeitig war die schwarze Wurzel fast doppelt so dick wie Makaios Arm. »Das Teil ist echt gewaltig.« Eleni starrte darauf. »Wie lange wollen wir eigentlich noch graben?«

Makaio folgte ihrem Blick. »Ich denke, das reicht.« Er sprang zurück in das Loch und zog das Messer aus seinem Gürtel.

Eleni stand auf und sah zu, wie Makaio das untere Ende der Wurzel durchtrennte. Plötzlich erinnerte sie sich an etwas, an einen Beweis, dass die Schatten tatsächlich die Kinder der Nyx waren. »Manche von diesen Nachtgöttern haben wir übrigens schon ziemlich deutlich erkannt. Zum Beispiel Eris. Sie ist die Göttin der Zwietracht und des Streites. Wenn sie die Menschen dazu bringt, sich zu streiten, fängt sie an zu wachsen und wird zu einer jungen schönen Frau. Manchmal soll sie sogar zu einer Riesin werden.« Eleni wurde leiser. »Ich habe sie zweimal gesehen: einmal auf einer Feier, bei uns zwischen den Dorfbewohnern. Und dann habe ich sie ein zweites Mal gesehen …«

»Auf dem Berg.« Makaio richtete sich auf. Seine Augen waren weit und sahen sie erschrocken an. »Sie steht nachts manchmal auf dem höchsten Berg. Dann wird sie riesig groß und ihr Lachen hallt über die Insel.«

Eleni bemerkte die Gänsehaut, die sich über Makaios Arme zog. Sie fragte sich, wie es sein musste, wenn man auf so einer Insel lebte und Nacht für Nacht mit solch unheimlichen Erscheinungen konfrontiert wurde. Wie alt mochte Makaio sein? Vermutlich ein bisschen älter als sie. Aber wie lange war er schon hier?

Makaio bückte sich zurück in das Loch und hob die Yamswurzel hoch. Auf seinem Arm sah sie tatsächlich riesig aus und ließ ihn wie einen kleinen Jungen erscheinen.

»Wie alt bist du eigentlich?« Die Frage rutschte Eleni heraus.

»Was?« Makaios Blick kehrte zu ihr zurück. »Wie alt ich bin?« Er sah sich suchend um, als müsste er die Antwort erst irgendwo finden. »Es gibt hier keine richtigen Jahreszeiten. Aber ich denke, ich bin seit knapp vier Jahren hier. Also werde ich wohl demnächst fünfzehn.«

Seit vier Jahren? Eleni atmete scharf ein. Dann war er schon mit elf auf diese Insel gekommen? Wie hatte er es geschafft, so lange zu überleben? Noch dazu als Kind!

Er war kein normaler Mensch, richtig. Und wie es aussah, hatte er bereits Menschen getötet. Aber … hatte er das getan, bevor er elf gewesen war? Oder erst hier auf der Insel?

Plötzlich schlug die Pegasus-Stute aus und wieherte. Makaio sprang aus dem Loch und sah sich alarmiert um.

Der Schock durchzuckte Eleni wie ein Blitz. »Makaio«, flüsterte sie. »Wo sind die Schattengötter eigentlich am Tag? Haben sie uns gehört?«

Makaio legte den Finger auf die Lippen und lauschte weiter in den Dschungel hinein. Aber schließlich antwortete er doch: »Am Tag hab ich bislang nur die Hesperiden gesehen. Alle anderen erscheinen erst in der Dämmerung.«

Eleni versuchte, auf die Geräusche im Dschungel zu achten. Sie erinnerte sich wieder an das Raubtier, das sie verfolgt hatte. Aber dieses Mal stießen die Vögel keine Warnrufe aus. Eleni hörte überhaupt keine Vögel. »Werden wir von einem der Götter verfolgt?«

Makaio drückte ihr die Yamswurzel in den Arm. Eleni schwankte unter dem Gewicht. Die Wurzel musste mindestens zehn Kilo wiegen.

»Ich bin nicht sicher, ob diese Götter uns verfolgen.« Makaio nestelte an den Schnüren des gelb-schwarzen Fellbeutels. »Aber das hier ist jedenfalls ein Raubtier.« Er löste den Beutel von seinem Gürtel, zog den Korken heraus und goss die klare Flüssigkeit über seine Hände.

Eleni starrte darauf. Hatte er nicht gesagt, dass man nur einen Tropfen auf die Haut bekommen musste, um an dem Gift zu sterben? Doch Makaio strich sich das Gift nicht nur über die Hände, er verteilte es auf seinen Armen, auf den Beinen … »Lagi«, zischte er. »Du und Eleni, ihr geht ganz ruhig weiter. Und wenn ich rufe *lauft,* dann lauft ihr!«

Die Pegasus-Stute zögerte keine Sekunde, sie stieß Eleni am Rücken und schubste sie zwischen den Lianen hindurch vorwärts.

Eleni warf noch einen Blick auf Makaio, sie konnte gerade noch sehen, wie er das Gift auch über seinen Oberkörper strich, ehe die Lianen zu dicht wurden, um noch etwas erkennen zu können.

Plötzlich war es still. Totenstill. Nur der dumpfe Hufschlag des Pegasus begleitete ihren Weg durch den Lianenwald. Wie hatte sie diese Stille überhören können? Vermutlich nur deshalb, weil sie die ganze Zeit geredet hatte und in Gedanken ganz woanders gewesen war.

Aber wie hatte Makaio die unnatürliche Ruhe überhören können? Hatte Eleni ihn so sehr abgelenkt?

Ihr wurde schwindelig. Makaio durfte nichts passieren. Warum blieb er überhaupt hinter ihnen zurück?

Auf einmal teilten sich die Lianen vor ihnen und entließen sie ins Freie. Zwar standen die Baumriesen noch immer um sie herum, aber vor ihren Füßen war so viel Platz, dass sie rennen konnten.

Doch die Pegasus-Stute tat das, was Makaio ihr gesagt hatte. Sie ging ganz ruhig und furchtlos voran. Ihr Schritt wurde nur ein kleines bisschen schneller.

Immer wieder versuchte Eleni, sich umzusehen. Wenn Makaio hinter ihnen herkam, musste er doch bald aus den Lianen auftauchen … Aber die Pegasus-Stute stieß sie jedes Mal an, wenn sie zu lange nach hinten sah.

»Lauft!«, schrie Makaio ihnen unvermittelt nach.

Eleni fuhr herum, sah ihn gerade noch, wie er aus den Lianen herauskam, wie er anfing zu rennen. Aber er lief merkwürdig schief, hielt sich seinen Arm und hinkte auf dem rechten Fuß. Er war verletzt! Sie musste ihm helfen!

»Eleni, lauf! Sieh nicht zu mir!«

Die Pegasus-Stute versetzte ihr einen Hieb, der sie beinahe

von den Füßen riss, stupste sie ein zweites Mal an und trieb sie vor sich her.

Ein Fauchen und Brüllen durchschnitt den Wald, gefolgt von einem dumpfen Aufschlag und Makaios Schrei.

Eleni wirbelte herum. Sie musste es sehen, musste ihm helfen! Wieder stieß der Pegasus sie an, aber sie ließ sich auf den Boden fallen und wich dem Pferdekopf aus.

Dort, wo Makaio eben noch gelaufen war, erkannte sie schwarzes Fell. Das Raubtier hatte ihn niedergerissen und unter sich begraben, seine riesigen Zähne blitzten auf und schlugen in ein nacktes Stück Haut.

Eleni schrie: »Ma-kaa-iooo!«

Im selben Moment sackte das schwarze Tier in sich zusammen, seine Beine zuckten ein letztes Mal, als wollte es davonlaufen. Dann lag es still.

Eleni sprang auf. Sie ließ die Yamswurzel liegen und rannte zurück, immer weiter auf den Jungen zu, der unter dem Raubtier am Boden lag. Sie blieb erst stehen, als sie Makaios Gesicht sehen konnte.

»Komm nicht näher!« Seine Stimme klang gedämpft. Aber er fing an, sich unter dem toten Raubtier aufzurichten, schob es von sich, bis es in seinem Schoß lag. Nur das schwarze Maul hatte sich so tief in seinen Arm verbissen, dass es selbst jetzt noch daran festhing.

Blut strömte über Makaios Haut, über die Schnauze des Tieres und tropfte auf den Boden. Als er die Zähne von seinem Arm löste, konnte Eleni die tiefe, aufgerissene Wunde erkennen … Es sah schlimm aus, so tödlich, dass er ohne ein Krankenhaus wohl kaum überleben würde.

Eleni wurde übel, sie sah hastig woanders hin … aber auch

Makaios Oberkörper war von langen Krallenhieben zerkratzt. Schließlich starrte sie in sein Gesicht, suchte nach dem schrecklichen Schmerz, den er spüren musste. Aber der Nixenjunge setzte sich ungerührt auf und strich der schwarzen Raubkatze über das glänzende Fell. Es war ein merkwürdiges Bild, wie er schwer verletzt dasaß und mit traurigem Blick den toten Jaguar streichelte.

Eleni ging langsam näher. Wie hatte er den Jaguar getötet? Mit dem Messer? Sie suchte nach der tödlichen Wunde. Doch das schwarze Fell war unversehrt.

»Ein schönes Tier«, flüsterte sie. Am liebsten wollte sie selbst über das glänzende Fell streichen.

»Bleib stehen!« Makaio sah zu ihr auf. »Du darfst uns nicht berühren!«

Eleni hielt inne. »Warum nicht?«

Makaio zeigte seine Hände. »Das Gift ist überall. Auf meiner Haut, auf seinem Fell ...«

»Du hast ihn vergiftet?«

Makaio nickte. »Als er in meinen Arm gebissen hat.«

»Und du?« Eleni starrte ihn an. »Was ist mit dir? Müsste das Gift dich nicht auch umbringen?«

Makaio stand auf und blickte von oben auf den Jaguar hinab. »Mir tut das Gift nichts.«

Eleni lauschte ihrem Herzklopfen. Wie konnte es sein, dass das Gift ihm nicht schaden konnte? Ihr Blick fiel auf die Wunde an seinem Arm. Das Blut war bereits versiegt und sie erschien nur noch halb so tief wie zuvor. Auch die Kratzer an seiner Brust sahen auf einmal harmlos aus.

Eleni schüttelte den Kopf. Sie musste sich täuschen. Dann waren die Wunden wohl doch nicht so schlimm gewesen.

»Wenn das Gift dir nicht schadet …«, sie versuchte zu scherzen, »bist du etwa unsterblich?«

Makaio drehte sich zögernd zu ihr um. Für einen Moment runzelte er die Stirn, dann nickte er langsam. »Was sonst sollte jemand sein, der bereits gestorben ist und trotzdem noch lebt?«

Kapitel Achtzehn

Ebbe und Flut kamen und gingen. Bei Flut stand das Wasser so hoch in der Höhle, dass Philine gerade noch an der Decke atmen konnte, und bei Ebbe verschwand es ebenso schnell wieder aus ihrem Gefängnis, wie es gekommen war. Philine brauchte einige Zeit, um zu durchschauen, wo ihre Höhle gelegen war. Die Hesperiden bewachten sie Tag und Nacht, bei Ebbe und bei Flut und achteten darauf, sie nicht zu nah an den Höhlenausgang heranzulassen. Philine suchte immer wieder nach einer Gelegenheit, wenigstens aus der Höhle hinauszuschauen. Aber es dauerte lange, bis sie ihre Chance bekam.

Es war ein Nachmittag, an dem die Hesperiden sie mit der blonden Nymphe allein ließen. Philine hatte längst bemerkt, dass sie von allen die Freundlichste war, zumindest hatte sie bislang keine Gemeinheiten an ihr ausprobiert. Und auch jetzt schien sie nichts Schlimmes mit Philine vorzuhaben. Das Meer hatte sich mit der Ebbe zurückgezogen und die Nymphe saß mit abwesendem Blick im Höhleneingang und sang. Es war ein zarter, unglaublich hoher Gesang und Philine fühlte sich umgeben von diesem Klang zum ersten Mal etwas besser. Manchmal blickte sich die blonde Nymphe zu ihr um, und schließlich lächelte sie sogar. Ein ehrliches, freundliches Lächeln, ohne den Spott, mit dem die anderen Hesperiden so gern über sie herzogen. Dennoch war Philine skeptisch und wagte es nicht, der blonden Nymphe zu trauen – aber schließlich pirschte sie sich immer näher an den Höhleneingang heran und erhaschte einen Blick nach draußen. Sie hätte das Meer nur wenig unterhalb des Höhleneingangs erwartet. Schon oft hatte sie darüber nachgedacht, ob sie vielleicht bei einer günstigen Gelegenheit hineinspringen konnte, um durch das Wasser zu fliehen.

Aber was sie draußen erblickte, war etwas ganz anderes: Das Wasser lag mindestens sechs Meter unter ihnen, und dort, wo sie aufkommen würde, wenn sie in die Tiefe sprang, war ein Sandstrand. Direkt gegenüber ragte ein anderer Berg in die Höhe und die Meereszunge, die sich dazwischen ins Land schlängelte, erschien kaum breiter als ein Bach.

Das unter ihnen war keine Meeresküste, es war nicht einmal eine Bucht – es musste so etwas wie ein Fjord sein, in dem das Meer zwischen den Bergen ins Land hineinragte. Nur dass es in diesem Fjord offenbar Gezeiten gab, mächtige Gezeiten, in denen sich der Meeresspiegel zwischen Ebbe und Flut mehr als sechs Meter anhob.

Philine kräuselte die Stirn. Der Unterschied zwischen Ebbe und Flut war im Mittelmeer normalerweise kaum zu erkennen. Aber selbst wenn diese Insel irgendwo anders auf der Welt läge – Gezeiten, die einen Unterschied von sechs Metern ausmachten, gab es nirgendwo.

Die blonde Nymphe hörte auf zu singen und sah zu Philine auf. »Der Mondfjord ist der Geburtsort der Gezeiten«, erklärte sie freundlich.

Philine starrte wieder nach draußen. Der *Mondfjord?* Meinte die Nymphe etwa, dass Ebbe und Flut an diesem Ort entstanden?

Eigentlich war doch der Mond für die Gezeiten verantwortlich, weil er mal mehr und mal weniger Anziehungskraft auf die Erde ausübte und dabei das Wasser anzog und wieder losließ.

Die Götter der Nacht herrschten über die Insel – und der Mond war ein Teil der Nacht …

»Wie du siehst, kannst du nicht von hier fliehen«, unterbrach die Nymphe ihre Gedanken. Sie bedachte Philine mit einem Blick, der fast mitleidig erschien.

Philine presste die Lippen aufeinander. Es war offensichtlich. Bei Ebbe konnte sie nicht fliehen und in der Flut ebenso wenig, jedenfalls nicht, solange sie von den Hesperiden bewacht wurde.

Also musste sie auf irgendeine andere Gelegenheit warten, auf irgendein Wunder.

Philine bemühte sich, ihre Enttäuschung zu verbergen. Sie ging mit langsamen Schritten zurück in die Höhle und rollte sich auf ihrem Lager zusammen. Den restlichen Tag verbrachte sie in einem schläfrigen Dämmerzustand und hoffte auf ein Wunder. Aber ihr Wunder kam nicht. Stattdessen erschienen die Schattengötter. Die Dämmerung war gerade über dem Fjord hereingebrochen, als die Gestalten im Höhleneingang landeten. Für eine Sekunde flatterten ihre Flügel durcheinander und verdunkelten die Felsnische, ehe die Schwingen sich auflösten und verschwanden.

Es waren drei Schattengötter, die reglos im Höhleneingang stehen blieben: zwei dunkel gekleidete Frauen und eine gekrümmte Gestalt, die sich auf einen Gehstock stützte. Ihre Gesichter lagen unter den Kapuzen verborgen, doch die schwarzen Hohlräume drehten sich in Philines Richtung.

Plötzlich strömte etwas durch die Höhle, eine gewaltige, unsichtbare Flut, die über Philine hinwegspülte und ihre Lunge zusammenpresste. Es war ein schreckliches Gefühl, das ihr den Atem raubte.

Philine wollte es aus der Luft nehmen, wollte es auflösen … doch noch während sie einatmete, erkannte sie, dass es gar kein Gefühl war. Es war das Gegenteil davon! Plötzlich wusste sie, dass es die Macht war, die über jegliche Gefühle herrschte, die sie beliebig aus der Seele herausreißen und hineinpflanzen konnte. Und gerade jetzt wollte sie etwas in Philines Seele pflanzen: Angst! Pure, lähmende Angst, unter der sie alles andere vergessen sollte.

Philine hielt den Atem an. Sie wollte die Angst nicht! Sie würde sich nicht von diesen Göttern beherrschen lassen! Sie selbst konnte Gefühle besiegen und bekämpfen!

Noch mit diesem Gedanken verschloss sich eine dunkle Tür in ihrer Seele. Es war der Teil von ihr, der Angst empfinden konnte.

Auf einmal fühlte sie sich kühl und nüchtern. Sie richtete sich auf und sah den Göttern mit stolzer Haltung entgegen. Sollten sie ruhig kommen, sollten sie doch einfach ihren nächsten Trick an ihr ausprobieren – der erste war ihnen misslungen.

Eine der Göttinnen setzte sich in Bewegung. Sie glitt auf Philine zu und schoss ihre Angstkrallen auf ihre Seele. Aber sie prallten einfach an der dunklen Tür ab und zerschellten.

Die schwarze Göttin bebte unter der Macht, mit der sie das

Mädchen bombardierte. Lautlos kniete sie sich nieder, blickte unter ihrer Kapuze auf Philines Bein. Eisige Kälte strömte aus ihrem Blick, ließ die Haut darunter gefrieren, nur eine Sekunde, bevor die Göttin ihre Kapuze zurückwarf.

Schwarze, endlose Leere sprang aus ihren Augen, weiße Sterne wirbelten auf Philine zu. Der Sog riss sie von den Füßen, saugte sie hinein in die schwarzen Augen. Die Weite des Weltalls raste an ihr vorbei, riss sie hinab in die Tiefe. Ihr Körper fiel, schwebte, raste. Die Wucht zerrte an ihrer Seele, wollte sie aus ihr herausreißen.

Liebe ist stärker als Angst. Philine bewegte ihren Mund, hielt sich an dem Gedanken fest und dachte ihn immer wieder: *Liebe ist stärker als Angst.*

Auf einmal, obwohl sie in der Tiefe des Weltalls verloren war, erkannte Philine, mit welcher Waffe die Göttin sie überwältigen wollte: Die Angst war nicht irgendein Gefühl, sie war das stärkste Gefühl, das alle anderen Empfindungen unter sich begraben konnte. Die Angst konnte Freude und Glück verbrennen, sie konnte Stolz verdrängen und den letzten Mut ersticken. Die Angst war ein Teil von der Wut der Menschen, sie säte Eifersucht und Neid und war die Nahrung von jeglicher Trauer. Sie triumphierte über fast jedes Gefühl, welches die Menschen empfanden – doch zwischen all dem gab es nur eines, das stärker sein konnte. Nur mit wahrer Zuneigung ließ sich die Angst bekämpfen. Es war eine zarte Waffe, die nur langsam wirkte, aber mit der ehrlichen Liebe eines anderen ließ sich die Angst eines Menschen heilen.

Diese Göttin mochte die Angst beherrschen – aber Philine wusste, wie sich Freundschaft und Liebe anfühlten, wie sie sich unerbittlich um das Herz rankten, einen Menschen in ihre zarten Schlingen einwickelten und ihn nicht mehr losließen. Sie dachte an Eleni, an ihren Vater … und an Kimon. Sie fühlte die Ranken, die ihr eigenes Herz umschlossen, spürte die Kraft, die sie ihr gaben.

Die Göttin wollte ihre Seele in der Schwärze des Weltalls versenken! Es war die Göttin der Nacht, Herrscherin über Dunkelheit und Angst.

Doch sie hatte nicht nur den Tod, die Rache und das Schicksal geboren – auch der Schlaf war ihr Sohn, in dem die Menschen sich Nacht für Nacht erholten. Und sie war die Mutter von Philotes, der Göttin der Freundschaft und Zuneigung, und irgendwo zwischen rasenden Sternen und endloser Dunkelheit musste das Herz der dunklen Göttin schlagen. Ein Herz, das sich umranken und einwickeln ließ.

Diese Göttin, die Philines Seele verschlingen wollte, war zugleich ihre Großmutter. Ein Teil von ihr – und ein Teil der Mutter, nach der sie sich ihr Leben lang gesehnt hatte. Philine wollte ihr zeigen, wie stark die Liebe sein konnte. Und noch während sie darüber nachdachte, wuchsen die Ranken aus ihrem Herzen, griffen nach den rasenden Sternen, rissen sie in der Wucht ihres Fluges entzwei und schlangen sich um die nächsten Sterne, bis sie den Sog allmählich bremsten. Immer langsamer zogen die Sterne an ihr vorbei, bis sie in der Dunkelheit zum Stillstand kamen. Von einem Moment auf den anderen waren die Ranken überall, wucherten von einem Stern zum anderen und umschlangen sie mit ihrem zarten Gewirr. Und schließlich trafen sie auf das, was sie suchten: Philine spürte es, das schlagende, uralte Herz einer Göttin, die ihre eigenen Gefühle schon lange vergessen hatte. Aber sie waren noch da, tief versteckt, der Ursprung von so vielem, was auf dieser Welt herrschte. Philines Ranke spann sich um sie herum und hielt sie fest. Sie zeigte der Göttin, wer sie war: ihre Enkelin, ein Menschenkind vielleicht, aber auch ein Teil von ihr, der mit ihr in Liebe verbunden war.

Plötzlich zog die Schwärze davon, die Sterne zuckten ein letztes Mal und verschwanden, kurz bevor die Dunkelheit sie ausspuckte, zurück in die Höhle, zurück auf den Steinboden.

Die Göttin vor ihr sprang auf und wich nach hinten. Ein mächtiges, unmenschlich tiefes Lachen erfüllte die Höhle.

Die dunkle Göttin blickte von oben auf Philine herab. Auf einmal bewegte sie ihren Mund, ließ ihre dumpfe, grollende Stimme ertönen: »*Weißt du, wer ich bin?*«

Philine hielt dem Blick ihrer Großmutter stand. Sie hatte die Macht der Göttin besiegt, zumindest für diesen Moment. Doch es war gefährlich, jemanden zu besiegen, der große Macht besaß. Jetzt musste sie umso vorsichtiger sein, um nicht den Zorn der Göttin auf sich zu ziehen. »Du bist die Nyx«, erklärte sie freundlich, »die Göttin der Nacht, meine Großmutter.«

Wieder brach das Lachen der Göttin hervor, viel zu tief, um in diese Höhle hineinzupassen. Womöglich war dieses Lachen so groß, dass es um die ganze Welt hallte und sich mit der Schwärze der Nacht verband. Dieses Lachen musste der Grund sein, warum die Menschen sich seit Urzeiten vor der Nacht fürchteten.

Schließlich verstummte die Göttin, ein Vorhang aus schwarzen Haaren fiel über ihr Gesicht und gab ihr einen verschlagenen Ausdruck.

»*Ist sie die Gesuchte?*« Plötzlich mischte sich eine andere

Stimme ein, eine, die mit schwachen Stimmbändern vor sich hin krächzte.

Es war der Schatten, der sich in gebrechlicher Haltung über den Stock beugte. Auch er schob die Kapuze nach hinten und zeigte die weißen Haare und das schrumpelige Gesicht eines uralten Mannes.

Geras! Philines Gedanken ordneten ihn blitzschnell in das ein, was sie über die Nachtgötter wusste: *Der Gott des hohen Alters.* Von ihm stammten die Gebrechen, die alte Menschen quälten, aber auch die Weisheit, die sie besaßen.

»*Sie ist stark*«, sprach die Nyx weiter. »*Es sind keine offensichtlichen Zeichen an ihr zu erkennen. Aber sie könnte es sein.*« Mit diesen Worten wandte die Göttin sich ab und schob ihre Kapuze wieder über den Kopf. »*Durchsucht sie! Überall! Durchsucht sie gründlich und mit allen Mitteln! Wenn sie es ist, dann wisst ihr, was zu tun ist …*« Im Höhleneingang drehte sich die Göttin noch einmal zu ihr um. Nur der Schatten ihrer Kapuzenöffnung schaute in Philines Richtung. Aber der Blick der Göttin war deutlich zu spüren. »*Und wenn sie es nicht ist, dann bringt sie zu mir!*« Damit wandte sie sich ab, trat auf den Sims und sprang mit einem schnellen Flügelschlag hinaus in die Dunkelheit.

Für einen Moment wollte Philine aufatmen – bis ihr klar wurde, dass die anderen Götter noch da waren. Zwei weitere Götter, die gerade einen bedrohlichen Auftrag bekommen hatten …

Philine sah sich hastig nach den Hesperiden um. Sie hoffte fast darauf, die blonde Nymphe zu entdecken und ihrem beruhigenden Lächeln zu begegnen. Aber die Hesperiden waren verschwunden.

Der alte Mann kam mit schlurfenden Schritten auf sie zu. In seinem faltigen Gesicht war keine Regung abzulesen. Mit einer herrischen Geste hieß er sie aufzustehen.

Philine sprang hoch, stellte sich in die Mitte der Höhle und presste die Zähne aufeinander, während der Alte sie von allen Seiten betrachtete. Sein Blick tastete über ihre Beine, über ihre Arme und ihr Gesicht.

Er suchte nach etwas. Sie wusste nicht, was es sein sollte – sie wusste nur, dass er es finden würde …

»*Äußerlich ist nichts zu sehen*«, knarrte seine Stimme schließlich. »*Aber ihre Haut ist sehr blass … und vieles ist verdeckt.*«

Wie auf Kommando setzte sich die zweite Göttin in Bewegung. Sie kam auf Philine zu und hielt ihr einen Becher entgegen.

Philine wich vor ihr zurück, stieß mit dem Rücken an den Felsen und erstarrte.

Die Göttin nahm ihre Kapuze ab und schaute Philine an – aus sanften braunen Augen, von denen sie sich kaum losreißen konnte. »*Trink das*«, flüsterte die Göttin. »*Das Wasser der Lethe wird dich alles vergessen lassen, was wir mit dir tun.*«

Die Lethe! Philine zuckte zusammen. Vor ihr stand die Göttin des Vergessens.

»Nein!« Philine schüttelte heftig den Kopf. Sie wollte sich gegen den Trank wehren. Sie hatte die Nyx besiegt, hatte dem Sog ihrer Angst widerstanden und ihre Seele vor dem Untergang bewahrt. Das alles war ihr doch nicht gelungen, damit sie jetzt von einer anderen Göttin in ihr Verderben geführt wurde.

Aber die Göttin der Vergessenheit lächelte sie an, umhüllte sie mit ihrem sanften Blick und setzte den Becher an ihre Lippen. »*Trink, meine Liebe! Trink und vergiss, und bewahre dich vor allem, was von nun an geschehen wird.*« Sie strich mit der Hand über Philines Haare. »*Vertraue mir!*«

Vertrauen! Vertrauen war die Schwester von Freundschaft und Liebe.

Philine schloss die Augen und trank.

Er war bereits gestorben, er war unsterblich, er war tot und lebendig zugleich … Den ganzen Tag ging der Gedanke nicht aus Elenis Kopf. Gleichzeitig konnte sie sehen, dass Makaio recht hatte. Die Wunden an seinem Arm und an seinem Oberkörper heilten so schnell, dass sie dabei zusehen konnte. Es dauerte nur wenige Stunden, bis sie spurlos verschwunden waren.

In diesen Stunden gingen sie wieder den Berg hinab und machten einen Umweg zu dem nächstgelegenen Fluss. Währenddessen hielt Makaio großen Abstand zu Eleni und dem Pegasus. Immer wieder warnte er sie, ihn auf keinen Fall zu berühren. Erst als er sich in dem Fluss gewaschen hatte, ließ er Eleni wieder in seine Nähe.

Er war eine sonderbare Kreatur, noch sonderbarer als sie geglaubt hatte. Hatte sie jemals davon gehört, dass Nixen Untote waren? Unsterblich vielleicht – aber bereits gestorben?

Doch ganz gleich, wie viel sie darüber nachgrübelte, sie kam zu keinem Schluss, und Makaio schwieg so mürrisch vor sich hin, als wollte er nie wieder ein Wort reden.

Nicht einmal, als sie am Abend in einer Felsnische ihren Unterschlupf bauten, sagte er etwas.

Als sie schließlich auf ihr Lager krochen und schweigend zwischen den Felsen unter dem dichten Blätterdach lagen, war Eleni sich sicher, dass Makaio für den Rest des Tages nicht mehr reden würde.

Dabei hätte sie seinen Trost an diesem Abend ganz besonders gebraucht. Die Schatten würden bald über dem Dschungel aufsteigen, und Eleni musste unablässig daran denken, dass die Nyx eigentlich nach ihr suchte. Womöglich hatte sie inzwischen herausgefunden, dass Philine das falsche Mädchen war.

Was, wenn die Kreaturen in dieser Nacht kommen würden, um Eleni zu fangen?

Falls das passierte, würde es vermutlich nicht einmal Makaio schaffen, sie zu retten – es sei denn, sein Gift war stark genug, um Götter zu töten.

Je näher die Dämmerung rückte und je dunkler es in ihrem Unterschlupf wurde, desto mehr wünschte sie sich, dass er wenigstens ihre Hand nehmen würde. Jeden Abend hatte er es bis jetzt getan – und wenn er es heute nicht tun würde … Eleni spürte, wie die Tränen aufstiegen und sich in ihre Augen drängten.

Im nächsten Moment dachte sie an Philine. Welche Angst musste ihre Freundin erst haben?

Eleni hielt das Schweigen nicht länger aus. Auch wenn Makaio nicht antworten würde, vielleicht würde es schon helfen, wenn sie ihre eigene Stimme hörte: »Was denkst du, tun die Hesperiden mit ihr? Du hast gesagt, sie werden Philine nicht töten – aber was haben sie dann mit ihr vor?«

Makaios Atem stockte … immerhin schien er nicht zu schlafen. Doch gleich darauf stieß er einen langen Seufzer aus. »Ich nehme an, sie suchen nach ihrem Mal.«

Eleni zuckte unter seiner Stimme zusammen. »Ein Mal?«, wisperte sie. »Was meinst du damit?«

»Ich meine das Mal, in dem sich Philines Herkunft auf ihren Körper gezeichnet hat.« Makaios Stimme klang ruhig. »Aber sie werden es nicht finden. Schließlich suchen sie das Mal, das du auf deiner Haut trägst.«

»Ich?« Eleni schloss die Augen. »Ich habe kein Mal auf meiner Haut. Ein paar winzige Muttermale vielleicht. Aber das haben doch alle Menschen.«

Makaio flüsterte fast: »Du hast ganz bestimmt ein Mal. Wenn du es nicht kennst, dann ist es wohl gut versteckt.«

Elenis Verwirrung wurde immer größer. Gut versteckt? Auf ihrer Haut? Im nächsten Moment wusste sie, welche *gut versteckten* Stellen er meinte. »Nicht einmal da habe ich ein Mal!«, blaffte sie und bemerkte, wie sie rot wurde.

Ein Schmunzeln schwang in Makaios Stimme mit. »Doch. Irgendwo wird es sein.«

Eleni kniff die Augen zusammen, auch wenn er es in der Dunkelheit wohl nicht sehen konnte. »Wie sieht denn so ein Mal aus? Hast du auch eins? Gut versteckt?«

Makaio gab einen unbehaglichen Laut von sich. »Meines ist gar nicht zu übersehen. An meinem Bein. Es ist die Schlange.«

Eleni hielt die Luft an. Plötzlich war ihr Ärger verflogen. »Die Schlange?«, flüsterte sie. »Was bedeutet sie?«

Makaio schwieg. Dort, wo er lag, war es dunkel, absolut finster. Genauso finster wie seine Geheimnisse.

Auf einmal konnte Eleni die düstere Stimmung nicht länger aushalten. »Na los, sag schon! Woher hast du sie? Was bedeutet sie?«

»Ich hab sie schon immer!«, fuhr Makaio sie an. »Und eins kann ich dir sagen: Sei froh, dass du ein anderes Mal hast!«

Eleni zog den Kopf ein. Aber sie konnte sich eine weitere Frage nicht verkneifen: »Willst du sagen, dieses Schlangenmal ist angeboren?«

Makaio stieß ein bitteres Lachen aus. »Wohl eher angestorben.«

Elenis Gedanken wirbelten durcheinander. Er war bereits tot! Seine Antwort passte zu dem, worüber sie den ganzen Tag schon nachdachte. »Heißt das, du bist gestorben«, stammelte sie, »und danach mit dieser Schlange wieder aufgewacht?«

Makaio sagte nichts dazu. Eine ganze Weile lang hörte Eleni nur, wie er auf seinem Lager hin und her raschelte.

»Ungefähr so«, flüsterte er schließlich. »Aber ich kann mich nicht mehr daran erinnern. Ich war noch ein Baby.«

Eleni spürte einen harten Kloß in ihrem Hals. Sie konnte nichts sagen und hoffte nur, dass Makaio noch mehr erzählen würde.

Tatsächlich flüsterte er weiter: »Meine Eltern waren Fischer. In einem kleinen samoanischen Dorf. Es war ein armes Dorf, direkt an der Küste, weit weg von den größeren Orten. Die Leute dort hatten nur die Fische, um sich zu ernähren.«

Ein samoanisches Dorf? Eleni versuchte, seiner Erzählung zu folgen: Samoa war eine Insel, irgendwo zwischen Neuseeland und Hawaii. Eine der Inseln, die so aussahen, als wären sie das Paradies: mit Traumstränden und Palmen … aber vermutlich auch mit dichtem Dschungel und armen Menschen.

»Zu der Zeit, als ich geboren wurde, stand es besonders schlimm um das Dorf.« Makaios Stimme hob sich über das

Flüstern hinaus, wurde gerade laut genug, um den engen Raum zu füllen. »In dem Sommer gingen fast keine Fische mehr in die Netze. Also mussten die Fischer immer weiter mit den Booten aufs Meer fahren, um überhaupt etwas zu fangen. Irgendwann kam eine schlimme Krankheit hinzu, die über das Dorf herfiel. Und schließlich mussten alle auf die Fischerboote, die noch gesund waren. Auch die Frauen und selbst meine Mutter, obwohl ich noch ein winziger Säugling war. Sie hatte Angst davor, dass ich mich anstecken würde, wenn sie mich bei den Kranken im Dorf gelassen hätte. Also nahm sie mich mit auf das Boot. Doch gerade als wir am weitesten von Samoa entfernt waren, kam ein Sturm auf. Von einer Minute auf die andere türmten sich die Wellen haushoch, spülten über unser Boot hinweg und rissen mich über Bord.«

Eleni schloss die Augen. Sie sah den schreienden, winzigen Säugling vor sich, wie er von den Wellen verschlungen wurde und im wütenden Meer verschwand. Kein Baby würde so etwas überleben.

»Kurz darauf, als hätte der Teufel persönlich seine Hand im Spiel gehabt, wurde das Meer wieder ruhig. Aber ich blieb verschwunden. Der Dorfrat erklärte mich für tot und meine Familie trauerte um mich. Gut zwei Wochen lang soll meine Mutter geweint haben. Währenddessen erholten sich die Menschen im Dorf von der Krankheit, als wäre alles nur ein böser, hinterhältiger Spuk gewesen. Und dann, eines Morgens, fanden die Fischer ein kleines, schreiendes Baby, das von den Wellen am Strand angespült wurde. Und alle erkannten mich wieder. Ich schien quicklebendig zu sein, vollkommen unversehrt und meine Eltern waren überglücklich über das Wunder. Nur eines an mir hatte sich verändert: Von dem Tag an hatte ich diese Schlange auf meinem Bein. Und egal, auf welche Weise ich mich verletzte, es heilte innerhalb weniger Stunden.«

Eleni spürte, wie sich Tränen in ihren Augen sammelten. Was er erzählte, war eine traurige Geschichte.

»Im Dorf gab es viele Gerüchte über mich«, erzählte Makaio weiter. »Bei den Samoanern ist es Tradition, dass die jungen Männer an ihren Beinen tätowiert werden, um sie in den Kreis der Erwachsenen aufzunehmen. Es ist ein Zeichen: Jeder, der stark genug ist, um die Schmerzen der Tätowierung auszuhalten, ist auch stark genug, um ein Mann zu sein. Die Leute im Dorf glaubten, die blaue Schlange wäre ein Zeichen dafür, welche Schmerzen ich im Meer ertragen hatte. Es hieß, ich sei gestorben und hätte es geschafft, den Tod zu besiegen.« Makaio verstummte. Für einen endlosen Moment drang nur ein leises Rascheln an Elenis Ohren, bis sie befürchtete, er würde nicht mehr weitererzählen. Aber schließlich wurde seine Stimme traurig. »Ich war nie ein normales Kind, und das wussten alle. Sobald wir alt genug wurden, um die Geschichten zu verstehen, fingen die anderen Kinder an, sich vor mir zu fürchten. Nicht nur, weil ich *der tote Junge* genannt wurde, sondern auch wegen der Schlange auf meinem Bein, die manchmal so aussieht, als würde sie leben. Wenn ich wütend oder enttäuscht bin, zischt die Schlange um sich. Das hat sie auch damals getan, bis niemand mehr in meiner Nähe sein wollte. Noch bevor ich alle Geschichten über mich erfahren habe, wusste ich, dass ich zum Meer gehöre. Ich habe mich nicht gefühlt wie ein Mensch, und es kam mir so vor, als würde ich bei den falschen Eltern aufwachsen.« Makaio räusperte sich. »Solange ich mich erinnern kann, hatte ich große Sehnsucht danach, ins Meer zu gehen und darin zu verschwinden.«

Eleni streckte die Hand nach ihm aus, reckte sie ins Dunkel und hoffte darauf, dass er sie finden würde. Aber Makaio rührte sich nicht.

»Du bist ein Nixenjunge«, flüsterte sie. »Vielleicht haben die Nixen dich gerettet, als du ins Meer gespült wurdest – und dich dabei zu einem der Ihren gemacht?«

Eleni fühlte, wie seine Hand nach ihren Fingern tastete und sich vorsichtig darum schloss. Seine Haut fühlte sich warm an, lebendig …

»Ich war immer allein zwischen den Menschen. Meine Mutter hat mich zwar sehr geliebt, aber selbst mein Vater hat sich irgendwann vor der Schlange gefürchtet und die Gerüchte darüber wurden immer schlimmer. Bis die Leute anfingen, über das Böse zu sprechen, das mich offenbar im Meer in Besitz genommen hatte.« Makaios Stimme klang belegt. »Und eines Tages wusste ich, dass sie recht hatten. Es war besser für sie, sich von mir fernzuhalten.«

Eleni hielt den Atem an.

»Ich war elf, als ein heftiger Sturm ausbrach und über unsere Küste spülte. Ein paar Hütten und Boote wurden zerstört, aber zum Glück ist niemand dabei gestorben. Am nächsten Morgen konnte ich die Insel sehen, die mit dem Sturm aus dem Meer aufgetaucht ist. Doch ganz offensichtlich war ich der Einzige. Niemand sonst hatte die Insel bemerkt.« Makaios Hand zuckte, sein Atem klang unruhig, während er weitererzählte. »Ein paar Wochen lang habe ich die Insel vom Ufer aus beobachtet. Aber im Grunde wusste ich sofort, was ich wollte: Ich musste zu dieser Insel. Sie war meine Chance, um im Meer zu verschwinden und nicht mehr zurückzukehren, um die Menschen in meinem Dorf vor mir zu schützen.

Also bin ich eines Abends ins Meer gegangen und einfach losgeschwommen. Immer weiter, in den offenen Pazifik hinaus. Die Insel war eigentlich zu weit entfernt, um dorthin zu schwimmen. Ich nehme an, das habe ich auch gewusst, als ich ins Wasser gegangen bin. Aber ich war bereits tot, und Tote können nicht sterben.«

Eleni hielt den Atem an. Plötzlich wurde ihr klar, dass er bis dahin noch gar keinen Fischschwanz besessen hatte. Zumindest hatte er noch nichts davon erzählt.

»Ich bin geschwommen, bis ich keine Kraft mehr hatte, und schließlich bin ich einfach so untergegangen. Aber offensichtlich waren die Geschichten über mich wahr. Ich bin nicht ertrunken. Stattdessen wurde es plötzlich ganz leicht zu schwimmen und ich kam rasend schnell voran. Aber ich war zu verwirrt, um zu erkennen, was mit mir passiert war. Erst viel später habe ich begriffen, dass mir in dieser Nacht wohl zum ersten Mal ein Fischschwanz gewachsen ist.«

Eleni drehte ihre Hand, verschränkte ihre Finger mit seinen und hielt sie fest. In der ganzen Geschichte war er fast immer allein gewesen. Er sollte wissen, dass jetzt jemand bei ihm war.

Makaio wandte sich in ihre Richtung. »Wie genau ich auf die Insel kam, weiß ich trotzdem nicht mehr. Als ich auf dem Strand aufgewacht bin, waren die Hesperiden bei mir. In der ersten Zeit haben sie sich um mich gekümmert. Manchmal waren sie fast wie Mütter und dann wieder so wie Schwestern oder Freundinnen. Nachdem mir klar geworden war, dass ich die gleiche Gestalt besitze wie sie, habe ich gehofft, ich würde zu ihnen gehören. Ich dachte, ich könnte mich selbst auf dieser Insel finden. Den Grund, warum ich so bin – und eine Erklärung, was mit mir passiert ist.«

Eleni streichelte mit den Fingern über seine Hand. »Und? Hast du das alles herausgefunden?«

Makaio lachte. Es war ein leises, unglückliches Lachen. »Nein. Ich bin immer noch anders als alle anderen.«

Plötzlich fing der Dschungel an zu rauschen. Das Geräusch wehte von Weitem heran, erreichte die Baumriesen über ihnen und bäumte sich auf. Das Blätterdach über ihrer Felsnische flatterte, die mächtigen Stämme knirschten im Sturm und die Berge in der Ferne schienen mit einem entsetzlichen Kreischen auseinanderzubrechen.

Die Schatten! Eleni hatte sie fast vergessen. Doch jetzt flutete die Angst umso heftiger durch ihren Körper. Was, wenn sie gleich neben ihnen im Dschungel landeten? Wenn sie Eleni erkannten?

Ihre Finger krallten sich in Makaios Hand. Aber der winzige Trost reichte nicht mehr. Eleni stieß sich von ihrem Lager ab und rollte zu ihm hinüber. Makaio nahm sie in den Arm und zog sie an sich.

Plötzlich hörte sie seinen Herzschlag, viel lauter und näher als das Flattern der Schatten. Sein Herz raste genauso wie ihres, stolperte aufgeregt und verzweifelt durch die Dunkelheit.

Eleni schloss die Augen und lauschte ihm. Es klang so lebendig! Nichts, was tot war, konnte so voller Furcht um sein Leben rennen. Und irgendwann, während sich die Schatten in dem Tosen über ihnen versammelten, sah Eleni die zusammengefügten Puzzlestücke ganz klar vor sich: Wenn Makaio diese Insel sehen konnte, wenn er hierher gekommen war, um sich selbst zu finden – dann musste er irgendwie, auf irgendeine Weise so sein wie sie. Ein Halbgott, ein Nachtblut. Er trug ein Mal! Aber was bedeutete die Schlange?

Eleni wusste es nicht. Doch bei einer Sache war sie sich plötzlich ganz sicher: »Du bist nicht tot, Makaio. Unsterblich vielleicht, aber noch nicht gestorben.«

Makaio zog sie noch näher, sein Atem strich über ihre Haare hinweg.

Kurz darauf rauschte der Lärm über ihnen davon und verschwand in der Ferne. Eleni entspannte sich ein wenig. Aber gleichzeitig wusste sie, dass jetzt die gefährlichsten Stunden der Nacht begannen, in denen die Schatten draußen unterwegs waren.

Eleni duckte sich noch dichter an Makaios Brust, lauschte seinem Herz und wollte ihn nicht loslassen. Nicht vor dem Morgengrauen, nicht bevor die Gestalten sich in ihren Verstecken zum Schlafen legten oder was auch immer sie am Tag taten.

Doch je länger sie in der Dunkelheit lagen, je länger nichts Bedrohliches mehr geschah, desto ruhiger wurde Eleni. Bis ihre Gedanken sich schließlich von der Furcht lösten und in eine ganz andere Richtung streiften. Makaio stammte also aus Samoa. Von einer Insel mit Lagunen und Traumstränden …

Und jetzt lag er hier bei ihr und hielt sie im Arm. Auf einmal fühlte sie sich glücklich, unverschämt glücklich. Was hatte Philine noch einmal gesagt? Dass ein normaler Junge wie Kimon für sie zu langweilig wäre. Normal war Makaio ganz sicher nicht. Ein Nixenjunge, ein Samoaner, einen exotischeren Jungen hätte sie nicht finden können …

Welche Sprache sprachen eigentlich die Menschen auf Samoa?

Bestimmt nicht Deutsch oder Griechisch …

Eleni überlief es eiskalt bei dem Gedanken. Warum hatte sie sich die Frage nicht schon viel eher gestellt? »Sag mal, Makaio …?«

Er zuckte zusammen, seine Stimme klang tief. »Was ist denn?«

Eleni erstarrte. Sie konnte ihn deutlich verstehen. Nur eines war vollkommen unklar: »Welche Sprache sprichst du eigentlich mit mir?«

»Welche Sprache?« Makaio klang überrascht. »Samoanisch natürlich. Welche sonst? Ich spreche keine andere Sprache.«

Eleni lachte auf. Das konnte nicht sein! »Und ich spreche kein Samoanisch. Ich kann Deutsch und Griechisch … und ein bisschen Englisch.« Sie atmete tief ein. »Bist du sicher, dass wir nicht Englisch reden?«

Makaio bewegte sich. »Ich war nur kurz in der Schule und kann nicht viel Englisch. Nur ein paar Wörter. Zum Beispiel *Hallo, Auf Wiedersehen, Wie geht es Dir …*« Er unterbrach sich selbst. »Hab ich das gerade auf Englisch gesagt, oder klang es so …«

Eleni fröstelte. »Es klang so wie alles andere!«

Makaios Stimme wurde heiser. »Heißt das, wir verstehen uns, obwohl wir unterschiedliche Sprachen sprechen?«

Eleni duckte sich noch näher an seine Schulter. Sie waren auf einer seltsamen Insel.

»Scheint so«, flüsterte sie. »Jedenfalls habe ich in meinem ganzen Leben noch kein Samoanisch gehört. Wie sollte ich es also verstehen?«

Makaio stieß ein leises Keuchen aus. »An was für einem Ort sind wir eigentlich?«

Eleni wurde schwindelig. »Wir sind auf Atlantis, auf der Insel der Nyx, an einem verborgenen Ort, den normale Menschen nicht sehen können.«

Kapitel Neunzehn

Nur für kurze Momente wachte Philine auf, erlebte irgendetwas, nur um gleich darauf alles zu vergessen. Stunden und vielleicht sogar Tage schwammen auf diese Weise ineinander, bis nichts mehr von ihnen blieb.

Doch irgendwann dauerte der Moment länger. Um sie herum war es dunkel. Kühle Luft strich über ihren Körper, über ihre Haut, die so heftig brannte, als wären tausend Flammen darüber hergefallen. Der Untergrund, auf dem sie lag, fühlte sich nicht hart an – aber er scheuerte an ihrem Rücken.

Philine blinzelte und blickte auf ihren Arm. Die Farbe ihrer Haut war dunkel, viel dunkler als jemals zuvor. Doch es war kein Braun. Es war Dunkelrot.

Erst jetzt erkannte sie, dass sie im Sand lag. Rechts und links von ihr ragten die Berge in die Höhe und darüber wölbte sich der nachtschwarze Himmel.

Sie befand sich auf dem Boden des Fjords, an dem Sandstrand, den sie von oben gesehen hatte! Wenn sie die Felswand hinaufspähte, erahnte sie die dunkle Öffnung darin: ihre Gefängnishöhle.

Philine keuchte auf. Das Brennen auf ihrer Haut musste

ein Sonnenbrand sein und in ihrem Schädel pochte rasender Kopfschmerz. Wenn ihre Haut so rot geworden war – wie lange lag sie schon hier am Strand? Dabei musste doch zwischendurch die Flut gekommen sein. Hatten die Hesperiden sie etwa auf dem Meer treiben lassen, solange der Fjord unter Wasser stand? Und was hatten sie sonst noch mit ihr getan? Philine versuchte, irgendetwas davon in ihrer Erinnerung zu finden. Aber das Letzte, woran sie sich erinnerte, war die sanfte Göttin, deren Wasser sie getrunken hatte. Alles danach versank in einem langen, traumlosen Schlaf.

Philine tastete über ihre schmerzende Haut … und zuckte zusammen. Sie war nackt, der Sonnenbrand war überall!

Ein mehrstimmiges Flattern rauschte von Weitem heran, drehte eine hastige Runde über ihr und landete auf dem Strand. Obwohl keine Schritte zu hören waren, spürte Philine, wie die Kreaturen auf sie zukamen.

Hastig schloss sie die Augen. Die Götter sollten nicht bemerken, dass sie wach war. Sonst würden sie ihr einen neuen Vergessenstrunk einflößen und sie würde nie erfahren, was mit ihr geschah.

Von nun an musste sie ihr Bewusstsein behalten. Vielleicht konnte sie dann sogar fliehen. Sie wollte zurück nach Hause, zurück zu ihrem Vater und zu Kimon. Und zu Eleni! Ob ihre Freundin wohl versuchte, sie zu retten?

Die Gestalten blieben neben ihr stehen. Eine von ihnen beugte sich zu ihr herab. Philine erkannte den schwerfälligen Atem des alten Mannes. Er fing an, ihren Körper von einer Seite auf die andere zu drehen, als würde er etwas suchen.

Philine wollte ihn am liebsten zurückstoßen. Aber sie musste so tun, als ob sie schlief! Also stellte sie sich schwer und leblos und ließ sich träge hin und her rollen. Ihre Kopfschmerzen pochten, ihre Haut brannte und es kostete viel Konzentration, ihren Körper ganz schlaff zu halten, während der Gott sie überall begutachtete.

Geras fing schließlich an zu murmeln: »Wenn sie den Blitz auf ihrer Haut hätte, müsste er in der Sonne weiß geblieben sein.« Der alte Mann ließ von ihr ab und richtete sich an seine Begleitung: »Aber sie trägt nur das Zeichen der Nyx.«

Philine hoffte darauf, dass es nun vorbei war. Doch der Gott beugte sich noch einmal über ihr Gesicht. Seine kalten Finger strichen ihren Nacken hinauf, zeichneten die Form eines Sichelmondes auf ihren Hinterkopf …

Philine erstarrte! Mit ihrem Kopf stimmte etwas nicht! Die Finger berührten ihre Haut, als wäre nichts dazwischen. Wo waren ihre Haare? Ihr Kopf fühlte sich an, als wäre er geschoren!

Philine biss hastig die Zähne aufeinander, um keinen Laut von sich zu geben. Ganz egal, was mit ihr geschah – die Götter durften nicht bemerken, dass sie wach war …

Endlich schien Geras aufzustehen. Sein angestrengter Atem wandte sich von ihr ab. »Hol deine Schwestern hierher!«, krächzte er in Richtung des Wassers. »Sobald die Flut kommt, bringt ihr das Mädchen zum Fluss der Lethe. Damit sie darin badet und trinkt und zu einer Tochter der Insel wird.«

Zum Fluss der Lethe … eine Tochter der Insel … in dem Fluss mussten die Verstorbenen baden, um ihr menschliches Leben für immer zu vergessen.

Ein winziger Schrei entglitt Philines Mund. Sie wollte ihn verstummen lassen, aber es war bereits zu spät. Eine zweite

Gestalt beugte sich über sie. »Sie ist stark. Der Betäubungstrank wirkt nur sehr schlecht bei ihr.«

Philine erkannte die weiche Stimme der Lethe.

Ein weiterer Gott stieß ein gehässiges Kichern aus. »Aber der Fluss wird sie von ihrem vergangenen Leben heilen.«

Wer war das? Philine musste an Eris denken, an die hinterhältige Göttin, die die Menschen zum Streiten brachte. Im selben Moment fühlte sie einen Becher an ihren Lippen.

»Nein!« Sie wich zurück, wollte aufspringen. Aber ihr Körper war zu schwach, ihr Kopf dröhnte und ihre Beine gehorchten nicht ... Und schließlich traf sie der Blick der Göttin: Lethe kniete vor ihr. Ihre braunen Augen bannten Philine an ihren Platz. »Denk an deine Mutter«, flüsterte sie. »Wie sehr du sie vermisst. Ich werde dich zu ihr bringen.«

Philine sackte in sich zusammen. Ihre Mutter war hier. An diesem Ort konnte sie endlich mit ihr zusammen sein. Sie musste nur eine Tochter der Insel werden. Der Becher berührte wieder ihre Lippen – und dieses Mal gab sie nach.

»Eleni! Wach auf!« Eine Stimme klirrte in ihren Ohren, wollte das schreckliche Bild vertreiben, das sie vor sich sah: Philine lag an einem schmalen Strand, eng zusammengerollt und regungslos. Ihre Haut war von der Sonne rot verbrannt und ihr Kopf ... ihre Haare waren verschwunden!

»Philine! Steh auf!« Eleni schrie, versuchte ihre Freundin zu erreichen. *»Die Flut wird bald kommen! Die Hesperiden werden zurückkehren!«*

»Eleni!« Wieder unterbrach sie die Stimme, eine Jungenstimme! Dieses Mal rief er lauter. *»Wach auf! Du träumst!«*

Die Traumbilder zersplitterten. Plötzlich lag sie unter einem Blätterdach und blickte in dunkle Augen.

»Eleni, du hast geträumt!« Der Junge erschien verwirrt.

Eleni versuchte zu begreifen. Hatte sie wirklich geträumt?

Im selben Moment spürte sie, dass noch jemand bei ihr war, in ihr, ihr dunkler Schattenbruder, der ihr die Traumbilder noch einmal zeigte: der *Mondfjord!* So nannte sich der Ort, an dem sie Philine eben noch gesehen hatte. Und auf einmal wusste sie, dass ihre Freundin nicht mehr weit entfernt war! Nur der Berg lag noch dazwischen – und eine Steilwand, die sie nicht hinabklettern konnten.

Mit einem Schlag war ihr klar, was zu tun war. »Wir müssen fliegen! Jetzt gleich! Dein Pegasus muss uns hinbringen.«

»Was?« Makaio starrte sie an. »Fliegen ist zu gefähr…«

»Nein!« Eleni unterbrach ihn. »Vielleicht. Aber das ist jetzt egal. Es ist unsere einzige Chance. Wenn wir zu Fuß gehen, kommen wir zu spät. Sobald die Flut kommt, bringen sie Philine weg und rauben ihre Erinnerungen.«

»Woher willst du das alles wissen?« Makaio schien noch immer nicht zu begreifen.

Eleni winkte ab. »Weil ich es geträumt habe! Ich kann es dir jetzt nicht erklären, wir haben keine Zeit. Aber sagen wir so: Ich bin auch nicht ganz normal. Und wenn ich dir im Schlaf sage, was wir machen müssen – dann müssen wir es machen! Verstanden?«

Makaio nickte, schüttelte kurz darauf den Kopf. »Verstanden hab ich es nicht. Aber in Ordnung. Wenn du sagst, wir müssen fliegen, dann fliegen wir.«

Gemeinsam krabbelten sie aus ihrem Versteck und Makaio stieß ein leises Pfeifen aus.

Kurz darauf trabte die schwarze Pegasus-Stute zwischen den Bäumen heran.

»Aber du weißt, dass du dich gut festhalten musst?!« Makaio warf Eleni einen besorgten Blick zu.

Lagi blieb vor ihnen stehen und sah so aus, als hätte sie ihren Auftrag bereits verstanden.

Eleni blinzelte zu ihrem Rücken hoch, zu den Flügeln und den gewaltigen Schultermuskeln, in denen sie mündeten. War hinter den Flügeln überhaupt genug Platz für zwei? Eleni schluckte. »Woran halte ich mich eigentlich fest?«

Makaio lachte nervös. »Das ist das Problem. Zum Festhalten hast du nur deine Beine.« Er räusperte sich. »Und vielleicht auch ein bisschen mich«, fügte er leise hinzu. Plötzlich erschien sein Blick schüchtern, ganz anders als in den Tagen zuvor. »Ich setze mich nach vorne. Dann kannst du deine Arme um mich legen. In Ordnung?«

Eleni musste lächeln. »Klar.« Sie spürte, wie sie rot wurde. »Ich gebe mir auch Mühe, nicht herunterzufallen. Versprochen!«

Makaio erwiderte ihr Lächeln. Er machte einen eleganten Satz und landete auf dem Rücken der Pegasus-Stute. Schließlich reichte er Eleni die Hand und half ihr, hinter ihm aufs Pferd zu springen.

»Halt dich gut an mir fest«, flüsterte er. »Und leg dich genauso in die Kurven wie ich. So ein Flug ist ziemlich rasant.«

Eleni nickte und rutschte so nah wie möglich an Makaio heran. Sie klammerte die Arme um seinen Oberkörper und legte den Kopf an seine Schulter. Sein Herz hämmerte! Selbst von hinten konnte sie es hören.

Die Stute galoppierte an, zwischen den Bäumen hindurch,

immer weiter, bis zu einer Stelle, an der sich der Dschungel lichtete. Im nächsten Moment sprang sie ab, ihre Flügel schlugen und rissen ihre Reiter in einen neuen Rhythmus. Eleni wollte aufschreien, aber Makaio hatte den Rhythmus bereits gewechselt und zog sie in die passende Bewegung hinein. In einem gleichmäßigen Vor und Zurück glich er den Flügelschlag aus, lehnte sich schließlich ganz ruhig nach vorne, während der Pegasus mit ausgestreckten Flügeln über die Bergkuppe segelte.

Eleni achtete auf jede Bewegung, legte sich zusammen mit Makaio in die Kurven und spürte den Ruck, mit dem die warme Luftströmung sie anhob, sobald sie über den Berg hinwegglitten. Die Pegasus-Stute segelte zwischen zwei Felswänden durch eine Schlucht. Sie glitt immer tiefer, schlug ein paarmal mit den Flügeln, um die Geschwindigkeit abzubremsen – und landete schließlich mit weichen Galoppsprüngen auf einem Sandstrand.

Elenis Knie zitterten, als sie auf den Boden sprang. Makaio landete neben ihr und musste sie für einen Moment festhalten, damit sie nicht das Gleichgewicht verlor.

Dann entdeckte sie ihre Freundin! Philine lag vor ihr am Strand, genauso wie in ihrem Traum. Sie hatte sich im Sand zusammengerollt und sah so aus, als würde sie schlafen. Ihre Haut war rot von der Sonne, zur Hälfte von einem schwarzen Umhang bedeckt, der aussah, wie die Kleidung der Götter. Mit ihrem geschorenen Kopf erschien sie so hilflos wie ein kleines Baby.

»Philine!« Eleni rannte auf sie zu, fiel neben ihr auf die Knie und rüttelte ihre Freundin an der Schulter. »Wach auf! Wir müssen hier weg! Schnell!«

Doch Philine rührte sich nicht.

»Die Flut!« Makaios Stimme überschlug sich.

Eleni sah auf. Das schmale Rinnsal, das vorhin noch den breiten Sandstrand durchteilt hatte, füllte sich mehr und mehr mit Wasser, schwoll rasend schnell an, bis es Philine schon beinahe erreichte.

»Wir haben keine Zeit!« Makaio deutete mit dem Arm auf das Meer, das sich am Ende des Fjords zu den Seiten dehnte. »Die Hesperiden kommen!«

Eleni sah die Fischschwänze, wie sie eilig umeinandersprangen. »Philine!«, schrie sie.

Aber ihre Freundin rührte sich nicht.

Makaio bückte sich zu Philine und hob sie hoch. »Wir müssen wieder durch die Luft!« Er schob den schlafenden Körper auf den Rücken des Pegasus und hielt Philine am Bein fest, damit sie nicht herunterfiel.

Makaios Gesicht erschien bleich. »Ich halte sie fest – und du hältst dich an mir fest. Dieses Mal fliegen wir über dem Meer. Wenn wir fallen …«, er schluckte, »dann schwimmst du erst mal allein, und ich rette deine Freundin. Verstanden?«

Eleni nickte. Eine andere Wahl hatten sie nicht. Die ersten Wellen spülten über ihre Füße, die Hesperiden rasten durch den Fjord auf sie zu.

Makaio floh vor dem Wasser und sprang hinter Philine auf den Pegasusrücken. Eleni folgte ihm, konnte sich gerade noch an ihm festhalten, ehe der Pegasus auch schon angaloppierte. Die Hesperiden schrien und zischten hinter ihnen, stießen ein irrsinnig hohes Fiepen aus, unter dem Elenis Ohren zerspringen wollten. Auch Makaio keuchte und Philine regte sich im Schlaf.

Nur die Pegasus-Stute ließ sich nicht beeindrucken. Sie sprang ab und flog, segelte dieses Mal in einem tiefen Flug den Fjord entlang und schließlich auf das offene Meer hinaus.

Makaio lehnte sich nach vorn über Philines schlafenden Körper. Er hielt sie fest, wie er es versprochen hatte, während Eleni sich an ihn klammerte und die Beine dicht an den Bauch des Pegasus drückte.

Die Stute flog knapp über dem Meer dahin. Einige Kilometer weit jagten die Hesperiden ihnen nach, stießen ihr schrilles Fiepen aus – und blieben schließlich hinter ihnen zurück.

Die plötzliche Ruhe über dem Meer hatte etwas Erlösendes. Für eine Weile dehnte sich der nächtliche Ozean vor ihnen endlos aus – bis aus dem Dunstschleier am Horizont eine Insel auftauchte, eine längliche, bekannte Insel, die rasend schnell näher rückte: Kreta! Ihr vertrautes, weltliches Kreta!

Eleni konnte es kaum glauben, aber der Pegasus hielt direkt darauf zu, als wäre es das Normalste der Welt, mit einem Pegasus von Insel zu Insel zu reisen. Doch Eleni ahnte, dass es ein magischer Moment war und niemand das fliegende Pferd sehen würde, selbst wenn die Menschen am Strand aufs Meer hinausblickten.

Schließlich erkannte sie das nächtliche Agia Vasiliki an der Küste vor ihnen, links daneben Philines Schlucht und etwas abseits den kleinen Sandstrand, an dem sie sich immer mit den Delfinen getroffen hatten. Hinter den hohen Bergkuppen der Insel kroch allmählich die Morgendämmerung hervor. Doch der Pegasus ließ sich selbst davon nicht beeindrucken. Er hielt geradewegs auf den kleinen Sandstrand zu, der nur Eleni und Philine gehörte.

Eleni fragte sich noch, wie er auf dem winzigen Strand landen wollte – aber der Pegasus setzte im Wasser auf, galoppierte ein Stück durch die Wellen und kam im Sand zum Stehen.

Sie hatten es geschafft! Eleni fiel mehr vom Rücken, als dass sie sprang. Ihre Beine knickten unter ihr weg und sie musste sich erst mühsam aufrichten, um Makaio dabei zu helfen, ihre Freundin vom Pferd zu heben.

Doch schließlich ließ sie sich in den Sand fallen, bettete Philines Oberkörper auf ihren Schoß und strich ganz vorsichtig über die geschorenen Haarstoppeln ihrer Freundin.

Als sie darauf blickte, entdeckte sie etwas Dunkles an Philines Hinterkopf. Es war ein großes schwarzes Muttermal, das die Form einer Mondsichel besaß.

Eleni sah aufgeregt zu Makaio. Er stand neben dem Pegasus, flüsterte der Stute etwas zu und klopfte ihr den Hals. Am liebsten hätte Eleni ihn zu sich gerufen, aber sie wartete, bis die Stute angaloppierte, ihre Flügel aufspannte und über dem Meer davonflog.

»Sieh mal!«, rief sie schließlich. »Ist das hier das Mal, von dem du gesprochen hast?«

Makaio wirbelte zu ihr herum, hielt in der Bewegung inne und starrte sie erschrocken an. Mit langsamen Schritten kam er zu ihr herüber. Als er neben ihr in die Hocke ging, war sein Gesicht ganz fahl unter der braunen Haut.

Eleni verstand nicht, warum er so entsetzt war. »Was ist los?« Sie deutete auf ihre Freundin. »Philine lebt! Sieh her, sie atmet!«

Makaio reagierte nicht, er presste die Lippen aufeinander und sah sie nur an. Doch im nächsten Moment redete er. Ein ganzer Schwall von Worten kam aus seinem Mund, tanzte um ihre Ohren und wollte den Weg in ihre Gedanken einfach nicht finden.

Eleni spürte, wie die Farbe auch aus ihrem Gesicht wich. Nur ganz langsam begriff sie, was hier passierte: Makaio redete Samoanisch, eine Sprache, die sie noch nie im Leben gehört hatte. Und sie hatte eben Griechisch mit ihm gesprochen.

Sie waren nicht mehr auf der geheimnisvollen Insel – und hier, in der normalen Welt, konnten sie einander nicht mehr verstehen.

Makaio ließ sich neben ihr auf die Knie fallen. Er duckte seinen Kopf an ihre Schulter und gab einen verzweifelten Laut von sich.

Er mochte sie! Er hatte sie nicht gerettet, damit er sie anschließend fressen konnte. Er war auch nicht mit ihr durch den Dschungel gelaufen, um ein netter Mensch zu sein. Und gestern Abend, als er sie im Arm gehalten hatte, da hatte sein Herz nicht nur deshalb so wild geschlagen, weil er sich vor den Göttern fürchtete.

Plötzlich ahnte Eleni, dass in seiner Brust der gleiche flatternde Vogel saß wie in ihrer, dass er in diesem Moment genauso frech auf sein Herz einhackte wie bei ihr.

Wenn ich mich verliebe, hatte Leándra Oma Greta irgendwann gefragt, *wie finde ich dann eigentlich heraus, ob der andere mich auch liebt?*

Eleni konnte sich nicht mehr daran erinnern, was ihre Oma darauf geantwortet hatte. Aber jetzt wusste sie, wie man es herausfand: In so einem Moment, in dem der andere seinen Kopf anlehnte und einfach so sitzen blieb. In so einem Moment, in dem man nicht einmal eine gemeinsame Sprache sprechen musste, um sich zu verstehen.

Elenis Finger streichelten noch immer über Philines Stoppelhaare, und Makaio blieb bei ihr, saß ganz nah neben ihr im Sand und legte seine Hand auf ihre.

Was würden sie jetzt eigentlich tun? Makaio war hier, auf Kreta. Er war ein lebender Junge in einer normalen Welt. Er könnte bei ihr bleiben. Er könnte Griechisch und Deutsch lernen und sie würde bald Samoanisch mit ihm sprechen. Er könnte hier wieder zur Schule gehen – oder in ein Flugzeug steigen und zu seiner Familie nach Samoa zurückkehren.

Er hatte den Pegasus zur Insel zurückfliegen lassen und war bei ihr geblieben. Doch das bedeutete nichts. Er war noch immer ein Nixenjunge – und angeblich konnte er Menschen leichter töten, als sie nicht zu töten …

Eleni atmete tief ein. Sie konnte nicht darauf hoffen, dass er bei ihr bleiben würde. Er gehörte auf die Insel, er musste sich selbst noch zwischen den finsteren Nachtgöttern finden.

Makaio ließ ihre Hand los und strich mit langsamer Bewegung über die Mondsichel an Philines Hinterkopf. Dann richtete er sich auf, kniete sich hinter Eleni und schob vorsichtig die Finger in ihre Haare.

Eleni schloss die Augen. Eine wohlige Gänsehaut zog sich über ihren Rücken, sammelte sich unter seiner Berührung und kribbelte an ihrem Hinterkopf. Makaios Finger schienen etwas zwischen ihren Haaren zu suchen, fanden es und strichen so oft darüber, bis sie die Form spüren konnte: Es war ein Sichelmond, ein Mal, das wohl genauso aussah wie das von Philine.

Doch schließlich fuhr Makaio über eine andere Form, zeichnete einen Blitz auf ihren Hinterkopf, der den Sichelmond durchkreuzte.

Das war es, was die Götter bei Philine finden wollten, weshalb sie ihren Kopf geschoren und ihren ganzen Körper abgesucht hatten.

»Also das ist mein Mal?«, fragte Eleni. »Ein Sichelmond, der von einem Blitz durchkreuzt wird? Versteckt unter meinen Haaren?«

Makaio antwortete nicht darauf. Wie sollte er auch? Er bedachte sie mit einem traurigen Lächeln.

Eleni streckte die Hand nach ihm aus und strich über seine struppigen, schwarzen Mogli-Haare. Sie fühlten sich noch ganz klebrig an von dem Salzwasser und waren gleichzeitig das Schönste und Wildeste, was sie je gesehen hatte.

Er würde bald gehen! Er würde zurückschwimmen zu seiner Insel und nichts und niemand konnte ihn daran hindern. Sie hatte ihre beste Freundin zurückbekommen – und dafür würde sie ihn wieder verlieren.

Es sei denn, sie folgte ihm.

Makaios Blick verfinsterte sich, seine Augenbrauen zogen sich dicht zusammen und bildeten die dunkle Gewitterwolke, die sie am Anfang so gefürchtet hatte. Mit einer energischen Geste deutete er auf die Insel, deutete auf Eleni und schüttelte den Kopf.

Hatte er ihre Gedanken erraten? Oder hatte er nur ihren Blick genau beobachtet?

»Du meinst, ich soll nicht mehr auf die Insel kommen?«, flüsterte sie.

Makaio sagte nichts dazu. Aber sie war sich sicher, dass er genau das gemeint hatte.

Im nächsten Moment wurde sein Blick wieder traurig. Er presste die Lippen aufeinander, sprang plötzlich auf und wich vor ihr zurück.

Eleni wollte ihm am liebsten folgen, wollte nach seinem Arm greifen und ihn festhalten. Aber Philine schlief noch immer auf ihrem Schoß und hinderte sie daran.

Ein Geräusch hallte über das Meer. Eleni kannte dieses Schnattern, konnte es Wort für Wort verstehen.

Es war Klicker! Er war zurück! Und er rief ihr zu, dass es ihm und den anderen Delfinen gut ging. Von Weitem sah sie die eleganten Tiere durch die Wellen springen.

Ein erleichtertes Gefühl strömte durch Elenis Körper. Auch die Delfine waren gerettet, wenigstens das.

Doch die Erleichterung ließ schnell wieder nach – in dem Moment, in dem Makaio mit langsamen Schritten zum Meer ging und zu seiner Insel hinüberblickte.

Elenis Herz fühlte sich an, als wollte es zerreißen. Wie sollte sie hier ganz ruhig auf Kreta bleiben, wenn er auf seiner Insel mit Raubtieren kämpfte und sich gegen dunkle Götter zur Wehr setzen musste?

Er lebt seit Jahren dort! Eine tröstende Stimme strich durch ihre Gedanken. *Außerdem ist er unsterblich und wird womöglich noch tausend Jahre leben. Was sollte ihm also passieren? Du musst ihn ziehen lassen, Eleni. Ein wildes Tier wird unglücklich, wenn man es einfängt.*

Makaio drehte sich noch einmal zu ihr um. Ein verräterisches Glitzern schimmerte auf seinem Gesicht, kleine silbrige Tröpfchen, die im ersten Licht der Sonne über seine Wangen liefen. Plötzlich rannte er auf Eleni zu und kniete sich vor sie. Er lehnte seine Stirn gegen ihre, seine Nasenspitze streifte an ihrer Nase entlang, kurz bevor er ihren Mund berührte. Eleni schmeckte das Salz auf seinen Lippen, von dem Meerwasser, von seinen Tränen.

Dann war es auch schon vorbei. Makaio sprang auf und formte ein lautloses Wort. Eleni konnte nichts tun, um ihr Weinen zurückzuhalten.

Makaio drehte sich um. Mit unmenschlich schnellen Schritten stürmte er in die Wellen und stürzte sich kopfüber hinein. Eleni konnte gerade noch sehen, wie seine Fischflosse mit einem kräftigen Schwung ausholte – dann tauchte er endgültig ins Meer und war verschwunden.

Eleni blieb wie erstarrt zurück. Nur der kleine Vogel in ihrer Brust rebellierte, pickte mit spitzem Schnabel in ihr Herz und kratzte mit seinen Krallen darauf herum.

»Warum weinst du denn?« Eine sanfte Stimme zerriss ihre Gedanken.

Philine!

Eleni schluchzte auf, presste die Lippen aufeinander und schluckte das Geräusch hinunter. Hastig wischte sie die Tränen aus ihren Augen, um ihre Freundin sehen zu können.

Philine lag noch immer in ihrem Schoß und blickte zu ihr hoch. »Nicht weinen, Eleni«, flüsterte sie. »Ich lebe noch. Und ich kann mich an dich erinnern.« Kleine, schillernde Perlen sammelten sich in ihren Augen. »Dabei hätte ich dich beinahe für immer vergessen.«

Eleni dachte an ihren Traum, an den Fluss der Lethe, zu dem die Hesperiden ihre Freundin bringen wollten. Wäre Philine in dem Fluss gestorben? Oder hätte sie nur alles vergessen?

»Ich habe nur Wasser aus ihrem Becher getrunken.« Philine lächelte matt. »Aber ihr Fluss scheint stärker zu sein. Wenn ich dort getrunken hätte …« Sie brach ab.

Ein Motorengeräusch näherte sich. Eleni fuhr auf, blickte aufs Meer hinaus und entdeckte ein kleines Motorboot, das um die Felsen herumschaukelte und in ihre Richtung fuhr. Zwei Menschen saßen darin, zwei Gesichter, die Eleni selbst von Weitem sofort erkannte: Leándra! Und Kimon!

»Hey!« Kimons Stimme überschlug sich. Er winkte ihnen zu und ließ das Boot schneller fahren – noch bevor er ihren Strand erreichte, sprang er ins Wasser und schwamm zu ihnen an Land. Während Leándra hinter ihm das Boot auf den Strand lenkte, rannte er über den Sand, ließ sich neben sie fallen und griff nach Philines Hand. »Ihr seid zurück! Ihr lebt!«

Philine richtete sich langsam auf. Ein schmerzhaftes Stöhnen entwich ihrem Mund, aber sie lächelte. »Kimon«, flüsterte sie.

»Wie habt ihr herausgefunden, dass wir hier sind?« Eleni sah ihn erstaunt an, blickte schließlich zu ihrer Schwester hinüber, die noch neben dem Boot am Ufer stand.

»Kimon hat es geahnt.« Leándra sah zu Kimon und Philine.

Kimon nickte. »Ich habe eine seltsame schwarze Wolke gesehen. Sie flog ganz tief über dem Meer und hat sich über diesem Strand aufgelöst.« Er grinste. »Aber es war nicht besonders leicht, Leándra davon zu überzeugen, dass das was mit euch zu tun hat.«

Eleni kräuselte die Stirn. Also hatte Kimon den Pegasus gesehen? In Gestalt einer schwarzen Wolke?

»Was ist mit deinen Haaren passiert?« Kimon streichelte über Philines Kopf.

Ein verunglücktes Lächeln erschien auf ihrem Gesicht. »Wenn ich das so genau wüsste …«

Eleni zog ihre eingeschlafenen Beine unter Philines Oberkörper hervor, rappelte sich mühselig auf und ging mit langsamen Schritten zu ihrer Schwester.

Leándras Füße scharrten im Sand, auch auf ihrem Gesicht schillerten die Tränen.

Eleni lächelte ihr zu und blieb vor ihr stehen.

»Hey, du!« Leándra streckte die Hand aus und stupste Eleni auf die Nase. »Ich weiß jetzt, wer du bist.«

Eleni lachte leise. Im nächsten Moment nahm sie ihre Schwester in die Arme, drückte sich ganz fest an sie und legte den Kopf an ihre Schulter. Sie wollte Leándra so vieles erzählen! Von einer Insel, die aus dem Meer aufgetaucht war, von dunklen Göttern, mit denen sie verwandt war – und von einem Jungen, in den sie sich verliebt hatte. Leándra würde das alles verstehen, sie war ihre große Schwester, mit der sie alles teilen konnte, selbst ihre Geheimnisse.

Nur eines würde Eleni für sich behalten: Das Geräusch pulsierte noch immer durch ihre Erinnerung. Ein lebendiges Geräusch …

Sie löste sich von ihrer Schwester und blickte aufs Meer hinaus, dorthin, wo Atlantis beinahe hinter einem Dunstschleier verschwand. Für einen Moment schien es ihr, als würde Makaios Schwanzflosse weit hinten im Sonnenlicht aufblitzen.

Eleni atmete tief ein, um das wehmütige Gefühl zu ertragen. Sie würde ihn wiedersehen. Ganz sicher. Und bis dahin würde sie keinen einzigen seiner Herzschläge vergessen.

Danke

Wie immer möchte ich noch ein paar Menschen dafür danken, dass sie zu diesem Buch und zu meiner Arbeit als Autorin beigetragen haben.

Zuallererst möchte ich meiner Familie danken: Finnja und Jasmin – ich weiß, manchmal kommt es euch so vor, als würdet ihr eure Mutter mit einem blöden Computer teilen. Aber was ihr noch gar nicht wisst: In Wirklichkeit sind es ganze Welten, in denen ich verschwinde. Damit ihr bald herausfindet, warum ich das so gerne tue, habe ich jetzt endlich ein Kinderbuch für euch geschrieben. Ich hoffe, die Delfine und der Pegasus gefallen euch. Und ich bin schon sehr gespannt, ob ihr die Nixen auch so gruselig findet.

Dann danke ich Hanno, der es manchmal gar nicht so leicht hat mit unserem kleinen Weiberclan – und der trotzdem, und zum Glück, so gar nicht windig ist.

Und natürlich darf ich auch meine Eltern in der Dankesrede nicht vergessen, meine wohl langjährigsten Fans, die schon an meine Erzählkunst geglaubt haben, als ich selbst noch ein Kind war.

Speziell zu diesem Buch haben auch eine ganze Reihe von

Leuten beigetragen. Ganz besonders möchte ich Franziska Wienke danken, die mich mit ihrem Archäologie-Wissen gefüttert hat und unglaubliche Geduld darin hatte, die tausend Fragen in meinen ellenlangen Mails zu beantworten. Vieles kann man ja auf eigene Faust herausfinden – aber hier war es wirklich gut, eine Expertin fragen zu können.

Besonders wichtig für mich war auch die Meinung meiner jungen Testleserin Mira. Vielen Dank für deine klugen Anmerkungen! Ich hoffe, die Stelle mit Elenis Bruder ist jetzt besser zu verstehen.

Außerdem danke ich wie immer der Agentur Scriptzz und meiner Agentin Anja Koeseling, die mich mit dem Planet Girl Verlag zusammengebracht hat.

Auch bei Planet Girl selbst ist inzwischen ein tolles Team damit beschäftigt, meine »Insel« in die Welt hinauszutragen. Ich danke jedem Einzelnen von euch, obwohl ich euch noch gar nicht alle kenne ;-). Aber ganz speziell hervorheben möchte ich meine liebenswerte Lektorin Franziska Ullrich, Sarah Haag und Susanne Wahl, die mich gemeinsam in den Verlag geholt haben.

Last but not least möchte ich noch Helge Vogt nennen, der das wunderschöne Cover für mein Buch illustriert hat. Ich bin wirklich stolz darauf, dass meine mysteriöse »Insel« nun mit so einem schönen »Gesicht« auf Weltreise geschickt wird.

Vielen Dank euch allen!

Ohms, Daniela:
Insel der Nyx
Die Prophezeiung der Götter
ISBN 978 3 522 50343 3

Einbandgestaltung: Helge Vogt
Innentypografie: Bettina Wahl
Schrift: Aldus, Lithos Pro
Schmuckelement: iStock_000008917308/Ela Kwasniewski
Satz: KCS GmbH, Buchholz/Hamburg
Reproduktion: Medienfabrik, Stuttgart
Druck und Bindung: GGP Media GmbH, Pößneck

5 4 3 2 1° 13 14 15 16

www.daniela-ohms.de